Ruth War[illegible]

Ruth Ware [illegible]x et vit aujou[illegible]rès des étud[illegible], elle a ens[illegible]ment travail[illegible] de presse d'un gr[illegible]ant de passer à l'écriture. [illegible] thriller, *Promenez-vous dans les [illegible]uant que vous êtes encore en vie* (Fleuve Éditions, 2016) a été traduit dans plus de 30 pays et est actuellement en cours d'adaptation cinématographique ; il a reçu le prix NPR Best Book of the Year en 2015. Avec son deuxième roman, *La Disparue de la cabine n° 10* (Fleuve Éditions, 2018), elle s'impose définitivement parmi les reines du suspense psychologique. Elle poursuit avec les parutions de *La Mort de Mrs. Westaway* en 2019 et *Les Cinq Règles du mensonge* en 2021, toujours chez le même éditeur. Ses ouvrages sont repris chez Pocket.

RUTH WARE

Ruth Ware est née en 1977 dans le Sussex et vit aujourd'hui dans le sud de l'Angleterre. Après des études d'anglais à l'université de Manchester, elle a enseigné cette matière à Paris. Elle a également travaillé en tant que libraire et attachée de presse d'un grand éditeur anglais, avant de passer à l'écriture. Son premier thriller, *Promenez-vous dans les bois... pendant que vous êtes encore en vie* (Fleuve Éditions, 2016) a été traduit dans plus de 30 pays et est actuellement en cours d'adaptation cinématographique. Il a reçu le prix NPR Best Book of the Year en 2015. Avec son deuxième roman, *La Disparue de la cabine n° 10* (Fleuve Éditions, 2018), elle s'impose définitivement parmi les reines du suspense psychologique. Elle poursuit avec les parutions de *La Mort de Mrs Westaway* en 2019 et *[illegible]* en 2021, toujours chez le même éditeur. Ses ouvrages sont repris chez Pocket.

PROMENEZ-VOUS DANS LES BOIS... PENDANT QUE VOUS ÊTES ENCORE EN VIE

DU MÊME AUTEUR
CHEZ POCKET

PROMENEZ-VOUS DANS LES BOIS…
PENDANT QUE VOUS ÊTES ENCORE
EN VIE

LA DISPARUE DE LA CABINE N° 10

LA MORT DE MRS. WESTAWAY

RUTH WARE

PROMENEZ-VOUS DANS LES BOIS... PENDANT QUE VOUS ÊTES ENCORE EN VIE

Traduit de l'anglais
par Séverine Quelet

fleuvenoir

Titre original :
IN A DARK, DARK WOOD

ISBN : 978-2-266-27528-6

À Kate ;
aux autres trois cinquièmes.
Affectueusement

Dans un bois très, très sombre
il y avait une maison très, très sombre ;
Et dans cette maison très, très sombre
il y avait une pièce très, très sombre ;
Et dans cette pièce très, très sombre
il y avait un placard très, très sombre ;
Et dans ce placard très, très sombre
il y avait... un cadavre.

Folklore

Je cours.

Je cours dans des bois à la lueur de la lune, les branches déchirent mes vêtements et mes pieds s'accrochent dans les fougères lourdes de neige.

Les ronces entaillent mes mains. Mon souffle râpe ma gorge. J'ai mal. Tout est douloureux.

Mais c'est ce que je fais. Je cours. Je peux y arriver.

Quand je cours, je récite un mantra dans ma tête, chaque fois. Le temps que je veux accomplir, les frustrations que j'écrase sur le bitume.

Cependant, là, je martèle un seul mot, une seule pensée.

James, James, James.

Il faut que je réussisse. Que j'atteigne la route avant…

Soudain, le serpent noir de l'asphalte apparaît sous le clair de lune et je perçois le vrombissement d'un moteur à l'approche ; les lignes blanches s'illuminent avec une telle intensité qu'elles m'aveuglent, les troncs sombres des arbres se dessinent comme des balafres sur la lumière.

Est-il trop tard ?

Je me force à parcourir les trente derniers mètres, trébuchant sur des branches cassées, le cœur tambourinant dans la poitrine.

James.

Il est trop tard – la voiture arrive trop vite, impossible de l'arrêter.

D'un bond, je me jette sur la route, les bras écartés.

« *Stop !* »

1

J'ai mal. Tout est douloureux. La lumière dans mes yeux, l'élancement dans ma tête. L'odeur nauséabonde du sang envahit mes narines, mes mains en sont toutes collantes.

« Leonora ? »

La voix me parvient étouffée dans un brouillard de douleur. J'essaie de secouer la tête, mes lèvres refusent de former le mot.

« Leonora, vous êtes en sécurité. Vous êtes à l'hôpital. Nous vous emmenons passer un scanner. »

C'est une femme, qui parle haut et fort. Sa voix me fait mal aux oreilles.

« Y a-t-il quelqu'un à contacter ? »

Une nouvelle fois, je tente de répondre d'un mouvement.

« Ne bougez pas, dit-elle. Vous êtes blessée à la tête.

— Nora, je murmure.

— Vous voulez qu'on appelle Nora ? Qui est Nora ?

— Moi… Mon nom.

— Très bien, Nora. Essayez de vous détendre. Vous ne sentirez rien. »

Pourtant j'ai mal. Tout est douloureux.

Que s'est-il passé ?

Qu'ai-je fait ?

2

Dès le réveil, j'ai su que la journée était idéale pour un jogging dans le parc, prenant mon circuit le plus long, presque quinze kilomètres en tout. Les rayons du soleil automnal filtraient à travers les stores en rotin, illuminant les draps ; je humais l'odeur de la pluie tombée au cours de la nuit et voyais les feuilles des platanes dans la rue commencer à se parer de mordoré. J'ai refermé les yeux et je me suis étirée, l'oreille tendue vers le tic-tac plaintif du chauffage, la rumeur étouffée de la circulation, sentant chaque muscle, me délectant du jour à venir.

Chacune de mes journées débute de la même manière. Peut-être est-ce une caractéristique du mode de vie des célibataires – la capacité de suivre sa routine avec rigueur, aucune distraction extérieure, pas de colocataire qui termine d'une traite la brique de lait, pas de chat qui recrache une boule de poils sur la moquette. On a l'assurance que ce qu'on a laissé dans le placard la veille s'y trouvera encore le lendemain matin. On a le contrôle.

Ou bien c'est un trait propre aux travailleurs à domicile. En dehors du cadre de travail

9 heures/17 heures, les jours perdent très facilement toute structure, se fondent les uns dans les autres. Il arrive qu'on soit encore en pyjama à 17 heures et que le seul être humain qu'on ait vu de toute la journée soit le facteur. Certains jours, je n'entends pas d'autres voix que celles à la radio, et vous savez quoi ? J'aime bien ça. C'est une douce existence pour un écrivain, d'avoir pour seule compagnie les voix dans sa tête, les personnages que l'on a créés. Dans le silence, ils s'incarnent. Toutefois, ce n'est pas forcément le mode de vie le plus sain. Suivre une routine est donc important. C'est une bouée à laquelle on peut se raccrocher, une boussole qui permet de différencier les jours de la semaine du week-end.

Pour moi, la journée commence ainsi : à 6 h 30 pile, le chauffage se met en marche ; le grondement de la chaudière qui s'enclenche me réveille à chaque fois. Je consulte mon téléphone – histoire de vérifier que le monde ne s'est pas arrêté de tourner pendant la nuit – et reste allongée à écouter les petits bruits secs du radiateur.

À 7 heures, j'allume la radio – toujours réglée sur le *Today Programme* de Radio 4 – et je tends le bras pour appuyer sur le bouton de la cafetière, remplie la veille d'eau et de café – du Carte Noire moulu dans un filtre parfaitement disposé. La taille de mon appartement présente quelques avantages, comme le fait de pouvoir atteindre et le frigo et la cafetière sans quitter mon lit.

En général, le café est passé au moment où ils finissent d'annoncer les gros titres des infos ; alors je m'extirpe de sous la couette bien chaude et je le bois, avec une pointe de lait, et je mange une tartine de pain grillé avec de la confiture Bonne Maman à la framboise (sans beurre – pas une question de calorie, simplement, je n'aime pas le goût du beurre avec la confiture).

La suite du programme dépend de la météo. S'il pleut ou que je n'ai pas envie de courir, je me douche, consulte mes e-mails et démarre ma journée de travail.

Aujourd'hui, le temps s'annonçait magnifique et sortir me démangeait : une envie irrésistible d'écraser les feuilles mouillées sous les semelles de mes baskets et sentir le vent sur mon visage. La douche viendrait après le jogging.

J'ai enfilé un T-shirt, un legging et des chaussettes, puis j'ai fourré les pieds dans mes baskets, restées là où je les avais laissées, près de la porte. Ensuite, j'ai dévalé les trois volées de marches jusque dans la rue et je me suis lancée dans le monde.

***

À mon retour, en sueur et les membres transis de fatigue, j'ai filé à la douche où je suis restée longtemps sous le jet revigorant, à réfléchir à mes impératifs de la journée. Il fallait passer une commande Internet car je n'avais presque plus rien à manger. Je devais contrôler les corrections apportées à mon livre ; j'avais promis de retourner les épreuves à mon éditrice cette semaine et je n'avais pas encore mis le nez dedans. Je devais aussi lire les messages qui arrivaient *via* la page contact de mon site Web que je n'avais pas consulté depuis une éternité.

La plupart eraient des spams, évidemment – quel que soit le niveau de sécurité installé, rien ne semble dissuader les *bots* informatiques. Mais parfois, il s'y trouve des messages utiles, comme des demandes de textes de présentation ou de réimpressions. Et parfois… parfois, il s'agit de courriers de lecteurs. Généralement, si les gens prennent la peine d'écrire, c'est parce qu'ils ont aimé le livre, bien qu'il me soit arrivé de recevoir des e-mails m'expliquant à quel point j'étais horrible. Toutefois, même lorsqu'ils sont agréables, cela reste étrange et gênant qu'un inconnu partage les sentiments que lui inspirent vos pensées profondes ; c'est un peu comme lire une recension sur votre journal intime. Je ne suis pas certaine de m'habituer un jour à ce sentiment, peu importe depuis combien de temps j'écris. Voilà peut-être ce qui explique pourquoi je dois me préparer mentalement à cette tâche.

Une fois habillée, j'ai allumé mon ordinateur portable et cliqué sur les e-mails, supprimant au fur et à mesure. Viagra. Promesse de faire de moi « une femme comblée ». Beautés russes.

Et tout à coup…

À : Melanie Cho ; kate.derby.02@DPW.gsi.gov.uk ; T Deauxma ; Kimayo ; Liz ; info@LNShaw.co.uk ; Maria Tatibouet ; Iris P. Westaway ; Kate Owens ; smurphy@shoutlinemedia.com ; Nina da Souza ; French, Chris
De : Florence Clay
Objet : EVJF DE CLARE !!!

Clare ? Je ne connaissais aucune Clare, à part…

Mon cœur s'est mis à battre plus vite. Impossible,

il ne pouvait pas s'agir d'elle. Je ne l'avais pas vue depuis dix ans.

Une minute entière, mon doigt a plané au-dessus de la touche suppression. Et finalement, j'ai cliqué et ouvert le message.

SALUT TOUT LE MONDE !!!

Pour ceux qui ne me connaissent pas, je m'appelle Flo et je suis la meilleure amie de Clare depuis la fac. Je suis également – roulement de tambour – sa demoiselle d'honneur ! Donc, comme il est de coutume, je vais organiser son Enterrement de Vie de Jeune Fille !!! EVJF pour faire court !

J'ai un peu discuté avec Clare et comme vous vous en doutez, elle ne veut pas de pénis en caoutchouc ou de boa à plumes roses. Nous allons donc prévoir quelque chose de plus distingué – un week-end ensemble près de son ancienne université dans le Northumberland – même si je pense que quelques petits jeux coquins seront quand même au programme !

Le week-end choisi par Clare est celui du 14-16 novembre. Oui, je sais, je vous préviens au tout dernier moment, mais les possibilités étaient restreintes entre les obligations professionnelles, Noël et tout ça. Merci de répondre dans les plus brefs délais.

Bisous – en attendant de revoir les vieux amis et d'en rencontrer de nouveaux !!!

Flo

Je suis restée à fixer l'écran d'un œil inquiet, les sourcils froncés, me mordillant un ongle, cherchant à comprendre.

Puis j'ai examiné une nouvelle fois la liste des

destinataires. Un nom m'était familier : Nina da Souza.

Voilà qui réglait la question : Clare Cavendish. Ça ne pouvait être personne d'autre. Et je savais – ou il me semblait me souvenir – qu'elle avait étudié à Durham, ou Newcastle peut-être ? Ce qui collait avec la région du Northumberland.

Mais pourquoi ? Pourquoi Clare Cavendish m'inviterait-elle à son enterrement de vie de jeune fille ?

Était-ce une erreur ? Cette Flo avait-elle juste piqué le carnet d'adresses de Clare et envoyé un e-mail à tous ses contacts ?

Pourtant, il n'y avait que douze destinataires… Ma présence parmi eux pouvait difficilement être une erreur. Pas vrai ?

Je demeurais immobile, le regard braqué sur l'écran, comme si les pixels allaient me fournir les réponses aux questions qui me tordaient l'estomac. Je regrettais à moitié de ne pas avoir supprimé le message sans le lire.

Nerveuse, je me suis levée d'un bond et j'ai marché jusqu'à la porte avant de revenir à mon bureau devant lequel je me suis plantée, fixant l'ordinateur, mal à l'aise.

Clare Cavendish. Pourquoi moi ? Pourquoi maintenant ?

Difficile de poser directement la question à cette Flo.

Une seule personne pouvait peut-être savoir.

Je me suis rassise. Puis très vite, avant de changer d'avis, j'ai tapé un message.

À : Nina da Souza
De : Nora Shaw
Objet : EVJF ???

Ma chère N.,

J'espère que tu vas bien. Je dois avouer que j'ai été un peu surprise de nous voir toutes les deux parmi les invitées à l'enterrement de vie de jeune fille de Clare. Est-ce que tu y vas ?

Bises.

Et j'ai attendu une réponse.

Les jours suivants, j'ai essayé de me sortir cette histoire de l'esprit. Je me suis plongée dans le travail – cherchant à me terrer sous l'écheveau noueux des menus détails des questions du correcteur – mais le message de Florence jouait constamment les trouble-fêtes dans un coin de ma tête, comme un bouton au bout de la langue qui élance quand on s'y attend le moins, un ongle qui accroche et qu'on ne peut s'empêcher de ronger. L'e-mail descendait inexorablement dans ma boîte de réception, mais je sentais sa présence, l'absence de flèche de réponse à côté de son intitulé, tel un reproche muet, les questions qu'il laissait en suspens comme un accroc permanent dans ma routine quotidienne.

Réponds ! ai-je supplié Nina mentalement pendant que je courais dans le parc, préparais le dîner ou regardais dans le vide. J'ai envisagé de lui téléphoner. Cependant, je n'étais pas certaine de ce que j'espérais.

Quelques jours plus tard, je prenais mon petit-déjeuner en consultant vaguement Twitter sur mon téléphone lorsqu'un nouvel e-mail est arrivé.

De la part de Nina.

J'ai bu une gorgée de café, inspiré un grand coup et ouvert le message.

> De : Nina da Souza
> À : Nora Shaw
> Objet : Re : EVJF ???
>
> Waouh ! Ça fait un bail. Viens juste de voir ton e-mail – j'étais de garde de nuit à l'hôpital. Bon sang, en toute franchise, c'est la dernière chose dont j'ai envie. J'ai reçu le faire-part de mariage il y a un moment mais j'espérais échapper à l'enterrement de vie de jeune fille. Tu y vas ? Est-ce qu'on passe un pacte ? J'y vais si tu y vas ?
> N.

J'ai bu mon café le regard rivé à l'écran, le doigt planant au-dessus de l'icône « répondre », mais je n'étais pas décidée à cliquer. J'avais espéré que Nina m'apporterait au moins quelques éclaircissements sur les questions qui bourdonnaient dans ma tête ces derniers jours. Quand était prévu le mariage ? Pourquoi m'inviter à l'enterrement de vie de jeune fille et pas à la cérémonie ? Qui épousait-elle ?

Salut, est-ce que tu sais... ai-je commencé à taper avant d'effacer. Non. Impossible de demander de but en blanc. Ce serait admettre que je n'ai pas la moindre idée de ce qui se passe. J'ai toujours été trop fière pour reconnaître mon ignorance. Je déteste me retrouver en position de faiblesse.

J'ai essayé de repousser la question au fond

de mon esprit tandis que je me douchais et m'habillais. Mais lorsque j'ai ouvert mon ordinateur, deux nouveaux messages m'attendaient.

Le premier était un « non merci » désolé de l'une des amies de Clare, prétextant un anniversaire familial.

Le second venait encore de Flo. Cette fois-ci, elle avait joint une confirmation de lecture.

> À : info@LNShaw.co.uk
> De : Florence Clay
> Objet : EVJF DE CLARE !!!
>
> Chère Lee,
>
> Désolée d'insister mais je me demandais si tu avais reçu mon e-mail précédent. Je sais que ça fait un moment que tu n'as pas vu Clare mais elle espérait vraiment que tu pourrais venir. Elle parle souvent de toi et je sais qu'elle est triste que vous vous soyez perdues de vue après le lycée. J'ignore ce qui s'est passé mais elle aimerait beaucoup que tu sois là – tu veux bien venir ? Son week-end serait parfait.
>
> Flo

J'aurais dû me sentir flattée, que Clare désire autant ma présence, que Flo se soit donné tant de mal pour me trouver. Mais non. J'ai au contraire éprouvé une pointe d'animosité devant l'insistance de l'e-mail et un sentiment d'intimité bafouée par la demande de confirmation de lecture. J'avais l'impression d'être surveillée, espionnée.

J'ai refermé l'e-mail et ouvert le document sur lequel je travaillais, mais alors que je me plongeais dans le travail, chassant avec détermination toute pensée de l'enterrement de vie de jeune fille, les mots de Flo flottaient dans l'air comme un écho, me tourmentant. *J'ignore ce qui s'est passé.* On aurait dit une enfant qui geignait. Effectivement, ai-je songé, tu l'ignores. Alors ne viens pas fouiller dans mon passé.

J'avais juré de ne jamais y retourner.

Avec Nina, c'était différent – Nina vivait à Londres aujourd'hui, et il nous arrivait de nous croiser dans Hackney. Désormais, elle faisait davantage partie de mon présent à Londres que de mon passé à Reading.

Mais Clare… Clare appartenait définitivement au passé. Et je voulais qu'elle y reste.

Pourtant, une petite part de moi – infime et agaçante, qui pesait sur ma conscience – désirait le contraire.

Clare avait été mon amie. Ma meilleure amie, pendant très longtemps. Et je m'étais quand même enfuie, sans un regard en arrière, sans même laisser un numéro. Quel genre d'amie cela faisait-il de moi ?

De nervosité, je me suis levée et, à défaut d'autre chose, j'ai refait du café. Plantée devant la cafetière à pression pendant qu'elle sifflait et gargouillait, rongeant le coin de mon ongle, j'ai songé aux dix années écoulées depuis la dernière fois où je l'avais vue. Lorsque enfin le café a été passé, je m'en suis versé une tasse que j'ai emportée à mon bureau, mais je ne me suis pas remise au boulot. À la place, j'ai ouvert Google et tapé « Clare Cavendish Facebook ».

Il existait un paquet de Clare Cavendish, en fait, et le café avait refroidi depuis longtemps lorsque j'en ai trouvé une qui m'a semblé correspondre. La photo du profil représentait un couple déguisé en personnages de la série *Doctor Who*. Difficile de l'affirmer avec la perruque rousse ébouriffée, mais quelque chose dans la façon dont la fille rejetait sa tête en arrière en riant m'a stoppée net tandis que je passais en revue la liste sans fin. L'homme était déguisé en Matt Smith, avec des cheveux mi-longs et la mèche sur le côté, des lunettes à monture d'écaille et un nœud pap. J'ai cliqué pour agrandir l'image et les ai examinés tous les deux pendant de longues minutes, tentant de distinguer ses traits sous les longs cheveux roux. Plus je la regardais, plus j'étais convaincue qu'il s'agissait de Clare. Je ne reconnaissais pas l'homme, en revanche.

J'ai ouvert l'onglet « À propos ». Dans la rubrique « Amis en commun » se trouvait Nina da Souza. C'était bel et bien Clare. Et dans « Famille et relations », il était inscrit : « en couple avec William Pilgrim ». Le nom m'a légèrement fait tiquer. J'avais la vague impression de le connaître. Un ancien camarade de lycée ? Mais le seul William de notre promo était Will Miles. *Pilgrim*. Je ne me rappelais personne de ce nom. J'ai cliqué sur le profil, mais la photo – une pinte de bière à moitié pleine – n'apportait aucun éclaircissement.

Je suis revenue sur la page de Clare et alors que je la contemplais, essayant de déterminer quoi faire, le message de Flo résonnait à mes oreilles : *Elle espérait vraiment que tu pourrais venir. Elle parle souvent de toi.*

Un pincement au cœur. Une pointe de culpabilité, peut-être.

J'étais partie sans un regard en arrière ; traumatisée, bouleversée. Pendant longtemps, je m'étais contentée de mettre un pied devant l'autre, d'avancer, tournant résolument le dos à mon passé.

Instinct de préservation : c'était tout ce que je pouvais faire. Je m'étais interdit de songer à tout ce que j'avais laissé derrière.

Et voilà que le regard de Clare croisait le mien, flirtant sous la perruque rousse ; j'ai cru discerner comme une supplique dans ses yeux, un reproche.

Les souvenirs ont commencé à affluer. Je me suis rappelé comment elle pouvait vous donner l'impression d'être le centre du monde simplement en vous choisissant dans une pièce bondée ; remémorée son rire bas, chantant, les mots qu'elle faisait passer en classe, son sens de l'humour tordu.

Je me revois dormir par terre dans sa chambre, à six ans peut-être, ma première nuit loin de chez moi, à écouter le doux ronronnement de sa respiration. J'avais fait un cauchemar et mouillé le lit, et Clare m'avait serrée dans ses bras et donné son ours en peluche à câliner pendant qu'elle se glissait jusqu'au placard pour prendre des draps propres puis allait cacher les sales dans le panier à linge.

J'avais entendu la voix de sa mère sur le palier, basse et endormie, qui demandait ce qu'il se passait, et la réponse prompte de Clare : « J'ai renversé mon verre de lait, Maman, ça a trempé le lit de Lee. »

Pendant une seconde, j'étais de retour là-bas, vingt ans auparavant, petite fille effrayée. Je pouvais *sentir* l'odeur de sa chambre – nos haleines pâteuses au creux de la nuit, les perles de bain sucrées dans le pot en verre sur le rebord de la fenêtre, l'odeur de lessive émanant du linge propre.

« Ne le dis à personne », avais-je murmuré tandis que nous mettions les nouveaux draps et que je cachais mon pyjama dans mon sac. Elle avait secoué la tête.

« Bien sûr. »

Et elle ne l'avait jamais répété.

J'étais encore assise, immobile, quand mon ordinateur a émis un petit tintement et qu'un autre e-mail est apparu. Il venait de Nina.

> Qu'est-ce qu'on fait, alors ? Flo insiste. Oui au pacte ??
>
> N.

Je me suis levée pour refaire les cent pas, des fourmis dans les doigts devant la stupidité de ce que je m'apprêtais à faire. Puis je suis revenue au bureau et, avant de changer d'avis, j'ai tapé :

> OK. Marché conclu. Bises.

La réponse de Nina est arrivée une heure plus tard.

> Waouh ! Ne le prends pas mal, mais je suis surprise ! Agréablement. Ça marche ! Tu n'as pas intérêt à me faire faux bond. Souviens-toi que je suis médecin. Je connais au moins trois façons de te tuer sans laisser de traces.
>
> N.

J'ai pris une profonde inspiration, rouvert le premier message de Flo et rédigé une réponse.

Chère Florence (Flo ?)

Je serai ravie de venir. Remercie Clare de ma part d'avoir pensé à moi. J'ai hâte de rencontrer tout le monde dans le Northumberland et de revoir Clare.

Bien amicalement, Nora (mais Clare m'appelle Lee).

P-S : Merci d'utiliser plutôt cette adresse pour les messages futurs. Je ne consulte pas l'autre régulièrement.

Après ça, les e-mails se sont enchaînés à toute vitesse. Il y a eu une vague de réponses désolées, toutes invoquant le délai trop court. *Je suis déjà prise ce week-end... Je dois travailler... J'assiste à une messe commémorative...* (Nina : *la prochaine personne qui abuse du « répondre à tous » assistera à son propre enterrement !*) *Désolée mais je vais faire de la plongée en Cornouailles !* (Nina : *De la plongée ? En novembre ? Elle n'a pas trouvé mieux comme excuse ? Punaise, si j'avais su que la barre était si basse, j'aurais dit que j'étais coincée dans une mine au Chili !*)

Encore des obligations professionnelles ; d'autres engagements ailleurs. Au final, la liste des présents s'est constituée : Clare, Flo, Melanie, Tom (Nina m'a envoyé trois points d'interrogation à ce nom), Nina et moi.

Six personnes. C'était peu pour une fille aussi populaire que Clare. En tout cas, populaire au lycée. Mais il est vrai que le délai était court.

Était-ce pour cette raison qu'elle m'avait conviée ? Avait-elle raclé les fonds de tiroir pour s'assurer qu'il y aurait assez de monde ? Non, ce n'était pas le genre de Clare, pas de celle que j'avais connue en tout cas. La Clare que je connaissais aurait invité exactement qui elle voulait et en aurait fait un événement si exclusif que seuls quelques privilégiés auraient eu l'honneur d'y participer.

J'ai repoussé mes souvenirs, les ai enfouis sous la couverture rassurante de la routine. Mais ils ne cessaient de refaire surface – au beau milieu d'un jogging, en pleine nuit, souvent quand je m'y attendais le moins.

Pourquoi, Clare ? Pourquoi maintenant ?

3

Novembre est arrivé à une vitesse effrayante. J'ai fait de mon mieux pour chasser l'histoire de mon esprit et me concentrer sur le travail, mais cela devenait de plus en plus difficile à mesure que le week-end approchait. Je courais sur de plus longues distances, recherchant l'épuisement total pour aller me coucher, mais dès que ma tête touchait l'oreiller, les chuchotements commençaient. *Dix ans. Après tout ce qui s'est passé.* Était-ce une erreur monumentale ?

Sans Nina, je me serais désistée. Mais finalement, le 14 est arrivé et je me suis retrouvée avec mon sac, à descendre du train à Newcastle par une matinée froide et piquante, Nina à mes côtés fumant une roulée et se plaignant de l'Angleterre pendant que je nous achetais des cafés au stand installé sur le quai. C'était son troisième enterrement de vie de jeune fille de l'année (bouffée de cigarette), elle avait dépensé presque cinq cents livres pour le dernier (bouffée de cigarette), et celui-ci lui coûterait presque mille livres avec le mariage (nuage de fumée). Franchement, elle préférerait leur faire un chèque et s'épargner la virée annuelle. Et tant qu'on y était, a-t-elle ajouté en écrasant son mégot sous son étroit talon, pourquoi Jess ne pouvait-elle pas l'accompagner ?

« Parce que c'est un EVJF », ai-je répondu. J'ai récupéré les cafés et suivi Nina vers le panneau du parking. « Parce que l'intérêt est de laisser les conjoints à la maison. Sinon, pourquoi ne pas inviter le marié et basta, bordel ? »

Je ne dis jamais de gros mots, sauf avec Nina. Elle produit cet effet-là sur moi, comme si, en sa présence, ma grossièreté contenue ne demandait qu'à s'exprimer.

« Tu ne conduis toujours pas ? » a demandé Nina tandis que nous fourrions nos valises dans le coffre de la Ford de location. J'ai haussé les épaules d'un air contrit.

« C'est une des compétences basiques de la vie que je n'ai jamais maîtrisées. Désolée.

— Ne t'excuse pas. »

Elle a glissé ses longues jambes sur le siège conducteur, claqué la portière et mis la clé dans le contact.

« Je n'aime pas être passagère. La conduite, c'est comme le karaoké, quand c'est toi, c'est formidable, quand c'est les autres, c'est gênant ou inquiétant.

— Tu sais, quand on habite Londres, avoir une voiture est plus un luxe qu'une nécessité. Tu n'es pas d'accord ?

— J'utilise Zipcar lorsque je vais rendre visite à mes parents.

— Mmm. »

J'ai regardé par la vitre pendant que Nina débrayait. On a fait quelques sauts de lapin dans le parking avant qu'elle n'ait la voiture bien en main.

« L'Australie, c'est un peu loin pour y aller en Volvo.

— Oh, j'avais oublié que ta mère s'était installée là-bas. Avec… Comment s'appelle-t-il, déjà ? Ton beau-père ?

— Philip », ai-je répondu. Pourquoi ai-je toujours l'impression d'être une ado boudeuse lorsque je prononce son prénom ? C'est un prénom tout à fait normal.

Nina m'a décoché un regard perçant puis a désigné du menton le GPS.

« Tu veux bien l'installer et entrer le code postal que Flo nous a indiqué ? C'est notre seule chance de sortir vivantes du centre de Newcastle. »

Westerhope, Throckley, Stanegate, Haltwhistle, Wark… les panneaux défilaient comme les vers d'un poème, la route se déroulait, ruban gris métal jeté à travers la lande et les plaines où paissaient des moutons. Le ciel était immense et nuageux, mais les petits bâtiments en pierre que nous croisions à intervalles réguliers se serraient les uns contre les autres dans les cuvettes du paysage, comme s'ils craignaient d'être vus. Mon rôle de copilote était limité et lire en voiture me soulevait le cœur, si bien que j'ai fermé les yeux, bloqué Nina et le son de la radio, et suis restée seule dans ma tête avec les questions qui me taraudaient.

Pourquoi moi, Clare ? Pourquoi maintenant ?

Se marier lui donnait-il envie de ranimer une ancienne amitié ? Mais dans ce cas, pourquoi ne m'avait-elle pas conviée au mariage ? Elle avait invité Nina, de toute évidence, donc la cérémonie n'était pas réservée à la famille et aux proches.

Mentalement, je l'ai vue secouer la tête, m'enjoignant de patienter. Clare a toujours aimé les cachotteries. Son passe-temps préféré consistait à découvrir les secrets des gens puis à y faire des allusions. Elle ne les révélait pas – elle se contentait de sous-entendus voilés, des références que seul l'intéressé était à même de comprendre. Pour qu'il *sache*.

Nous nous sommes arrêtées à Hexham pour le déjeuner, et la pause cigarette de Nina, puis nous avons continué vers Kielder Forest sur des routes de campagne, le ciel s'étendant à l'infini au-dessus de nos têtes. Cependant, à mesure que les routes rétrécissaient, les arbres semblaient se refermer sur nous, avançaient à travers l'herbe tourbeuse coupée ras jusqu'à se dresser comme des sentinelles en bord de route, retenus seulement par un petit muret de pierres sèches.

Comme nous pénétrions dans la forêt à proprement parler, le GPS a perdu le réseau et s'est éteint.

« T'inquiète ! ai-je assuré en farfouillant dans mon sac à main. J'ai imprimé l'itinéraire que nous a envoyé Flo.

— Tu es une vraie petite scoute, toi alors ! s'est moquée Nina, mais j'ai perçu le soulagement dans sa voix. Qu'est-ce que tu reproches aux iPhone ?

— Ils nous lâchent sans prévenir, voilà ce que je leur reproche », ai-je répliqué en lui montrant mon portable qui ramait, échouant à charger Google Maps. J'ai consulté la feuille imprimée. *La maison de verre*, indiquait l'en-tête de recherche, *Stanebridge Road*. « Bon, il va y avoir une route à droite, après un tournant. Ça va être bientôt… »

Nous avons passé le virage à toute allure et j'ai dit – avec douceur, me semble-t-il :

« C'était là. On l'a ratée.

— Pour le brevet de copilotage, tu repasseras !

— Quoi ?

— Tu es censée me prévenir qu'il y a un virage avant qu'on soit dedans, tu sais ! » Prenant la voix de robot du GPS, elle a poursuivi : « Tournez à gauche dans… cinquante… mètres. Tournez à gauche dans… trente… mètres. Faites demi-tour avec prudence dès que possible. Vous avez raté l'embranchement.

— Eh bien, ma chère, fais demi-tour avec prudence dès que possible, tu as raté l'embranchement.

— Aux chiottes la prudence ! »

Nina a enfoncé la pédale de frein et opéré un demi-tour en trois temps, rapide et agacé, au beau milieu d'un autre lacet de la route forestière. J'ai fermé les yeux.

« Qu'est-ce que tu disais à propos du karaoké, déjà ?

— C'est une route isolée, il n'y a personne.

— En dehors de la demi-douzaine d'invités à cette fête. »

J'ai rouvert prudemment les yeux : nous repartions à toute vitesse dans l'autre sens. « Bon, c'est ici. Sur la carte, ça ressemble à un sentier mais Flo l'a bien indiqué.

— C'est un sentier ! »

Elle a tourné le volant et dans un bond, nous nous sommes engagées dans la trouée. La petite voiture a avancé en cahotant sur le chemin de boue et d'ornières.

« Je crois que le terme technique est "route non goudronnée" », ai-je dit, le souffle court, tandis que

Nina contournait une immense tranchée boueuse qui ressemblait à un point d'eau pour hippopotames et prenait un nouveau virage. « C'est leur allée privée ? Le sentier doit faire au moins huit cents mètres. »

Nous étions sur la dernière page imprimée, un agrandissement maximum qui ressemblait à une vue aérienne, et je n'y distinguais aucune autre maison.

« Si c'est leur allée, a dit Nina d'une voix saccadée par les cahotements de la voiture, ils feraient bien de l'entretenir. Si je pète le châssis de cette voiture, je fais un procès à quelqu'un. Je me fous de qui, mais pas moyen que je paie pour ça ! »

Cependant, après le virage suivant, nous étions arrivées. Nina a franchi un étroit portail, s'est garée et a coupé le moteur. Nous sommes descendues de voiture et avons levé les yeux sur la demeure qui se dressait devant nous.

Je ne sais pas ce que je m'étais imaginé, un petit cottage au toit de chaume sans doute, avec des poutres et des plafonds bas, mais certainement pas ça. Planté au milieu d'une clairière en pleine forêt s'érigeait un assemblage de verre et d'acier, des briques d'un style très minimaliste qui donnaient l'impression d'avoir été jetées là par un gamin négligent, lassé de jouer avec. La maison paraissait tellement incongrue que Nina et moi en sommes restées comme deux ronds de flan.

La porte s'est ouverte et un éclair blond a percé l'obscurité ; un instant, une panique totale s'est emparée de moi. C'était une erreur. Je n'aurais jamais dû venir. Mais il était trop tard pour faire demi-tour.

Dans l'embrasure de la porte se tenait Clare.

Sauf que… elle paraissait différente.

Cela remonte à dix ans, me suis-je forcée à me rappeler. Les gens changent, ils prennent du poids. Nous ne sommes pas les mêmes à seize ans et à vingt-six. Je devrais le savoir mieux que personne.

Mais Clare… C'était comme si quelque chose s'était cassé, qu'une lumière en elle s'était éteinte.

Lorsqu'elle a pris la parole, l'illusion s'est dissipée. La voix était le seul élément qui ne collait absolument pas avec Clare. Alors que Clare avait une voix aiguë, juvénile, celle-ci était profonde. Et extrêmement snob.

« Saaalut !!! » s'est écriée la femme avec une intonation qui marquait bien les trois points d'exclamation. J'ai su, avant même qu'elle ne se présente, de qui il s'agissait. « Je suis Flo ! »

On sait quand on voit le frère ou la sœur d'une célébrité : c'est comme regarder la star en question mais dans un miroir de fête foraine. Un reflet déformé avec une telle subtilité qu'il est difficile de mettre le doigt sur la différence. On sait juste que ce n'est pas pareil. Un élément essentiel a été perdu, il y a une fausse note dans la chanson.

Voilà qui était la fille à la porte.

« Oh mon Dieu ! s'est-elle exclamée. Je suis tellement contente de vous voir ! Tu dois être… » Elle nous a considérées, Nina et moi, à tour de rôle et a choisi la facilité. Nina mesure un mètre quatre-vingt-cinq et est brésilienne. Enfin, son père est originaire du Brésil. Elle est née à Reading et sa mère est de Dalston. Elle a le profil aiguisé d'un faucon et les cheveux d'Eva Longoria.

« Nina, si je ne m'abuse ?

— Ouais, a répondu celle-ci en tendant la main. Et toi Flo, alors ?

— Oui, certes. »

Nina m'a jeté un regard qui me mettait au défi de rigoler. Je ne pensais pas qu'il existait vraiment des gens qui disaient « certes », ou alors que s'ils l'employaient, ils arrêtaient après s'être fait taper au primaire ou moquer à la fac. Flo était peut-être une dure à cuire.

Elle a serré la main de Nina avec enthousiasme puis s'est tournée vers moi, un immense sourire aux lèvres. « Dans ce cas, tu es… Lee, n'est-ce pas ?

— Nora, ai-je corrigé par réflexe.

— Nora ? » Elle a froncé les sourcils, perplexe.

« Je m'appelle Leonora, ai-je expliqué. À l'école, on me surnommait Lee, mais maintenant, je préfère Nora. Je l'ai dit dans mon message. »

J'avais toujours détesté être Lee. C'était un prénom de garçon, un nom qui se prêtait à la moquerie et aux rimes. *Lee veut faire pipi. Lee Lee sent le pipi.* Et avec mon nom de famille, Shaw : *Lee Shaw dort dans son lit chaud.*

Lee était morte et enterrée désormais. En tout cas, je l'espérais.

« Tout à fait ! J'ai une cousine prénommée Leonora. On l'appelle Leo. »

J'ai tenté au mieux de réprimer un tressaillement. Pas Leo. Jamais. Une seule personne au monde m'appelait comme ça.

Le silence s'est étiré, jusqu'à ce que Flo le rompe d'un petit rire légèrement cassant. « Ah ! Bon, très bien. On va bien s'amuser ! Clare n'est pas encore arrivée mais en tant que demoiselle d'honneur, j'ai cru bon de remplir mon devoir et d'être sur place la première !

— Quelles affreuses tortures as-tu prévues pour nous, alors ? a demandé Nina en tirant violemment sa valise sur le seuil. Des boas en plumes ? Des pénis en chocolat ? Je te préviens, j'y suis allergique. Je fais une réaction anaphylactique. Ne m'oblige pas à sortir mon stylo d'épinéphrine. »

Flo s'est esclaffée avec nervosité. Elle m'a dévisagée puis a considéré Nina, cherchant à déterminer si elle plaisantait ou pas. L'humour de Nina peut s'avérer difficile à identifier quand on ne la connaît pas. Nina lui a renvoyé un regard sérieux, hésitant à la tourmenter davantage.

« Jolie… maison », ai-je dit pour la contrer, bien qu'à la vérité, « jolie » ne soit pas le mot qui me venait à l'esprit. Malgré les arbres de tous les côtés, la maison semblait atrocement exposée, offrant sa grande façade de verre aux yeux de toute la vallée.

« N'est-ce pas ! » s'est réjouie Flo, soulagée de revenir sur un terrain moins dangereux. « En fait, il s'agit de la maison de vacances de ma tante, mais elle n'y vient pas beaucoup en hiver. C'est trop isolé. Le salon est par ici… » Elle nous a conduites le long d'un couloir sonore dont les cloisons s'élevaient jusqu'au faîte de la maison, puis dans une pièce au plafond bas, tout en longueur, pourvue d'un mur entier en verre faisant face à la forêt. Cette immense baie donnait une étrange impression de mise à nu, comme si nous nous trouvions sur un plateau de tournage, à jouer notre rôle devant un public dissimulé dans les bois. Un frisson m'a remonté l'échine et j'ai tourné le dos à la paroi vitrée, examinant la pièce. Malgré les longs canapés moelleux, l'endroit paraissait étonnamment vide – et au bout d'une seconde, j'ai compris pourquoi. Ce n'était pas seulement le manque de mobilier et le décor minimaliste – trois pots sur le manteau de cheminée, une unique toile de Mark Rothko au mur – mais le fait qu'il n'y avait pas un seul livre dans tout le salon. Ça ne ressemblait pas à une résidence secondaire – toutes les maisons de vacances dans lesquelles j'avais séjourné abritaient une étagère chargée de Dan Brown et d'Agatha Christie écornés. Cette demeure ressemblait davantage à une vitrine qu'à une maison.

« Le téléphone fixe se trouve ici. » Flo a indiqué un vieil appareil à cordon qui paraissait perdu au milieu de cet environnement moderne. « Le réseau mobile est capricieux alors n'hésitez pas à vous en servir. »

Toutefois, le téléphone n'était pas ce qui retenait l'attention. Au-dessus d'une cheminée au style épuré était accroché un objet encore plus hors de propos : un fusil reluisant, posé sur des chevilles fixées dans le mur. Comme transposé d'un pub de campagne. Était-ce un vrai ?

J'ai tenté d'en détourner le regard en me rendant compte que Flo poursuivait son discours de présentation.

« … et à l'étage, il y a les chambres, a-t-elle terminé. Vous voulez de l'aide avec vos valises ?

— Non », ai-je répondu en même temps que Nina qui disait : « Eh bien, puisque tu le proposes… »

Bien que visiblement prise de court, Flo s'est emparée avec courage de l'énorme valise à roulettes de Nina et a commencé à la monter dans l'escalier en verre dépoli.

« Comme je le disais, a-t-elle haleté en tournant au

pilastre, il y a quatre chambres. J'ai pensé que Clare et moi pouvions en partager une, et vous deux, une autre. Tom sera dans une chambre tout seul, assurément.

— Assurément », a répliqué Nina avec sérieux.

J'étais trop occupée à songer au fait que j'allais partager une chambre pour relever. J'avais supposé que je disposerais d'un endroit à moi pour me retirer.

« Ce qui nous laisse Mel – Melanie – toute seule. Elle a un bébé de six mois, alors j'ai pensé qu'elle méritait plus que nous une chambre seule !

— Quoi ? Elle ne l'amène pas avec elle, quand même ? » Nina affichait une expression de réelle angoisse.

Flo a explosé de rire puis s'est vite couvert la bouche de la main, étouffant le bruit avec embarras. « Non ! C'est juste que, vous savez, elle aura sans doute davantage besoin d'une bonne nuit de sommeil que nous.

— Ah, d'accord, a consenti Nina avant de jeter un œil dans une des chambres. Laquelle est la nôtre, alors ?

— Les deux du fond sont les plus grandes. Lee et toi, vous pouvez prendre celle de droite si ça vous convient, il y a des lits jumeaux. Dans l'autre, c'est un lit double à baldaquin, mais ça ne me dérange pas de me tasser avec Clare ! »

Elle s'est arrêtée sur le palier, à bout de souffle, et a fait un geste en direction d'une porte en bois clair sur la droite. « On y est. »

À l'intérieur se trouvaient deux lits aux draps blancs ainsi qu'une petite coiffeuse, un mobilier aussi anonyme que celui d'une chambre d'hôtel, et, face aux lits, la paroi en verre de rigueur, surplombant la forêt de sapins au nord. D'ici, la démarche esthétique était plus difficile à saisir. Le terrain montait en côte à l'arrière de la maison et n'offrait donc pas de vue spectaculaire, comme à l'avant. Au contraire, l'effet obtenu suscitait plutôt un sentiment de claustrophobie – un mur vert foncé, s'enfonçant déjà dans l'obscurité avec le soleil couchant. De lourds rideaux couleur crème pendaient à chaque angle, et j'ai dû me retenir de courir les tirer sur l'immense étendue de verre.

Derrière moi, Flo a déposé la valise de Nina par terre dans un bruit sourd. J'ai pivoté et elle a souri, un grand et large sourire qui l'a tout à coup rendue presque aussi jolie que Clare.

« Des questions ?

— Oui, a répondu Nina. Je peux fumer ici ? »

Le visage de Flo s'est décomposé. « Ma tante n'aime pas qu'on fume à l'intérieur. Mais il y a un balcon. » Elle a bataillé un moment avec la baie coulissante puis a réussi à l'ouvrir. « Tu peux fumer là, si tu veux.

— Super ! Merci. »

Flo a refermé la porte-fenêtre avec la même difficulté, puis s'est redressée, le teint rougi par l'effort, essuyant ses mains sur sa jupe. « Bien ! Je vais vous laisser vous installer. On se retrouve en bas ?

— Certes ! » s'est exclamée Nina d'un ton enjoué et moqueur que j'ai tenté de camoufler sous un « merci » trop appuyé qui n'a réussi qu'à me faire paraître étrangement agressive.

« Hum, oui, d'accord ! » a répliqué Flo, sans conviction. Puis elle a franchi la porte et disparu.

« Nina… ai-je dit sur un ton d'avertissement tandis qu'elle gagnait le mur vitré pour contempler la forêt.

— Quoi ? » a-t-elle lancé par-dessus son épaule. Puis : « Nous avons donc la confirmation que Tom est un garçon, à en juger par la détermination de Flo à tenir éloigné de nos délicates parties féminines son chromosome Y de brute. »

Je n'ai pas pu m'empêcher de ricaner. C'est comme ça, avec Nina. On lui pardonne des trucs qu'on ne laisserait pas passer chez d'autres.

« Il doit être homo, tu ne crois pas ? C'est vrai quoi, sinon, qu'est-ce qu'il viendrait foutre à un enterrement de vie de jeune fille ?

— Heu, contrairement à ce que tu imagines, jouer pour l'autre équipe ne te fait pas changer de sexe. Il me semble. Non, attends… » Elle a écarté le haut de son T-shirt et regardé à l'intérieur. « Non, tout est là. Les gros lolos sont en place.

— Tu sais bien que ce n'est pas ce que je veux dire. » J'ai balancé ma valise sur le lit, puis, me rappelant ma trousse de toilette, je l'ai ouverte avec plus de précaution. Mes baskets étaient sur le dessus, je les ai rangées près de la porte, bien droites, comme un petit panneau « sortie de secours » rassurant.

« Les enterrements de vie de jeune fille consistent en partie à cancaner sur la gent masculine. C'est ce que les femmes ont en commun avec les homos.

— Bon sang, c'est maintenant que tu me le dis ! J'avais la parfaite excuse et tu me l'as cachée ? La prochaine fois que je suis invitée à un enterrement de vie de jeune fille tu pourrais faire un "répondre à tous" en disant *Désolée, Nina ne peut pas venir puisqu'elle n'apprécie pas la gent masculine* ?

— Oh, punaise. J'ai dit *en partie*.

— C'est bon. » Elle s'est retournée vers la fenêtre,

scrutant le bois, les troncs des arbres comme des stries sombres sur le vert crépusculaire. Puis, avec un accent tragique dans la voix : « J'ai l'habitude d'être mise au ban de la société hétéro normative.

— Va te faire voir », ai-je lâché, l'air bougon. Elle s'est retournée en rigolant.

« Qu'est-ce qu'on fiche ici, de toute façon ? a-t-elle demandé en se jetant sur l'un des lits avant de retirer ses chaussures. Je ne sais pas pour toi, mais je n'ai pas vu Clare depuis trois ans. »

Je n'ai pas répondu. Je ne savais pas quoi dire.

Pourquoi étais-je venue ? Pourquoi Clare m'avait-elle invitée ?

« Nina », ai-je commencé. Une boule me serrait la gorge et les battements de mon cœur se sont accélérés. « Nina, qui… »

Mais avant que je ne puisse terminer ma phrase, des coups ont résonné dans la chambre, se répercutant à travers le couloir ouvert.

Il y avait quelqu'un à la porte.

Soudain, je n'étais plus si sûre d'être prête à obtenir les réponses à mes questions.

4

Nina et moi nous sommes dévisagées. Mon cœur tambourinait dans ma poitrine comme en écho aux coups frappés à la porte, mais je m'efforçais de conserver un calme apparent.

Dix ans. Avait-elle changé ? Avais-je changé ?

J'ai dégluti avec peine.

Le bruit des pas de Flo traversant l'atrium nous est parvenu, suivi d'un raclement métallique lorsqu'elle a ouvert la lourde porte puis de murmures à l'entrée des visiteurs dans la maison.

J'ai tendu l'oreille. Ça ne ressemblait pas à Clare. En fait, derrière le rire de Flo, j'ai perçu une voix distinctement… masculine.

Nina a roulé sur le côté et s'est hissée sur le coude. « Bien, bien, bien… On dirait que Tom le chromosome Y est arrivé.

— Nina…

— Quoi ? Pourquoi me regardes-tu comme ça ? Ne devons-nous pas descendre faire la connaissance du coq de la basse-cour ?

— Nina, arrête !

— Que j'arrête quoi ? » Elle a balancé ses pieds par terre et s'est levée.

« Ne nous mets pas la honte. Ni à lui, ai-je repris.

— Si nous sommes ici pour cancaner, nous sommes les poules et lui le coq. J'utilise le terme dans un sens purement zoologique.

— Nina ! »

Mais elle était déjà partie, dévalant l'escalier de verre en chaussettes. Sa voix a alors flotté jusqu'à moi : « Bonjour, je ne crois pas qu'on se connaisse… »

OK, il ne s'agissait donc définitivement pas de Clare. J'ai inspiré un grand coup et suis sortie dans le couloir.

D'abord, j'ai aperçu le petit groupe d'en haut. Près de la porte d'entrée se tenait une fille aux cheveux noirs, lisses et brillants, rassemblés en chignon sur la nuque – Melanie sûrement. Elle souriait et acquiesçait aux paroles de Flo, mais elle tenait à la main un portable sur lequel elle ne cessait de jeter des coups d'œil distraits. En face, un type avec une valise Burberry. Les cheveux châtains, il était impeccablement vêtu : chemise blanche qui devait sortir du pressing – de tels plis aux manches ne pouvaient qu'être l'œuvre d'un professionnel – et pantalon gris en laine Paul Smith. Il a levé les yeux au son de mes pas dans l'escalier et s'est fendu d'un sourire.

« Salut, je suis Tom.

— Salut. Nora. » J'ai descendu les dernières marches et tendu le bras. Son visage me paraissait incroyablement familier et j'ai cherché d'où je le connaissais pendant que nous nous serrions la main ; en vain. Je me suis tournée vers la brune. « Tu dois être Melanie ?

— Heu, oui, salut. » Elle m'a lancé un sourire agacé. « Désolée, je… J'ai laissé mon petit de six mois à la maison avec son père. C'est la première fois. J'aimerais appeler chez moi pour savoir comment ça se passe. Il n'y a pas de réseau ici ?

— Pas vraiment », a répondu Flo d'un air contrit. Elle avait les joues rouges, d'énervement ou d'excitation, je n'aurais su le dire. « Désolée. On capte un peu tout au fond du jardin ou sur les balcons, selon l'opérateur. Mais il y a une ligne fixe dans le salon. Je vais te montrer. »

Elle a ouvert le chemin et j'ai pivoté vers Tom. Cette sensation de l'avoir déjà vu quelque part persistait en moi.

« Alors, d'où connais-tu Clare ? ai-je demandé, mal à l'aise.

— Oh, tu sais. Le petit monde du théâtre. Tout le monde connaît tout le monde. En fait, c'est mon mari qui nous a présentés au départ. Il est metteur en scène. »

Dans le dos de Tom, Nina m'a décoché un clin d'œil appuyé. Auquel j'ai répondu d'un froncement de sourcils furieux ; je me suis reprise devant l'expression perplexe de Tom.

« Pardon, continue, je t'en prie, a dit Nina avec sérieux.

— Bref, j'ai rencontré Clare à une collecte de fonds pour la Royal Theatre Company. Bruce y montait une pièce, et on s'est mis à parler boulot.

— Tu es comédien ? a demandé Nina.

— Non, auteur. »

Une rencontre entre deux auteurs est toujours étrange. Il plane un léger sentiment de camaraderie, comme un lien maçonnique. Je me demande si les plombiers ressentent la même chose quand ils font connaissance et si les comptables se gratifient de hochements de tête entendus. Peut-être est-ce parce que nous nous rencontrons rarement en comparaison ; les écrivains ont tendance à passer la majeure partie de leur vie en solitaire.

« Nora est écrivain », a annoncé Nina. Elle nous a contemplés comme deux poids coqs lâchés sur le ring pour en découdre.

« Vraiment ? » Tom m'a considérée avec un tout nouveau regard. « Qu'est-ce que tu écris ? »

Argh. La question que je déteste. Je n'ai jamais été à l'aise pour discuter de mon travail – j'ai le sentiment constant que les gens fouillent dans mes pensées intimes.

« Heu... de la fiction », ai-je répondu d'un ton vague. Des polars, pour être exacte, mais en l'apprenant les gens ne peuvent s'empêcher de me proposer des intrigues et des mobiles de meurtres.

« Sans blague ? Et tu écris sous quel nom ? »

Une manière élégante de demander : « Est-ce que tu es connue ? » La plupart des gens le formulent moins joliment.

« L.N. Shaw. Le N ne représente rien car je n'ai pas de deuxième prénom. Je l'ai juste rajouté parce que L. Shaw sonnait bizarre, et que L.N. est plus facile à prononcer, si tu vois ce que je veux dire. Alors comme ça, tu écris des pièces de théâtre ?

— En effet. Je suis toujours un peu jaloux des romanciers – le contrôle que vous avez sur tout. Vous n'avez pas affaire à des acteurs qui massacrent vos meilleures répliques. »

Il a souri, dévoilant des dents parfaites, d'une blancheur artificielle. Des facettes en porcelaine ?

« Mais ce doit être sympa de travailler avec d'autres personnes, ai-je avancé. De partager la responsabilité. Une pièce de théâtre, c'est un gros truc, non ?

— Oui, j'imagine. On doit partager les lauriers, mais au moins, quand c'est un flop, il est collectif. »

J'allais répliquer, mais un tintement en provenance du salon m'a coupée dans mon élan ; Melanie venait de reposer le combiné du téléphone. Tom s'est tourné vers le bruit et quelque chose dans l'inclinaison de sa tête, ou son expression, m'a rappelé où je l'avais vu avant.

La photo. Celle du profil de Clare sur Facebook. C'était lui. Donc l'homme sur sa photo n'était pas son fiancé en fin de compte.

Je méditais toujours cette info quand Melanie est revenue, tout sourire.

« Pff, j'ai eu Bill. Tout va très bien à la maison. Pardon si j'ai été un peu distraite. C'est la première fois que je découche et c'est un saut dans l'inconnu. Bill va s'en sortir, j'en suis certaine, mais… Peu importe, je ferais mieux d'arrêter de radoter. Tu es Nora, c'est ça ?

— Passez dans le salon ! a lancé Flo depuis la cuisine. Je prépare du thé. »

En bons soldats, nous avons marché jusqu'au salon et j'ai observé la réaction de Tom découvrant l'immense pièce avec son long mur vitré.

« Cette vue sur la forêt est impressionnante, non ? a-t-il fini par commenter.

— En effet. » J'ai contemplé les bois. L'obscurité tombait et les ombres donnaient l'impression que les arbres s'étaient rapprochés de la maison, penchés vers nous pour nous dissimuler le ciel. « On se sent un peu à découvert, en revanche, vous ne trouvez pas ? Je crois que c'est parce qu'il n'y a pas de rideaux.

— Comme lorsqu'on a sa jupe coincée dans sa culotte derrière ! s'est exclamée Melanie au débotté avant de s'esclaffer.

— J'aime bien, a rétorqué Tom. On dirait une scène de théâtre.

— Et nous sommes le public ? a demandé Melanie. Cette pièce est d'un ennui ! Les acteurs sont raides comme du bois ! » Elle a montré les arbres du doigt, au cas où le jeu de mots nous aurait échappé. « Vous avez compris ? Les arbres, raides comme du bois ?

— On a compris, a répliqué Nina avec aigreur. Mais je ne pense pas que ce soit ce que Tim voulait dire, n'est-ce pas ?

— Tom, a corrigé celui-ci, une pointe d'agacement dans la voix. Et en effet, je le voyais plutôt dans l'autre sens. Nous sommes les acteurs. » Il s'est tourné vers la paroi vitrée. « Le public est… là, dehors. »

Bizarrement, ses paroles m'ont fait frissonner. Peut-être à cause des arbres, observateurs immobiles dans l'obscurité croissante. Ou alors du souffle d'air froid que Tom et Melanie avaient apporté avec eux de l'extérieur. Dans tous les cas, le temps au départ de Londres était automnal, et brusquement, plus au nord, l'hiver s'était comme installé en une soirée. Une impression que ne provoquaient pas seulement les sapins à proximité qui bloquaient la lumière de leurs épaisses aiguilles, ni l'air froid et piquant soufflant une promesse de gel. La nuit tombait et la maison ressemblait de plus en plus à une cage en verre, projetant sa lumière à l'aveugle dans le crépuscule, tel un phare dans la nuit. J'imaginais un millier de papillons nocturnes voleter en cercle, inexorablement attirés par sa lueur, et venir s'écraser contre sa vitre froide et inhospitalière.

« Je suis gelée, ai-je dit pour changer de sujet.

— Moi aussi, a approuvé Nina en se frottant les bras. Vous pensez qu'on pourrait allumer ce poêle ? Il fonctionne au gaz ? »

Melanie s'est agenouillée devant. « Au bois. » Elle a bataillé un peu avec la poignée mais a fini par ouvrir la trappe de devant. « J'ai presque le même chez moi. Flo ! a-t-elle crié vers la cuisine. Est-ce qu'on peut allumer le poêle ?

— Oui ! a répondu celle-ci. Il y a des allume-feux sur le manteau de la cheminée. Dans un des pots. Je suis là dans une seconde si tu n'y arrives pas. »

Tom s'est approché et a commencé à examiner le contenu des récipients décoratifs posés au-dessus, mais il s'est soudain pétrifié comme moi un peu plus tôt.

« Oh. Mon. Dieu ! » Il avait vu le fusil, posé sur ses chevilles de bois, à hauteur d'yeux. « Ils ne connaissent pas Tchekhov, ici ?

— Tchekhov ? » a lancé une voix dans le couloir. C'était Flo, qui franchissait la porte, un plateau calé sur la hanche. « Le Russe ? Ne vous inquiétez pas, il est chargé à blanc. Ma tante s'en sert pour effrayer les lapins. Ils mangent les bulbes et creusent des trous dans le jardin. Elle leur tire dessus depuis la baie vitrée.

— C'est un peu… barbare, non ? a déclaré Tom en se précipitant pour aider Flo avec son plateau. Je n'ai rien contre le style paysan, mais avoir ce truc-là juste sous nos yeux… C'est un peu déconcertant pour ceux qui tentent de fuir les pensées morbides.

— Je sais ce que tu veux dire, a répliqué Flo. Elle devrait plutôt le conserver dans une vitrine ou un coffre. Mais il appartenait à mon grand-père, c'est en quelque sorte un objet de famille. Et le potager se situe juste derrière ces portes-fenêtres – l'été en tout cas –, alors c'est plus pratique de l'avoir à portée de main. »

Melanie a allumé le feu, Flo a entrepris de servir le thé accompagné de biscuits et la conversation s'est poursuivie sur d'autres sujets : coût d'une location de voiture, prix des loyers, de la pertinence de verser le lait en premier ou pas. Je gardais le silence, songeuse.

« Du thé ? »

L'espace d'un instant, je n'ai pas bougé, pas parlé. Alors Flo m'a tapoté l'épaule, me faisant sursauter.

« Lee, du thé ?

— Nora, ai-je répliqué en forçant un sourire. Je… Pardon. Tu aurais du café, plutôt ? J'aurais dû prévenir, je n'aime pas trop le thé. »

Son visage s'est décomposé. « Je suis désolée, j'aurais dû… Non, il n'y en a pas. Il est sans doute trop tard pour aller en chercher maintenant : le village le plus proche se trouve à quarante minutes et le magasin sera fermé. Je suis vraiment désolée, j'ai pensé à Clare en faisant les courses, et elle adore le thé. Je n'aurais jamais cru…

— Ce n'est pas grave, l'ai-je interrompue avec un sourire. Franchement. » J'ai pris la tasse qu'elle me tendait et bu une gorgée. Il était brûlant et avait un goût prononcé et répugnant de thé – lait chaud et sauce brunâtre.

« Elle devrait bientôt arriver, a déclaré Flo en consultant sa montre. Je vous expose le programme ? »

Nous avons tous acquiescé et Flo a fait apparaître une liste. J'ai senti, plus qu'entendu, le soupir poussé par Nina.

« Donc, Clare devrait être là à 18 heures et j'ai pensé qu'on pourrait prendre un petit verre – j'ai du champ au frigo et j'ai prévu les ingrédients pour préparer des mojitos et des margaritas. Je me suis dit qu'on ne s'embêterait pas avec un dîner assis… » À ces mots, Nina a fait la grimace. « … J'ai prévu des pizzas et des sauces avec des crudités qu'on picorerait autour de la table basse. Et j'ai pensé qu'en même temps, on pourrait jouer à des jeux pour apprendre à se connaître. Nous connaissons Clare, naturellement, mais je ne crois pas que nous nous soyons déjà tous rencontrés… En fait, nous devrions peut-être faire un rapide tour de table pour nous présenter avant l'arrivée de Clare. »

Échanges de regards interrogateurs et perplexes, chacun se demandant qui aurait l'audace de se lancer. Pour la première fois, j'ai essayé d'accorder Tom, Melanie et Flo avec la Clare de mon souvenir, et ce n'était pas chose aisée.

Pour Tom, c'était relativement évident : avec ses vêtements hors de prix et le milieu du théâtre dans lequel il évoluait, il n'était pas difficile de voir ce qu'ils avaient en commun. Clare avait toujours apprécié les gens au physique avantageux, les femmes autant que les hommes, et elle tirait une fierté simple et généreuse du charme de ses amis. Rien de sournois dans son admiration – elle-même était suffisamment belle pour ne pas se sentir menacée par la beauté des autres – et elle adorait aider ses proches à se présenter sous leur meilleur jour, même les candidats les moins prometteurs comme moi. Je me rappelle avoir été traînée de boutique en boutique avant une soirée importante, Clare plaquant les robes contre mon buste maigrichon sans poitrine, les lèvres pincées tandis qu'elle évaluait l'effet, jusqu'à ce qu'elle trouve la tenue parfaite pour moi. Elle avait l'œil pour savoir ce qui mettait en valeur. C'est elle qui m'avait conseillé de me faire couper les cheveux. À l'époque, je ne l'avais pas écoutée. Aujourd'hui, dix ans après, je les porte courts et je sais qu'elle avait raison.

Les cas de Melanie et de Flo étaient plus mystérieux. D'après ses premiers e-mails, j'ai cru comprendre que Melanie était avocate, ou comptable peut-être, et elle semblait effectivement du genre à se sentir plus à l'aise dans un tailleur. Son sac à main et ses chaussures étaient luxueux mais le jean qu'elle portait aurait été qualifié par Clare il y a dix ans de « jean de mémère » – bleu basique, coupe peu flatteuse, plis à la taille.

Celui de Flo, en revanche, était de marque, mais elle le portait avec gêne, bizarrement. On aurait dit qu'elle avait copié sa tenue sur un mannequin d'une boutique All Saints sans se soucier que ça lui aille, et comme je l'observais, elle a tiré avec embarras sur son haut, essayant de le rentrer dans son pantalon pour dissimuler le renflement dodu de ses hanches. Clare aurait pu choisir une telle tenue pour elle-même, mais la conseiller à Flo aurait été cruel.

Flo et Melanie contrastaient étrangement avec Tom. Difficile d'imaginer la Clare que je connaissais avec l'une d'entre elles. Avaient-elles simplement sympathisé à la fac et étaient-elles restées en contact par la suite ? Ce genre d'amitié n'était pas rare, ces liens que l'on tisse au cours de la semaine d'orientation avant de se rendre compte, au fil du temps, qu'on n'a rien en commun en dehors de manger dans le même réfectoire. Pourtant, on continue d'envoyer des cartes d'anniversaire et des « J'aime » sur Facebook. Mais bon, j'avais connu Clare dix ans auparavant. La Clare de Flo et Melanie était peut-être la vraie, désormais.

Tout en contemplant le cercle que nous formions, j'ai remarqué que les autres procédaient de même : évaluation des hôtes qu'ils ne connaissaient pas, tentative d'associer les inconnus avec l'image personnelle qu'ils avaient de Clare. Tom me dévisageait avec une curiosité non dissimulée qui frôlait presque l'hostilité et j'ai dû baisser les yeux au sol. Personne ne voulait se jeter à l'eau en premier. Le silence s'est éternisé jusqu'à menacer de devenir pesant.

« Je vais commencer », a finalement annoncé Melanie. Elle a écarté ses cheveux de son visage et s'est mise à tripoter quelque chose autour de son cou. C'était une petite croix en argent au bout d'une chaîne, de celles qu'on reçoit en cadeau de baptême. « Je m'appelle Melanie Cho, enfin Melanie Blaine-Cho maintenant, mais c'est un peu long alors j'ai gardé mon nom de jeune fille pour le travail. Je vivais en colocation avec Flo et Clare à la fac mais j'ai pris deux années sabbatiques avant de commencer alors je suis plus âgée que vous tous. Enfin, je ne sais pas pour toi, Tom ? J'ai vingt-huit ans.

— Vingt-sept, a répondu celui-ci.

— C'est donc moi la doyenne du groupe. Je viens d'avoir un bébé, il a six mois. Et je l'allaite alors ne m'en veuillez pas si je pars en courant de la pièce avec deux grosses taches humides sur les seins.

— Tu utilises un tire-lait ? » a demandé Flo avec bienveillance ; par-dessus son épaule, j'ai vu Nina loucher et faire semblant de s'étrangler. J'ai détourné le regard, refusant d'entrer dans son jeu.

« Oui. J'avais pensé conserver le lait de ce week-end mais je vais sûrement boire et le rapporter va être compliqué. Hum… Quoi d'autre ? J'habite à Sheffield. Je suis avocate, mais en congé mat' actuellement. Mon mari s'occupe de Ben aujourd'hui. Ben est notre fils. Il est… Oh, je ne vais pas vous ennuyer avec ça. Il est tout simplement adorable. »

Elle a souri, son visage plutôt anxieux s'est illuminé et deux fossettes se sont creusées sur ses joues. Mon cœur s'est serré. Pas à cause du désir d'enfant – je n'avais aucune envie de tomber enceinte – mais devant ce bonheur simple et total.

« Vas-y, montre-nous une photo », a lancé Tom.

Melanie a esquissé un nouveau sourire à fossettes et s'est emparée de son téléphone. « Si tu insistes… Là, c'est à sa naissance… »

Elle nous a montré une photo d'elle allongée dans un lit d'hôpital, le visage exsangue et ses cheveux noirs en queues de rat sur ses épaules, souriant d'un air las à un petit paquet blanc entre ses bras.

J'ai dû détourner les yeux.

« Et là, c'est lui en train de sourire. Ce n'était pas la première fois, j'ai raté le premier sourire mais Bill était en voyage à Dubaï alors j'ai fait en sorte de prendre le suivant et je lui ai envoyé la photo par texto. Celle-ci est toute récente – on ne voit pas très bien son visage, il avait mis son bol sur sa tête, petit ange. »

Le bébé était méconnaissable, complètement différent du nourrisson au regard bleu foncé renfrogné de la première photo – petite chose au visage joufflu en train de gazouiller. Il avait la figure à moitié dissimulée sous une assiette en plastique orange, et un truc visqueux vert dégoulinait sur sa joue rebondie.

« Adorable ! s'est exclamée Flo. C'est le portrait craché de Bill, non ?

— Oh mon Dieu ! a renchéri Tom, mi-amusé mi-horrifié. Bienvenue dans le monde des parents. Merci de tirer un trait sur vos vêtements en nettoyage à sec. »

Melanie a rangé son téléphone, le sourire toujours aux lèvres.

« C'est un peu ça, oui. Mais c'est incroyable comme on s'y habitue vite. Maintenant, ça me paraît tout à fait normal de vérifier que je n'ai pas du porridge dans les cheveux avant de sortir de la maison. Mais parlons d'autre chose, il me manque déjà assez comme ça. Et toi, Nina ? » Elle s'est tournée vers le poêle à côté duquel Nina était assise, les genoux dans ses bras. « Nous nous sommes vues une fois à Durham, non ? Ou alors j'ai rêvé ?

— Non, tu as raison, je suis montée une fois. Je crois que j'allais rendre visite à un pote à Newcastle. Je ne pense pas avoir rencontré Flo, mais je me souviens très bien de t'avoir croisée au bar, c'est ça ? »

Melanie a hoché la tête.

« Pour ceux qui ne le savent pas, je m'appelle Nina. J'étais au lycée avec Clare et Nora. Je suis médecin… Enfin, je fais mon internat de chirurgie. En fait, je reviens juste de trois mois à l'étranger avec Médecins sans frontières au cours desquels j'en ai appris beaucoup plus que je ne l'aurais voulu sur les blessures par balle… Malgré ce que veut bien nous faire croire le *Mail*, on n'en voit pas beaucoup à Hackney. »

Elle s'est frotté le visage et pour la première fois depuis que nous avions quitté Londres, j'ai vu son vernis s'effriter un peu. Je savais que la Colombie l'avait éprouvée, mais je ne l'avais revue que deux fois depuis qu'elle était rentrée, et les deux fois elle n'avait pas évoqué le sujet, sauf pour plaisanter sur la nourriture. Un instant, j'ai eu un aperçu de ce que ça pouvait être de gagner sa vie en raccommodant des gens… et en échouant parfois.

« Bref, a-t-elle repris avec un sourire forcé. Tim, Timmy, Timbo : à toi !

— D'accord, a dit Tom avec une drôle de tête. Eh bien, je suppose que la première chose que vous devriez savoir sur moi, c'est que je m'appelle *Tom*. Tom Deauxma. Je suis auteur dramatique, comme annoncé précédemment. Je ne suis pas très connu, mais j'ai fait pas mal de théâtre alternatif et j'ai gagné quelques récompenses. Je suis marié au metteur en scène Bruce Westerly – vous avez peut-être entendu parler de lui ? »

Il y a eu un silence. Nina secouait la tête. Le regard de Tom est passé des unes aux autres avant de se poser avec espoir sur moi. À contrecœur, j'ai dû reconnaître mon ignorance. Je me sentais coupable, mais mentir n'allait rien apporter. Il a poussé un petit soupir.

« Bon, j'imagine que lorsqu'on n'appartient pas au milieu du théâtre, on ne remarque pas autant les metteurs en scène. C'est comme ça que j'ai connu Clare – *via* son travail pour la Royal Theatre Company. Bruce bosse pas mal avec eux – et il a mis en scène *Coriolan*, bien sûr.

— Bien sûr », est intervenue Flo en hochant la tête avec ardeur. Après mes échecs précédents, je me suis sentie obligée de prétendre connaître au moins ça, alors j'ai acquiescé avec Flo – peut-être en forçant un brin l'enthousiasme. Avec un bâillement, Nina s'est levée et a quitté la pièce sans un mot.

« Nous habitons à Camden... Nous avons un chien qui s'appelle Spartacus, Sparky. C'est un labradoodle. Il a deux ans. Il est juste adorable mais ce n'est pas le chien idéal pour un couple de bourreaux de travail qui voyagent tout le temps. Heureusement, nous avons un super gardien de chien. Je suis végétarien... Quoi d'autre ? Oh Seigneur, c'est terrible, non ? Au bout de deux minutes je n'ai plus rien d'intéressant à raconter sur moi. Ah si... J'ai un cœur tatoué sur l'omoplate. Voilà. Et toi, Nora ? »

Bizarrement, je me suis sentie rougir comme une pivoine et j'ai lâché la tasse entre mes doigts, renversant du thé sur mes genoux. Avec le bout de mon écharpe, j'ai essuyé mes jambes et lorsque j'ai relevé la tête, Nina était revenue. Elle tenait sa blague à tabac et se roulait une cigarette d'une main, ses grands yeux noirs rivés aux miens.

Je me suis forcée à répondre. « Il n'y a pas grand-chose à raconter. Je… J'ai rencontré Clare à l'école, comme Nina. Nous… »

Nous ne nous sommes pas parlé depuis dix ans.

Je ne sais pas ce que je fais là.

Je ne sais pas pourquoi je suis là.

J'ai dégluti, avec difficulté. « Nous… nous sommes un peu perdues de vue. » J'avais le visage en feu. Le poêle commençait à chauffer sérieusement. Par automatisme, j'ai voulu ramener mes cheveux derrière l'oreille mais j'avais oublié que je les avais coupés, et mes doigts n'ont frôlé que des mèches courtes, mon crâne chaud et moite dessous. « Heu, je suis écrivain. J'ai étudié à UCL et j'ai travaillé dans un magazine après l'université, mais j'étais plutôt nulle – par ma faute, vu que je passais mon temps à écrire mon roman plutôt qu'à effectuer des recherches, créer des liens. Bref, j'ai publié mon premier livre à vingt-deux ans et j'écris à plein temps depuis.

— Et tu arrives à en vivre ? s'est enquis Tom en arquant un sourcil. Respect.

— Eh bien, pas complètement. Je donne de temps en temps des cours par Internet, je rédige des rapports de lecture. Et j'ai eu la chance… » La chance ? J'aurais mieux fait de me mordre la langue. « Enfin, ce n'est pas le bon terme, mais mon grand-père est décédé quand j'étais adolescente et il m'a laissé un peu d'argent, suffisamment pour m'acheter un petit studio à Hackney. Il est minuscule, il n'y a qu'une pièce pour moi et mon ordinateur portable, mais je n'ai pas de loyer à payer.

— Je trouve ça vraiment chouette que vous soyez restées en contact, a déclaré Tom. Clare, Nina et toi, je veux dire. Je ne crois pas avoir gardé de liens avec un ami du lycée. Ça n'a pas été une partie de plaisir pour moi. » Il a plongé son regard dans le mien et je me suis à nouveau empourprée. J'ai voulu remettre mes cheveux en place puis j'ai laissé retomber ma main. Mon imagination me jouait-elle des tours ou bien y avait-il une légère malice dans ses yeux ? Savait-il quelque chose ?

J'ai hésité un moment, désireuse de répondre mais ne sachant pas très bien quoi dire qui ne serait pas un mensonge total. Tandis que je débattais intérieurement, le silence s'est appesanti, et l'aberration de cette situation tout entière m'a encore frappée. Qu'est-ce que je foutais là ? Dix ans. *Dix ans*.

« À mon avis, c'était dur pour tout le monde au lycée », a fini par lâcher Nina, rompant le silence. « Pour moi oui, en tout cas. »

Je lui ai lancé un regard empli de gratitude auquel elle a répondu par un petit clin d'œil.

« C'est quoi le secret, alors ? a demandé Tom. Pour faire durer une amitié ? Comment avez-vous fait pour rester amies toutes ces années ? »

Une fois encore, je l'ai observé, durement ce coup-ci. Pourquoi ne lâchait-il pas l'affaire ? Toutefois, je ne pouvais rien dire qui ne me ferait pas passer pour une folle.

« Je ne sais pas », ai-je finalement répondu en m'efforçant de garder un ton avenant. Mais je sentais la tension dans mon sourire. Mon seul espoir était que l'expression de mon visage ne paraisse pas aussi fausse que je la sentais. « La chance, j'imagine.

— En couple ? a demandé Melanie.

— Non, il n'y a que moi. Je n'ai même pas de labradoodle », ai-je ajouté dans l'idée de faire rire, ce qu'ils ont fait en chœur mais sans éclat ni profondeur, avec une pointe de pitié. « Flo ? » ai-je repris à la hâte, pour diriger le feu des projecteurs sur quelqu'un d'autre.

Flo s'est fendue d'un large sourire. « J'ai rencontré Clare à l'université. Nous étudiions toutes les deux l'histoire de l'art et nous nous sommes retrouvées dans la même résidence universitaire. Un jour je suis allée à la salle commune, et elle était là, assise devant *EastEnders*, à mâchouiller une mèche de cheveux – vous savez, cette manie qu'elle a d'entortiller ses cheveux autour de son doigt et de les mordiller ? C'est si mignon. »

J'ai tenté de me rappeler. Clare faisait-elle ça ? Ça paraissait dégoûtant. Un vague souvenir de Clare assise dans le café près du lycée, en train d'enrouler sa natte autour de son doigt. Elle l'avait peut-être bien fait.

« Elle portait une robe bleue – je crois qu'elle l'a encore, je n'en reviens pas qu'elle lui aille toujours ! J'ai pris au moins six kilos depuis la fac ! Enfin bref, je me suis avancée et je l'ai saluée, elle a dit qu'elle aimait bien mon foulard et nous sommes les meilleures amies du monde depuis. Je… Elle est tout simplement géniale, non ? Elle est un exemple à suivre, d'un grand soutien. Il n'y a pas beaucoup de gens qui… » Sa gorge s'est serrée et elle s'est interrompue, luttant contre ses émotions, et avec horreur j'ai vu les larmes lui monter aux yeux. « Enfin, passons. Elle est mon roc et je ferais n'importe quoi pour elle. N'importe quoi. Je veux seulement qu'elle passe le meilleur enterrement de vie de jeune fille possible. Je veux que ce soit parfait. C'est extrêmement important pour moi. Comme si c'était la dernière chose que je pouvais faire pour elle. »

Ses yeux étaient emplis de larmes et elle s'exprimait avec une intensité si virulente que c'en était presque angoissant. En observant les autres membres de notre petit groupe, j'ai vu que je n'étais pas la seule à être déconcertée – Tom avait l'air franchement effrayé et Nina haussait les sourcils si haut qu'ils disparaissaient sous sa frange. Seule Melanie paraissait complètement indifférente, comme s'il était tout à fait normal de se mettre dans un tel état pour sa meilleure amie.

« Elle va se marier, elle ne part pas en prison », a commenté sèchement Nina, mais soit Flo ne l'a pas entendue, soit elle a choisi d'ignorer la remarque. Elle s'est éclairci la gorge et a séché ses larmes.

« Pardon. Oh mon Dieu, je suis une vraie pleurnicharde. Regardez-moi !

— Et heu… Qu'est-ce que tu fais aujourd'hui ? » a demandé Tom, poli. Je me suis alors rendu compte que Flo ne nous avait parlé que de Clare sans rien nous dévoiler d'elle.

« Oh, a repris Flo en baissant les yeux au sol. Tu sais… Un peu de tout. J'ai pris du temps pour moi après la fac. Je n'allais pas très bien. Clare a été formidable. Quand j'étais… Peu importe. Elle est la meilleure amie dont une fille puisse rêver, franchement. Oh là là, regardez-moi ! » Elle s'est mouchée puis levée. « Qui veut encore du thé ? »

Nous avons tous secoué la tête ; elle s'est emparée du plateau puis est repartie à la cuisine. Melanie a sorti son téléphone et vérifié une nouvelle fois si elle captait.

« Eh bien, c'était pour le moins étrange, a lâché Nina d'une voix plate.

— Quoi donc ? a demandé Melanie en levant les yeux.

— Flo et son, ouvrez les guillemets : “meilleur enterrement de vie de jeune fille du monde”, a expliqué Nina. Tu ne la trouves pas un peu… intense ?

— Oh. » Melanie a tourné les yeux vers la porte de la cuisine et baissé le ton. « Je ne sais pas si je devrais vous en parler, mais inutile de tourner autour du pot. Flo a fait un genre de dépression en troisième année. J'ignore ce qu'il s'est passé exactement mais elle a laissé tomber avant les derniers partiels – à ma connaissance, elle n'a pas décroché son diplôme. C'est pour ça qu'elle est un peu… sensible quand il s'agit de cette époque. Elle n'aime pas trop en parler.

— Ah, d'accord », a consenti Nina. Mais je savais ce qu'elle pensait. Ce qu'il y avait d'inquiétant chez Flo, ce n'était pas sa réserve sur les événements survenus après la fac – la partie la moins bizarre de toute l'histoire. C'était tout le reste qui était des plus déroutants.

5

J'ai envie de dormir mais ils me braquent leurs lumières dans les yeux. Ils me font passer des examens, des radios, des scanners, me retirent mes vêtements raidis par le sang. Que s'est-il passé ? Qu'ai-je fait ?

On me pousse sur un chariot le long d'interminables couloirs, la lumière baissée, en veilleuse pour la nuit, dans des services où les patients sont endormis. Certains se réveillent à mon passage et je discerne mon état dans leurs mines choquées, à la manière dont ils détournent le visage, loin de cette vision d'horreur ou de pitié.

Les médecins m'assaillent de questions auxquelles je ne peux pas répondre, me disent des choses que je ne me rappelle pas.

Puis finalement, me voilà reliée à un moniteur et laissée sous médicaments, l'esprit vaseux, seule.

Enfin, pas tout à fait seule.

Souffrant le martyre, je me tourne sur le côté et découvre derrière la porte vitrée automatique une femme policier attendant patiemment sur un tabouret.

Je suis sous surveillance. Et j'ignore pourquoi.

Allongée dans ce lit d'hôpital, je reste à fixer à travers la vitre l'arrière du crâne de la femme flic. Sortir l'interroger me démange mais je n'ose pas. En partie parce que je ne suis pas certaine que mes jambes en coton me porteront jusqu'à la porte mais surtout parce que je ne suis pas sûre de pouvoir supporter les réponses.

Je reste étendue pendant ce qui me semble une éternité, à écouter le bourdonnement des appareils médicaux, le goutte-à-goutte de la perfusion de morphine. La douleur dans ma tête et mes jambes s'atténue et se fait plus sourde. Et enfin, je dors.

Je rêve de sang, de sang qui s'écoule, forme une mare, imbibe mes vêtements. Je suis agenouillée dans le sang – j'essaie de stopper l'hémorragie, en vain. Il trempe mon pyjama. Il s'étale sur le parquet décoloré…

Alors je me réveille.

Une seconde, je reste allongée, le cœur tambourinant dans ma poitrine, mes yeux s'acclimatant à la faible lumière nocturne de la chambre. Je meurs de soif et j'ai terriblement envie de faire pipi.

Il y a une timbale en plastique sur le chevet, à hauteur de ma tête, et au prix d'un immense effort, je l'attrape du bout du doigt, la fais glisser vers moi. L'eau est plate avec un goût de plastique mais jamais boire n'a été un tel bonheur. Je vide le verre jusqu'à la dernière goutte puis laisse retomber ma tête sur l'oreiller dans une secousse qui me fait voir des étoiles dans la pénombre.

Pour la première fois, je me rends compte que des fils sortent de sous les draps et me relie à un appareil de surveillance dont l'écran tressautant projette des ombres vertes dans la pièce. L'un des câbles est attaché à un doigt de ma main gauche et en la levant, je vois avec surprise qu'elle est égratignée et couverte de sang, et que mes ongles déjà rongés sont cassés.

Je me souviens… Je me souviens d'une voiture… Je me rappelle avoir trébuché dans du verre brisé… avoir perdu une de mes chaussures…

Sous les draps, je frotte mes pieds l'un contre l'autre, sentant une douleur dans l'un et la boursouflure d'un bandage sur l'autre. Et sur un tibia… je sens une sorte de bande chirurgicale qui tire.

Lorsque ma main remonte à mon épaule droite, la souffrance m'arrache une grimace.

En baissant les yeux, je découvre un large hématome qui s'étale sous ma chemise de nuit d'hôpital, court jusque sur mon bras. Sur mon épaule, j'arrive à voir une tache pourpre qui rayonne depuis un noyau enflé et noir, juste au-dessus de mon aisselle. Qu'est-ce qui peut bien infliger une ecchymose aussi étrange, sur un seul côté ? J'ai l'impression que le souvenir plane juste au bout de mes doigts – mais il reste obstinément hors de portée.

Ai-je eu un accident ? Un accident de voiture ? Ai-je été… violée ?

Je glisse la main avec peine sous les draps et passe la paume sur mon ventre, ma poitrine, mon flanc. J'ai des coupures aux bras mais le reste de mon corps semble indemne. Je pose la main sur mes cuisses, entre mes jambes. Je porte une espèce de grosse couche mais ne ressens aucune douleur. Pas de coupures, pas de bleus à l'intérieur des cuisses.

Je ne sais pas ce qu'il s'est passé mais ce n'était pas ça en tout cas.

Allongée sur le dos, je ferme les yeux, fatiguée – d'essayer de me souvenir, d'avoir peur – et la perfusion goutte et bourdonne et tout à coup rien ne semble plus important.

Au moment même où je sombre dans le sommeil, une image me revient. Un fusil, accroché au mur.

Soudain, je sais.

L'ecchymose est due au recul. À un moment donné, j'ai tiré avec une arme.

6

« Flo, ai-je dit en passant la tête par la porte de la cuisine – elle était en train de ranger les tasses dans le lave-vaisselle. Tu ne devrais pas faire ça toute seule. Je peux t'aider ?

— Non ! Ne t'en fais pas, j'ai terminé. » Elle a refermé la porte du lave-vaisselle en la claquant. « Qu'est-ce qu'il y a ? Tu as besoin de quelque chose ? Vraiment désolée pour le café.

— Pas de problème, je t'assure. À quelle heure as-tu dit que Clare allait arriver ?

— Vers 18 heures, je pense. » Elle a consulté la pendule au mur. « Il nous reste encore une heure et demie à tuer.

— D'accord. Je me demandais juste si j'avais le temps d'aller courir un peu.

— Courir ? a-t-elle répété, étonnée. Je suppose que oui… Mais il commence à faire nuit.

— Je ne vais pas aller loin. C'est seulement que… » J'ai dansé d'un pied sur l'autre, mal à l'aise. Impossible de lui expliquer. J'ai déjà du mal à me l'expliquer à moi-même. Il fallait que je sorte, que je m'éloigne.

Chez moi, je cours presque tous les jours. Je dispose de quatre itinéraires différents, des trajets qui traversent Victoria Park par beau temps et d'autres qui suivent les rues quand il pleut ou qu'il fait nuit. Je m'octroie une ou deux journées de pause par semaine – c'est nécessaire, afin que les muscles se reposent –, mais tôt ou tard, ils ont besoin de s'affermir et alors je dois courir. Sinon, je deviens… comme un lion en cage. Claustrophobe. Je n'ai pas couru hier – j'ai dû préparer mon sac et régler les derniers détails de mon départ – et maintenant, je ressens le besoin irrépressible de sortir de ce cube de verre. Ce n'est pas une question d'exercice physique, ou en tout cas, pas seulement. J'ai essayé le tapis de course dans une salle de sport mais ce n'est pas pareil. Non, ce qui m'importe c'est d'être dehors, de ne plus être enfermée entre quatre murs, d'avoir la possibilité de fuir.

« Tu as le temps, je pense, a déclaré Flo en regardant par la fenêtre le crépuscule qui tombait. Mais tu ferais mieux de te dépêcher. Quand il fait nuit ici, il fait *vraiment* nuit.

— Je me dépêche. Y a-t-il un chemin que je devrais suivre ?

— Heu… À mon avis, le mieux, c'est que tu descendes le sentier forestier. Attends, viens avec moi au salon. »

Elle m'a conduite jusqu'à l'immense baie vitrée et m'a montré une vague ouverture dans la forêt. « Là, tu vois, c'est un sentier. Il traverse les bois et mène à la route principale. Le sol sera plus dur et moins boueux que dans l'allée – plus facile pour courir. Tu n'as qu'à le suivre jusqu'à tomber sur la route goudronnée, prendre à droite et remonter par l'allée. Il fera trop sombre pour revenir par la forêt, le chemin n'est pas balisé et tu pourrais partir dans la mauvaise direction. Attends. » Elle est retournée à la cuisine, a farfouillé dans un tiroir, en a sorti quelque chose qui ressemblait à une paire de bretelles mal pliée. « Tiens, c'est une lampe frontale. »

Je l'ai remerciée et me suis précipitée dans ma chambre pour enfiler ma tenue de course et mes baskets. Nina était allongée sur le lit, les yeux au plafond, en train d'écouter quelque chose sur son iPhone.

« Cette Flo est un peu loufoque, non ? a-t-elle dit sur le ton de la conversation en retirant ses écouteurs quand je suis entrée.

— C'est le terme médical consacré, docteur da Souza ?

— Oui. Ça vient du latin *Lupus Focus*, "le foyer de la lune", qui reprend la croyance païenne selon laquelle s'exposer aux rayons de la pleine lune engendrerait la folie. »

J'ai éclaté de rire tout en enlevant mon jean pour enfiler mes leggings de course thermiques et mon haut. « *Lupus* est le latin pour "loup". Tu confonds avec *luna*. Où sont mes baskets ? Je les avais laissées près de la porte.

— Je les ai foutues sous le lit. Quoi qu'il en soit, les loups-garous deviennent fous les soirs de pleine lune. C'est pareil. En parlant de folie, tu sors ?

— Oui. » Je me suis penchée pour regarder sous le lit. Mes baskets s'y trouvaient bien, tout au fond. Merci Nina. À quatre pattes, j'ai tendu le bras pour partir à la pêche. La voix étouffée par les draps et les couvertures, j'ai demandé : « Pourquoi ?

— Heu, voyons voir, a-t-elle commencé en se

mettant à compter sur ses doigts. Il fait nuit. Tu ne connais pas le coin. Il y a du vin et de la nourriture en bas. Oh, est-ce que j'ai mentionné le fait qu'il fait noir dehors ?

— Il ne fait pas noir. » J'ai regardé par la fenêtre tout en nouant mes lacets. La nuit était tombée mais le ciel restait clair et illuminé par une lumière gris perle diffuse à l'ouest, et une lune ronde et blanche qui s'élevait au-dessus des arbres à l'est. « En plus, c'est la pleine lune, alors il ne va pas faire si noir que ça.

— Vraiment, mademoiselle Leonora "j'habite à Londres depuis huit ans et je ne me suis jamais éloignée à plus de cinquante mètres d'un réverbère" Shaw ?

— Vraiment. » J'ai fait un double nœud et me suis redressée. « Arrête de m'embêter, Nina. Il faut que je sorte ou je vais péter un plomb. Pleine lune ou pas.

— Hum, c'est si horrible que ça ?

— Non. »

Mais ça l'était. J'étais incapable d'expliquer pourquoi. Je ne pouvais pas confier à Nina ce que j'avais ressenti à voir mon passé avec Clare questionné par des inconnus, comme du sel mis sur une blessure à moitié cicatrisée. J'avais commis une erreur en venant. Je le savais désormais. Mais j'étais coincée ici jusqu'à ce que Nina soit décidée à rentrer.

« Non, ça va. J'ai juste envie de prendre l'air. Maintenant. On se retrouve dans une heure. »

J'ai dévalé l'escalier, son rire moqueur aux oreilles tandis que je claquais la porte.

« Tu peux courir… Mais tu ne peux pas t'enfuir ! »

Une fois à l'extérieur, j'ai inspiré profondément l'air pur et frais et commencé à m'échauffer. J'ai étiré les muscles de mes jambes contre le mur du garage, les yeux tournés vers les bois. La sensation de danger qui m'habitait, proche de la claustrophobie, s'est envolée. Était-ce à cause du verre ? Le sentiment que n'importe qui pourrait se trouver au-dehors, à épier l'intérieur, sans qu'on le sache ? Ou était-ce l'étrange anonymat des chambres qui me faisait songer à des expériences sociales, des salles d'attente d'hôpitaux ?

Dehors, je me suis rendu compte que la sensation d'être observée avait disparu.

Je me suis mise à courir.

C'était facile. Ça, au moins, c'était facile. Pas de questions, personne qui fouinait, juste l'air vif et le martèlement léger de mes foulées sur le tapis d'aiguilles de pin. Il avait plu un peu mais l'eau ne stagnait pas sur ce sol mou, elle s'écoulait davantage que sur l'allée compacte percée de nids-de-poule. Il y avait peu de flaques, pas même quelques trous de boue, juste des kilomètres de sentier souple et dégagé, les aiguilles amoncelées de milliers de sapins sous la semelle de mes chaussures.

Personne d'autre ne courait dans ma famille – pas à ma connaissance en tout cas – mais ma grand-mère pratiquait la marche. Elle racontait que, petite, lorsqu'elle s'était querellée avec une amie, elle écrivait son prénom à la craie sur la semelle de ses chaussures et marchait jusqu'à ce que le nom soit effacé. D'après elle, lorsque la craie avait disparu, son ressentiment s'était lui aussi envolé.

Je ne fais pas ça. Mais je récite un mantra dans ma tête, et je cours jusqu'à ce que je ne puisse plus l'entendre sous les battements de mon cœur et le martèlement de mes pieds.

Ce soir – même si je n'étais pas fâchée après elle, en tout cas, plus maintenant – j'entendais mon cœur battre son prénom : *Clare, Clare, Clare, Clare*.

J'ai couru à travers bois, fendant l'obscurité qui s'épaississait et les doux bruits nocturnes qui s'élevaient. J'ai vu des chauves-souris plonger dans le crépuscule et perçu le frottement d'animaux sortant de leurs terriers. Un renard a traversé en flèche devant moi avant de s'immobiliser, avec une arrogance superbe, son museau fin relevé pour suivre mon odeur tandis que je m'éloignais dans la tranquillité de la nuit tombante.

C'était facile – la descente de la colline, comme voler dans le crépuscule. Et je n'avais pas peur, malgré l'obscurité. Dehors, les arbres n'étaient plus des observateurs silencieux derrière la vitre, mais des compagnons bien attentionnés qui m'accueillaient dans les bois, s'écartant devant moi tandis que je courais, vite et sans effort, sur le sentier forestier.

Le retour en côte serait plus éprouvant, le long de l'allée boueuse percée de fondrières, et je savais qu'il me fallait y parvenir avant que le noir complet ne m'empêche de discerner les nids-de-poule. Alors j'ai redoublé d'efforts, repoussant mes limites. Je n'avais pas de chrono à suivre, d'objectif à atteindre. J'ignorais même la distance à parcourir. Je connaissais en revanche les capacités de mes jambes et j'ai maintenu une foulée longue et souple. J'ai sauté par-dessus une branche tombée et pendant un instant, j'ai fermé les yeux – pure folie dans cette pénombre – et j'ai presque pu croire que je volais et que je ne toucherais plus jamais terre.

Enfin, j'ai aperçu la route, serpent gris pâle au milieu des ombres toujours plus profondes. J'ai quitté le couvert des arbres sous le hululement d'une chouette puis, selon les instructions de Flo, j'ai tourné à droite sur l'asphalte. Assez vite, j'ai entendu le moteur d'une voiture qui arrivait dans mon dos. Je me suis arrêtée et serrée sur le bas-côté. Je n'avais aucune envie de me faire renverser par un conducteur, surpris de rencontrer un joggeur sur cette route, à cette heure.

Le bruit de la voiture s'est rapproché, perçant bruyamment la nuit paisible, et tout à coup elle est arrivée sur moi, le moteur ronflant comme une tronçonneuse. La puissance des phares m'a éblouie et, en un instant, le véhicule était reparti dans l'obscurité, les feux arrière comme deux yeux rouges qui s'éloignaient.

Encore aveuglée, j'ai cligné des paupières dans l'espoir que mes yeux se réaccoutumeraient à l'obscurité mais la nuit paraissait beaucoup plus sombre que quelques secondes auparavant. Tout à coup, j'ai eu peur de tomber dans le fossé ou de trébucher sur une branche. J'ai cherché dans ma poche la lampe frontale de Flo et l'ai enfilée avec peine. C'était une sensation étrange, l'élastique semblait assez serré pour tenir et en même temps trop lâche pour empêcher la lampe de tomber quand je me remettrais à courir. Au moins, maintenant, je pouvais voir la bande de bitume devant moi, les lignes blanches sur le bord de la route scintillant sous le faisceau de la torche.

Une percée dans le sous-bois m'a indiqué l'allée ; j'ai ralenti et tourné.

À présent, je me réjouissais d'avoir la lampe frontale et ma course s'est ralentie en un jogging lent et prudent, à contourner les creux boueux et éviter les ornières dans lesquelles je risquais de me tordre une cheville. Quand bien même, mes baskets se recouvraient de terre humide et chaque pas me donnait l'impression de soulever une brique – trois cents grammes de boue collée sous chaque semelle. J'allais m'amuser pour les nettoyer une fois rentrée.

J'ai essayé de me rappeler la longueur de l'allée – huit cents mètres ? J'ai un peu regretté de ne pas être revenue par les bois, noir ou pas noir. Toutefois, plus haut, j'ai distingué la lumière de la maison, ses parois de verre nues brillant de mille feux dans la nuit.

La boue me collait aux pieds comme pour me garder dans le noir et, les dents serrées, j'ai contraint mes jambes fatiguées à avancer plus vite.

Je devais être à mi-chemin lorsque j'ai entendu un bruit en provenance de la route principale en contrebas. Une voiture, qui ralentissait.

Je n'avais pas de montre et j'avais laissé mon portable dans la maison, mais il ne pouvait quand même pas être déjà 18 heures ? J'étais loin d'avoir couru une heure.

Pourtant, je percevais bel et bien un bruit de moteur ; il tournait au ralenti au moment de s'engager dans l'allée, puis ronflait pour entamer l'ascension de la colline, cahotant sur les fondrières.

Je me suis aplatie contre la haie à son approche et je suis restée immobile, me protégeant les yeux de la lumière éblouissante des phares en espérant que la voiture ne m'éclabousserait pas trop au passage. À ma grande surprise, cependant, le véhicule s'est arrêté, les gaz d'échappement formant un nuage blanc sous le clair de lune ; la vitre électrique une fois descendue, une bouffée de Beyoncé m'est parvenue, rapidement étouffée tandis qu'on baissait le volume.

J'ai fait un pas en avant, le cœur tambourinant de nouveau dans la poitrine, comme si j'avais couru plus vite qu'en réalité. Le faisceau de la lampe frontale était dirigé vers le sol pour éclairer mon chemin, pas pointé vers d'éventuels interlocuteurs, et je n'arrivais pas à en changer la position. Du coup, je l'ai carrément retirée, prise à la main et braquée sur le visage pâle de la fille au volant.

Geste inutile.

Je savais qui c'était.

Clare.

« Lee ? » a-t-elle dit avec incrédulité. La lumière lui arrivait en plein dans les yeux et elle a cligné des paupières, levant une main pour se protéger. « Mon Dieu, c'est bien toi ? Je ne… Qu'est-ce que tu fais là ? »

7

L'espace d'une minute, je n'ai pas compris. S'agissait-il d'un horrible malentendu ? Était-il possible qu'elle ne m'ait pas invitée du tout, que ce soit une idée stupide de Flo ?

« C'est... Je... Je suis là pour ton enterrement de vie de jeune fille, ai-je bégayé. Tu ne... ?

— Je le sais bien, idiote ! » Elle s'est esclaffée, une bouffée de vapeur blanche a jailli dans l'air froid. « Je voulais dire, qu'est-ce que tu fais dehors ? Tu t'entraînes pour un trek arctique ?

— Je suis allée courir, ai-je répondu en m'efforçant de faire comme si c'était la chose la plus naturelle au monde. Il ne fait pas si froid, l'air est juste un peu vif. » Mais je grelottais à présent, à ne plus bouger, et mes dernières paroles se sont perdues dans un frisson convulsif.

« Monte, je te ramène jusqu'à la maison. » Elle s'est penchée pour ouvrir la portière côté passager.

« Je... Mes baskets sont toutes crottées...

— Ne t'en fais pas. C'est une location. Allez, grimpe avant qu'on gèle toutes les deux sur place ! »

J'ai contourné la voiture en pataugeant dans les

flaques jusqu'au côté passager et je suis montée ; la chaleur de l'habitacle a traversé ma tenue froide et trempée de sueur. J'avais de la boue à l'intérieur des baskets. Mes orteils se pressaient dans la doublure, me faisant frissonner.

Clare a enclenché la première et coupé le sifflet aux *Single Ladies* en appuyant sur un bouton. Le silence s'est tout à coup fait assourdissant.

« Alors… » Elle m'a jeté un regard de côté. Elle était toujours aussi belle. J'avais été folle de croire que dix années auraient pu marquer Clare. Sa beauté était inscrite dans ses gènes. Même dans la pénombre de la voiture, emmitouflée dans un vieux sweat à capuche et une large écharpe, elle était saisissante. Ses cheveux étaient rassemblés au sommet de son crâne dans un adorable chignon négligé dont des mèches folles s'échappaient en cascade sur ses épaules. Ses ongles étaient vernis de rouge écarlate, mais écaillé. L'effort démesuré n'était pas ce qui caractérisait Clare, le bon choix plutôt.

« Alors », ai-je dit à mon tour. Je m'étais toujours sentie comme la cousine pauvre de Clare. Dix ans n'y avaient rien changé.

« Ça fait un bail. » Elle secouait la tête, tapotant le volant de ses doigts. « Mais mince, c'est chouette de te revoir, Lee, tu sais ? »

Je n'ai pas répondu.

Je voulais lui dire que je n'étais plus cette personne – j'étais Nora désormais, pas Lee.

Je voulais lui dire qu'elle n'y était pour rien, que ce n'était pas sa faute si je n'avais pas gardé contact avec elle – c'était moi. Sauf que… ce n'était pas l'entière vérité.

Surtout, je voulais lui demander pourquoi j'étais là. Mais je n'en ai rien fait. Je n'ai rien dit. Je suis restée immobile, le regard rivé sur la maison tandis que nous en approchions.

« C'est vraiment chouette de te revoir, a-t-elle répété. Alors, tu es écrivain aujourd'hui, c'est ça ?

— Oui. » Les mots paraissaient étranges et sonnaient faux dans ma bouche, comme si je mentais ou parlais d'une vague connaissance. « Oui, je suis écrivain. J'écris des romans policiers.

« C'est ce que j'ai entendu dire. J'ai lu un article dans un journal. Je suis tellement… Je suis ravie pour toi. C'est incroyable, quand même. Tu as de quoi être fière. »

J'ai haussé les épaules. « C'est juste un boulot. » Les mots sont sortis avec raideur et amertume ; ce n'était pas mon intention. J'ai conscience de ma chance. Et j'ai travaillé dur pour y arriver. Je devrais être fière. Je suis fière.

« Et toi ? ai-je réussi à demander.

— Je suis dans les relations publiques. Je travaille pour la Royal Theatre Company.»

Les relations publiques. Évidemment. J'ai souri, avec sincérité cette fois-ci. Clare avait toujours eu un don pour raconter les histoires, même à douze ans. Déjà à cinq !

« Je suis… Je suis très heureuse, a-t-elle déclaré d'une voix douce. Écoute, je suis navrée que nous ayons perdu contact… Te voir… On a eu de beaux moments, hein ? » Elle m'a examinée à la lumière verte fantomatique du tableau de bord. « Tu te rappelles qu'on a fumé notre première cigarette ensemble ? » Elle a lâché un rire. « Ensemble pour le premier baiser… Le premier joint… Ensemble à nous glisser en douce dans la salle de ciné pour voir un film interdit aux moins de dix-huit ans…

— Ensemble à nous en faire virer », ai-je rétorqué en regrettant presque aussitôt mon ton sournois. Pourquoi ? Pourquoi étais-je sur la défensive ?

Mais Clare a simplement éclaté de rire. « Ah oui, la honte ! On s'était crues trop malignes, à demander à Rick d'acheter les tickets et à nous faufiler par les toilettes. Je ne pensais pas qu'ils vérifiaient à l'entrée de la salle aussi.

— Rick ! Je l'avais oublié celui-ci. Qu'est-ce qu'il devient ?

— Qui sait ? Il est sûrement en prison. Pour détournement de mineure, s'il y a une justice. »

Rick et Clare étaient sortis ensemble pendant un an quand nous avions quatorze ou quinze ans ; un gars de vingt-deux ans aux cheveux longs et gras avec une moto et une dent en or. Je trouvais à la fois étrange et dégoûtant que Clare veuille coucher avec un type de son âge, malgré le fait qu'il pouvait nous faire entrer dans les boîtes et acheter de l'alcool.

« Argh, il était trop bizarre », ai-je dit sans réfléchir. Je me suis mordu la langue mais Clare a ri.

« C'est clair ! Je n'arrive pas à croire que je n'ai rien vu à l'époque. Je trouvais ça chic de coucher avec un type plus vieux. Aujourd'hui, ça me semble frôler la pédophilie. » Elle a poussé un grognement puis un petit cri quand la voiture a bondi sur un nid-de-poule. « Oups, pardon. »

Le silence a régné un moment tandis qu'elle négociait la dernière partie de l'allée, là où les ornières étaient les plus nombreuses. Alors nous nous sommes garées sur le gravier devant la maison, nous glissant entre la voiture de location de Nina et la Landrover de Flo.

Clare a coupé le moteur et, pendant une minute, nous sommes restées assises dans la voiture sombre à contempler la maison, les acteurs à l'intérieur alignés comme des figurants sur une scène, ainsi que l'avait fait remarquer Tom. Il y avait Flo, s'échinant dans la cuisine, penchée au-dessus du four. Melanie, l'oreille collée au téléphone dans le salon. Tom, étalé sur le canapé juste en face de la baie vitrée, à feuilleter un magazine. Nina n'était visible nulle part – sur le balcon en train de fumer, sans doute.

Qu'est-ce que je fiche ici ? ai-je songé de nouveau, avec douleur cette fois. *Pourquoi suis-je venue ?*

Alors Clare s'est tournée vers moi, le visage illuminé par la lumière rayonnant de la maison. « Lee… » a-t-elle dit en même temps que je disais : « Écoute… »

« Quoi ? » a-t-elle demandé.

J'ai secoué la tête. « Toi d'abord.

— Non, vas-y, franchement. Ce n'était pas important. »

Mon cœur battait douloureusement dans ma poitrine et tout à coup je n'ai plus eu la force de demander, de poser la question qui me brûlait les lèvres. À la place, j'ai dit en me forçant : « Je ne m'appelle plus Lee. C'est Nora.

— Quoi ?

— Mon nom. Je n'utilise plus Lee. Je n'ai jamais aimé.

— Oh. » Elle s'est tue, digérant l'information. « D'accord. Donc c'est Nora maintenant, hein ?

— Oui.

— Bon, j'essaierai de m'en souvenir. Ça va être dur après… quoi ? Vingt et un ans à te connaître sous le nom de Lee. »

Mais tu ne m'as jamais connue, ai-je pensé malgré moi. J'ai froncé les sourcils. Bien sûr que Clare m'avait connue. Elle me connaissait depuis nos cinq ans. C'était bien ça le problème – elle me connaissait par cœur. Elle voyait, sous le fin vernis de l'apparence adulte, l'enfant décharnée et terrifiée.

« Pourquoi, Clare ? » ai-je demandé tout à coup. Elle a levé les yeux, son visage livide dans l'obscurité.

« Pourquoi quoi ?

— Pourquoi je suis là ?

— Oh Seigneur, a-t-elle fait en baissant les yeux sur ses mains. Je savais que tu poserais la question. J'imagine que tu ne me croiras pas si je te dis que c'est au nom de notre ancienne amitié et tout ça ? »

J'ai secoué la tête. « Ce n'est pas ça, si ? Tu as eu dix ans pour reprendre contact. Pourquoi maintenant ?

— Parce que… » Elle a pris une profonde inspiration et j'ai été étonnée de la voir si nerveuse. C'était difficile à concevoir. Jamais je ne l'avais vue si peu sûre d'elle ; même à cinq ans, elle était capable, d'un regard, de faire fondre le plus froid des instituteurs, ou de le briser, au choix. Bizarrement, c'était pourquoi nous étions devenues amies, je suppose. Elle avait ce qui me faisait tant envie : cette assurance totale. Même dans son ombre, je me sentais plus forte. Mais plus maintenant.

« Parce que… » a-t-elle répété et j'ai vu le vernis écaillé de ses ongles étinceler, rouge sang, réfléchissant la lumière de la maison tandis qu'elle se tordait les mains. « Parce que j'ai pensé que tu méritais de savoir. Que tu méritais que je te le dise en personne. Je me suis juré de te le dire en face.

— Quoi ? » ai-je demandé en me penchant en avant. Je n'avais pas peur, j'étais seulement perplexe. J'ai oublié mes baskets trempées et boueuses, l'odeur de transpiration de mes vêtements. J'ai tout effacé sauf ça : l'expression inquiète sur le visage de Clare, empreint d'une vulnérabilité que je n'avais jamais vue avant.

« C'est à propos du mariage. » Elle a baissé la tête. « C'est au sujet de… celui que j'épouse.

— Qui est-ce ? » ai-je demandé. Alors, histoire de plaisanter, de briser la tension qui électrisait l'habitacle et m'infectait, j'ai dit : « Ce n'est pas Rick, quand même ? J'ai toujours su…

— Non », m'a-t-elle interrompue en levant enfin les yeux vers moi. Aucune lueur amusée dedans, seulement une détermination inébranlable, comme si elle s'apprêtait à accomplir une chose désagréable mais absolument nécessaire. « Non. C'est James. »

8

Un instant, je l'ai dévisagée sans bouger, priant de toutes mes forces pour avoir mal compris.

« Quoi ?

— C'est… C'est James. Je vais épouser James. »

Je suis restée sans voix, immobile, à fixer les arbres en faction, le sang dans mes oreilles battant et sifflant. Un hurlement féroce était en train de monter en moi. Mais je n'ai rien dit. Je l'ai étouffé.

James ?

Clare et *James* ?

« C'est pour ça que je t'ai demandé de venir. » Elle parlait à toute allure, maintenant. Comme si elle savait que le temps lui manquait, que je pouvais à tout instant bondir hors de la voiture. « Je ne voulais pas… J'ai pensé qu'il valait mieux ne pas t'inviter au mariage. Que ce serait trop dur. Mais je ne supportais pas l'idée que tu l'apprennes par quelqu'un d'autre.

— Mais… qui est William Pilgrim, alors ? » Les mots ont jailli de ma bouche sur un ton accusateur. L'espace d'une seconde, Clare m'a considérée sans comprendre. Puis la lumière s'est faite dans son esprit et son visage a changé d'expression ; à cet instant précis, j'ai su où j'avais déjà entendu ce nom et mesuré l'étendue de ma naïveté. Billy Pilgrim. *Abattoir 5 ou la croisade des enfants*. Le livre préféré de James.

« C'est son pseudo sur Facebook, ai-je répondu à sa place d'un ton morne. Pour préserver sa vie privée. Pour que les fans ne trouvent pas sa page perso. C'est pour ça qu'il n'a pas de photo de profil, n'est-ce pas ? »

Clare a acquiescé piteusement. « Je ne voulais pas t'induire en erreur », a-t-elle assuré d'un air suppliant. Elle a posé sa main chaude sur la mienne, engourdie et recouverte d'éclaboussures de boue. « Et James a pensé que tu devrais savoir avant…

— Attends une seconde, l'ai-je interrompue en retirant ma main. Tu lui en as parlé ? »

Elle a hoché la tête et s'est pris le visage dans les mains. « Lee… Je suis tellement… » Elle s'est arrêtée, a inspiré profondément, et il m'a semblé qu'elle rassemblait ses idées, cherchant quoi dire ensuite. Lorsqu'elle a repris la parole, une pointe de défi perçait dans sa voix, l'ombre de la Clare telle que je me la rappelais a surgi, celle qui aurait attaqué, qui aurait péri au combat plutôt que de plier sous une accusation. « Écoute, je ne vais pas m'excuser. Nous n'avons rien fait de mal. Mais tu veux bien nous donner ta bénédiction, s'il te plaît ?

— Si vous n'avez rien fait de mal, ai-je répliqué d'une voix dure comme la pierre, pourquoi avoir besoin de ma bénédiction ?

— Parce que tu étais mon amie ! Ma meilleure amie ! »

Étais.

Nous avons toutes les deux noté l'emploi du passé

au même moment, et j'ai vu ma propre réaction se refléter sur le visage de Clare.

Je me suis mordu la lèvre si fort que j'en ai eu mal, écrasant la peau délicate entre mes dents.

Vous avez ma bénédiction. Dis-le. Dis-le !

« Je... »

Un son nous est parvenu de la maison. La porte s'est ouverte et Flo est apparue, encadrée dans un rectangle de lumière, la main au-dessus des yeux pour scruter l'obscurité. Elle se tenait sur la pointe des pieds, près de basculer en avant tandis qu'elle tendait le cou pour essayer d'y voir quelque chose. Une sorte d'excitation contenue exsudait d'elle, comme une enfant avant une fête d'anniversaire, prête à sombrer dans l'hystérie à tout moment.

« Il y a quelqu'un ? a-t-elle lancé d'une voix étonnamment forte dans la nuit paisible. Clare, c'est toi ? »

Clare a laissé échapper un soupir tremblant et a ouvert la portière.

« Floflo ! » Sa voix s'est brisée, mais de façon quasi imperceptible. J'ai songé, et pas pour la première fois, qu'elle était une comédienne incroyable. Pas étonnant qu'elle ait fini dans le milieu du théâtre. Le plus surprenant était qu'elle ne joue pas sur scène.

« Clarinette ! s'est écriée Flo en bondissant des marches sur le gravier. Oh mon Dieu, c'est bien toi ! J'ai entendu du bruit et je me suis dit... mais personne n'est entré. » Elle avançait d'un pas pressé et titubant sur l'allée dans ses pantoufles en forme de lapin qui remuaient la poussière. « Qu'est-ce que tu fais là-dehors dans le noir toute seule, petite bécasse ?

— Je discutais avec Lee. Je veux dire Nora. » Clare

a agité la main vers le côté passager de la voiture. « Je suis tombée sur elle en montant.

— Pas littéralement j'espère ! Oups ! » Le gravier a crissé quand Flo a trébuché sur quelque chose et a atterri sur les genoux devant le capot. Elle s'est redressée d'un bond, a épousseté son jean. « Ça va, ça va !

— Calme-toi ! » s'est esclaffée Clare avant de la serrer dans ses bras. Elle a murmuré à son oreille et Flo a hoché la tête. J'ai tiré la poignée de la portière et suis sortie avec raideur. Ne pas parcourir ces derniers mètres jusqu'à la maison à pied avait été une erreur – m'asseoir si brutalement après avoir couru avait bloqué mes muscles. Maintenant, j'avais du mal à me tenir droite.

« Tout va bien, Lee ? a demandé Clare, pivotant vers moi en m'entendant descendre de voiture. Tu as l'air de boiter un peu.

— Ça va. » J'ai essayé de m'accorder à elle en gardant un ton léger. James. *James*. « Tu veux de l'aide avec tes bagages ?

— C'est gentil, mais je n'ai pas grand-chose. » Elle a ouvert le coffre et attrapé un sac à bandoulière. « Allez, Floflo. Montre-moi notre chambre. »

Nina n'était nulle part en vue quand j'ai gravi avec difficulté la dernière marche jusqu'à notre chambre, tenant mes baskets à la main par les lacets. J'ai retiré mes leggings tachetés de boue et mon haut trempé de sueur et me suis glissée sous la couette en sous-vêtements. Je suis restée étendue, à fixer le rond de lumière que projetait la lampe de chevet.

C'était une erreur. Qu'est-ce que je m'étais imaginé ?

J'avais passé dix ans à essayer d'oublier James, à tenter de tisser un cocon d'assurance et d'autonomie autour de moi. Et je croyais y être parvenue. Je menais une vie agréable. Non, une vie géniale. J'exerçais un métier que j'adorais, je possédais mon propre appartement, j'avais des amis adorables, aucun d'entre eux ne connaissant ni James, ni Clare, ni personne de mon ancienne vie à Reading.

Je n'étais redevable à personne – d'un point de vue émotionnel, financier ou autre. Et ça me convenait. J'allais très bien, merde, merci beaucoup.

Et maintenant ça.

Le pire, c'était que je ne pouvais pas en vouloir à Clare. Elle avait raison : James et elle n'avaient rien fait de mal. Ils ne me devaient rien, ni l'un ni l'autre. James et moi avions rompu plus d'une décennie auparavant, bon sang ! Non. La seule personne à qui je pouvais en vouloir, c'était moi-même. Pour ne pas avoir tourné la page. Pour ne pas en être capable.

Je haïssais James pour cette emprise qu'il avait sur moi. Je détestais le fait que chaque fois que je rencontrais quelqu'un, je le comparais à James dans ma tête. La dernière fois que j'avais couché avec un homme – cela remontait à deux ans – il m'avait réveillée au milieu de la nuit, la main posée sur ma poitrine. « Tu étais en train de rêver, avait-il dit. Qui est James ? » Et devant ma mine affligée, il s'était levé, habillé, puis était sorti de ma vie. Et je n'avais jamais pris la peine de le rappeler.

Je détestais James et je me détestais. Et oui, j'avais pleinement conscience que cela me rendait pitoyable :

la fille qui rencontre un gars à seize ans et qui reste obsédée par lui pendant dix fichues années. Croyez-moi, personne ne le sait mieux que moi. Si je me rencontrais dans un bar et m'écoutais parler, je me mépriserais aussi.

J'entendais les autres au rez-de-chaussée rire et discuter, et l'odeur de pizza est venue me chatouiller les narines.

Il allait falloir que je descende discuter et rire moi aussi. Avant, je me suis roulée en boule, les genoux contre la poitrine, les paupières closes, et j'ai hurlé en silence.

Puis je me suis redressée, les muscles encore endoloris par l'effort, et je suis sortie du lit, attrapant la serviette sur le haut de la pile que Flo avait laissée avec prévenance au bord de chaque lit.

La salle de bains se trouvait sur le palier. J'ai verrouillé la porte et laissé tomber la serviette par terre. Au-dessus de la baignoire, une autre vitre dépourvue de rideaux surplombait la forêt et offrait une vue déroutante. Elle était orientée de telle sorte que, pour voir à l'intérieur de la pièce, il aurait fallu se percher à la cime d'un sapin de plus de quinze mètres de hauteur, mais tandis que je retirais culotte et soutien-gorge, j'ai dû réprimer de toutes mes forces mon envie de croiser les bras sur ma poitrine afin de dissimuler ma nudité aux yeux de l'obscurité.

Un instant, j'ai envisagé de m'habiller directement, mais je me sentais lasse, j'étais éclaboussée de boue, et je savais qu'une bonne douche brûlante me ferait du bien. Je suis donc entrée d'un pas prudent dans la cabine de douche à l'italienne et j'ai tourné le robinet, m'étirant avec reconnaissance sous l'énorme pommeau qui, après deux crachotements hésitants, a déversé un jet puissant d'eau chaude.

Debout dans la douche, je pouvais regarder par la fenêtre, bien que la nuit soit trop noire pour distinguer quoi que ce soit. La lumière éclatante du plafonnier de la salle de bains transformait la vitre en miroir, et à part une lune pâle et floue, je ne voyais que le reflet de mon corps dans la vitre qui se couvrait rapidement de buée tandis que je me savonnais puis me rasais les jambes. Quel genre de personne était la tante de Flo, au fait ? Cette maison était conçue pour les voyeurs. Non, ça, c'étaient ceux qui aimaient regarder. C'était une maison pour les exhibitionnistes. Ceux qui aimaient qu'on les regarde.

C'était peut-être différent en été, quand la lumière entrait à flots jusque tard dans la soirée. Peut-être qu'alors la maison était idéale pour contempler l'extérieur, admirer les bois. Mais pour l'heure, au cœur de l'obscurité, c'était l'inverse. Comme de se trouver dans une vitrine remplie de curiosités à examiner. Ou dans une cage au zoo. L'enclos d'un tigre, avec nulle part où se cacher. J'ai pensé à ces animaux en cage qui arpentaient lentement le périmètre de leur habitat dans un sens puis dans l'autre, jour après jour, semaine après semaine, sombrant peu à peu dans la folie.

Une fois douchée, je me suis contemplée dans le miroir embué, effaçant la condensation avec la paume de la main.

Le visage que j'y ai vu m'a surprise. L'expression était celle de quelqu'un prêt à en découdre. Une impression due en partie à mes cheveux courts ; mouillés et séchés grossièrement avec une serviette, ils étaient hérissés et en désordre, comme ceux d'un boxeur entre deux rounds. Mon visage était livide et sévère sous la lumière crue, mes yeux creusés et sombres, comme si je m'étais pris une raclée.

J'ai poussé un soupir et sorti mon vanity. Je ne me maquille pas beaucoup mais je possède quand même du gloss et du mascara ; les indispensables. Pas de blush, mais j'ai frotté un peu de gloss sur mes pommettes dans l'idée d'illuminer un peu ma pâleur, puis j'ai enfilé un jean skinny et un haut gris.

Au loin, une musique a démarré. Billy Idol, vraisemblablement : *White Wedding* – Mariage blanc. Une mauvaise blague ?

« Lee… Heu, Nora, je veux dire ! » La voix de Flo a flotté dans l'escalier, couvrant la voix de Billy Idol nous demandant de recommencer. « Tu es prête à grignoter quelque chose ?

— J'arrive ! » ai-je crié. Avec un soupir, j'ai roulé mes affaires sales dans ma serviette, ramassé ma trousse de toilette et ouvert la porte.

9

Pendant que je prenais ma douche, les festivités avaient démarré sérieusement.

Au salon, Tom et Clare avaient branché un iPhone et dansaient sur Billy Idol autour de la table basse sous les rires de Melanie, installée sur le canapé.

Dans la cuisine, où il faisait une chaleur étouffante à cause du four surmené, quelqu'un enfournait des quantités industrielles de pizzas et versait différents pots de sauce dans des bols. Pendant une minute déroutante, j'ai cru qu'il s'agissait de Clare – la cuisinière portait le même jean gris et la même veste argentée que l'invitée d'honneur dans la pièce contiguë. Puis elle s'est redressée et, lorsqu'elle a écarté les cheveux de son front, j'ai reconnu Flo. Elle était vêtue à l'identique de Clare.

Avant que je puisse faire une analyse critique de cet élément, mes pensées ont été interrompues par une forte odeur de cramé. « Quelque chose est en train de brûler ? ai-je demandé.

— Oh, mince, les pitas ! s'est écriée Flo. Lee, tu peux les sortir avant que l'alarme ne se déclenche ? »

J'ai traversé au pas de course la cuisine enfumée et extirpé les pains pitas du toaster avant de les jeter dans l'évier. Ensuite, j'ai bataillé avec la porte à l'autre bout de la cuisine. Elle était verrouillée et la poignée capricieuse mais j'ai finalement eu gain de cause et ouvert en grand. Un souffle glacial s'est infiltré en bourrasque, et j'ai remarqué avec étonnement que les flaques dans la pelouse se couvraient de givre.

« J'ai regardé dans le cellier et je n'ai pas trouvé de tequila, a lancé Nina depuis l'embrasure de la porte. Il gèle, merde ! Tu es folle, ferme la porte !

— Les pitas ont cramé », ai-je expliqué avec douceur, mais j'ai tout de même refermé. Au moins, la température de la pièce était revenue à la normale.

« Elle n'est pas à la cave ? » Flo s'est redressée, a balayé ses cheveux trempés de sueur de devant ses yeux. Avec la chaleur, elle avait le visage écarlate. « Zut. Où est-ce qu'elle peut bien être ?

— Tu as regardé dans le frigo ? » a demandé Nina. Flo a hoché la tête.

« Le congélateur ? » ai-je proposé. Elle s'est frappé le front de la paume de la main.

« Le congélo ! Bien sûr ! Je me rappelle maintenant avoir pensé que ce serait mieux si on voulait des margaritas glacées. Quelle imbécile je suis !

— *Amen !* » a articulé Nina à mon intention. Elle s'est penchée et a ouvert le congélateur. « La voilà ! » Sa voix nous est parvenue légèrement étouffée par le vrombissement du ventilateur de l'appareil. Elle s'est redressée, une bouteille givrée à la main, et a pris deux citrons verts dans la coupe à fruits. « Nora, choppe une planche et un couteau. Et la salière, aussi. Flo, tu as dit qu'il y avait des verres à shooters quelque part, non ?

— Derrière la porte avec les miroirs, de l'autre côté du salon. Mais tu es sûre qu'il est bien raisonnable de commencer par des shots ? Il vaudrait mieux débuter avec quelque chose de plus léger, comme des mojitos, non ?

— On s'en fout du raisonnable ! a lancé Nina en quittant la cuisine avant de me souffler discrètement dans le couloir : Il me faut du costaud pour survivre à ça. »

Notre entrée dans le salon a été accueillie par un cri de joie poussé à l'unisson par Clare et Tom. D'un pas chaloupé, Clare s'est approchée pour prendre la bouteille des mains de Nina et le couteau des miennes, puis elle est repartie en ondulant à la table basse, son haut répandant des grains de lumière dans toute la pièce faiblement éclairée tandis qu'elle posait avec brusquerie le tout sur le plateau en verre.

« Tequilas frappées ! Je n'en ai pas bu depuis mes vingt et un ans. Je crois qu'il m'a fallu tout ce temps pour me remettre de ma gueule de bois. »

Nina a laissé les citrons rouler sur la table avec le reste, puis est partie en quête de verres dans le placard pendant que Clare, à genoux sur le tapis, commençait à couper les fruits.

« La mariée d'abord ! » a lancé Melanie, et Clare a souri. Nous l'avons regardée verser une pincée de sel dans le creux de son poignet, et attraper un quartier de citron. Nina a rempli à ras bord le verre à liqueur et le lui a collé dans la main.

Clare a léché son poignet, avalé d'un trait l'alcool et mordu dans le citron, les paupières résolument closes. Puis elle a recraché l'écorce sur le tapis et abattu le verre sur la table, frissonnant et riant en même temps.

« Oh, bon sang ! J'en pleure ! Mon mascara va couler si j'en prends un autre !

— Ma belle, a répliqué Nina avec sérieux, on ne fait que commencer. Lee… Heu, Nora, tu es la suivante.

— Vous savez… est intervenu Tom tandis que je m'agenouillais devant la table, si vous avez envie de quelque chose d'un peu plus haut de gamme, on pourrait faire des tequilas royales.

— Des tequilas royales ? ai-je répété en observant Nina remplir le verre, l'alcool éclaboussant le plateau. Qu'est-ce que c'est ? Avec du champagne ?

— Ça pourrait. Mais pas selon ma recette. » Tom a plongé la main dans sa poche de pantalon et en a sorti un petit sachet de poudre blanche. « C'est plus intéressant que le sel. »

Seigneur. J'ai consulté l'horloge. Il n'était même pas 20 heures. À ce rythme-là, nous allions grimper aux murs à minuit.

« De la coke ? » Melanie a croisé les bras sur sa poitrine et décoché un regard froid à Tom. Avec une pointe de dégoût dans la voix, elle a repris : « Vraiment ? Nous ne sommes plus étudiants. Certains d'entre nous ont des enfants. Je ne crois pas que tirer mon lait pour le jeter suffira, là.

— Alors n'en prends pas, a rétorqué Tom en haussant les épaules, mais son ton était tranchant.

— On mange ! » Le moment de gêne a été rompu par Flo qui se tenait dans l'encadrement de la porte, les bras tremblant sous le poids d'un énorme plateau recouvert de pizzas au fromage fondu. Elle avait coincé une bouteille sous son bras. « Quelqu'un pourrait faire de la place sur la table avant que je renverse tout sur le tapis de ma tante ?

— Tu sais quoi ? a fait Clare en nous regardant, Nina et moi, débarrasser la table avant de se pencher pour déposer un baiser salé et citronné sur la joue de Tom. Gardons-la pour le dessert.

— Pas de problème », a accepté Tom d'un ton léger. Il a rangé le sachet dans sa poche. « Je n'ai aucune envie de gaspiller ma came hors de prix avec des gens qui n'apprécient pas. »

Melanie s'est fendue d'un mince sourire et a pris la bouteille du bras de Flo qui déposait le plateau sur la table. « En parlant de champagne…

— Eh bien, c'est une occasion spéciale », a approuvé Flo. Elle a souri, visiblement hermétique à la tension sous-jacente entre Melanie et Tom. « Fais sauter le bouchon, Mel, je vais chercher les verres. »

Tandis que Melanie retirait l'alu autour du bouchon, Flo a ouvert le placard recouvert de miroirs et a entrepris de fouiller à l'intérieur. Elle est revenue, les joues un peu rouges, serrant contre elle une demi-douzaine de flûtes, à l'instant où a retenti un « pop » tonitruant ; le bouchon de liège a volé dans les airs et rebondi contre l'écran plat.

« Oups ! a fait Melanie, une main devant la bouche. Désolée, Flo.

— Pas de souci », a répondu celle-ci avec entrain. Mais elle est tout de même allée examiner discrètement la télé pendant que Melanie servait le champagne, l'essuyant de sa manche en jetant un regard légèrement excédé par-dessus son épaule.

Nous avons pris chacun un verre et j'ai tenté un sourire. Je n'aime pas le champagne en fait – ça me donne de terribles maux de tête et des remontées acides, et je n'apprécie pas les boissons à bulles en général – mais personne ne m'a laissé l'opportunité de refuser.

Flo a levé sa flûte et nous a contemplés chacun notre tour, puis elle s'est arrêtée, le regard fixé sur Clare.

« À un *super*-week-end d'enterrement de vie de jeune fille ! a-t-elle déclamé. Un week-end d'enterrement de vie de jeune fille *parfait*, pour la meilleure amie qu'on puisse avoir. À mon roc, ma meilleure amie pour la vie. À mon héroïne, mon modèle : Clare !

— Et à James, a ajouté celle-ci avec un sourire. Sinon, je ne peux pas boire. Je ne suis pas égocentrique au point de boire à ma santé.

— Oh, a dit Flo après réflexion. Je croyais que ce week-end n'était consacré qu'à toi. Je pensais que le but était d'oublier le marié un temps. Mais évidemment, si tu préfères. À Clare et James.

— À Clare et James ! » a répété tout le monde en chœur avant de boire.

J'ai bu aussi, sentant les bulles acides pétiller dans ma gorge, me faisant avaler avec difficulté.

Clare et James. Clare et *James*. Je n'arrivais toujours pas à y croire, à les imaginer ensemble. Avait-il à ce point changé en dix ans ?

J'avais le regard plongé dans le fond de mon verre quand Nina m'a donné un petit coup dans les côtes. « Dis donc, tu essaies de lire ton avenir dans les bulles ? Je ne crois pas que ça marche.

— Je réfléchissais, c'est tout », ai-je répondu en tentant un sourire. Nina a haussé les sourcils et j'ai songé pendant une seconde angoissante qu'elle allait lancer un de ses tristement célèbres commentaires acerbes qui égratignaient et faisaient grimacer.

Mais avant qu'elle ne puisse dire quoi que ce soit, Flo a tapé dans ses mains et crié : « À l'attaque, c'est l'heure de la pizza ! »

Nina a attrapé une assiette et s'est servi une part. Je l'ai imitée. Les pizzas à la viande étaient recouvertes de mauvais pepperoni qui transpirait une huile rouge à l'odeur chimique mais, après mon jogging, j'étais affamée. J'ai pris une part de pepperoni et une part de champignons-épinards, puis j'ai rempli mon assiette de pita carbonisée et de houmous.

« Prenez des serviettes, je ne voudrais pas qu'on tache le tapis, a demandé Flo en tournant autour des autres qui avaient commencé à piocher. Et laissez la végétarienne à Tom, d'accord ?

— Floflo, a fait Clare en posant la main sur son épaule, je suis sûre que ça va aller. Tom ne va certainement pas manger la pizza entière. En plus, il y en a d'autres au congélo si on manque.

— Je sais. » Flo avait le visage rouge et elle a remis d'un geste impatient ses cheveux dans sa barrette. Elle avait une tache de sauce sur son haut argenté. « Mais c'est une question de principe. Si les gens veulent manger végétarien, ils n'ont qu'à le dire. Je ne tolère pas ceux qui s'approprient le plat végétarien sous prétexte qu'ils n'aiment pas le choix de viande. C'est se moquer des invités végétariens.

— Désolée, ai-je dit. J'ai pris une part aux champignons. Tu veux que je la repose ?

— Ben non ! a répondu Flo d'un ton irrité. Il doit y avoir des pepperoni dessus, maintenant. »

Un instant, j'ai envisagé de faire remarquer que de toute façon, il y avait déjà de la sauce piquante aux pepperoni sur les deux pizzas, et que peut-être, si ça la perturbait tellement, elle aurait dû les mettre sur des plateaux séparés. Mais à la place, j'ai serré les dents.

« C'est bon », a assuré Tom. Il a rempli son assiette de trois parts de pizza aux champignons et d'une bonne cuillerée de houmous. « Ça me suffira, franchement. Si je mange trop, Gary me fera faire des pompes jusqu'à Noël.

— Qui est Gary ? » s'est enquise Flo. Elle a pris une part de pepperoni et s'est assise sur le canapé. « Je croyais que ta moitié s'appelait Bruce.

— Gary est mon coach personnel. » Tom a baissé les yeux sur son ventre plat d'un air suffisant. « Sa tâche est difficile, le pauvre chou.

— Tu as un coach personnel ? » Flo a paru sincèrement impressionnée.

« Chérie, tous ceux qui comptent ont un coach personnel.

— Pas moi », a répliqué Nina d'une voix plate. Elle a enfourné une part de pizza et parlé la bouche pleine. « Je vais à la salle de sport et je m'entraîne. Je n'ai pas besoin qu'on me hurle dessus pendant que je le fais. Enfin… a-t-elle ajouté en avalant goulûment, si, et c'est pour ça que j'ai mon iPod. Mais j'aime pouvoir choisir les morceaux et le rythme.

— Allons ! s'est esclaffé Tom, je ne suis quand même pas le seul ? Nora, et toi ? Tu n'as pas l'air de souffrir du syndrome de l'écrivain qui s'encroûte à sa table de travail.

— Moi ? » J'ai levé les yeux de ma pizza, surprise d'être tout à coup au centre de l'attention. « Non ! Je n'ai même pas de carte de membre à un club de sport. Je cours, c'est tout. Les seuls qui me crient après, ce sont les gamins dans Victoria Park.

— Clare, alors ? a imploré Tom. Melanie ? Allez ! Un peu de solidarité. C'est un truc tout à fait normal.

— J'ai un coach, a admis Clare. Mais… » Elle a levé la main devant Tom qui commençait à exulter. « Seulement parce que je voulais perdre du poids pour entrer dans ma robe de mariée.

— Je n'ai jamais compris les gens qui font ça. » Nina a croqué une nouvelle part de pizza. De l'huile de pepperoni lui coulait sur le menton et elle l'a essuyée d'un coup de langue avant de poursuivre. « Acheter une robe trop petite de deux tailles. Après tout, le type t'a demandée en mariage quand tu avais un gros cul.

— Pardon ?! » Clare a éclaté de rire mais son ton était un peu cassant. « Je n'avais pas un gros cul ! Et ce n'est pas à cause de James, même s'il est suivi par un coach lui aussi, soit dit en passant. C'est pour moi, parce que je veux être belle le jour J.

— Donc seules les personnes minces sont belles ?

— Je n'ai pas dit ça !

— Tu as dit que pour être “belle” tu devais perdre deux tailles de robe…

— Perdre quelques kilos, a corrigé Clare avec fougue. *Tu* as parlé de deux tailles en moins. Mais tu peux causer, toi ! Tu es maigre comme un coucou !

— Par nature, a répondu Nina avec hauteur. Pas par effet de mode. Je ne suis pas obnubilée par mon poids. Demande à Jess.

— Oh, bon sang ! » Clare a abattu son assiette sur la table. « Écoute, je trouve que personnellement, je suis plus jolie quand je fais un 38 plutôt qu'un 40. D'accord ? Ça n'a rien à voir avec qui que ce soit d'autre.

— Nina », est intervenue Flo sur un ton d'avertissement. Mais Nina était lancée, acquiesçant avec ardeur et renchérissant sur le ricanement de Tom qu'il dissimulait derrière sa main et le sourire en coin à demi caché de Melanie.

« Ouais, je comprends, a-t-elle dit. Ça n'a aucun rapport avec une grotesque idéalisation occidentale des mannequins anorexiques et la présence constante de silhouettes faméliques dans la presse. En fait…

— Nina ! » a répété Flo, avec colère cette fois-ci. Elle s'est levée et a posé violemment son assiette sur la table. Nina a levé les yeux, surprise, coupée au milieu de sa phrase.

« Je te demande pardon ?

— Tu m'as entendue. Je ne sais pas quel est ton problème, mais lâche l'affaire, OK ? C'est la soirée de Clare, et je ne te laisserai pas chercher la bagarre.

— Qui cherche la bagarre ? Ce n'est pas moi qui fracasse les assiettes, a rétorqué Nina calmement.

Dommage, alors que tu tiens tellement à prendre soin des affaires de ta tante. »

Nous avons tous suivi son regard et découvert la fêlure dans l'assiette que Flo venait de poser. Un quart de seconde, j'ai eu la vision d'un taureau prêt à charger.

« Regarde ! » a crié Flo avec fureur ; le silence est tombé sur le salon, les parts de pizzas à moitié avalées, les verres inclinés au bord des lèvres, dans l'attente de l'explosion à venir.

« C'est bon », est intervenue Clare dans le silence tendu. De la main, elle a forcé Flo à se rasseoir à côté d'elle, et elle s'est esclaffée. « Franchement. C'est juste le sens de l'humour de Nina. Tu vas t'y habituer. Elle ne me cherche pas. Pas trop.

— Ouais », a confirmé Nina. Elle a hoché la tête, le visage de marbre. « Je suis désolée. Je trouve juste hilarantes les attentes irréalistes de plus en plus écrasantes pour le corps des femmes. »

Flo a considéré Nina pendant de longues secondes puis est revenue sur Clare, une expression indécise sur le visage. Enfin, elle a lâché un petit rire. Pas très convaincu.

« Allez, a fait Tom pour briser le silence qui s'est ensuivi. Cette fête n'est pas assez alcoolisée et débridée à mon goût. Qui est partant pour une tequila ? » Il a regardé chacune d'entre nous et s'est arrêté sur moi. Un sourire malicieux s'est étalé sur son visage bronzé. « Nora, tu me parais bien trop sobre. Tu n'as pas eu ton shot d'avant-repas. »

J'ai grommelé. Mais Nina hochait vigoureusement la tête et a poussé le verre à liqueur rempli à ras bord devant moi. Tom m'a tendu le morceau de citron et le sel. Pas d'échappatoire possible. Le mieux était de s'en débarrasser, comme d'un médicament.

Tom a versé du sel sur mon poignet, je l'ai léché, ai pris le verre et l'ai descendu puis j'ai arraché la tranche de citron de la main de Tom. Le jus a explosé entre mes dents tandis que la tequila coulait dans ma gorge. J'ai attendu un moment, le souffle coupé et les dents serrées pour contrer le goût. Alors une chaleur familière a commencé à se répandre sur mon crâne, le contour de ma vision s'est fait plus flou, la réalité s'est émoussée.

Ce week-end se déroulerait peut-être bien mieux dans un état d'ébriété.

Je me suis rendu compte que tous les regards étaient tournés vers moi. Je tenais toujours le verre à la main. « C'est fait ! » Je l'ai posé d'un coup sec sur la table, j'ai jeté l'écorce de citron dans mon assiette vide. « À qui le tour ?

— Tu veux une royale ? » s'est enquis Tom avec malice. Il a sorti le petit sachet blanc.

Clare m'a donné un petit coup dans les côtes. « Allez, en souvenir du bon vieux temps ! Tu te rappelles notre première ligne ? »

Je m'en souvenais, même si je suis quasiment sûre qu'il ne s'agissait pas de coke. De l'aspirine écrasée plutôt, et déjà à l'époque, je n'avais pas eu très envie de le faire. J'avais suivi Clare, mouton de Panurge, craignant de rester à la traîne.

« On va le faire ensemble, a affirmé Clare. Tom, prépares-en pour Nina aussi ; elle participe. N'est-ce pas, docteur ?

— Vous connaissez les médecins, a répliqué Nina avec un sourire ironique. L'automédication est notoire chez nous. »

Tom s'est agenouillé à l'angle de la table basse armé de sa carte de crédit et du sachet de poudre. Sous notre regard impassible, il a procédé avec cérémonie : il a versé, coupé, séparé en quatre lignes parfaites. Puis il a levé les yeux et arqué les sourcils d'un air interrogateur. « Je suppose que Mel "j'allaite" Cho ne va pas nous accompagner. Mais qu'en est-il de toi, Florence "hôtesse parfaite" Clay ? »

Flo avait le visage tout rouge, comme si elle avait bu beaucoup plus que le verre de champagne dans sa main.

« Écoutez, a-t-elle dit sèchement, ça ne me plaît pas beaucoup. C'est la maison de ma tante. Et si…

— Oh, Floflo ! » Clare a planté un baiser sur sa joue et posé la main sur sa bouche pour stopper ses récriminations. « Ne sois pas ridicule. N'en prends pas si tu ne veux pas, mais je ne pense pas que ta tante va débarquer avec les chiens renifleurs et prendre nos noms. »

Flo a secoué la tête et s'est écartée des bras de Clare pour commencer à débarrasser. Melanie s'est levée également.

« Je vais t'aider, a-t-elle dit ostensiblement.

— Ça en fera plus pour les autres ! » a lancé Tom d'un ton enjoué, teinté d'agressivité. Il a roulé un billet de dix et sniffé sa ligne, puis s'est essuyé le nez et a frotté les grains contre ses gencives. « Clare ? »

Celle-ci s'est agenouillée et a imité ses gestes avec une aisance qui m'a fait me demander à quelle fréquence elle prenait de la coke. Elle s'est levée, a chancelé et s'est esclaffée. « Bon sang, je ne peux pas être déjà stone. Ça doit être la tequila. Nina ? » Elle lui a tendu le billet roulé. Nina a fait la grimace.

« Merci, mais non merci ! Refile ce truc plein de morve à une vendeuse sans méfiance. Je vais me débrouiller, merci. » Elle a arraché la couverture d'un *Vogue Living* qui traînait sur le foyer et a sniffé la troisième ligne. J'ai grimacé en voyant le magazine saccagé, espérant que Flo ne le remarquerait pas à son retour.

« Nora ? »

J'ai poussé un soupir. C'était vrai que j'avais pris ma première ligne avec Clare. Ça avait également été une de mes dernières. Attention ! J'ai fumé et bu, et essayé d'autres drogues à la fac, mais je n'ai jamais beaucoup apprécié la cocaïne. Ça ne m'a jamais réussi.

À présent, j'avais l'impression d'être une caricature grotesque en me mettant maladroitement à genoux sur le tapis et en laissant Nina vandaliser un peu plus le *Vogue Living.* On aurait dit une scène dans un mauvais film d'horreur – juste avant que le psychopathe n'arrive et ne se mette à taillader tout le monde. Tout ce qui nous manquait, c'étaient les ados en chaleur en train de se peloter dans le cabanon de la piscine en guise de premières victimes.

J'ai sniffé la ligne et me suis relevée, sentant le sang déserter ma tête. Mon nez et le fond de ma gorge sont devenus gourds et bizarres.

J'avais passé l'âge de ce genre de truc. Ça ne me ressemblait pas, déjà à l'école ce n'était pas moi.

Je suivais seulement Clare parce que j'étais trop faible pour refuser. Je me souviens, comme à travers une brume, de James en train de pérorer sur l'hypocrisie de tout ça. « Ils me font rire à faire des grèves de la faim sponsorisées pour soutenir Oxfam[1] et à manifester contre Nestlé, pour ensuite filer leur argent de poche à des barons de la drogue colombiens. Connards. Ils ne voient pas l'ironie ? Donnez-moi de la bonne herbe cultivée chez nous quand vous voulez. »

Je me suis affalée sur le canapé et j'ai fermé les yeux, sentant la tequila, le champagne et la coke se mélanger dans mes veines. Tout au long de la soirée, j'avais tenté de faire coller le garçon que j'avais connu avec la Clare d'aujourd'hui, et j'avais seulement réussi à faire ressortir encore plus l'incongruité de tout cela. Avait-il changé à ce point ? S'asseyaient-ils côte à côte dans leur appartement londonien, pour sniffer de la coke ? Songeait-il aux propos qu'il tenait à seize ans et méditait-il sur l'ironie de la situation, sur le fait qu'il soit maintenant un de ces connards dont il se moquait des années auparavant ?

Cette image était douloureuse, comme une ancienne blessure mal soignée qui élançait sans prévenir.

« Lee ? » La voix de Clare m'est parvenue comme à travers du coton ; à contrecœur, j'ai rouvert les yeux. « Lee ! Allez, concentre-toi ! Tu n'es pas déjà soûle, quand même ?

1. Confédération internationale de dix-sept organisations qui luttent pour « un monde plus juste sans pauvreté ». *(N.d.T.)*

— Non, non. » Je me suis assise, j'ai frotté mon visage. Il fallait que je tienne le coup. Impossible de faire machine arrière, je ne pouvais qu'aller de l'avant. « J'en suis même loin, en fait ! Où est la tequila ? »

10

« Je n'ai jamais… » Clare était affalée sur le canapé, les pieds sur les genoux de Tom, la lueur du feu de cheminée jouant dans ses cheveux. Elle tenait un verre à liqueur dans une main et une tranche de citron vert dans l'autre, les balançant comme pour soupeser ses options. « Je n'ai jamais… adhéré au club des dix mille mètres. »

Un silence est tombé sur notre petit groupe que Flo a percé d'un brusque éclat de rire. Alors, d'un geste d'une lenteur extrême, une expression narquoise sur le visage, Tom a levé son verre.

« Santé ! » Il l'a avalé d'un trait puis a mordu dans le citron avec une grimace.

« Oh, Bruce et toi ! » s'est exclamée Clare. Le ton de sa voix oscillait entre la raillerie et le mépris, tout en restant plutôt amical. « Vous l'avez sûrement fait en première classe !

— En classe affaires, mais je plaide coupable. » Il a de nouveau rempli son verre et a regardé chacune d'entre nous. « Sérieux ? Je suis le seul à boire ?

— Quoi ? a demandé Melanie en levant les yeux de son téléphone. Pardon, j'avais une barre de réseau et j'ai voulu appeler Bill mais ça ne capte plus. C'était une action ou une vérité ?

— Ni l'un ni l'autre, on a changé de jeu », a répondu Tom. Il avait la voix pâteuse. À n'en pas douter, il en avait fait de belles en son temps, et il en payait le prix avec ce jeu. « On joue à “Je n'ai jamais”. Et moi, j'ai eu des rapports sexuels dans un avion, à dix mille mètres d'altitude.

— Ah, désolée. » Melanie a vidé son verre d'un air distrait et s'est essuyé la bouche du revers de la main. « Voilà. Flo, est-ce que je pourrais réutiliser le fixe ?

— Non, non, non ! a dit Clare en agitant le doigt. Tu ne vas pas t'en sortir comme ça.

— Certainement pas ! a renchéri Flo avec indignation. Où et quand, je vous prie, madame ?

— Pour notre lune de miel, avec Bill. Un vol de nuit. Je lui ai fait une fellation dans les toilettes. Est-ce que ça compte ? J'ai bu, maintenant, de toute façon.

— Techniquement, c'est lui qui a adhéré au club, pas toi, dans ce cas. » Tom lui a décoché un clin d'œil appuyé et libidineux. « Mais puisque tu as bu, on va le compter. En avant ! À mon tour, alors. Je n'ai jamais… Merde, qu'est-ce que je n'ai jamais fait ? Ah oui ! Je n'ai jamais essayé les jeux aquatiques. »

Tout le monde a éclaté de rire mais personne n'a bu.

« Sérieusement ? a grommelé Tom.

— Les jeux aquatiques ? » a répété Flo avec hésitation. Son verre planait en l'air et elle dévisageait les autres, cherchant à comprendre ce qu'il y avait de drôle. « Comme la plongée sous-marine par exemple ? J'ai fait de la voile, ça compte ?

— Non, ma puce. » Clare s'est penchée vers elle et

a murmuré à son oreille. Le visage de Flo a changé d'expression, passant de la stupeur au dégoût amusé.

« Ah non ! C'est dégoûtant !

— Allez, a insisté Tom. Avouez-moi tout, on est entre filles, ici. Il n'y a pas de quoi avoir honte. »

Nouveau silence puis Clare a éclaté de rire.

« Désolée, c'est ce que tu récoltes avec des ringardes comme nous. Assume, cul sec comme un homme. »

Tom a vidé son verre, puis l'a de nouveau rempli avant de se rencogner dans le canapé, la main sur les yeux. « Merde ! Je paie mes folies de jeunesse. La pièce est en train de tourner.

— À toi, Lee », a lancé Clare depuis le canapé. Elle avait les joues rouges et sa chevelure dorée retombait en mèches folles sur ses épaules. « Envoie. »

Mon estomac s'est contracté. Le moment que je redoutais était arrivé. Je m'efforçais depuis plusieurs tours de dissiper les brumes vaporeuses du champagne, de la tequila et du rhum et de réfléchir à ce que j'allais dire, mais chaque souvenir semblait me ramener à James. J'ai pensé à toutes les choses que je n'avais jamais faites, jamais dites. J'ai fermé les yeux et le salon a paru tanguer.

C'était une chose de jouer à ce jeu avec une bande d'amis qui connaissaient déjà presque tout ce qu'il y avait à savoir, mais c'en était une autre, plus difficile, d'y jouer avec un mélange d'inconnus et d'anciennes relations. Je n'ai jamais… Seigneur, que pouvais-je dire ?

Je n'ai jamais su pourquoi il avait fait ça.

Je ne lui ai jamais pardonné.

Je n'ai jamais cessé de l'aimer.

« Lee… m'a interpellée Clare d'une voix chantante. Vas-y. Ne m'oblige pas à te mettre la honte au prochain tour. »

J'avais un mauvais goût dans la bouche, des relents de tequila et de coke. Je ne pouvais plus rien avaler. Sinon, j'allais être malade.

Je ne l'ai jamais vraiment bien connu.

Comment pouvait-il épouser Clare ?

« Je n'ai jamais eu de tatouage », ai-je laissé échapper. Je me savais en terrain sûr avec celle-ci, Tom nous avait déjà avoué qu'il en avait un.

« Merde… » Avec un grognement, il a sifflé son verre.

Flo s'est esclaffée. « Allez ! C'est trop facile ! Tu dois nous le montrer ! »

Tom a poussé un soupir puis a déboutonné sa chemise, dévoilant un large torse bronzé et musclé. C'était un cœur transpercé d'une flèche sur lequel flottaient en italique les mots *Pas si con*. « Voilà. » Il a reboutonné sa chemise. « À vous maintenant, je ne peux pas être le seul. »

Sans un mot, Nina a relevé le bas de son jean pour nous montrer un petit oiseau sur le tendon de sa cheville.

« Qu'est-ce que c'est ? a demandé Flo en s'approchant. Un merle ?

— Un faucon. » Nina n'a pas développé. Elle a simplement rebaissé son jean et descendu son verre. « Et toi, alors ? »

Flo a secoué la tête. « Je suis trop douillette ! Mais Clare en a un ! »

Un large sourire aux lèvres, Clare s'est levée du canapé. Nous tournant le dos, elle a soulevé son haut argenté qui a scintillé comme des écailles de poisson. Au-dessus de la ceinture de son jean, deux motifs celtes noirs s'élevaient vers sa taille fine.

« Un tatouage de pétasse ! s'est écriée Nina avec un grognement.

— Une erreur de jeunesse, a expliqué Clare, un peu tristement. Un séjour arrosé à Brighton quand j'avais vingt-deux ans.

— Ce sera magnifique quand tu seras une vieille femme toute fripée, a ajouté Nina. Au moins, ça indiquera le chemin au pauvre jeune type chargé de te torcher le derrière à la maison de retraite.

— Il aura quelque chose à regarder comme ça ! » Clare a baissé son haut en riant puis s'est laissée retomber sur le canapé. Elle a bu son verre d'un trait. « Mel ? »

Mais Melanie avait embarqué le téléphone fixe dans le couloir ; seuls le fil qui traînait par terre et le son de sa voix, basse et inquiète, indiquaient où elle se trouvait. « … Et il a bu le biberon ? Combien ? » disait-elle.

« Tant pis, a déclaré Nina d'un ton ferme. On en a perdu une. OK. Je n'ai jamais… Je n'ai jamais… Je n'ai jamais… » Elle a fait passer son regard de Clare à moi, et brusquement, son visage a pris une expression malicieuse. Mon estomac s'est retourné. Sous l'emprise de l'alcool, Nina n'est pas toujours la personne la plus délicate. « Je n'ai jamais couché avec James Cooper. »

Un rire hésitant s'est levé dans le salon. Avec un haussement d'épaules, Clare a bu.

Puis son regard gris-bleu et celui brun foncé de Nina se sont tournés vers moi. Le silence était total, percé seulement par Florence & The Machine qui chantait que son mec fabriquait des cercueils.

« Va te faire voir, Nina. » Ma main tremblait tandis que je buvais cul sec. Puis je me suis levée et je suis partie dans le couloir, les joues en feu, me sentant tout à coup très, très ivre.

« Tu peux toujours lui proposer une moitié de banane pour le petit-déjeuner, disait Melanie dans le combiné. Mais si tu lui donnes des raisins, coupe-les d'abord en deux ou sers-toi du truc pour épépiner. »

Je suis passée devant elle pour monter l'escalier, poursuivie de loin par le « Quoi ? Qu'est-ce qu'il s'est passé ? » perplexe de Flo.

Sur le palier, je suis entrée en trombe dans la salle de bains et j'ai verrouillé la porte derrière moi. Puis je suis tombée à genoux devant la cuvette des toilettes, secouée de haut-le-cœur, jusqu'à ce que je n'aie plus rien à vomir.

Oh, bon sang, j'étais bourrée. Assez pour redescendre coller une baffe à Nina histoire de lui apprendre à être une telle fouteuse de merde. D'accord, elle ne connaissait pas tous les détails de ma relation avec James ; mais elle en savait assez pour comprendre qu'elle me mettait dans une position des plus inconfortables – et Clare aussi.

Pendant une longue minute, je les ai tous maudits. Nina pour m'avoir provoquée avec ses affreuses questions insistantes. Flo et Tom pour m'avoir couvée d'un regard benêt tandis que je buvais, Clare pour m'avoir forcée à venir. Et par-dessus tout, je haïssais James qui avait demandé à Clare de l'épouser, déclenchant cet enchaînement d'événements. Je détestais même la pauvre Melanie, qui n'avait rien demandé et ne se doutait de rien, pour la seule raison qu'elle se trouvait ici.

Mon estomac s'est contracté une nouvelle fois, mais je n'avais plus rien à rendre, il ne me restait plus qu'un horrible goût de tequila dans la bouche que j'essayais de cracher dans la cuvette. J'ai tiré la chasse et me suis plantée devant le lavabo pour me rincer la bouche et m'asperger le visage. J'étais livide, avec deux grosses taches rouges fiévreuses aux pommettes et des traces de mon mascara qui avait coulé.

« Lee ? » On frappait à la porte et j'ai reconnu la voix de Clare. Je me suis pris le visage dans les mains.

« Une min… minute ! » Grrr, voilà que je bégayais. Je n'avais plus souffert de bégaiement depuis la fin du lycée. Bizarrement, je m'en étais débarrassée en même temps que de la triste personnalité gênée de Lee à l'instant où j'avais quitté Reading. Nora n'avait jamais bégayé. J'étais en train de redevenir Lee.

« Lee, je suis désolée. Nina n'aurait pas dû… »

Oh bordel, ai-je pensé. *Fous-moi la paix. Laisse-moi tranquille s'il te plaît.*

J'ai perçu des messes basses de l'autre côté de la porte et, malgré mes doigts tremblants, j'ai tenté de mon mieux d'arranger mon maquillage avec du papier toilette.

Pathétique. J'avais l'impression d'être de retour au lycée, avec la totale, querelles de nanas et commérages compris. Je m'étais juré de ne jamais y revenir. C'était une erreur. Une erreur épouvantable.

« Je suis désolée, Nora. » Nina, cette fois. La voix pâteuse d'alcool mais sincèrement inquiète – c'est l'impression que j'avais en tout cas. « Je ne pensais pas… Sors, s'il te plaît.

— Il faut que j'aille me coucher, ai-je répondu d'une voix émue, rauque.

— Lee... Nora, je t'en prie, a supplié Clare. Allez... Je suis désolée, Nina est désolée. »

J'ai inspiré un grand coup et tiré le verrou.

Elles se tenaient sur le palier, une expression de chien battu sur le visage sous la lumière éclatante de la salle de bains.

« Je t'en prie, Lee, a fait Clare en me prenant la main. Reviens en bas avec nous.

— Ça va, ai-je dit. Franchement. Mais je suis vraiment fatiguée. Je me suis levée à 5 heures pour prendre le train.

— Bon, bon... » À contrecœur, Clare a relâché ma main. « Tant que tu ne vas pas te coucher sur une contrariété. »

J'ai serré les dents malgré moi. *Reste calme. N'en fais pas une histoire personnelle.*

« Non, je ne vais pas me c-coucher sur une "contrariété", ai-je dit en tentant de garder un ton léger. Je suis juste fatiguée. Il faut que je me brosse les dents, maintenant. Alors, à demain. »

Je les ai contournées pour aller chercher ma trousse de toilette dans la chambre et quand je suis revenue, elles étaient toujours là, Nina tapant du pied sur le parquet.

« Donc tu es sérieuse ? Tu te défiles ? Bon sang, Lee, c'était une blague. Si quelqu'un doit se sentir vexée, c'est plutôt Clare, et elle le prend bien. Tu as perdu ton sens de l'humour depuis le lycée ? »

L'espace d'une seconde, j'ai envisagé toutes les réponses que je pouvais lui faire. Ce n'était pas une blague. Elle savait parfaitement ce que cela représentait pour moi, et elle avait mentionné James exprès, à l'endroit et au moment exacts où je ne pouvais ni l'esquiver, ni l'atténuer.

Mais quel intérêt ? En parfaite imbécile, j'avais mordu à l'hameçon, réagi comme prévu. C'était fait.

« Je ne me défile pas, ai-je répliqué d'un ton sec. Il est minuit passé. Je suis debout depuis 5 heures. Je veux juste dormir. »

Tout en parlant, je me suis rendu compte du ton suppliant que j'employais, je me trouvais des excuses, cherchais à m'absoudre de la culpabilité que je ressentais à quitter la fête. Bizarrement, ce constat m'a donné du nerf. Nous n'avions plus seize ans. Nous n'étions plus obligées de traîner ensemble comme si un lien invisible nous reliait les unes aux autres. Nous avions suivi des routes différentes et nous avions survécu. Que j'aille me coucher n'allait pas gâcher la soirée de Clare, et je n'avais pas à justifier ma décision tel un prisonnier dans la Chambre étoilée[1].

« Je vais me coucher », ai-je répété.

Un silence. Clare et Nina se sont dévisagées, puis Clare a déclaré : « D'accord. »

En toute irrationalité, ce simple mot m'a agacée plus que tout le reste – je savais qu'elle ne faisait que se ranger à mon point de vue, mais cette permission qu'elle m'accordait m'a hérissé le poil. *Je ne suis plus celle que tu mènes par le bout du nez.*

« Bonne nuit », ai-je rétorqué d'un ton sec en les contournant une nouvelle fois pour entrer dans la salle de bains. Par-dessus le bruit de l'eau qui coulait et

1. En Angleterre, haute cour de justice composée de membres du Conseil privé, organisée par Henri VII en 1487. *(N.d.T.)*

celui du frottement de la brosse à dents, je les entendais chuchoter dehors, et je suis restée volontairement à l'intérieur plus longtemps que nécessaire, ôtant mon mascara avec un soin inhabituel jusqu'à ce que leurs voix s'évanouissent et que je perçoive leurs pas s'éloigner sur le parquet.

J'ai relâché mon souffle, libérant la tension qui s'était accumulée à mon insu, et j'ai senti les muscles de ma nuque et de mes épaules se détendre.

Pourquoi ? Pourquoi avaient-elles encore ce pouvoir sur moi, Clare en particulier ? Pourquoi les laissais-je me contrôler ainsi ?

J'ai soupiré, jeté la brosse à dents et le dentifrice dans ma trousse de toilette, poussé la porte et remonté à pas feutrés le couloir jusqu'à ma chambre. Il y faisait frais et c'était calme, tout le contraire du salon surchauffé et surpeuplé. J'entendais Jarvis Cocker en fond sonore, sa voix flottant dans le couloir. Mais lorsque j'ai fermé la porte de la chambre et me suis effondrée sur le lit, la musique a été étouffée et je n'entendais plus que les basses. Le soulagement était indescriptible. Les paupières closes, je m'imaginais de retour dans mon petit appartement de Hackney ; ne manquaient que la rumeur de la circulation et les klaxons au-dehors.

J'aurais aimé être chez moi, je le souhaitais si ardemment que je pouvais presque sentir la douceur élimée de ma housse de couette à fleurs sous ma paume, et voir les stores vénitiens en rotin battre doucement à la fenêtre les nuits d'été.

Soudain, un coup frappé à la porte m'a fait rouvrir les yeux, et la noirceur immense de la forêt m'est apparue par la paroi de verre. Lâchant un soupir, je me préparais à répondre quand on a frappé une nouvelle fois.

« Lee ? »

Je me suis levée et j'ai ouvert la porte. Flo se tenait sur le seuil, les mains sur les hanches.

« Lee ! Je n'arrive pas à croire que tu fasses ça à Clare !

— Quoi ? » Tout à coup, une immense fatigue s'est abattue sur moi. « Faire quoi ? Aller au lit ?

— J'ai fait beaucoup d'efforts pour rendre ce week-end parfait pour Clare. Si tu le gâches dès le premier soir, je te tue !

— Je ne gâche rien du tout, Flo. C'est toi qui en fais tout un plat, pas moi. Je veux juste aller dormir. D'accord ?

— Non, pas d'accord ! Je ne te laisserai pas saboter tout mon travail !

— Je veux seulement me coucher, ai-je répété, tel un mantra.

— Eh bien je trouve que tu n'es qu'une sale égoïste, a craché Flo. Clare… Clare est la meilleure, OK ? Et elle mérite… Elle mérite… » Son menton s'est mis à trembler.

« Ouais, c'est ça », ai-je répondu et sans plus y réfléchir, je lui ai claqué la porte au nez.

Pendant une minute, je l'ai entendue respirer bruyamment de l'autre côté, et je me suis dit que, si elle se mettait à pleurer, j'allais devoir sortir lui présenter mes excuses. Je ne pouvais quand même pas rester sans rien faire, à l'écouter s'effondrer derrière la porte.

Mais non. Au prix d'un gros effort, elle a repris

contenance et est redescendue, me laissant moi-même au bord des larmes.

J'ignore à quelle heure est montée Nina, mais il était tard, très tard. Je ne dormais pas mais je faisais semblant, recroquevillée sous la couette, mon oreiller sur la tête, tandis qu'elle arpentait la chambre d'un pas lourd, renversant des flacons de lotion et donnant des coups de pied dans sa valise.

« Tu es réveillée ? » a-t-elle murmuré en se glissant dans le lit voisin.

J'ai envisagé de l'ignorer mais j'ai poussé un soupir et me suis tournée. « Oui. Sûrement parce que tu t'es cognée dans tout ce qu'il y a dans cette chambre.

— Pardon. » Elle s'est blottie sous ses draps et j'ai vu son œil luire tandis qu'elle bâillait. « Écoute, je suis désolée pour tout à l'heure. Franchement, je ne pensais pas…

— Pas grave, ai-je répondu d'un ton las. Moi aussi je suis désolée. J'ai réagi de façon excessive. La fatigue et l'alcool. » J'avais déjà décidé de m'excuser auprès de Flo au matin. Elle n'y était pour rien, après tout.

« Non, c'est moi », a dit Nina. Elle s'est couchée sur le dos et a posé la main sur ses yeux. « J'ai joué ma fouteuse de merde, comme d'habitude. Mais ça remonte à dix ans. Je crois qu'on peut me pardonner d'avoir pensé… » Elle a laissé sa phrase en suspens. Je savais ce qu'elle voulait dire. Au bout de dix ans, une personne normale aurait surmonté ce qu'il s'était passé, aurait tourné la page.

« Je sais, ai-je rétorqué. C'est pathétique, je m'en rends compte.

— Nora, que s'est-il passé ? Il y a eu un truc, de toute évidence. On ne réagit pas comme ça pour une simple rupture.

— Il ne s'est rien passé de particulier. Il m'a larguée. Point final.

— Ce n'est pas ce que j'ai entendu. » Elle a roulé sur le côté, et j'ai senti son regard sur moi dans l'obscurité. « On m'a dit que c'était toi qui l'avais plaqué.

— Eh bien on t'a mal renseignée. Il m'a larguée. Par texto, si tu veux savoir. »

Je m'étais débarrassée du téléphone peu après. Le bip bip des messages, léger et joyeux, ne cessait de retentir.

« OK, mais quand même. Je ne t'ai jamais demandé, mais est-ce qu'il… »

Elle s'est tue. Je pouvais entendre ses méninges s'activer, chercher comment formuler une phrase délicate. J'ai gardé le silence. Quoi qu'elle imagine, je n'allais pas la mettre sur la voie.

« Et merde, il n'y a pas de façon douce de demander, mais je dois le faire. Il ne te battait pas, si ?

— *Quoi ?* »

Je ne m'attendais pas à ça.

« Bon, visiblement, non. Désolée. » Nina s'est remise sur le dos. « Pardon, mais franchement, Lee…

— *Nora.*

— Pardon ! Pardon ! Clare m'a contaminée. Et tu as raison. Ça n'aurait aucun sens. Mais honnêtement, la façon dont tu as réagi après votre rupture… Tu ne peux pas en vouloir aux gens de se poser la question…

— Les gens ?

— Oui : on a seize ans, tu quittes la ville et James

s'effondre de manière plutôt dramatique. Évidemment que ça fait jaser.

— Nom de Dieu. » J'ai fixé le plafond ; le silence était total en dehors d'un léger crépitement au-dehors, comme une pluie douce et légère. « C'est vraiment ce que pensaient les gens ?

— Moui, a répondu Nina, laconique. C'était la théorie la plus populaire. Ça, ou alors qu'il t'avait refilé une MST. »

Seigneur. Pauvre James. En dépit de ce qu'il avait fait, il ne méritait pas ça.

« Non, ai-je fini par répondre. James Cooper ne me battait pas. Il ne m'a pas non plus refilé de MST. Et tu es autorisée à en informer quiconque se poserait la question. Sur ce, bonne nuit, je dors maintenant.

— Quoi alors ? Si ce n'était pas ça, que s'est-il passé ?

— Bonne nuit. »

Je me suis tournée sur le côté, l'oreille tendue vers le silence, le souffle exaspéré de Nina et le doux crépitement au-dehors.

Alors, enfin, j'ai dormi.

11

Des voix. Dans le couloir, dehors. Elles s'infiltrent dans mes songes, à travers la brume de la morphine, et l'espace d'un instant, je me crois de retour dans la maison de verre, Clare et Flo en train de chuchoter de l'autre côté de ma porte, tenant l'arme dans leurs mains tremblantes.

On aurait dû vérifier le reste de la maison…

J'ouvre les yeux et je me rappelle où je suis.

L'hôpital. Les gens dehors sont des infirmières, des aides-soignants de nuit… peut-être même l'agent de police aperçu tout à l'heure.

Étendue là, battant des paupières, j'essaie de contraindre mon cerveau fatigué et embrumé à fonctionner. Quelle heure est-il ? Les lumières de l'hôpital sont tamisées pour la nuit, mais j'ignore complètement s'il est 21 heures ou 4 heures du matin.

Je tourne la tête pour chercher mon téléphone. Chez moi, dès que je me réveille, je consulte l'heure sur mon portable. C'est mon tout premier geste du matin. Cependant, il n'y a rien sur le chevet à côté de mon lit.

Aucun vêtement n'est posé sur la chaise près de

la fenêtre et la blouse d'hôpital que je porte n'a pas de poche. Mon téléphone a disparu.

Je reste à contempler la petite chambre faiblement éclairée. C'est une chambre individuelle, ce qui semble étrange, mais la salle de réveil commune affiche peut-être complet. Ou alors il s'agit du protocole de l'établissement. Il n'y a aucun autre patient à interroger, pas d'horloge au mur. Si le moniteur qui clignote d'une douce lumière verte près de ma tête indique l'heure, je n'arrive pas à la voir.

Un instant, j'envisage d'appeler quelqu'un, de demander à la femme flic à ma porte l'heure qu'il est, l'endroit où je me trouve, ce qu'il m'est arrivé. Mais je me rends compte qu'elle discute déjà avec quelqu'un, c'est leur échange à voix basse qui m'a réveillée. Je déglutis avec difficulté, ma bouche est sèche et pâteuse, et je soulève douloureusement ma tête de l'oreiller, me préparant à appeler. Cependant, avant que le moindre son ne franchisse mes lèvres, une phrase me parvient à travers l'épaisse porte vitrée, stoppant les mots dans ma bouche.

« Bon sang, alors maintenant, c'est un meurtre ? »

12

Je me suis réveillée dans un silence clair et lumineux que seul brisait le léger ronflement de Nina dans le lit à côté du mien. Toutefois, allongée là à étirer mes muscles en regrettant de ne pas avoir rempli mon verre d'eau, j'ai commencé à repérer les bruits de la forêt : le chant des oiseaux, le craquement de brindilles et un bruit sourd que je n'ai pas identifié suivi d'un bruissement doux, comme des feuilles de papier glissant au sol.

J'ai regardé mon téléphone – 6 h 48, toujours pas de réseau – et enfilé un gilet avant de gagner la fenêtre à pas feutrés. J'ai tiré le rideau et une envie de rire m'a saisie. Il avait neigé pendant la nuit, pas beaucoup, mais suffisamment pour transformer le paysage en une image de carte postale victorienne. Voilà l'étrange crépitement que j'avais entendu la veille. Si je m'étais levée pour regarder dehors, je l'aurais su.

Le ciel éclatait de roses et de bleus ; les nuages, éclairés par-dessous, se teintaient d'une couleur pêche ; le sol était un moelleux tapis blanc moucheté d'empreintes de pattes d'oiseaux et d'aiguilles de sapins.

Cette vue a fait fourmiller mes pieds et j'ai su sans l'ombre d'un doute que je devais aller courir.

Sur le radiateur, mes baskets étaient recouvertes d'une croûte de boue mais au moins elles étaient sèches, tout comme mes leggings. J'ai enfilé un haut thermique et un bonnet mais je n'ai pas pris de manteau. Même par temps glacial, je produis assez de chaleur en courant pour ne pas avoir froid, à condition que le vent ne se lève pas. Dehors, tout était paisible. Pas une branche n'ondoyait et les quelques flocons tombaient sans voltiger.

J'ai entendu de légers ronflements en passant devant les chambres en chaussettes. Je n'ai enfilé mes baskets qu'une fois sur le paillasson, histoire de préserver les parquets de la tante de Flo. La porte d'entrée était parée d'un arsenal impressionnant de verrous et de serrures, si bien que j'ai préféré sortir par la cuisine que j'ai gagnée sur la pointe des pieds : ici, une simple poignée avec une clé, qui a tourné sans un grincement. En ouvrant la porte, un doute s'est emparé de moi : y avait-il une alarme à désactiver ? Mais aucune sonnerie tonitruante n'a retenti et je me suis glissée dans la fraîcheur matinale en toute discrétion.

Quarante minutes plus tard, je revenais à petites foulées par le sentier forestier, les joues rosies par le froid et l'effort, mon souffle s'échappant dans un nuage blanc sur le bleu intense du ciel. Je me sentais légère et détendue, les frustrations et les tensions abandonnées quelque part au milieu des bois. Malgré tout, j'ai ressenti un petit pincement au cœur en voyant la cheminée de la chaudière recracher des bouffées dignes d'une locomotive. Quelqu'un s'était levé et faisait couler de l'eau chaude.

J'avais espéré profiter d'une heure de calme en solitaire tant que les autres dormaient, pour petit-déjeuner à mon rythme, sans avoir à entretenir une conversation embarrassée. En approchant, je me suis rendu compte qu'en plus d'être réveillé, le lève-tôt était sorti. Des traces de pas allaient de la porte arrière au garage et revenaient. Bizarre. Tous les véhicules étaient garés à l'extérieur, devant la maison. Pour quelle raison irait-on au garage ?

Je commençais à avoir froid dans mon T-shirt trempé de sueur maintenant que j'étais arrivée au sommet de la colline, et je rêvais d'un bon café. Je me suis dirigée vers la porte de la cuisine. La personne qui était debout me fournirait l'explication.

« Bonjour ! ai-je lancé, à voix basse pour ne pas réveiller les autres, en ouvrant la porte. Ce n'est que moi ! »

Une silhouette se tenait au comptoir, penchée sur un téléphone portable. Elle a levé la tête : Melanie.

« Salut ! » Elle m'a gratifiée d'un sourire, faisant apparaître ses fossettes aux joues. « Je croyais être la seule levée. Tu es sortie courir avec cette neige ? Tu es folle !

— C'est magnifique. » J'ai tapé la neige de mes baskets sur le paillasson puis les ai retirées, les tenant par les lacets. « Quelle heure est-il ?

— Sept heures et demie. Je suis debout depuis vingt minutes. Quelle foutue ironie : ma seule chance de m'offrir une grasse mat' sans Ben qui me réveille et je n'arrive pas à dormir !

— Tu es conditionnée. » Elle a approuvé avec un soupir.

« C'est clair. Du thé ?

— Je préférerais du café s'il y en a de prêt. » Alors seulement je me suis souvenue. « Oh mince, pas de café ici, n'est-ce pas ?

— Non. Moi aussi je préfère le café. Je ne buvais que du thé à la fac, mais Bill m'a convertie. J'ai essayé de boire plein de thé pour avoir l'équivalent en caféine mais je crois que ma vessie ne le supporte pas. »

Tant pis. Au moins, le thé serait chaud et désaltérant.

« Je veux bien un thé, alors. Ça ne t'embête pas si je saute sous la douche d'abord et si je me change ? J'ai couru avec ces habits hier aussi et je ne dois pas sentir la rose.

— Pas de souci. J'allais aussi faire griller du pain. Ce sera prêt quand tu redescendras. »

À mon retour dix minutes plus tard, j'ai été accueillie par l'odeur des toasts et une comptine fredonnée par Melanie.

« Coucou ! a-t-elle lancé tandis que j'entrais dans la cuisine. Il y a de la Marmite, de la marmelade et de la confiture de fraises.

— Pas de framboises ?

— Non.

— Marmite alors, s'il te plaît. »

Elle en a étalé sur le pain et a poussé l'assiette vers moi tout en jetant subrepticement un regard sur son portable posé sur le comptoir. J'ai croqué une bouchée et demandé : « Toujours pas de réseau ?

— Non, a-t-elle répondu, son sourire poli envolé. Ça commence à m'énerver. Il n'a que six mois et il est un peu perturbé depuis qu'on lui donne de la nourriture solide. Je suis juste… Je sais que c'est nul, mais je n'aime pas être loin de lui.

— Je me doute », ai-je compati même si j'imaginais difficilement ce que cela pouvait être. Mais je comprenais le désir d'être chez soi, et ce qu'elle éprouvait devait être des centaines de fois plus fort avec un petit être innocent et sans défense qui attendait son retour. « Comment est-il ? ai-je demandé pour lui remonter le moral.

— Il est adorable ! » Son sourire a réapparu, plus convaincant cette fois-ci. Elle s'est emparée de son téléphone et s'est mise à parcourir sa galerie de photos. « Le voilà avec sa première dent. »

Elle m'a montré le cliché flou d'un bébé au visage rond sans dent visible nulle part, puis elle a poursuivi. L'une des photos représentait une sorte d'explosion dans une usine de moutarde et lui a arraché une grimace.

« Désolée pour celle-ci.

— Qu'est-ce que c'était ?

— Ben qui avait du caca jusque dans les cheveux ! J'ai pris une photo pour Bill qui travaillait.

— Bill et Ben[1] ?

— Je sais, a-t-elle fait avec un sourire penaud. Nous avons commencé à l'appeler Ben quand il

1. Personnages héros d'un programme télévisé britannique pour enfants. *(N.d.T.)*

était dans mon ventre, pour plaisanter, et c'est resté. Je culpabilise un peu mais je me dis qu'on ne dira pas souvent leurs deux noms ensemble dans la vie. Regarde ! Sa première baignade. »

Cette photo était plus claire : une petite bouille étonnée dans une piscine d'un bleu cristallin, la bouche arrondie d'une colère indignée.

« Il est tout mignon », ai-je commenté en m'efforçant de ne pas laisser percer la mélancolie. Dieu sait que je ne veux pas de bébé, mais se retrouver face au bonheur d'une famille peut générer un sentiment d'exclusion, même malgré nous.

« N'est-ce pas ? a répliqué Melanie, le visage attendri. J'ai vraiment de la chance. » Elle a touché la croix à son cou, presque inconsciemment, puis a lâché un soupir. « J'aimerais bien qu'il y ait du réseau ici. Je croyais que j'étais prête à le laisser mais maintenant… Deux nuits, c'est trop. Je n'arrête pas de me dire : et s'il arrive quelque chose et que Bill ne peut pas me joindre ?

— Il a le numéro du fixe, non ? »

J'ai mangé un autre morceau de toast pendant que Melanie hochait la tête.

« Oui. D'ailleurs, a-t-elle repris avec un coup d'œil sur son portable, j'avais dit que je l'appellerais ce matin. Il ne voulait pas téléphoner trop tôt de peur de nous réveiller. Ça ne te dérange pas si… ?

— Pas du tout. »

Elle s'est levée, a vidé sa tasse et l'a posée sur le plan de travail.

« Au fait, ai-je repris en m'en souvenant tout à coup, tu es allée au garage ?

— Non ? a-t-elle répondu avec une intonation qui en faisait plus une question qu'une affirmation. Pourquoi ? Il est ouvert ?

— Je ne sais pas, je n'ai pas essayé la porte. Mais il y a des empreintes de pas dehors.

— Bizarre. Non, ce n'est pas moi.

— Bizarre, oui. » J'ai pris une autre bouchée que j'ai mâchée pensivement. Les empreintes étaient fraîches, elles avaient dû être faites après que la neige avait fini de tomber. « Tu penses que…

— Que quoi ? »

Je n'avais pas très bien réfléchi à ce que j'allais dire, et à présent, tout en prononçant les mots, j'éprouvais une certaine réticence à formuler ma pensée.

« Eh bien… J'ai supposé que quelqu'un s'était rendu de la maison au garage, mais ça aurait pu être dans l'autre sens.

— Quoi ? Comme quelqu'un qui furète dans le coin ? Y avait-il des pas de l'allée au garage ?

— Je n'en ai pas vu. Mais le garage est tout près des bois, et je ne pense pas que des empreintes seraient visibles là-bas. Il n'y a pas de neige. »

D'autre part, même si je n'en ai rien dit, s'il y avait eu des empreintes, je les aurais effacées pendant mon jogging.

« Peu importe, ai-je dit en prenant le thé avec détermination. Ce sont des bêtises. C'est sûrement Flo qui est sortie chercher quelque chose.

— Tu as sans doute raison », a approuvé Melanie.

Avec un haussement d'épaules, elle a quitté la cuisine. Le cliquetis du combiné m'est parvenu lorsqu'elle l'a décroché au salon. Cependant, à la place du bruit des touches, j'ai entendu le combiné être raccroché et décroché plusieurs fois d'affilée.

« Nom d'un chien ! La ligne fixe ne fonctionne plus ! Franchement, c'est le bouquet ! Et s'il arrivait quelque chose à Ben ? »

J'ai rangé mon assiette dans le lave-vaisselle et l'ai rejointe dans le salon. « Fais voir, je vais essayer. C'est peut-être son numéro ?

— Ce n'est pas son numéro, a-t-elle répliqué en me tendant le combiné. La ligne est coupée. »

Elle avait raison. Il n'y avait pas de tonalité, juste un écho sur le néant et un léger cliquetis.

« Ce doit être à cause de la neige. » J'ai repensé aux branches des arbres dans la forêt ployant sous le poids de leur fardeau. « La neige a dû faire tomber une branche sur un fil et couper la ligne. Je suppose que des techniciens des télécoms vont venir réparer ça…

— Mais quand ? » m'a interrompue Melanie. Elle avait le visage rouge et inquiet, les larmes aux yeux. « Je ne voulais pas en faire tout un plat, par respect pour Clare, mais c'est la première fois que je pars et, pour être honnête, je ne m'éclate pas. Je sais que je suis censée être excitée, genre "super, une soirée entre filles !", mais ce n'est plus mon truc. Tout cet alcool et ces potins. Je me fous de savoir qui a couché avec qui. Je veux juste rentrer chez moi et câliner Ben. Tu veux savoir pourquoi je me suis réveillée si tôt ? C'est parce que j'avais une montée de lait, mes tétons étaient durs et douloureux, et j'en ai mis plein le lit. » Elle pleurait à grosses larmes à présent, son nez coulait. « J'ai dû me lever et tirer mon lait. Et ça, maintenant, c'est la goutte d'eau qui fait déborder le vase. J'ignore comment ils vont. Je ne veux plus rester ici. »

Je l'ai considérée en me mordant la lèvre. Une part de moi avait envie de la prendre dans mes bras, l'autre de s'écarter de son visage barbouillé de larmes et de morve.

« Écoute, ai-je dit avec gêne, si tu ne t'amuses pas… »

Mais je me suis tue. Elle ne m'écoutait pas. Elle avait le regard fixé au-dehors, sur la forêt parée de blanc, une pensée tournait dans sa tête, son souffle ralentissait à mesure que se calmaient ses sanglots.

« Melanie ? » ai-je fini par tenter.

Elle a tourné la tête vers moi, s'est essuyé le visage de la manche de sa robe de chambre. « Je vais rentrer », a-t-elle déclaré.

C'était si soudain que je n'ai pas su quoi répondre.

« Flo va me tuer, mais tant pis. Clare ne m'en voudra pas. Je ne crois pas que ça la branchait de faire son enterrement de vie de jeune fille de toute façon, c'était l'idée de Flo avec son étrange obsession d'être la meilleure amie du monde. Tu penses que je passe en voiture dans l'allée, avec la neige ?

— Oui. C'est de la poudreuse sous les arbres. Mais, et Tom ? Il est venu avec toi, non ?

— Seulement depuis Newcastle. » De nouveau, elle s'est essuyé le visage. Elle paraissait plus calme maintenant que sa décision était prise. « Je suis sûre que Clare ou Nina le ramènera. Ce n'est pas un problème.

— Sans doute. »

Je me suis mordu la lèvre en imaginant la réaction de Flo.

« Écoute, tu es sûre de ne pas vouloir attendre un peu ? Je suis persuadée qu'ils vont bientôt réparer la ligne téléphonique.

— Non, c'est décidé, je pars maintenant. Enfin, j'attendrai que Flo soit levée mais je vais aller ranger mes affaires tout de suite. Oh ! quel soulagement. » Elle souriait tout à coup. Son visage est passé du ciel voilé au grand soleil en quelques instants, ses fossettes sont réapparues.

« Merci de m'avoir écoutée. Je suis désolée d'avoir craqué, mais tu m'as vraiment aidée à y voir plus clair. Tu as raison après tout : si je ne m'amuse pas, quel intérêt de rester ici ? Clare ne voudrait pas que je reste si ça me rend malheureuse. »

Je l'ai regardée remonter l'escalier, et j'ai médité ses dernières paroles.

Quel était l'intérêt d'être ici ? Brusquement, je me suis rendu compte que je ne voulais pas qu'elle s'en aille. Pas parce que je l'appréciais, ou qu'elle allait me manquer – je ne la connaissais pas assez pour ça même si elle semblait très gentille – mais parce que je nourrissais moi aussi un fantasme d'évasion. Et une personne en moins rendrait toute fuite beaucoup plus difficile – la pression sur les rescapés serait d'autant plus forte avec le départ de Melanie.

Et sans voiture et l'alibi du bébé, quelle excuse pourrais-je invoquer qui ne serait pas interprétée comme de l'amertume par rapport à James, au fait que la meilleure avait gagné et remporté mon ex-petit ami ?

Je croyais avoir depuis longtemps arrêté de me soucier de ce que Clare Cavendish pensait de moi. En retournant d'un pas lent à la cuisine, j'ai compris combien je me trompais.

13

J'ai rencontré Clare le jour de la rentrée au primaire. Tous les autres élèves se connaissaient depuis la maternelle ; je n'y étais pas allée et me retrouvais assise toute seule à un bureau, à me retenir de pleurer. J'étais petite et maigrichonne, avec deux tresses toutes raides que ma mère enroulait de chaque côté de mon crâne pour « éviter les poux ».

Je savais lire mais je ne voulais pas qu'on le sache. Ma mère m'avait prévenue : je ne me ferais pas d'amis en jouant les « mademoiselle Je-sais-tout » et l'institutrice m'apprendrait la bonne méthode, pas celle de mon invention.

J'étais donc assise toute seule tandis que les autres enfants se mettaient par deux aux tables et bavardaient. Et Clare est entrée. Je n'avais jamais vu quelqu'un d'aussi beau. Elle portait ses longs cheveux détachés, au mépris des règles de l'école, et ils brillaient au soleil comme dans une pub pour du shampoing. Elle a balayé la classe du regard, examinant les élèves ; quelques-uns ont tapoté la chaise à côté d'eux en lançant, pleins d'espoir : « Clare ! Clare ! Viens t'asseoir avec moi ! »

Et c'est moi qu'elle a choisie.

J'ignore si vous savez ce que cela représente, l'effet que ça fait d'être choisie par une fille comme Clare. On a l'impression qu'un projecteur se pose sur nous et nous baigne de sa douce chaleur. On se sent à la fois exposé et flatté. Tout le monde nous regarde et se demande : *Pourquoi elle ?*

Clare s'est assise à côté de moi et j'ai senti presque physiquement que je passais de l'ombre à la lumière, du statut d'être insignifiant à celui de personne importante. Une personne à qui les autres pourraient vouloir parler, dont ils aimeraient devenir l'ami.

Elle m'a souri et je lui ai rendu son sourire.

« Salut, je m'appelle Clare Cavendish et mes cheveux sont si longs que je peux m'asseoir dessus. Je vais jouer Mary dans la pièce de l'école.

— J… Je… ai-je tenté de répondre. Je m'ap… m'appelle Le… Lee… »

Je m'appelle Leonora, voilà ce que j'essayais de dire.

« Bonjour, Lee, a dit Clare avec un sourire.

— Clare Cavendish ! » L'institutrice a frappé la brosse contre le tableau noir pour attirer notre attention. « Pourquoi tes cheveux ne sont-ils pas attachés ?

— Ça me donne mal à la tête. » Clare a tourné vers la maîtresse son visage angélique, illuminé par le soleil. « Ma mère a dit que je n'étais pas obligée. J'ai un mot du médecin. »

Clare dans toute sa splendeur.

Détenait-elle réellement un certificat médical ? Quel médecin sain d'esprit dispenserait une enfant de cinq ans de s'attacher les cheveux ?

Mais peu importait. Clare Cavendish l'avait dit,

alors c'était vrai. Elle a effectivement joué Mary dans la pièce de l'école. Et je suis devenue Lee. Lee, la copine effacée qui bégaie. Sa meilleure amie.

Je n'ai jamais oublié ce que Clare a fait ce jour-là. Elle aurait pu choisir n'importe qui d'autre. Elle aurait pu jouer la carte de la popularité et s'installer à côté de n'importe quelle fille avec une barrette Barbie dans les cheveux et des chaussures Lelli Kelly aux pieds.

À la place, elle avait jeté son dévolu sur la seule élève solitaire, silencieuse, et elle m'avait transformée.

De par mon statut de meilleure amie de Clare, je participais à tous les jeux, je n'attendais jamais dans un coin de la cour de récré, seule au monde mais l'air de rien, qu'on m'invite à jouer. J'étais conviée aux fêtes d'anniversaire parce que Clare requérait ma présence et, lorsque le bruit s'est répandu que Clare était venue chez moi et approuvait ma balançoire et ma maison de poupées, les autres filles se sont mises à accepter mes invitations balbutiantes.

Les enfants de cinq ans peuvent se montrer d'une cruauté inimaginable. Ils disent des horreurs qu'un adulte n'oserait pas, se permettent des commentaires désobligeants sur le physique, la famille, la façon de parler, l'odeur corporelle, les tenues vestimentaires. Si un collègue se laissait aller à proférer de telles remarques au bureau, il serait poursuivi pour harcèlement moral, mais à l'école, rien de plus normal. Chaque classe possède son bouc émissaire impopulaire, le gosse à côté duquel personne ne veut s'asseoir, celui qu'on accuse de tous les maux et qu'on choisit en dernier dans les jeux d'équipe. De même que, sans doute dans un esprit d'équilibre inévitable, chaque classe compte sa reine des abeilles. Dans la nôtre, c'était Clare et, sans son amitié, je serais facilement devenue le bouc émissaire, assise seule à une table jusqu'à la fin des temps. Une part de moi, l'enfant de cinq ans effrayée sous ma carapace d'adulte, lui en sera éternellement reconnaissante.

Qu'on ne s'y trompe pas, être l'amie de Clare n'était pas toujours une partie de plaisir. Le faisceau d'amour et de chaleur pouvait s'éteindre aussi vite qu'il avait été allumé. On se retrouvait alors soudain l'objet de moqueries et de plaisanteries. Je suis rentrée de nombreuses fois à la maison en pleurant à cause d'une chose que Clare avait dite ou faite. Mais elle savait également se montrer drôle et généreuse, et son amitié était la bouée de sauvetage sans laquelle j'aurais sombré ; je finissais toujours par lui pardonner.

Ma mère, en revanche, n'appréciait pas Clare, sans que je m'explique vraiment pourquoi. Ça n'avait pas de sens car, par bien des aspects, Clare était la fille que ma mère essayait de me faire devenir – charmante, loquace, populaire, pas trop scolaire. À l'approche de l'entrée au collège, ma mère n'a pas caché son espoir de me voir intégrer l'établissement local et pas Clare. Mais elle y a été admise. Clare n'était pas une grande bûcheuse, mais elle était intelligente et pouvait donner un coup de fouet pendant les examens.

Par conséquent, ma mère a rencontré le professeur et a demandé que nous soyons placées dans des classes différentes. En cours, je me suis fait une nouvelle amie, une camarade tout aussi improbable : l'amusante et piquante Nina, avec ses longues jambes bronzées de sauterelle et ses grands yeux bruns. Nina était aussi grande que j'étais petite, elle pouvait courir le huit cents mètres en deux minutes trente, elle était drôle et ne craignait personne. Être auprès d'elle se révélait dangereux, sa langue acérée ne marquant pas la différence entre ami et ennemi – on était tout aussi susceptible d'être la cible de ses piques que d'en rire. Mais je l'appréciais. Et de bien des façons, je me sentais plus en sécurité avec elle qu'avec Clare.

Toutefois, la séparation n'a rien changé. En dehors des heures de cours, Clare venait me chercher. Nous déjeunions ensemble. Nous séchions et allions dépenser notre argent de poche à Woolworth, achetant les CD que Clare aimait et le vernis brillant que nous n'avions pas le droit de porter à l'école. Une seule fois, à quinze ans, nous nous sommes fait prendre. Une lourde main sur notre épaule. La mine furieuse de M. Bannington. Menaces de renvoi, d'avertir nos parents, de détention jusqu'à la fin de nos jours…

En toute simplicité, Clare a levé le regard vers lui, ses yeux bleus débordant d'honnêteté. « Je suis désolée, monsieur Bannington, a-t-elle imploré. Mais c'est l'anniversaire du grand-père de Lee. Vous savez, celui qui habitait chez elle ? » Elle a marqué une pause, lui décochant un regard lourd de signification. « Lee était trop triste pour assister aux cours. Pardon si nous avons mal agi. »

Un instant, je suis restée bouche bée. Était-ce l'anniversaire de mon grand-père ? Il était décédé depuis un an. Avais-je vraiment oublié ? Puis la raison m'est revenue. Non, évidemment que non. Son anniversaire était en mai. Mars venait de commencer. J'ai senti la colère monter en moi.

M. Bannington est resté immobile à mordiller sa moustache, les sourcils froncés. Puis il a posé la main sur mon épaule. « Bon, dans ces conditions... Je ne peux pas tolérer ce genre de comportement, mesdemoiselles ; s'il y avait une alerte incendie, on pourrait perdre du temps à vous rechercher. Vous comprenez ? Que je ne vous y reprenne pas, d'accord ? Et pour cette fois, passons.

— Pardon, monsieur Bannington, a répété Clare en baissant la tête, contrite et penaude. J'essayais juste d'être une bonne amie. C'est dur pour Lee, vous savez. »

M. Bannington s'est raclé la gorge, a hoché brièvement la tête puis il a tourné les talons et s'en est allé.

Ma fureur était telle que je n'ai pas pu prononcer un mot sur le chemin du retour à l'école. Comment osait-elle ? De quel droit ?

À la grille du collège, elle a posé la main sur mon épaule. « Lee, j'espère que tu ne m'en veux pas, je n'ai rien trouvé d'autre à dire. C'est moi qui t'ai convaincue de sécher, j'ai pensé que c'était à moi de nous sortir de ce mauvais pas. »

Mon visage restait fermé. J'essayais d'imaginer la réaction de ma mère si j'avais été renvoyée et je pensais à la manière dont Clare nous avait tirées d'affaire. Je songeais au mois de mai et au fait que j'allais devoir surmonter le jour de l'anniversaire – le vrai – de mon grand-père sans en parler, comme si de rien n'était.

« Merci », ai-je dit d'une voix dure, artificielle, qui ne bégayait pas et ne me ressemblait pas.

Clare m'a souri et j'ai senti sa gaieté revenir, sa lumière me réchauffer. « De rien. »

Ma colère a fondu et, malgré moi, je lui ai rendu son sourire.

Après tout, Clare essayait juste d'être une bonne amie.

***

« Non.

— Flo…

— Tu ne pars pas. »

Melanie est restée un moment plantée au milieu de la cuisine, comme en quête d'une réplique appropriée. Finalement, elle a lâché un ricanement incrédule.

« Eh bien pourtant… si. » Elle a pris son sac sur son épaule et a tenté de contourner Flo pour gagner la porte.

« Non ! a hurlé Flo, une pointe d'hystérie dans la voix. Je ne te laisserai pas tout gâcher !

— Flo, arrête de t'exciter ! a aboyé Melanie. Je sais que c'est important pour toi, mais regarde-toi ! Clare se fout royalement que je sois là ou pas. Tu t'es fait ton idée de la façon dont devaient se dérouler les choses mais tu ne peux pas forcer les gens à participer. Reprends-toi !

— Tu… a bégayé Flo en tapant Melanie du bout de l'index, tu es une mauvaise amie. Et une mauvaise personne.

— Je ne suis pas une mauvaise amie, a répondu Melanie, tout à coup très lasse. Je suis une maman, c'est tout. Ma vie ne tourne pas autour de Clare Cavendish. Maintenant, s'il te plaît, écarte-toi de mon chemin. »

Elle a repoussé le bras que Flo tendait pour lui barrer le passage et s'est dirigée vers le couloir.

« Clare ! Tu es réveillée !

— Que se passe-t-il ? »

Clare descendait l'escalier, enveloppée dans un châle en lin froissé. Le soleil brillait depuis la fenêtre derrière elle, illuminant sa chevelure d'un halo.

« J'ai entendu crier. Qu'y a-t-il ? a-t-elle répété.

— Je m'en vais. » Melanie a gravi quelques marches, planté un rapide baiser sur sa joue puis a remonté la bride de son sac sur son épaule. « Je suis désolée, je n'aurais pas dû venir. Je n'étais pas prête à laisser Ben, et le problème avec le téléphone ne fait qu'empirer la situation…

— Quel problème avec le téléphone ?

— La ligne fixe est coupée, a expliqué Melanie. Mais il n'y a pas que ça. Pas seulement. Je suis juste… Je veux rentrer chez moi. Je n'aurais pas dû venir. Ça ne t'embête pas, dis ?

— Bien sûr que non, voyons, a répondu Clare en étouffant un bâillement et en repoussant les cheveux tombés devant ses yeux. Si tu t'inquiètes, vas-y. On se voit au mariage de toute façon.

— Absolument », a acquiescé Melanie. Elle s'est alors penchée en avant, a jeté un bref coup d'œil pardessus son épaule et déclaré à voix basse : « Clare, il faut que tu aides Flo à se ressaisir, d'accord ? Ce n'est pas sain. Pour personne. »

Puis elle a ouvert la porte, l'a claquée derrière elle et nous n'avons plus entendu que le crissement des pneus sur le gravier tandis qu'elle descendait en cahotant l'allée percée d'ornières.

Flo s'est mise à pleurer, grosses larmes et nez qui coule. Pendant un instant, je suis restée immobile, à me demander ce que je devais – ce que je pouvais – faire. Puis Clare a descendu les dernières marches en bâillant, elle a pris Flo par le bras et l'a conduite à la cuisine. J'ai entendu la bouilloire chauffer derrière les sanglots et les hoquets de Flo et la voix réconfortante de Clare.

« Tu m'as sauvé la vie, hoquetait Flo entre deux geignements. Comment pourrais-je l'oublier ?

— Ma puce », disait Clare. Sa voix était teintée d'une sorte d'exaspération affectueuse. « Combien de fois… »

Je me suis retirée à l'étage, remontant l'escalier à reculons, d'un pas léger et silencieux, jusqu'au palier où j'ai pivoté et foncé. J'étais une poule mouillée, je le savais, mais impossible de faire autrement.

La porte de la chambre que je partageais avec Nina était close, et j'allais tourner la poignée pour m'engouffrer à l'intérieur quand j'ai perçu la voix de Nina, emplie d'une douceur amoureuse inhabituelle.

« … Tu me manques aussi. J'aimerais tant être à la maison avec toi. Tu es encore au lit ? » Longue pause. « Je t'entends mal. Oui, le réseau est pourri ici. J'ai essayé de t'appeler hier soir mais ça ne captait pas. Je n'ai qu'une barre, là. » Nouvelle pause. « Non, rien qu'un type qui s'appelle Tom. Ça va. Oh, chérie ! Jess, je t'aime… »

Petit raclement de gorge pour signaler ma présence. Je ne voulais pas interrompre sa conversation. Nina ne baisse que rarement sa garde et, lorsqu'elle le fait, elle préfère qu'on ne la voie pas. Je le savais d'expérience.

« … J'aimerais me blottir contre toi. Tu me manques tellement. C'est le fin fond du monde ici – rien que des arbres et des montagnes. J'aurais bien envie de partir mais je ne crois pas que Nora… »

Je me suis de nouveau éclairci la gorge, plus fort,

et j'ai trituré la poignée. Elle s'est interrompue et a hélé : « Oui ? »

J'ai ouvert la porte et elle m'a accueillie d'un sourire.

« Oh, Nora vient juste de revenir. On partage une chambre. Quoi ? Ça coupe encore. » Une pause, puis : « Ha ! Ne t'inquiète pas ! Pas de danger ! Oui, je lui dirai. OK, on devrait raccrocher, je ne t'entends presque plus. Je t'aime. Bisous. » Elle a mis fin à sa conversation et m'a souri depuis la tour d'oreillers sur laquelle elle était adossée. « Jess te passe le bonjour.

— Tant mieux si tu as pu la joindre. Elle va bien ? » J'adore Jess. Elle est petite et ronde, réconfortante, dotée d'un sourire qui illumine une pièce et sans une once de méchanceté en elle, aucune sournoiserie – tout l'opposé de Nina en fait. Elles forment un couple parfait.

« Oui, ça va. Je lui manque. Naturellement. » Nina s'est étirée jusqu'à faire craquer ses articulations puis a poussé un soupir. « Pff, j'aimerais bien qu'elle soit là. Ou que moi je n'y sois pas. Au choix.

— Il y a une chambre de libre, si tu veux. On en a perdu une.

— Comment ça ?

— Melanie est partie. La ligne fixe est coupée et ça a été le truc de trop.

— Tu plaisantes ? On dirait Agatha Christie et ses *Dix petits Esquimaux*.

— *Nègres*.

— Quoi ?

— Le livre, c'est *Dix petits Nègres*.

— C'étaient des Esquimaux.

— Certainement pas, ai-je dit en m'asseyant sur le

lit. Si tu veux tout savoir, le titre est tiré d'une chanson dans laquelle c'étaient des Nègres. Puis ils sont devenus des Indiens, et ensuite des soldats lorsqu'on a décidé que supprimer des minorités pouvait être mal vu. Ça n'a jamais été des Esquimaux.

— Peu importe. » Nina a écarté les Esquimaux d'un geste de la main. « Il y a du café en bas ?

— Non. Que du thé, tu te rappelles ? » J'ai attrapé un pull, l'ai enfilé, ai dégagé mes cheveux. « Clare ne boit pas de café, alors nous non plus.

— Oh, satanée Flo et son satellite d'amour. Comment prend-elle le départ de Melanie ?

— Hum… Écoute bien et tu sauras… » J'ai laissé ma phrase en suspens et nous avons entendu de gros sanglots monter depuis la cuisine. Nina a roulé des yeux.

« Elle est dérangée. Sérieux. Elle était déjà bizarre quand elles étaient à la fac. Tu as vu comme elle copie tout ce que porte Clare ? Elle le faisait déjà à l'époque. Mais aujourd'hui…

— Je ne crois pas qu'elle soit dérangée, ai-je dit en remuant, mal à l'aise. Clare possède une très forte personnalité – si tu manques de confiance en toi… » Je me suis tue, peinant à mettre des mots sur le sentiment que j'avais toujours eu, à savoir que ma propre personnalité était un espace vide qu'un être comme Clare pouvait remplir. Une sensation que Nina ne comprendrait pas, je le savais – elle avait des défauts, mais le manque de personnalité n'en était pas un. Elle m'a dévisagée d'un œil interrogateur puis a haussé les épaules.

« Clare est *parfaite*, tu vois ce que je veux dire ? ai-je fini par reprendre. On peut facilement désirer cette perfection et croire qu'il suffit de l'imiter pour l'obtenir.

— Peut-être. » Nina s'est assise, tendant le tissu de son minuscule débardeur. « Je persiste à penser que Flo a une case en moins. Mais peu importe. Écoute, je voulais te dire que j'étais désolée pour hier soir. Je ne me doutais pas du tout que c'était encore un point sensible. Mais sérieusement, pourquoi être venue si tu ressens toujours ça ? »

J'ai enfilé mon jean et me suis levée, me mordillant la lèvre, réfléchissant à ce que j'avais dit et caché à Nina. D'instinct, je garde des choses pour moi, je ne sais pas pourquoi. Je n'aime pas donner aux gens, même aux amis, la moindre emprise sur moi. Depuis toujours, je suis quelqu'un de discret et cette tendance ne fait que s'accentuer depuis que je vis et travaille seule. Toutefois, j'ai conscience que ce trait de caractère pourrait me faire basculer dans une folie similaire à celle de Flo si je n'y prends pas garde.

« Je suis venue parce que… » J'ai pris une profonde inspiration et me suis forcée à dire : « … parce que je n'avais aucune idée que Clare épousait James.

— Quoi ?! » Nina s'est assise au bord du lit et m'a dévisagée d'un œil rond. J'ai haussé les épaules en tremblant. Dit comme ça, c'était plutôt… pathétique. « Tu es sérieuse ? Alors Clare t'a attirée ici pour te balancer ça sans prévenir ?

— P-pas vraiment. » Mince, voilà que je me remettais à bégayer. « Elle a dit qu'elle voulait me l'apprendre en personne. Qu'elle avait le sentiment de me devoir ça.

— Tu parles ! » Nina a enfilé un T-shirt et, durant quelques secondes, avant que sa tête ne ressorte, ses paroles ont été étouffées. Ses joues étaient rouges d'indignation. « Si elle voulait te voir en personne, la bienséance aurait voulu qu'elle t'invite à prendre un verre. Pas qu'elle te fasse venir dans une forêt perdue. À quoi pensait-elle ?

— J-je ne crois pas qu'elle pensait à mal. » Et je la défendais maintenant ? « Elle n'a pas réfléchi, c'est tout...

— Pff ! » Nina s'est levée et a commencé à donner des coups de brosse rageurs dans ses cheveux, les rendant électriques. « Comment peut-elle s'en sortir avec de telles conneries ? Et elle se pointe la bouche en cœur à chaque fois ! Tu te souviens quand elle a raconté à tout le monde en seconde que j'en pinçais pour Debbie Harry ? Et qu'ensuite elle a prétendu qu'elle se sentait mal que je doive "vivre un mensonge" et que tout le monde a fait comme si elle m'avait rendu un foutu service ?

— Je... » Je ne savais pas quoi dire. L'affaire Debbie Harry avait été violente. Je me rappelais encore l'expression de stupeur sur le visage de Nina lorsqu'elle était entrée en classe alors que Clare fredonnait *Hanging on the Telephone* un sourire entendu aux lèvres, et que toute la salle avait ricané.

« Tout tourne autour d'elle. Elle ne s'intéresse qu'à son image et à ses propres sentiments. À l'époque, elle voulait passer pour l'amie libérale, compatissante, ouverte, et donc elle a tout balancé, sans se soucier de savoir si j'étais prête ou non à l'annoncer aux gens. Et aujourd'hui, elle veut s'en aller dans le soleil couchant avec James, sans aucune culpabilité – alors ni une ni deux, elle t'accule dans un coin où tu n'as pas d'autre choix que de lui pardonner. »

Je n'avais pas envisagé les choses sous cet angle. Mais dans un sens, Nina avait raison.

« Je ne suis pas contrariée de ce que Clare a fait, ai-je dit tout en sachant au fond de mon cœur que ce n'était qu'à moitié vrai. Ce qui m'ennuie vraiment...

— C'est quoi ? »

Tout à coup, je ne pouvais pas l'exprimer. Le sentiment de nudité était revenu, et j'ai dû me contenter de secouer la tête et de me détourner pour enfiler mes chaussettes.

Ce que j'étais sur le point de dire avant de perdre courage c'était : James est-il au courant ? A-t-il approuvé cette façon de procéder ?

« On peut s'en aller », a proposé Nina sur le ton de la conversation en boutonnant son jean avant de se lever, du haut de son mètre quatre-vingt-cinq. « Nous pourrions rouler dans le soleil couchant et laisser Clare et Flo à leur folie.

— Avec Tom.

— Ah oui, Tom.

— On pourrait faire ça, oui... » L'idée était séduisante et j'y ai sérieusement réfléchi une minute pendant que Nina finissait de se coiffer.

Non. Nous ne pouvions pas. Je le savais au fond de moi. Ou plutôt, moi, je ne pouvais pas.

Refuser de venir, d'entrée de jeu, était une chose. Mais faire machine arrière maintenant, au beau milieu de l'événement, n'appelait qu'une seule interprétation. Je les imaginais tous déblatérer sur mon compte après mon départ : *pauvre Nora, pauvre fille, elle est complètement perturbée par sa rupture avec James, elle a gâché la fête de Clare parce qu'elle ne peut pas être heureuse pour elle.*

Et le pire : *il* le saurait. Je les voyais désormais, tous les deux dans leur parfait appartement londonien, pelotonnés l'un contre l'autre dans leur lit, Clare poussant un soupir inquiet pour moi. *Je me fais du souci, James, c'est comme si elle ne s'était jamais remise de votre rupture.*

Et il… Il…

Je serrais les poings et Nina m'examinait d'un drôle d'air. Je me suis obligée à ouvrir les mains et j'ai lâché un petit rire forcé.

« Si seulement, hein ? Mais on ne peut pas. Ce serait vraiment le bouquet après le départ de Melanie. »

Nina m'a dévisagée, posant sur moi un long regard sévère, puis elle a secoué la tête.

« Très bien. Je te trouve un peu maso, mais d'accord.

— Il ne reste qu'une nuit, ai-je dit pour me convaincre moi-même. Je peux tenir une nuit.

— D'accord. Une nuit de plus. »

14

Si seulement. Si seulement j'étais partie à ce moment-là.

Je voudrais dormir mais je n'y arrive pas, même branchée au goutte-à-goutte de morphine. Alors je reste allongée, à écouter les voix dans le couloir. La femme flic et une autre dame discutent en chuchotant de ce qu'il s'est passé, et un mot résonne dans ma tête : *meurtre, meurtre, meurtre.*

Est-ce vrai ? Est-ce possible ?

Qui est mort ?

Clare ? Flo ? *Nina ?*

Mon cœur s'arrête à cette pensée. Pas Nina. Si belle, si directe, si pleine de vie. Par pitié…

Il faut que je me rappelle. Je dois me souvenir de ce qu'il s'est passé ensuite. Je sais qu'à l'aube, ils vont venir me poser des questions. Ils attendent que je me réveille pour me parler.

Ma version des faits devra être carrée.

Mais que s'est-il passé après ? Les événements de la journée tourbillonnent dans ma tête, se mélangent, s'entremêlent, la vérité avec les mensonges. Je ne dispose que de quelques heures pour les démêler.

Pas à pas, alors. Ensuite ?

Ma main se porte à mon épaule, à l'ecchymose qui s'étale.

15

Lorsque Nina et moi sommes descendues, Flo avait séché ses larmes et s'était ressaisie ; elle était en train de manger des tartines de confiture, apparemment résolue à faire comme si de rien n'était.

« Il y a du café ? » a demandé Nina d'un ton innocent, mais je savais qu'elle cherchait à l'asticoter.

Flo a levé la tête d'un air malheureux, sa lèvre s'est remise à trembler.

« Je… J'ai oublié, tu sais ? Mais j'en achèterai tout à l'heure quand nous irons au stand de tir, c'est promis.

— Quoi ? » Nous avons dévisagé Flo d'un œil incrédule. Elle s'est fendue d'un sourire pâle.

« C'était une surprise. Nous allons faire du tir aux pigeons. »

Un petit rire de stupeur m'a échappé. Nina n'a pas cillé.

« Sérieux ?

— Oui. Pourquoi ?

— C'est juste que… Un enterrement de vie de jeune fille ? Du tir ?

— Je me suis dit que ce serait amusant. Mon cousin y est allé avec ses copains.

— Oui, mais… » Je voyais presque les pensées de Nina défiler sur son front comme sur un télé-prompteur : *Pourquoi ne pas aller dans un spa puis en boîte comme des gens normaux ? Mais bon, c'est vrai aussi qu'on ne risque pas de porter des boas en plumes roses dans un stand de tir. Ça pourrait donc être pire.*

Je me suis demandé si elle pensait à la Colombie. Aux blessures par balles qu'elle avait dû soigner il n'y a pas si longtemps.

« Heu… d'accord, a-t-elle finalement consenti.

— Les cibles sont des assiettes en argile, a poursuivi Flo avec ardeur. Alors pas d'inquiétude si tu es végétarienne ou antichasse.

— Je ne suis pas végétarienne.

— Je sais. Mais au cas où.

— Je ne suis pas végétarienne. » Nina a roulé des yeux et s'est approchée de la panière à pain afin de préparer d'autres toasts.

« J'ai pensé qu'on pourrait manger un bout ici – et faire quelques jeux peut-être ? J'ai préparé un quizz ! »

Nina a esquissé une grimace théâtrale.

« On pourrait y aller après et revenir pour boire et manger le curry.

— Le curry ? » De conserve, nous nous sommes retournées vers Tom qui se frottait les yeux en descendant l'escalier, vêtu d'un bas de pyjama et d'une robe de chambre ouverte. Il portait son pantalon très bas sur les hanches, exposant une belle surface de peau musclée et luisante.

« Tim, ça m'ennuie de te le dire, mais tu as oublié ton T-shirt, a lancé Nina. Je crois que tu devrais l'enfiler. Il ne faudrait pas tenter la pauvre Nora au-delà du raisonnable. »

J'ai jeté une miette de pain sur Nina. Elle l'a évitée et le projectile a touché Flo.

« Oups, désolée !

— Arrêtez toutes les deux ! » s'est énervée Flo. Tom a lâché un bâillement, il a resserré la ceinture de sa robe de chambre en me décochant un sourire.

« Quel est le programme aujourd'hui, alors ? » s'est-il enquis en prenant une tranche de pain grillé dans l'assiette que lui tendait Flo.

« Du tir », a annoncé Nina avec un visage de marbre. Tom a levé les sourcils si haut qu'ils ont presque disparu dans ses cheveux.

« Je te demande pardon ?

— Du tir. Apparemment, c'est la conception qu'a Flo d'un moment amusant. »

Cette dernière a lancé un regard hésitant à Nina, ne sachant pas très bien si elle se moquait d'elle ou pas.

« Du tir aux pigeons d'argile, en fait, a-t-elle précisé avec un air de défi. C'est sympa !

— OK, a répondu Tom qui mâchonnait sa tartine en balayant la tablée d'un regard. Je suis le dernier levé ? Ah non… Melanie dort encore, je suppose ?

— Melanie… » a commencé Flo d'un ton énervé ; mais alors Clare est entrée dans la cuisine et a couvert fermement la voix de Flo :

« Melanie a dû s'en aller. Raisons familiales. Ne t'inquiète pas, Tom, Nina ou moi te ramènerons à Newcastle. Mais le bon côté des choses, c'est qu'on tient tous dans une seule voiture maintenant : je pourrai conduire et Flo indiquera le chemin puisqu'elle connaît l'endroit.

— Génial ! a répliqué Nina. Super. On pourra chanter et se chamailler sur la banquette arrière. J'ai hâte. »

« Bon, l'heure est au quizz, à mon avis », a déclaré Flo. Elle s'est tordu le cou pour nous regarder, Nina, Tom et moi sur la banquette arrière. J'étais coincée au milieu et je commençais déjà à sentir monter la nausée, que n'arrangeait pas l'après-rasage capiteux et irrespirable de Tom. Ou peut-être était-ce le parfum de Clare. Difficile à dire dans l'habitacle confiné. J'avais envie d'ouvrir une fenêtre mais les flocons de neige voltigeaient au-dehors et le chauffage était poussé au maximum.

« C'est Clare contre vous, à l'arrière, a poursuivi Flo. Les mains sur le buzzer pour la première manche.

— Attends, attends ! s'est écriée Nina. Sur quoi porte le quizz et quel est le prix à gagner ?

— Le sujet du quizz, c'est James, évidemment, a répondu Clare, amusée, derrière le volant. Pas vrai, Floflo ?

— Bien sûr ! » a renchéri celle-ci en riant. Mon envie de vomir s'est renforcée. « Quant au prix… Heu… La gloire ? Ah non, je sais ! Les perdants porteront ça jusqu'à la fin de la journée ! »

Elle a fouillé dans son sac à dos et en a sorti une pleine poignée de minuscules culottes parées du slogan J'♥ JAMES COOPER sur l'arrière.

Chaque muscle de mon corps s'est contracté

de rage. Nina s'est raclé la gorge et m'a décoché un coup d'œil compatissant.

« Heu, Flo… a-t-elle commencé d'un ton mal assuré, mais celle-ci a poursuivi, tête baissée.

— Ne vous inquiétez pas. Vous le porterez par-dessus le pantalon – ou sur la tête. Allez, première question pour l'équipe arrière, avec un point bonus pour Clare pour toute mauvaise réponse de votre part qu'elle aura juste. Quel est le deuxième prénom de James ? »

J'ai fermé les yeux pour refouler la nausée et écouté Nina et Tom débattre de la question.

« Je suis quasi sûr que ça commence par un C, disait Tom. Je pencherais pour Chris. »

Karl. Avec un K.

« Non, insistait Nina. C'est un prénom russe. Son père enseignait la politique russe. Théodore. Ou… quel était le prénom de Staline ?

— Joseph. Mais ce n'est pas ça. En plus, qui nommerait son enfant en hommage à Staline ?

— Un autre Russe célèbre, alors. »

Karl, ai-je songé en serrant des dents.

« Dostoïevski ? Lénine ? Marx ?

— Marx ! a hurlé Nina. C'est Karl, j'en suis sûre ! »

Malgré la bile qui montait, je me suis fendue d'un sourire devant son esprit de compétition. Nina refusait de perdre à quoi que ce soit – une joute verbale, un jeu de société. Elle se plaisait à répéter que c'était la raison pour laquelle elle ne pratiquait aucun sport de compétition, parce qu'elle ne supporterait pas d'arriver deuxième, même si le premier était Usain Bolt.

« C'est votre dernier mot ? » a demandé Flo avec sérieux. Malgré mes paupières closes, j'ai senti Nina hocher vigoureusement la tête à côté de moi.

« Karl avec un K.

— Exact ! Question numéro deux : Quel est le signe astrologique de James ?

— Il est de la fin de l'année, a débité Nina. Je m'en souviens. De septembre ou octobre.

— Non, il me semble qu'il est né en août, a dit Tom. Je suis sûr qu'il est d'août. »

Ils se sont gentiment renvoyé la balle quelques instants, à échanger les preuves appuyant leur conviction, puis, Nina s'est tournée vers moi : « Nora, qu'est-ce que tu… Hé, ça va ? Tu es toute pâle.

— J'ai un peu envie de vomir, ai-je répondu sèchement.

— Oh mince ! » Nina s'est reculée même si elle n'a pu s'éloigner qu'à peine de moi dans l'espace limité qu'offrait la banquette arrière. « Ouvrez une fenêtre, devant. Tom. Tom, baisse ta vitre aussi. » Elle m'a donné un petit coup dans les côtes. « Ouvre les yeux. Regarder la route va te soulager ; ça va indiquer à ton cerveau les mouvements de ton corps. »

À contrecœur, j'ai ouvert les yeux. Flo souriait de toutes ses dents à l'avant, Clare conduisait avec calme et je voyais dans le rétro qu'une mimique amusée étirait ses lèvres. Une fraction de seconde elle a croisé mon regard et son sourire a tressailli. L'espace d'un instant – un bref moment – j'ai eu envie de gifler d'une main cuisante sa belle pommette parfaite.

« Je suis sûre que c'est en août, insistait Tom.

Je me souviens d'avoir assisté aux Proms[1] avec Bruce et lui une année.

— Oh, bon sang ! ai-je aboyé. Son anniversaire est le 20 septembre. Je ne sais pas à quel signe ça correspond.

— Vierge, a répliqué Tom sur-le-champ, sans me tenir rigueur de mon éclat. Tu es certaine de la date, Nora ? »

J'ai acquiescé.

« Vierge, alors. C'est notre réponse.

— Deux points pour l'équipe arrière ! s'est exclamée Flo avec jubilation. Clare, tu vas devoir te rattraper. Question suivante : quel est le plat préféré de James ? »

Je voulais fermer les yeux mais je n'ai pas osé. C'était de la torture.

J'ai baissé le regard sur mes genoux, loin de Clare, et j'ai enfoncé mes ongles dans mes paumes pour tenter d'oublier la nausée ainsi que les souvenirs qui se précipitaient dans mon esprit sans que je les y aie invités. Une vision soudaine et nette m'est revenue : James allongé sur son lit après l'école en train de manger des clémentines. Il adorait ça. Un instant leur parfum est venu chatouiller mes narines – l'odeur douce et acidulée du fruit se mêlant à celle de sa chambre, des draps froissés et de son corps. J'adorais les clémentines avant – leur parfum sur ses doigts, les épluchures que je trouvais dans sa poche. Je n'y touche plus aujourd'hui.

« Le curry panang ? » a proposé Tom sans conviction.

1. Saison estivale de concerts de musique classique présentée par la BBC. *(N.d.T.)*

Flo a fait la grimace.

« Presque… Je ne peux vous accorder qu'un demi-point pour cette réponse incomplète. Le curry panang au… ?

— Tofu », s'est empressé d'ajouter Tom.

Flo a acquiescé.

« Trois points ! Encore deux questions et c'est au tour de Clare. Dans quelle pièce James a-t-il fait ses débuts dans le West End ?

— Qu'entends-tu par West End ? s'est enquis Tom. Est-ce que tu inclus le National dans le West End ? Parce que perso, moi non. »

Flo et Clare ont échangé des messes basses à l'avant puis Flo s'est tournée vers nous.

« D'accord, je reformule : dans quelle pièce James a-t-il fait ses débuts *à Londres* ? »

J'ai cherché James sur Google une fois. Juste une fois. Les photos de lui pullulaient : en costume, sur scène, dans des pubs, souriant lors de galas de charité et de premières. Celles que je supportais difficilement étaient celles où il regardait droit dans l'objectif, droit vers moi. Au bout d'un moment, j'étais tombée sur une photo de lui nu sur scène, pour *Equus*, et j'avais refermé la page en tremblant comme si j'avais assisté à une scène violente ou obscène.

Tom et Nina étaient en grande discussion au-dessus de ma tête.

« On pense que c'était comme doublure dans *History Boys* », a fini par proposer Nina.

Flo a inspiré un grand coup.

« Oh ! Pas loin ! Désolée, c'était son second rôle. Clare ?

— *Vincent à Brixton*, a répondu Clare. Un point pour moi.

— Jamais entendu parler », a fait Nina. Tom s'est penché sur moi pour lui donner un coup.

« La pièce a reçu le prix Laurence Olivier de la meilleure pièce de théâtre ! Et un Tony Award !

— Connais pas. Qui est ce Tony ?

— Seigneur ! a capitulé Tom en levant les mains. Je partage une voiture avec une béotienne !

— C'est bon ! est intervenue Flo d'une voix forte. Cinquième et dernière question avant de passer à la future mariée. Où et quand James a-t-il fait sa demande à Clare ? »

J'ai fermé les yeux, écoutant le concert de plaintes soulevées par Tom et Nina.

« Ce n'est pas juste !

— Les questions devraient au moins porter sur des choses que Clare est susceptible d'ignorer !

— Il l'a demandée en mariage le jour de son anniversaire, a dit Tom. Je le sais parce qu'on a déjeuné ensemble tous les quatre avec Bruce le lendemain et que Clare nous éblouissait avec sa bague. Où est-elle d'ailleurs, Clare ?

— Oh, je… » Sur le siège conducteur, Clare a remué, mal à l'aise, puis a tripoté la boîte de vitesses comme nous arrivions un peu vite à une intersection. « Je l'ai laissée à la maison. Pour tout te dire, je ne suis pas très habituée à la porter et j'ai toujours peur de la perdre.

— Quant au lieu… a repris Tom avec un froncement de sourcils. Je dirais, au hasard, J. Sheekey ?

— Presque ! a jubilé Flo. Le jour de l'anniversaire de Clare est correct, mais c'était au bar du Southbank.

Désolée, un demi-point pour celle-ci. Ça nous fait donc trois et demi pour vous et un point et demi pour Clare.

— C'était un peu truqué, a grommelé Tom, mais on aura notre revanche.

— Bon, deuxième manche, question numéro un pour Clare. Comment s'appelait le premier animal de compagnie de James ?

— Mince alors ! s'est exclamée celle-ci, déconcertée. Je crois que c'était un hamster, mais franchement, je n'en sais rien.

— Équipe arrière ?

— Aucune idée, a fait Nina. Nora ? »

Elle a eu la décence de paraître un peu gênée, comme si elle savait à quel point tout cela était douloureux. Je connaissais la réponse mais qu'on me pende si je le leur avouais. J'ai secoué la tête.

« Un cochon d'Inde appelé Mindy. Zéro point. Question numéro deux : Quelle célébrité incarne l'idéal féminin de James ? »

Clare a éclaté de rire. « Bon, pour mon ego, je vais dire la personne qui me ressemble le plus. C'est… Mince, à qui je ressemble ? Quoi qu'on dise dans ces cas-là on a toujours l'air de délirer. Bon, il aime les femmes fortes, drôles… Je vais dire Billie Piper.

— Tu ne ressembles pas du tout à Billie Piper ! a protesté Nina. À part que tu es blonde comme elle.

— De toute façon, ce n'est pas la bonne réponse, a déclaré Flo. C'est… » Elle a consulté sa feuille de papier. « Punaise ! Je ne sais même pas qui c'est : Jeanne… Moreau ?

— Jamais entendu parler, a dit Clare. Tom, est-ce une actrice de théâtre ?

— C'est ici ! l'a coupée Flo, et nous avons tourné dans un virage serré.

— Jeanne Moreau est une actrice française, a expliqué Tom. Elle a joué dans le film de Truffaut *Jules et Jim*. Mais je ne savais pas que c'était la comédienne préférée de James.

— Eh bien je ne dirais pas que c'est une célébrité », a marmonné Clare tandis que nous tanguions sur un pont en dos d'âne et reprenions de la vitesse. Les haut-le-cœur sont revenus. « Question suivante.

— Quelle est la marque de vêtements préférée de James ? »

Marque de vêtements préférée ? Le James que je connaissais aurait éclaté de rire à une telle idée. Je me demandais si c'était une question piège et si Clare allait répondre Oxfam.

Elle a tapoté ses doigts sur le volant, songeuse. « J'hésite entre Alexander McQueen et Comme Des Garçons. Bon, je vais répondre… McQueen. Surtout parce qu'il porte du McQueen. »

Oh. Mon. Dieu.

« Exact ! s'est écriée Flo. Bon, en fait, il a répondu : "Si on parle de gens que je trouve cool, alors sûrement Vivienne Westwood, mais s'il s'agit de couturier que je porte, alors McQueen." Donc bonne réponse à mon avis. Quatrième question : quelle partie de son corps… » Flo s'est mise à ricaner. « … James s'est-il coupée accidentellement à dix ans dans un cours de menuiserie ?

— Un bout de l'articulation de son petit doigt, a

répondu Clare sans hésitation. Il a encore la cicatrice. »

J'ai gardé les yeux fermés. Je me rappelais parfaitement cette cicatrice, un cercle blanc sur l'articulation de son auriculaire, et la longue ligne argentée qui remontait sur le dessus de son poignet, pâle sur son bronzage. Je me souvenais d'avoir embrassé chaque centimètre de cette ligne, en haut de son avant-bras et dans le doux creux de son coude, James allongé, tendu et tremblant, essayant de ne pas rire quand mes lèvres avaient caressé la peau tendre et chatouilleuse à l'intérieur de son bras.

« Exact ! s'est écriée Flo. Tu t'en sors très bien. Égalité. Trois et demi partout. Cette dernière question est donc décisive. Si Clare répond juste, elle gagne et vous porterez les culottes. Alors, roulement de tambour s'il vous plaît. À quel âge James a-t-il perdu sa virginité ? »

La bile est remontée dans ma gorge et j'ai ouvert les yeux.

« Arrête la v-voiture.

— Quoi ? » Clare m'a jeté un coup d'œil dans le rétro. « Bon sang, Lee, tu es toute verte.

— Arrête la voiture, ai-je répété, une main sur la bouche. Je vais… »

Impossible d'en dire plus. J'ai serré les lèvres, respiré par le nez tandis que Clare stoppait la voiture dans un soubresaut. J'ai enjambé Nina et suis descendue sur l'accotement enneigé, les mains sur les genoux, tremblant sous les haut-le-cœur.

« Est-ce que ça va ? Je peux faire quelque chose ? » La voix de Flo, anxieuse, me parvenait de derrière, comme de très loin.

J'étais incapable de parler. J'ai secoué la tête, avec véhémence, souhaitant qu'elle s'en aille. Qu'ils s'en aillent tous.

« Tu vas bien, Lee ? » La voix de Clare a flotté depuis la vitre ouverte.

Nora, ai-je pensé méchamment, *pauvre conne*. Mais je n'ai rien dit. J'ai attendu que ma respiration saccadée revienne à la normale et que les vomissements s'apaisent.

« Nora, ça va ? » C'était Nina cette fois, juste à côté de moi, la main sur mon épaule. J'ai acquiescé puis me suis lentement redressée, prenant une longue inspiration tremblante. L'air froid me piquait les poumons mais il était pur, frais, un soulagement après la touffeur de la voiture.

« Oui, désolée. Je crois que c'est d'avoir été assise au milieu, à l'arrière.

— À mon avis, c'est plutôt le quizz écœurant de Flo », a rétorqué Nina.

Elle n'a pas pris la peine de baisser le ton et j'ai tiqué à la place de Flo ; j'ai jeté un regard d'excuse derrière moi mais soit elle n'avait pas entendu, soit elle s'en fichait. Elle discutait avec Clare, indifférente.

« Flo, a lancé Nina en se tournant vers la voiture. Je pense que Nora devrait s'asseoir à l'avant. C'est d'accord ?

— Oh oui ! Absolument ! Pas de problème. Pauvre Nora ! Tu aurais dû nous dire que tu te sentais mal.

— Je vais bien », ai-je répondu avec froideur. J'ai tout de même pris place sur le siège passager laissé vacant par Flo, à côté de Clare. Elle m'a lancé un regard compatissant et lorsque Flo a annoncé avec enthousiasme depuis la banquette arrière « Reprenons le quizz ! », Clare a objecté :

« Je pense qu'on est ex æquo, d'accord Floflo ? Ça suffit pour le moment, le quizz. »

Le visage de Flo s'est décomposé et je n'ai pas pu m'empêcher d'avoir de la peine pour elle. Elle n'était pas responsable de ce foutoir, après tout. Son seul crime était de vouloir être une bonne amie pour Clare.

16

« Leonora ! » Une main me secoue, me tire du sommeil.

« Leonora, il va falloir se réveiller, ma petite. Leonora. »

Je sens des doigts qui soulèvent mes paupières et une lumière aveuglante est braquée sur mes yeux.

« Oh ! » Je cille et me recule ; la main lâche mon menton.

« Pardon, ma jolie. On est réveillée, ça y est ? »

Le visage est si près que c'en est déconcertant, les yeux sont plongés dans les miens. Je cligne à nouveau les paupières, puis hoche la tête.

« Oui, oui. Je suis réveillée. »

J'ignore à quel moment je me suis assoupie. J'ai l'impression d'avoir passé la moitié de la nuit éveillée, à observer les silhouettes des policiers à travers la vitre, à tout revoir dans ma tête, à essayer de me souvenir. Le tir aux pigeons. Voilà qui expliquait la marque de recul. Il faudra que je pense à le mentionner à la police… si seulement j'arrive à garder les idées claires.

Mais plus les événements – quels qu'ils soient –

me reviennent, plus ils s'embrouillent. Que s'est-il passé ? Pourquoi suis-je à l'hôpital ?

J'ai dû prononcer ces derniers mots à voix haute car l'infirmière me couve d'un sourire bienveillant.

« Vous avez eu un accident de voiture, ma jolie.

— Je vais bien ?

— Oui. Rien de cassé. » Elle ronronne d'un agréable accent du Northumberland. « Vous vous êtes bien amoché le visage. Vous avez deux beaux coquards – mais aucune fracture. C'est pour ça que j'ai dû vous réveiller, pour m'assurer qu'il n'y a pas de commotion cérébrale.

— Je dormais », dis-je bêtement. Je me frotte le visage, c'est douloureux comme si j'avais cogné tête la première dans une fenêtre.

« Attention, vous avez des coupures et des ecchymoses. »

Je frotte mes pieds l'un contre l'autre, remarquant la saleté, la terre et le sang dessus. Je me sens crasseuse. J'ai besoin de faire pipi.

« Je peux prendre une douche ? » je demande. Je me sens vaseuse.

Il y a une salle de bains dans le coin de la chambre, je peux la voir de mon lit. L'infirmière consulte mon dossier accroché au pied du lit. « Je vais poser la question au médecin. Je ne vous dis pas non, mais j'aimerais m'en assurer. »

Elle tourne les talons pour s'en aller et j'aperçois la silhouette à la porte. Alors me revient en mémoire la conversation que j'ai surprise hier soir. D'une clarté cauchemardesque. Était-ce réel ? Ai-je vraiment entendu ce que je crois ou l'ai-je rêvé ?

« Attendez ! Hier soir, j'ai entendu des gens dehors… »

Mais elle est déjà partie, la porte se referme derrière elle après avoir laissé entrer une bouffée d'odeur de nourriture et de sons du couloir. La femme flic la retient par le bras quand elle lui passe devant et entame la conversation. L'infirmière secoue la tête avec véhémence. « Pas encore, dit-elle… Autorisation du médecin… falloir attendre.

— Je ne crois pas que vous vous rendiez bien compte. » La voix de la policière est basse mais son élocution est claire et hachée, comme celles d'une présentatrice de journal télévisé, et ses paroles filtrent par la vitre plus distinctement que les mots mâchés à l'accent du nord de l'infirmière. « Il s'agit désormais d'une enquête pour homicide.

— Oh, non ! s'écrie l'infirmière, choquée. La personne ne s'en est pas tirée, alors ?

— Non. »

C'est donc vrai. Je n'ai pas rêvé. Ce n'est pas le fruit de mon imagination, le résultat d'une trop forte dose de morphine et de mon coup à la tête.

C'est vrai.

Je tente de me relever tant bien que mal sur les oreillers, le cœur battant la chamade. Sur ma gauche la ligne verte du moniteur cardiaque s'affole, fait des bonds.

Quelqu'un est bien mort.

Quelqu'un est *mort*.

Mais qui ?

17

« Bienvenue à Tuckett's Wood », nous a accueillis l'homme avec un accent australien ennuyé. Bronzé, le visage ciselé, il ressemblait vaguement à Tom Cruise – et aux œillades que lui jetait Flo, j'ai compris que je n'étais pas la seule à voir la ressemblance. « Je m'appelle Grig et je serai votre instructeur aujourd'hui. »

Il s'est tu, nous a comptés puis a repris : « Attendez, j'ai une réservation pour six. Quelqu'un s'est envolé ?

— Oui, a répondu Flo avec dureté. C'est tout à fait ça. Inutile de se demander qui je vais imaginer quand j'ouvrirai le feu.

— Donc on est cinq aujourd'hui ? a poursuivi l'instructeur sans paraître remarquer la tension de Flo. Ça roule. Alors avant toute chose, je dois vous informer des précautions de sécurité. »

Il a commencé un long laïus sur les casques anti-bruit, l'alcool, la responsabilité du propriétaire de l'arme, et ainsi de suite.

Une fois établi que, oui, nous étions tous débutants, non, aucun d'entre nous ne possédait de permis de chasse, et oui, nous avions tous plus de dix-huit ans et étions sobres, nous avons signé un long formulaire de décharge et nous sommes dirigés en groupe vers l'arrière du complexe où le moniteur nous a mesurés.

« Je dois dire : Dieu merci, aucun d'entre vous ne porte de boas en plumes roses ou de truc de ce genre. Vous n'imaginez pas les problèmes qu'on a avec ces enterrements de vie de jeune fille. Vous, a-t-il fait en pointant un doigt sur Flo, votre veste est un peu légère. Vous devriez mettre quelque chose de plus épais pour vous protéger du recul. » Il a fouillé dans une grande caisse derrière lui et en a sorti une veste matelassée. Avec une grimace, Flo l'a enfilée.

« Pardon de demander, a-t-elle dit en remontant la fermeture Éclair, mais vous vous appelez vraiment Grig ? C'est un surnom ?

— Non, c'est le diminutif de Grigory.

— Ah ! Greg ! » Flo a lâché un rire nerveux qui lui a valu un regard étrange de la part de Greg.

« Oui, *Grig*. C'est ce que j'ai dit. Maintenant, ce qu'il faut se rappeler, a-t-il repris en prenant un fusil cassé pour le poser sur une table à tréteaux, c'est qu'un fusil est une arme conçue pour tuer. Ne l'oubliez jamais. Traitez-le avec respect et il vous le rendra. Faites n'importe quoi avec et c'est vous qui en subirez les conséquences. Et surtout, surtout, ne pointez jamais une arme sur quelqu'un, chargée ou pas. Et si votre arme a un raté, ne regardez pas dans le canon ce qu'il s'y passe. Tous ces conseils peuvent vous paraître l'évidence même, mais vous seriez surpris du nombre de personnes qui ne suivent pas de simples précautions de sécurité.

« Bien, nous allons voir les bases pour charger, refermer et ouvrir le fusil, puis nous irons dans les bois tirer sur quelques plateaux d'argile. Si vous avez des questions, allez-y. Maintenant, les premières cartouches avec lesquelles nous allons tirer aujourd'hui... »

Nous avons écouté en silence pendant qu'il énumérait les détails techniques, le malaise du trajet en voiture envolé. J'étais contente d'avoir quelque chose sur quoi me concentrer, heureuse de détourner mes pensées de Clare et de James, et j'avais l'impression que les autres éprouvaient le même soulagement, ou en tout cas la plupart. Nina et Clare avaient toutes les deux changé de sujet lorsque Flo avait voulu discuter des projets de lune de miel. Tom n'avait rien dit et avait tapoté sur son BlackBerry le restant du trajet, mais j'avais surpris ses brefs coups d'œil, à Clare et à moi, et compris qu'il gardait trace de tout ça.

Si tu écris sur cette histoire, ai-je songé, *je te tuerai* ; mais je n'ai pas pipé mot, me contentant de hocher la tête quand Greg a évoqué le ball-trap automatique.

Finalement, la partie théorique s'est achevée et nous avons suivi Greg à l'extérieur de la cabane dans le bois de pins clairsemé, nos fusils ouverts accrochés à nos bras.

« Si ça te plaît, tu devrais peut-être ajouter un fusil à ta liste de cadeaux de mariage ! a lancé Flo à Clare avec un hurlement de rire. Ça changera de la corde au cou, haha ! »

Clare s'est esclaffée avant de répondre : « James me tuera si je commence à modifier la liste des cadeaux maintenant. On a passé presque toute une journée chez John Lewis pour la réduire à la version actuelle ! Vous n'imaginez pas les disputes qu'on a eues : choisir une machine à café nous a pris deux heures. Un appareil approuvé par Heston Blumenthal est-il un plus ou un moins ? A-t-on besoin d'une buse vapeur pour faire mousser le lait ? Est-ce qu'on prend une cafetière qui moud les grains ou une de ces machines à capsules…

— Qui moud les grains, non ? l'a interrompue Tom. George Clooney peut bien dire ce qu'il veut, les capsules sont nulles. C'est comme le SodaStream. C'est chic, mais fondamentalement inutile et peu commode.

— On dirait James ! s'est exclamée Clare. La cafetière avec le moulin à café, c'est très bien, mais comment fais-tu s'il tombe en panne ? C'était mon argument. Tu es coincé avec une machine qui ne peut plus faire de café. Alors que si tu prends un moulin à café séparé…

— C'est vrai, c'est vrai, a acquiescé Tom. Vous avez choisi quoi finalement ?

— Eh bien, moi, je bois du thé, comme tu le sais. C'est James l'accro au café. Je lui ai laissé le dernier mot et il a choisi la cafetière à grains recommandée par Heston Blumenthal.

— Bruce voulait en acheter une l'année dernière. Un truc énorme, qui coûtait plus de six cents livres, si je me souviens bien ?

— À peu près oui », a approuvé Clare.

Nina m'a regardée en louchant. Je me suis efforcée

de garder un visage de marbre mais je pensais la même chose qu'elle. Six cents livres pour une machine à café ? J'adore le café, mais six cents livres ? Et sur une liste de cadeaux en plus. Je savais qu'elle ne pensait pas à mal, mais il était légèrement choquant de la part de Clare de présumer que les gens dépenseraient autant d'argent pour elle.

Ou bien c'était ce que James pensait.

Cette idée m'a laissé un mauvais goût dans la bouche.

« On y est », a lancé Greg lorsque les arbres se sont raréfiés pour laisser place à une grande clairière. Un petit muret de parpaings s'élevait au bout. « Tout le monde attend ici. Bon, le type de cartouche que nous utiliserons aujourd'hui, a déclamé Greg avec l'air de réciter un baratin éculé, est du 7.5. C'est un calibre moyen, qui convient à presque tous les genres de tirs au pigeon, que ce soit en sport, en skeet ou au ball-trap. Ceci, a-t-il continué en levant une cartouche, est une cartouche ronde de calibre 7.5, avec la balle à proprement parler dans le haut… » Il a tapoté l'extrémité arrondie. « … La bourre au milieu et la poudre et l'amorce dans le culot en métal. Maintenant, avant de commencer, je vais vous montrer les effets d'une cartouche de calibre 7.5 sur le corps humain.

— Pas sûr qu'il y ait des volontaires ! » a hululé Flo.

Greg a tourné un visage impassible vers elle. « C'est gentil de vous proposer, jeune demoiselle. »

Flo a laissé échapper un rire nerveux. Elle avait l'air surpris et en même temps ravi. « Ce devrait être la future mariée, plutôt ! » a-t-elle protesté tandis que

Greg lui faisait signe de s'approcher. Elle a obéi et s'est tenue à côté de lui, les joues rouges et le visage peint d'un masque de pantomime effrayé.

« OK. Alors Flo ici présente s'est gentiment portée volontaire pour aider à démontrer les effets d'un canon rempli de balles à bout portant. » Il a marqué une courte pause puis nous a décoché un clin d'œil. « Mais ne vous en faites pas, elle ne sera pas face au canon. Ce que je tiens là, a-t-il continué en levant une grande feuille de papier avec une silhouette noire dessus, est une cible, dont on se sert généralement pour l'entraînement au tir au pistolet. »

Il a plongé la main dans la poche, en a sorti des punaises avec lesquelles il a accroché la cible au tronc d'un arbre. Son écorce était toute pelée et percée de trous. Inutile d'être un génie pour deviner la suite.

« Tout le monde recule, s'il vous plaît. Casque sur les oreilles, Flo.

— J'ai l'impression d'être un DJ ! s'est exclamée celle-ci en posant les protections fluo sur ses oreilles.

— Maintenant, je charge la cartouche dans le fusil, a-t-il expliqué en joignant le geste à la parole. Je ferme le canon, comme je vous l'ai montré tout à l'heure. Flo, approchez, mettez-vous devant moi. Voilà. Montez le fusil à votre épaule. » Il a appuyé l'arme contre elle, corrigeant la position. Flo a lâché un petit gloussement légèrement hystérique.

« Notre Greg est plutôt séduisant, non ? a murmuré Tom à mon oreille. Ça ne me dérangerait pas qu'il corrige ma position. En tout cas, Flo n'a rien contre.

— Tenez-le fermement, a ordonné Greg. Doigt sur la détente. » Il guidait la main de Flo, pressant le fût et le canon contre elle. « Et en douceur, on appuie sur la détente… Pas de mouvement brusque. »

Un coup retentissant est parti, Flo a poussé un cri et a reculé en chancelant contre le torse de Greg. La feuille a explosé en morceaux.

« Seigneur ! » s'est écrié Tom.

J'avais vu des gens tirer sur des cibles dans les films américains – de beaux petits trous bien ronds près du cœur de la silhouette dessinée. Mais là, ça n'avait rien à voir. La balle avait atteint le dessin du papier en pleine poitrine et toute la partie centrale était détruite. Devant nous, les jambes ont voltigé un instant avant de se poser doucement sur l'herbe.

« C'est ça. » Greg a pris le fusil des mains de Flo et est revenu vers nous. L'expression sur le visage de Flo, qui le suivait en trottinant, était un mélange d'inquiétude et d'excitation ; elle avait les joues rouges. Je ne savais pas très bien si c'était le frisson du coup de feu ou, ainsi que l'avait suggéré Tom, le plaisir d'avoir été l'objet de l'attention de Greg.

« Comme vous pouvez le voir, a repris l'instructeur, ce simple tir à bout portant fait de gros dégâts. S'il s'agissait d'une vraie personne, elle ne survivrait sûrement pas jusqu'à l'accueil, encore moins l'hôpital. La morale de tout ça, mesdames et monsieur, c'est qu'il faut respecter son arme. Des questions ? »

Nous avons tous secoué la tête, sans prononcer un mot. Seule Flo souriait de toutes ses dents. Nina affichait une mine grave. Je me demandais ce qu'il se passait dans sa tête, elle qui avait soigné des blessures par balle avec MSF.

Greg a hoché la tête une fois, comme satisfait, et nous l'avons suivi en silence telle une petite troupe jusqu'au ball-trap.

18

« C'était tellement amusant ! » Flo est tombée à la renverse sur le canapé et a retiré ses bottes pour nous dévoiler d'épaisses chaussettes roses. Elle a secoué la neige de ses cheveux – les flocons avaient recommencé à tomber sur le chemin du retour. « C'était super ! Tom, tu es un fin tireur ! »

Avec un sourire, ce dernier s'est laissé choir dans un fauteuil. « Je faisais pas mal de tir à l'arc quand j'étais ado. J'imagine que ça aide.

— Du tir à l'arc ? a répété Nina en lui décochant un regard incrédule. Comme Robin des Bois ? Tu portais des collants aussi ?

— Plutôt comme la discipline olympique », a répliqué Tom. À l'évidence, il était accoutumé aux moqueries et a tout juste relevé. « Pas de collants. J'ai aussi pratiqué l'escrime en compétition. C'est très bien. Très physique. Je ne suis plus en forme maintenant. »

Il a bandé un biceps et l'a observé d'un œil censément attristé mais où l'ombre de l'autosatisfaction se profilait.

Nina a pris une expression compatissante. « Bon sang, oui, ce doit être affreux d'avoir les pecs de la taille des seins d'une ado prépubère et les tablettes de chocolat qui vont avec. Je ne sais pas comment fait Bruce pour le supporter.

— Arrêtez, tous les deux ! » a grondé Flo.

Depuis l'autre canapé, Clare les contemplait et je me suis soudain aperçue que moi, je la regardais, me rappelant combien elle aimait observer, lancer une remarque, comme un galet dans un étang, et se retirer discrètement pour étudier les cercles tandis que les gens se bagarraient. Ce n'était pas une habitude très séduisante mais je ne pouvais pas la condamner. Je la comprenais. Moi aussi, je préférais regarder plutôt qu'être regardée.

Clare a tourné la tête et m'a surprise en train de l'observer en train d'observer Tom et Nina se prendre le bec ; elle m'a décoché un petit sourire entendu comme pour dire *Je te vois*.

J'ai détourné les yeux.

Qu'espérait-elle en m'invitant ici ? Selon Nina, il s'agissait d'une tentative de soulager sa conscience à mes dépens – tel le mari adultère confessant sa faute à son épouse.

Pas moi. Je n'imaginais pas Clare perdre une minute de sommeil à se soucier de moi et du fait qu'elle sortait avec James. Et dans tous les cas, elle ne méritait pas que je la condamne. Elle ne me devait rien. James et moi avions rompu depuis des lustres.

Non. J'ai songé que peut-être… peut-être souhaitait-elle seulement voir comment je prenais la chose. C'était peut-être pour la même raison qu'elle avait révélé l'homosexualité de Nina. Comme un enfant devant une fourmilière ne peut s'empêcher de donner un coup dedans.

Pour voir ce qu'il se passe.

« Et toi, Lee ? a demandé Flo tout à coup, m'arrachant à mes pensées.

— Quoi, pardon ?

— Ça t'a plu ?

— Mouais, ai-je répondu en me frottant l'épaule là où je sentais déjà le bleu s'épanouir. J'ai mal à l'épaule, par contre.

— Tu t'es sacrément fait secouer à ton premier tir, pas vrai ? »

Le recul de l'arme m'avait surprise, il avait frappé ma clavicule avec une telle force que j'en avais eu le souffle coupé.

« Il faut le tenir fermement pour commencer, a dit Tom. Tu étais comme ça, regarde… » Il a décroché le fusil suspendu au-dessus de la cheminée et l'a serré contre son épaule, me montrant la mauvaise posture qui m'avait valu mon ecchymose.

Le canon du fusil était pointé sur moi. Je me suis pétrifiée.

« Hé ! a crié Nina d'un ton sec.

— Tom ! » Clare s'est redressée sur le canapé, posant tour à tour le regard sur Tom et moi. « Laisse ça ! »

Tom a souri. Je savais qu'il plaisantait mais, malgré moi, j'ai senti chaque muscle de mon corps se contracter.

« J'ai l'impression d'être Jason Bourne, a-t-il dit. Je peux littéralement sentir le pouvoir m'envahir. Hum… Passons aux interrogatoires. À commencer par ça : Nora, comment se fait-il que, depuis toutes ces années que je connais Clare, elle n'ait jamais mentionné ton nom ? »

J'ai tenté une réponse – mais ma gorge était brusquement si sèche que je pouvais à peine avaler.

« Tom ! a lancé Clare d'un ton plus ferme. Traite-moi de parano, mais je ne crois pas qu'il soit prudent d'agiter ce truc dans tous les sens après les sages avertissements de Grig sur les armes à feu.

— Il n'est pas chargé, est intervenue Flo avec un bâillement. Ma tante s'en sert pour effrayer les lapins.

— Peut-être mais quand même.

— Je plaisante, c'est tout », a dit Tom. Il a décoché un nouveau sourire féroce, puis a baissé le canon et raccroché le fusil à sa place.

Je me suis effondrée dans le canapé, sentant la vague d'adrénaline refluer, mes doigts se desserrer, mes poings rigides se décontracter. Mes mains tremblaient.

« Ah ah, très drôle ! a rétorqué Clare, avec les sourcils froncés de celle qui ne saisit pas du tout l'humour. La prochaine fois que tu veux faire joujou avec ce truc, tu voudras bien t'assurer de ne pas viser une de mes amies ? »

Je l'ai remerciée d'un regard et elle a roulé des yeux comme pour signifier « connard ».

« Désolé, s'est excusé Tom avec douceur. Encore une fois, c'était pour rire, mais je vous présente mes excuses si j'ai offensé quelqu'un. » Il a singé une révérence à mon intention.

« Bon, a fait Flo en étouffant un nouveau bâillement. Je ferais mieux de commencer à préparer le dîner.

— Tu veux de l'aide ? » a proposé Clare. Le visage de Flo s'est illuminé. Son sourire était extraordinaire – il la transformait complètement.

« Vraiment ? Tu devrais plutôt jouer les reines et ne rien faire.

— Bof. Je couperai les légumes ou un truc du genre. »

Elle s'est extirpée du canapé et ensemble elles ont quitté la pièce, Clare ayant passé le bras autour des épaules de Flo d'un geste amical. Tom les a suivies du regard.

« Drôle de couple, non ?

— Comment ça ? ai-je demandé.

— J'ai du mal à associer la Clare que je connais avec Flo. Elles sont tellement… différentes. »

Son commentaire aurait dû sembler incongru, compte tenu de leur ressemblance physique flagrante et de leurs tenues vestimentaires similaires : jean gris délavé et marinière. Mais je comprenais ce qu'il voulait dire.

Nina s'est étirée. « Elles ont un point commun de la plus haute importance, toutefois.

— Lequel ?

— Elles pensent toutes les deux que Clare est le centre de l'univers. »

Tom a ricané et je me suis retenue de rire. Nina, le regard en coin, un petit sourire aux lèvres, s'est étirée et a haussé les épaules dans un mouvement fluide.

« Bon. Je ferais mieux de téléphoner à ma bourgeoise. » Elle a sorti son portable et fait la grimace. « Pas de réseau. Et toi, Lee ? »

Nora. Mais je ne pouvais pas continuer à corriger les gens sans paraître obsessionnelle.

« Aucune idée, ai-je répondu en tapotant mes poches. Bizarre. Il n'est pas là. Je suis sûre que je l'avais au stand de tir – j'ai consulté Twitter. Je l'ai peut-être laissé dans la voiture. De toute façon, je n'aurai pas davantage de réseau à mon avis. Je n'ai pas eu une barre depuis que je suis ici. Tu captais un peu dans notre chambre tout à l'heure, non ?

— Oui. » Nina a décroché le combiné du téléphone fixe et l'a reposé. « Celui-ci est toujours HS. Bon, je monte tenter le balcon. Je pourrai peut-être envoyer un texto.

— Où est l'urgence ? s'est enquis Tom.

— Il n'y en a pas, a répondu Nina en secouant la tête. C'est juste que… Tu sais… Elle me manque.

— Je comprends. »

Nous l'avons regardée disparaître à l'étage, ses longues jambes gravissant les marches deux par deux. Tom a poussé un soupir et s'est étiré sur le canapé. « Et toi, tu n'appelles pas Bruce ? »

Il a secoué la tête. « Pour être franc, nous avons eu un léger… désaccord, dirons-nous, avant mon départ.

— Ah, OK », ai-je commenté d'un ton neutre.

Je ne sais jamais quoi répondre dans ces cas-là. Je n'aime pas que les gens fourrent leur nez dans mes affaires alors je présume que les autres ressentent la même chose. Cependant, il semblerait que parfois ils aient envie de s'épancher, et dans ce cas on passe pour un individu froid et bizarre à refuser leurs confidences. Je m'efforce de ne porter aucun jugement – ni de pousser à la confession, ni de refouler l'aveu. Et à la vérité, bien qu'une part de moi n'ait sincèrement aucune envie de connaître les détails des petites crises de jalousie et les obsessions étranges, une autre cherche à les faire jaillir. C'est cette part de moi qui hoche la tête, prend des notes, consigne tout. C'est comme ouvrir l'arrière d'un appareil pour observer son mécanisme grinçant. Il y a une certaine déception dans la banalité de ce qui nous anime, mais, en même temps, un genre de fascination à découvrir les rouages de la machine.

Le problème, c'est que le lendemain, celui qui s'est livré vous en veut presque systématiquement de l'avoir mis à nu. Par conséquent, c'est à dessein que je me montre réservée et détachée, essayant de ne pas inciter les gens à se confier. Mais parfois, ça ne marche pas. Plus souvent qu'à mon tour, je me retrouve le dos au mur dans des soirées, à écouter le long récit de la trahison d'un tel ou d'une telle, et il a dit ça, et elle a fait ça, et l'ex est parti…

On aurait tendance à croire que les gens vont faire preuve de prudence et ne pas déballer leurs secrets à un écrivain. On pourrait penser qu'ils savent que nous sommes avant tout des vautours, qui nous délectons des restes d'histoires sordides et de querelles oubliées que nous recyclons dans nos romans – créant ainsi des réincarnations de leurs personnalités revêtus d'un nouveau costume macabre.

Tom, plus que tout autre, aurait dû le savoir. Mais ça ne l'a pas arrêté. Il palabrait sans discontinuer à présent, son ton traînant et ennuyé ne dissimulait rien de la colère qu'il couvait encore envers son mari. « … Ce qu'il faut comprendre, c'est que Bruce a donné à James son premier grand rôle, il l'a dirigé dans *Black Ties, White Lies* en… Bon sang, ça remonte au moins à sept ou huit ans. Et peut-être – mais je n'en sais rien, je n'ai jamais posé la question, mais Bruce n'est pas spécialement réputé pour sa chasteté professionnelle. Nous n'étions pas ensemble à l'époque, bien sûr. Mais Bruce pense naturellement que James lui doit quelque chose et peut-être que tout aussi naturellement, James considère, lui, qu'il ne lui doit rien. Je sais que Bruce n'a pas apprécié ce qu'il s'est passé avec *Coriolan* et qu'Eamonn prenne le parti de James… Et ensuite, ces rumeurs au sujet de Richard et lui, une seule personne pouvait les avoir lancées. Bruce a juré qu'il n'avait pas envoyé ce texto à Clive… »

Il a continué ainsi, à débiter des noms et des lieux qui ne signifiaient rien pour moi, des pièces de théâtre qui avaient à peine effleuré mon paysage culturel. Les intrigues politiques me glissaient dessus, mais une chose était claire : Bruce était fâché après James et avait un passif avec lui – de quelque nature que ce soit. Bruce ne voulait pas que Tom participe à ce week-end et Tom était quand même venu.

« Alors, qu'il aille se faire voir », a terminé Tom avec dédain. Je ne savais pas très bien s'il parlait de Bruce ou de James. Il a traversé le salon jusqu'au buffet où était posé un assortiment de bouteilles : gin, vodka, le reste lamentable de la tequila de la veille. « Tu veux un verre ? Un gin tonic ?

— Non merci. Juste un tonic, peut-être. »

Tom a hoché la tête, est parti chercher glaçons et citrons et est revenu avec deux verres.

« Cul sec ! » a-t-il lancé. Les traits tirés de son visage le vieillissaient de dix ans. J'ai bu une gorgée et toussé. Il n'y avait pas que du tonic dans mon verre. J'aurais pu piquer une crise, mais Tom a arqué un sourcil dans une synchronie parfaitement comique et je n'ai pu qu'éclater de rire, et avaler.

« Alors, raconte-moi, a-t-il dit en vidant son verre pour se resservir. Que s'est-il passé entre James et toi ? C'était quoi, cette histoire, hier soir ? »

Au début, je n'ai pas répondu. J'ai pris une longue gorgée de mon cocktail, avalé lentement, réfléchissant à ce que j'allais dire. D'instinct, j'avais envie d'écarter le sujet d'un haussement d'épaules accompagné d'un rire, mais il tirerait les vers du nez de Clare ou de Nina plus tard. Mieux valait jouer cartes sur table.

« James est… était… » J'ai fait tourner le liquide dans mon verre, les glaçons s'entrechoquaient tandis que je cherchais comment formuler la chose. « Mon ex », ai-je lâché finalement. Ce qui était la vérité – mais une vérité si partielle qu'elle ressemblait presque à un mensonge. « On sortait ensemble au lycée.

— Au lycée ? a répété Tom en haussant les deux sourcils cette fois-ci. Punaise ! Ça remonte à l'âge de pierre. Amour de jeunesse ?

— J'imagine, oui.

— Mais aujourd'hui, vous êtes amis ? »

Que pouvais-je répondre ? Non, je ne l'ai pas revu depuis le jour où il m'a envoyé ce texto.

Non, je ne lui ai jamais pardonné ce qu'il a dit, ce qu'il a fait.

Non.

« Heu, pas vraiment. On s'est plus ou moins perdus de vue. »

Un silence de plomb est tombé, laissant surgir les sons étouffés d'une discussion entre Clare et Flo dans la pièce voisine et le sifflement de la douche à l'étage. Nina avait dû abandonner sa tentative pour joindre Jess.

« Donc vous vous êtes rencontrés à l'école ? s'est enquis Tom.

— En quelque sorte. On a joué dans une pièce

ensemble… » ai-je expliqué avec prudence. Parler de cela était étrange. En tant qu'adulte, on n'évoque pas souvent la première fois où on a eu le cœur brisé. Mais Tom était ce qui se rapprochait le plus d'un inconnu, confident anonyme. Il y avait fort peu de chances que je le revoie après ce week-end, et partager cela avec lui était un peu libérateur. « *La Chatte sur un toit brûlant*. J'étais Maggie et James était Brick. Plutôt ironique.

— Dans quel sens ? » s'est enquis Tom, perplexe. Mais je n'ai pas pu répondre. Je songeais aux ultimes paroles de Maggie dans le dernier acte, à propos du mensonge qui devient vérité. Je savais que Tom, mieux que quiconque, saurait ce que je voulais dire si je citais la réplique, il saurait à quoi Maggie faisait allusion.

J'ai préféré répéter simplement : « Ironique, c'est tout.

— Allez… a-t-il insisté avec un sourire, des fossettes apparaissant sur ses joues bronzées. Tu sous-entends quelque chose. »

J'ai poussé un soupir. Je n'allais pas lui raconter la vérité. Pas celle à laquelle je songeais. Une autre, alors.

« Eh bien, j'étais censée être la doublure. Clare devait jouer Maggie – elle tenait le rôle principal dans presque toutes les pièces que nous avions montées depuis le primaire.

— Et que s'est-il passé ?

— Elle a eu la mononucléose. Elle s'est absentée tout un trimestre. Et je suis montée sur scène. » J'étais toujours sa doublure. Je possédais une excellente mémoire verbale et j'étais consciencieuse. J'ai senti sur moi le regard perplexe de Tom.

« Ironique dans le sens où c'est elle qui aurait dû être avec lui à l'époque et qu'elle l'est maintenant ? C'est ce que tu voulais dire ?

— Non, pas vraiment… C'est ironique parce que je déteste qu'on me regarde, qu'on m'observe. Et voilà que je tenais le premier rôle. Peut-être que les auteurs préfèrent se trouver devant la page blanche plutôt que sur scène. Qu'en penses-tu ? »

Tom n'a pas répondu. Il a tourné la tête vers la grande paroi vitrée, scruté la profondeur de la forêt, et je savais qu'il repensait à sa remarque de la veille sur la scène, le public, les observateurs nocturnes.

Au bout d'un moment, j'ai suivi son regard. La vue était différente de la veille au soir : les lumières extérieures avaient été allumées et on apercevait l'étendue de pelouse blanche, tapis de neige immaculé, et les arbres en faction, leurs troncs dénudés et épineux sous la voûte. Une vue qui aurait dû me rassurer – la possibilité de discerner ce panorama intact, la preuve visuelle que nous étions seuls, que la personne qui avait laissé ces traces dans la neige le matin n'était pas revenue. Mais bizarrement, cela n'avait rien de rassurant. L'impression de scène de théâtre était encore renforcée, avec des projecteurs qui l'illuminaient et plongeaient le public dans l'obscurité, spectateurs invisibles dans leur bourbier noir à la frontière de cette mare dorée.

Un instant, un frisson m'a parcourue lorsque j'ai imaginé la myriade d'yeux au cœur de la nuit : renards au regard jaune brillant sous les réverbères, chouettes aux ailes blanches, musaraignes effrayées.

Mais les empreintes de ce matin n'étaient pas celles d'un animal. Elles avaient été laissées par un être tout ce qu'il y avait de plus humain.

« La neige s'est arrêtée de tomber, a fait remarquer Tom inutilement. Je dois reconnaître que j'aime mieux ça. Je n'ai aucune envie de me retrouver coincé ici pendant des jours.

— Coincé par la neige ? En novembre ? Tu penses que ça pourrait arriver ?

— Tout à fait ! » La voix de Flo nous est parvenue de derrière et m'a fait sursauter. Elle portait un plateau de chips et de noix qu'elle a posé avec délicatesse sur la table, la langue sortie dans un geste de concentration extrême. « Ça arrive tout le temps en janvier. C'est une des raisons pour lesquelles ma tante n'habite pas vraiment ici en hiver. L'allée est impraticable après de fortes chutes de neige. En revanche, il ne neige jamais autant en novembre et je ne pense pas que ce sera le cas aujourd'hui. Il n'y a pas d'autres bulletins météo ce soir. C'est joli, n'est-ce pas ? »

Elle s'est redressée en se frottant le dos. Nous avons tous regardé par la fenêtre les arbres noirs inclinés et la neige blanche. Ce n'était pas joli. C'était âpre et impitoyable. Mais je n'ai rien dit. À la place, j'ai posé la question qui me turlupinait depuis le matin.

« Flo, je voulais te demander : les traces de pas jusqu'au garage ce matin, c'était toi ?

— Des traces de pas ? a-t-elle répété d'un air étonné. Quand ça ?

— Très tôt. Je les ai vues en revenant de mon jogging, vers 8 heures. Peut-être avant, je n'ai pas fait attention en partant.

— Ce n'était pas moi. Où était-ce ?

— Entre le garage et la porte de la cuisine. »

Flo a froncé les sourcils.

« Non, pas moi, c'est sûr. Bizarre. » Elle s'est mordu la lèvre avant de reprendre : « Bon, si ça ne vous embête pas, je vais tout fermer dès maintenant, comme ça, on ne risque pas d'oublier.

— Qu'est-ce que tu veux dire ? Tu penses que c'était quelqu'un de l'extérieur ? »

Le visage enjoué de Flo est soudain devenu embarrassé. « Ma tante a eu pas mal de problèmes quand elle a fait bâtir cette maison. Il y a eu de nombreuses objections, des gens du coin qui n'appréciaient pas le fait qu'il s'agisse d'une résidence secondaire pour commencer, et puis des plaintes sur le style et sur le site.

— Laisse-moi deviner, a ironisé Tom d'une voix traînante, nous nous trouvons sur les ruines d'un ancien cimetière indien, c'est ça ? »

Flo lui a jeté une serviette en papier et s'est fendue d'un sourire derrière son masque d'inquiétude. « Rien de tel. Les seuls êtres enterrés ici à ma connaissance, ce sont des moutons. Nous sommes dans une zone protégée – je ne sais pas très bien si nous nous trouvons à proprement parler dans le parc national mais on est tout près. Le permis de construire est passé parce qu'il s'agissait d'une extension de bâtiment existant – une vieille petite ferme –, mais les gens ont prétendu que ce n'était pas dans l'esprit de l'originale… Bref, pour faire court, il y a eu un incendie à la moitié des travaux et je crois qu'il est plus ou moins entendu que c'était criminel, même si ça n'a jamais été prouvé.

— Nom de Dieu ! »

Tom avait l'air horrifié. Il a regardé par la fenêtre

comme s'il s'attendait à voir des torches enflammées remonter la colline à tout moment.

« Heureusement, pas de blessé ! nous a rassurés Flo. La maison était encore en chantier, donc il n'y avait personne, et au final, c'était une bonne chose pour ma tante car elle a touché une grosse prime d'assurance et elle a pu faire construire avec des prestations plus haut de gamme. Et d'après le permis d'origine, elle devait conserver une partie de la ferme mais elle a brûlé alors ma tante n'a plus eu à s'en soucier. Dans l'ensemble, je dirais qu'ils lui ont rendu service. Mais bon, ça a un peu compromis ses relations avec le voisinage.

— Parce qu'il y a un voisinage ? s'est étonné Tom.

— Oh oui. Il y a quelques maisons à un peu moins de deux kilomètres dans la forêt, par là. Et une ferme dans la vallée.

— Tu sais, ai-je repris en pensant tout haut, ce qui me fiche vraiment la chair de poule, ce ne sont pas les empreintes ; c'est le fait que s'il n'avait pas neigé, nous ne les aurions jamais vues. »

Nous avons regardé au-dehors, contemplant le tapis blanc immaculé sur le chemin de la forêt. Mes propres empreintes laissées après mon jogging de ce matin avaient disparu. Pendant un long moment, nous sommes restés silencieux, méditant sur notre conversation, songeant à toutes les fois où l'on aurait pu être observé sans en avoir conscience.

Flo s'est approchée de la fenêtre pour vérifier le verrou. Il était solidement tiré.

« Bien ! s'est-elle exclamée d'un ton enjoué. Je vais aller vérifier la porte de derrière, et puis je pense qu'il sera temps de changer de sujet et de boire un autre verre.

— Proposition validée ! » a approuvé Tom avec sérieux. Il s'est emparé de mon verre vide et, cette fois, quand il m'a servi un double, je n'ai pas bronché.

19

Au moment de se changer pour le dîner, j'ai retrouvé Nina assise sur le lit, la tête entre les mains. Quand elle a levé les yeux à mon arrivée, son visage était gris et ses traits tirés, une expression si différente de son habituel masque de sarcasme que je l'ai regardée à deux fois.

« Tout va bien ?

— Ouais. » Elle a repoussé ses cheveux noirs et brillants de son visage et s'est levée. « Je suis juste… Pff, j'en ai juste marre d'être ici. J'ai l'impression d'être revenue au lycée et je me rappelle tout ce que je détestais chez moi à cette époque. C'est comme si on avait glissé dix ans en arrière, tu ne trouves pas ?

— Je ne sais pas. » Je me suis assise sur mon lit et j'ai médité ses paroles. Même si des pensées similaires m'avaient habitée la veille, à la lumière du jour, elles paraissaient injustes. La Clare dont je me souvenais du lycée ne se serait jamais liée d'amitié avec Flo – pas à moins d'avoir une bonne raison. Elle aurait acquiescé aux remarques stupides de Flo, la poussant à dire une chose honteuse qu'elle se serait empressée de relever pour en rire. Je n'avais pas vu trace de cette cruauté ce week-end. À la place, j'avais été impressionnée par sa tolérance. Il était clair que Flo était une femme perturbée et j'admirais la compassion de Clare qui essayait de l'aider. Je n'étais pas certaine de pouvoir supporter Flo une dizaine de jours, alors dix ans… De toute évidence, Clare était dotée d'une grande bonté, plus que ce que j'avais bien voulu lui accorder.

« Je crois que Clare a beaucoup changé, en fait. Elle paraît plus… » Je me suis tue, en quête du terme approprié. Il n'y en avait peut-être pas. « Elle semble juste plus gentille, j'imagine.

— Les gens ne changent pas, a répliqué Nina avec amertume. Ils deviennent seulement plus habiles à dissimuler leur nature véritable. »

Était-ce vrai ? J'avais changé – en tout cas, je le croyais. J'avais davantage confiance en moi, je m'assumais. Tout au long de ma scolarité, je m'étais reposée sur mes amis pour qu'ils me rassurent et me soutiennent, je voulais faire partie d'un groupe, m'intégrer. Au final, j'avais appris que ce n'était pas possible et je n'en avais été que plus heureuse – quoique plus seule – depuis.

Cependant, Nina avait probablement raison. J'avais peut-être seulement appris à camoufler l'enfant maladroite, que j'avais été et n'avais posé sur elle qu'une fine couche de vernis pouvant s'écailler à tout moment.

« Je ne sais pas, a poursuivi Nina. Tu n'as pas trouvé que le déjeuner était pénible ? »

Pénible et douloureux. Il n'avait été question que du mariage : le lieu de la réception, la robe de Clare, celles des demoiselles d'honneur, si du saumon fumé était exagéré en entrée, et pourquoi les plats végétariens contenaient toujours du fromage de chèvre. C'était devenu pire lorsque je m'étais rendu compte que j'avais franchi le point invisible de non-retour pour annoncer que je n'étais pas invitée. J'aurais dû dire quelque chose tout de suite, avouer, faire une plaisanterie le premier soir. À présent, j'avais trop attendu pour que cela ressemble à autre chose qu'à une tromperie et j'étais piégée dans mon mensonge par omission. Les regards compatissants de Clare n'y changeaient rien.

« Je n'irai pas jusqu'à dire que la mariée pète les plombs, a poursuivi Nina, parce qu'en réalité, c'est plutôt la demoiselle d'honneur qui s'enflamme ; mais si je dois entendre parler encore une fois préparatifs de mariage, épilation des jambes à la cire et toast du témoin… Tu imagines James au milieu de tout ça ? »

J'avais volontairement évité de penser à James et au mariage, comme on évite de toucher une plaie trop sensible. Mais à présent, alors que j'essayais, je me suis rendu compte que je n'y arrivais pas. Le James de mon souvenir, avec son crâne à moitié rasé et le reste de ses cheveux rassemblés en chignon, sa cravate d'uniforme scolaire déchirée, le James qui se soûlait avec le whisky de son père et grimpait à minuit sur le monument aux morts de l'école pour beugler des poèmes de Wilfred Owen aux étoiles, le James qui écrivait au rouge à lèvres des paroles de Pink Floyd sur la voiture du prof principal le dernier jour d'école… Ce James, je ne parvenais pas à l'imaginer en smoking, à embrasser la mère de Clare et à rire consciencieusement au toast du témoin.

Ce déjeuner avait été une expérience des plus

déplaisantes, qui m'avait donné envie de vomir, et qu'avaient empirée les regards furtifs de Nina. S'il y a une chose que je déteste plus que souffrir, c'est qu'on me voie souffrir. J'ai toujours préféré me terrer loin des autres pour panser mes plaies en privé. Mais Nina avait raison. Ce n'était pas une affaire de mariée qui s'emballe. En réalité, Clare s'était montrée étonnamment calme pendant tout le repas. Flo menait la discussion, aiguillonnée par Tom. À un moment donné, Clare avait même proposé de changer de sujet. Ce n'était pas tant qu'elle n'aimait plus être sous le feu des projecteurs depuis la fin du lycée, plutôt qu'elle se souciait de moi.

« Si j'avais eu plus de cran, j'aurais refusé, a lâché Nina d'un air morose. L'invitation au mariage, je veux dire. Mais Jess m'aurait tuée. Elle adore les mariages. C'est presque un trouble du comportement chez elle. Elle a déjà acheté un fascinateur pour cheveux pour celui-ci. Je te le demande : un fascinateur, quand même !

— Elle t'aurait pardonné, ai-je répondu doucement. Même s'il aurait peut-être fallu que tu lui demandes de t'épouser pour compenser.

— Je n'en suis pas encore là. Tu viendrais ?

— Évidemment, ai-je dit en lui donnant une petite tape sur le bras. Je viendrais même à ton enterrement de vie de jeune fille. Si tu en organisais un.

— Plutôt crever. Si – et je dis bien si – je devais me marier, je me ferais une soirée en boîte et c'est tout. Pas cette mascarade dans une baraque dans le trou du cul du monde. » Elle a poussé un soupir et s'est redressée. « Devine ce que Flo nous a prévu pour ce soir ?

— Quoi donc ?

— Une foutue séance de ouija. Je te le dis, si elle a dégoté un plateau avec des réponses “sexy”, je décroche ce fusil du mur et je le lui enfonce où je pense, balles à blanc ou pas. »

« Bon, a commencé Flo en étalant des feuilles de papier sur la table basse. Ça devrait être amusant.

— La boule de cristal dit qu'il ne faut pas trop y compter », a marmonné Nina. Clare lui a jeté un regard noir, mais soit Flo n'a pas entendu, soit elle a préféré ignorer la pique. Elle préparait frénétiquement la table, disposant des bougies au milieu des bouteilles de vin à moitié vides.

« Quelqu'un a un briquet ? »

Nina a plongé la main dans la poche de sa mini-jupe en jean et en a sorti un Zippo. Flo a allumé les mèches avec révérence. À chaque bougie qui s'animait sur la table, une flamme identique apparaissait dans la vitre. Flo avait éteint les lumières extérieures et la forêt n'était qu'obscurité en dehors d'un éclat de lune. Le salon était faiblement éclairé si bien que nous pouvions distinguer la masse des arbres, la neige claire et la silhouette de la voûte des bois se détachant sur le ciel légèrement lumineux. À présent, c'était comme si des feux follets dansaient dans les arbres, frêles flammes fantomatiques, deux fois réfléchies dans le double vitrage.

Je me suis approchée de la fenêtre, me suis collée à la vitre et, les mains en coupe, j'ai scruté la nuit. Tout était paisible. Pourtant, j'ai repensé aux empreintes, à la ligne de téléphone coupée, et je n'ai pu m'empêcher de vérifier discrètement le verrou de la baie vitrée. Il était enclenché.

« Mel aurait détesté ça, a affirmé Clare, l'air pensif tandis que je regagnais la table et que Flo allumait la dernière bougie. Je suis presque sûre qu'elle est encore plus croyante aujourd'hui qu'elle ne l'était à la fac.

— Je ne vois vraiment pas en quoi communier avec un ami imaginaire diffère de communier avec plusieurs, a commenté Nina.

— Écoute, c'est sa foi, d'accord ? Inutile d'être insultante.

— Je ne suis pas insultante. On ne peut pas insulter quelqu'un qui n'est pas là. Une insulte n'est pas seulement donnée, il faut qu'elle soit reçue.

— Si un arbre tombe dans une forêt sans qu'on le voie, est-ce qu'il fait quand même du bruit ? » a répliqué Tom avec un sourire pincé. Il s'est rencogné dans le canapé et a pris une longue gorgée de vin. « Mince, ça fait des années que je n'ai pas fait ça. Ma tante était très branchée sur tous ces trucs de communication avec les esprits. J'allais chez elle après l'école et on faisait des séances de ouija traditionnel, vous savez, celui avec les lettres. »

C'était le genre de planche que l'on voyait dans les films. Celle que Flo était en train d'installer était un peu différente, elle ressemblait davantage à un stylo sur roulettes.

« C'est plus facile comme ça, a expliqué Flo, la langue entre les dents, en essayant de positionner le stylo sur son support. Je l'ai déjà fait et le problème avec la goutte c'est qu'à moins d'être super-rapide, on rate des lettres. Comme ça, il y a une trace.

— Ça a marché ? a demandé Clare. La fois où tu as essayé ?

— Oh oui, a acquiescé Flo avec un hochement de tête sérieux. En général je reçois des messages. D'après ma mère, j'ai un lien particulier avec l'au-delà.

— Hum, hum », a commenté Nina. Son visage était impassible mais je savais qu'elle préparait une remarque sarcastique.

« Quel était le message ? ai-je demandé à la hâte pour lui couper l'herbe sous le pied. La dernière fois, j'entends.

— Cela concernait mon grand-père, a répondu Flo. Il voulait que ma grand-mère sache qu'il était heureux et qu'elle pouvait se remarier si elle le désirait. Voilà, tout est installé. Vous êtes prêts ?

— Puisqu'il le faut, a dit Clare avant de vider son verre de vin. Bon alors, qu'est-ce qu'il faut faire ? »

Flo nous a fait signe de nous approcher.

« OK, posez les doigts sur la planchette. Délicatement – vous n'essayez pas de la guider, vous conduisez les impulsions reçues de l'au-delà. »

Nina a roulé des yeux mais a tout de même placé son doigt sur la planchette. Tom et moi l'avons imitée. Clare a été la dernière.

« Prêts ? a demandé Flo.

— Prête », a répondu Clare.

Flo a pris une profonde inspiration et a fermé les paupières. Son visage était baigné par la douce lueur des bougies, comme illuminé de l'intérieur. Ses yeux s'agitaient sous ses paupières, passaient de droite à gauche, cherchaient quelque chose qu'elle ne pouvait pas voir.

« Y a-t-il un esprit qui souhaiterait nous parler ? » a-t-elle psalmodié.

La planchette a tournoyé avec difficulté, dessinant des boucles et des spirales, mais aucune forme avec le moindre sens. Je n'avais pas l'impression que quiconque la poussait.

« Y a-t-il un esprit parmi nous ce soir ? » a répété Flo avec le plus grand sérieux. J'ai vu Nina réprimer un sourire. La planchette a commencé à bouger de façon plus déterminée.

O.

« Waouh ! » a soufflé Flo. Elle a ouvert les yeux, le visage rayonnant. « Vous avez vu ça ? On aurait dit qu'un aimant nous attirait. Vous l'avez ressenti ? »

J'avais senti. Mais ça ressemblait plus à une poussée qu'à autre chose. Je n'ai pas pipé mot.

« Quel est ton nom, Esprit ? » a poursuivi Flo avec enthousiasme.

La planchette s'est remise à bouger.

TE... QUI... longue pause... *TE... QUI...*

« Un prénom écossais ? a murmuré Flo. C'est peut-être l'esprit d'un Highlander perdu ? »

... *L...* Tom et Nina ont éclaté de rire en même temps lorsque le *A* est apparu sous la planchette. Même Clare a émis un petit ricanement. La planchette a foncé vers le bord de la feuille puis est tombée avec fracas par terre comme nous nous mettions tous à rire bêtement.

Flo a examiné la page un moment, les sourcils froncés. Puis elle a compris. Elle s'est écartée de la table, les bras croisés sur la poitrine.

« Bon. » Elle a regardé Clare, Tom puis moi. J'ai essayé de reprendre contenance. « Qui a fait ça ? Ce n'est pas drôle ! Je veux dire si, c'est censé être amusant, mais nous n'allons jamais arriver à rien si vous n'arrêtez pas de faire les idiots ! Tom ?

— Ce n'était pas moi ! » a-t-il répliqué en levant les mains dans une attitude de défense. Nina affichait un masque d'innocence et je la soupçonnais fortement d'être l'auteur du méfait.

« Bien, qui que soit le responsable, a repris Flo, le visage rouge et agacé, je ne le félicite pas. Je me suis donné beaucoup de mal et vous gâchez...

— Hé, Floflo, a tempéré Clare en posant la main sur elle. On se calme, OK ? C'était juste une blague. Ils ne recommenceront pas. Pas vrai ? » Elle a posé un regard sérieux sur chacun d'entre nous. Nous avons tous répondu par une expression contrite.

« Très bien, a repris Flo d'un ton boudeur. Mais dernière chance ! Si vous faites encore n'importe quoi, j'enlève le ouija et nous jouerons... nous jouerons au Trivial Pursuit !

— Ça, c'est dissuasif, a déclaré Tom avec sérieux mais le coin de sa bouche tremblotait. Pour ma part, je promets de bien me tenir. Ne me menace pas avec le camembert rose ! »

Flo a inspiré un grand coup puis a attendu que nous ayons tous reposé le doigt sur la planchette. Celle-ci a tressailli et j'ai vu que les épaules de Nina tressautaient encore de ses rires étouffés. Elle s'est mordu la lèvre et a fait de son mieux pour se calmer sous le regard sévère de Clare.

« Nous sommes désolés pour la désinvolture de certains de nos participants, a déclaré Flo avec sincérité. Un esprit souhaiterait-il communiquer avec nous ? »

Cette fois, la planchette s'est déplacée plus lentement, comme si elle avançait à son propre rythme. Elle a formé sans doute possible un autre O, puis elle s'est arrêtée.

« Es-tu ami avec quelqu'un d'ici ? » a questionné Flo.

La planchette a répondu avec un point d'interrogation.

Cette fois, je ne croyais pas que quiconque la poussait – et à l'expression de leurs visages, je voyais bien que les autres ressentaient la même chose. Ils avaient cessé de rire. Clare paraissait même légèrement mal à l'aise.

« Tu sais quoi, Floflo, je ne pense pas que… »

Tom lui a tapoté la main. « C'est bon, ma chère. Ce n'est pas vraiment un esprit. Juste notre subconscient qui forme des mots. Parfois, le résultat est assez révélateur !

— Qui est là ? » a demandé Flo, les yeux fermés. Ses doigts reposaient avec légèreté sur la planchette. Si quelqu'un la contrôlait, ce n'était sûrement pas elle. La planchette s'est remise à bouger, dessinant des boucles et des lettres. Tom les lisait à voix haute au fur et à mesure.

« M… A peut-être ? Ou était-ce un N ?… X… W… E… L… L… OK, Maxwell. Quelqu'un connaît un Maxwell ? »

Nous avons tous secoué la tête.

« C'est peut-être l'esprit d'un ancien fermier, a avancé Nina avec sérieux. Il vient pour nous conseiller de ne pas piétiner ses ossements sacrés de moutons.

— Peut-être », a répondu Flo. Elle a rouvert les yeux. Ils étaient comme deux grosses billes vertes dans la pénombre. Elle était très pâle, le rouge aux joues de sa colère avait disparu. Refermant les paupières, elle a demandé, d'une voix basse et respectueuse : « Y a-t-il quelqu'un en particulier à qui tu souhaites t'adresser, Maxwell ? »

O.

« As-tu un message pour l'un d'entre nous ? »

O.

« Qui ça ? »

F… FL… F…

« Moi ? » Les yeux de Flo se sont ouverts en grand. Son étonnement frôlait l'angoisse. Elle paraissait même regretter déjà cette idée. « Tu as un message pour moi ? »

O.

Flo a dégluti avec difficulté. Sa main libre était agrippée au bord de la table, elle le serrait si fort que ses articulations ont blanchi.

« D'accord », a-t-elle repris en s'armant de courage. Mais la planchette s'était déjà remise à bouger.

A… C… H… a-t-elle tracé lettre par lettre avant d'accélérer tout à coup pour délivrer la fin du message : ÈTE DU CAFÉ.

Pendant un instant, le silence nous a enveloppés, puis Nina l'a brisé d'un éclat de rire tonitruant.

« Allez vous faire voir ! » a hurlé Flo. Son coup de sang nous a tous fait sursauter, et je me suis rendu compte avec étonnement que c'était la première fois que je l'entendais jurer. Elle s'est levée d'un bond et a envoyé valser la planchette à l'autre bout de la table. Les verres de vin et les bougies se sont fracassés au sol, projetant des éclaboussures de cire sur le tapis. « Qui a fait ça ? Ce n'est pas une blague ! J'en ai ras le bol ! Nina ? Tom ?

— Ce n'était pas moi ! » s'est défendue Nina, mais elle riait tellement que les larmes lui montaient aux yeux. Tom tentait de son mieux de dissimuler son hilarité mais il ricanait aussi derrière sa main.

« Je suis désolé, a-t-il dit en essayant en vain de recouvrer son sérieux. Pardon, ce n'est p-pas dr-drô… » Il a été incapable de terminer sa phrase.

Flo s'est soudain tournée vers moi avec un air accusateur. Je tamponnais le vin sur la moquette.

« Tu es bien silencieuse, Lee, assise là comme si de rien n'était.

— Quoi ? ai-je fait en levant les yeux, sincèrement surprise. Je te demande p-pardon ?

— Tu m'as bien entendue ! J'en ai marre que tu restes là comme une petite souris malfaisante à rire derrière mon dos.

— Je ne ris pas, ai-je protesté, mal à l'aise, en me remémorant comment j'avais succombé et ri aux moqueries de Nina à notre arrivée. Enfin, je ne voulais pas…

— Tu te crois parfaite ! » Flo haletait, le souffle entrecoupé de hoquets sanglotant. J'ai cru qu'elle allait fondre en larmes. « Vous vous croyez tous tellement supérieurs, avec vos diplômes et vos emplois et vos appartements à Londres…

— Flo… » est intervenue Clare. Elle a posé la main sur le bras de son amie mais celle-ci l'a repoussée.

« Allez, a tenté Tom d'un ton apaisant. Écoute, je ne sais pas qui a fait ça mais je te promets que c'est la dernière fois qu'on déconne, d'accord ? » Il nous a toutes regardées. « D'accord, tout le monde ? Promis, OK ? Cette fois, c'est pour de vrai. »

Il essayait d'aider, mais mon estomac s'est quand

même noué sous la gêne. Nous aurions dû laisser tomber au premier éclat de Flo – insister comme ça revenait à chercher les problèmes, avec Flo en colère et à fleur de peau.

« T-tu ne crois pas que… ai-je commencé, d'une voix nerveuse.

— J-je crois que tu devrais la fermer », a répliqué Flo en imitant méchamment mon bégaiement avec une précision troublante. Le choc m'a empêchée de répliquer, je suis restée plantée là, bouche bée, à la dévisager. Comme si un Teletubbies m'avait craché au visage.

« Allez, c'est bon, a repris Clare. On retente une dernière fois, d'accord, Floflo ? Et c'est promis, tout le monde va jouer le jeu ce coup-ci. Ils auront affaire à moi, sinon. »

Flo a vidé son verre de vin d'une main tremblante. Puis elle a repris place à la table et posé la main sur la planchette. « Dernière chance », a-t-elle répété d'un air féroce.

Tout le monde a acquiescé et, à contrecœur, j'ai placé mon doigt sur le plateau.

« Posons-lui une question cette fois, a proposé Tom. Ça aidera à suivre le fil. Par exemple… Est-ce que Clare et James vont vivre heureux et avoir beaucoup d'enfants ?

— Non ! » s'est écriée celle-ci. Nous nous sommes tournés vers elle, choqués par la véhémence de sa réponse. « Non, je… Je ne veux pas mêler James à ça, d'accord ? Ce n'est pas correct. C'est amusant, mais je ne veux pas qu'un stylo me dise que je vais divorcer avant mes trente ans.

— Très bien, a consenti Tom avec surprise. Une

question sur moi, alors. Quelles noces fêterons-nous, Bruce et moi ? »

Nous avons placé nos doigts sur la planchette qui, très lentement, s'est mise à bouger.

Cette fois, c'était très différent. Pas les poussées et les tirages hésitants, mais une écriture coulante, longue et languissante qui dessinait des boucles sur toute la page.

« P... A... P... A... a épelé Flo. Qu'est-ce que ça veut dire ? Ce ne sont pas des noces, ça.

— Papier, peut-être, a suggéré Tom en fronçant les sourcils. Mais ce n'est pas logique, les noces de papier c'est genre... deux ans de mariage. Et nous avons célébré ça l'année dernière. Opale, peut-être ? On peut avoir mal lu...

— Il nous dit son nom, si ça se trouve », a proposé Flo le souffle court. Sa rage des instants précédents s'était envolée et elle paraissait tout excitée – presque survoltée. Elle s'est resservie, a vidé son verre en trois grandes lampées puis s'est remise en place. Son haut argenté, identique à celui que Clare portait, avait une tache de vin rouge sur une manche. « Ils ne répondent pas toujours à la commande, vous savez. Demandons-lui. Comment t'appelles-tu, Esprit ? »

Le stylo s'est remis à bouger, ondulant sur le papier, dessinant des lettres qui envahissaient la page, recouvraient les écrits précédents.

PA... puis... BY plus loin. Le stylo s'est immobilisé et Flo a tendu le cou pour lire le message.

« Papa Begby. Waouh ! Qu'est-ce que c'est que ça ? »

Elle nous a tous considérés, chacun haussant les épaules et secouant la tête.

« Nora ? m'a demandé Flo tout à coup. Tu sais qui c'est ?

— Aucune idée ! » ai-je répondu, songeuse. À la vérité, j'étais plus que flippée. Les précédents messages étaient clairement des blagues. Celui-ci était bizarre. Les autres paraissaient aussi décontenancés que moi. Clare mâchonnait le bout d'une mèche de cheveux. Nina affichait une expression d'indifférence travaillée mais je devinais ses doigts qui jouaient avec son briquet dans sa poche, le tournant nerveusement. Tom semblait sous le choc, le visage pâle dans la lumière tamisée. Seule Flo paraissait y prendre plaisir.

« Waouh, a-t-elle soufflé. Un véritable esprit. Papa Begby. C'est peut-être l'ancien propriétaire de la ferme. Papa Begby, a-t-elle repris d'une voix teintée de respect, as-tu un message pour nous ce soir ? »

Le stylo a repris ses mouvements, plus saccadés cette fois-ci.

M… ai-je lu. Une seconde, mon cœur s'est serré. Finies les blagues sur le café.

M… M… M…

L'écriture s'est précipitée puis un brusque crissement a retenti et la planchette s'est immobilisée dans une secousse. Clare l'a soulevée et s'est couvert la bouche de la main.

« Oh, Floflo, je suis désolée. »

Le stylo avait traversé la feuille et creusé le bois poli de la table en dessous.

« Ta tante…

— Ne t'en fais pas », a répliqué Flo, agacée. Elle a écarté la planchette et pris la feuille de papier. « Qu'est-ce que ça dit ? »

Nous avons tous regardé, lisant par-dessus son

épaule pendant qu'elle tournait la page dans un sens puis dans l'autre pour déchiffrer les boucles et les spirales.

MMMMEEEEUUURRTTTRRIIIEEERR

« Oh mon Dieu ! s'est exclamé Tom, une main devant la bouche.

— Ce n'est pas drôle », a dit Nina. Elle avait le teint livide ; elle s'est reculée du groupe, nous dévisageant tour à tour. « Qui a écrit ça ?

— Écoute, a commencé Tom, on se calme. Le coup du café, c'était moi. Mais là, non ! Je n'oserais pas ! »

Nous nous sommes dévisagés les uns les autres, cherchant des traces de culpabilité dans le regard de chacun.

« Tu fais peut-être fausse route, a dit Flo, les joues à nouveau rouges, de triomphe plus que de colère cette fois. Il s'agit peut-être d'un véritable message. Après tout, je sais des choses sur toi, sur vous tous.

— Qu'est-ce que tu veux dire ? a demandé Tom, la voix méfiante. Clare, de quoi parle-t-elle ? »

Clare n'a rien répondu, elle s'est contentée de secouer la tête. Elle était blanche comme un linge, ses lèvres avaient perdu toute couleur sous son gloss. Quant à moi, j'avais le souffle court, j'étais au bord de l'hyperventilation.

« Hé, Nora, a dit Nina tout à coup, sa voix me parvenant comme de très loin. Nora, ça va ?

— Je vais bien », ai-je tenté de répondre. Je ne suis pas sûre que les mots aient bien franchi mes lèvres. La pièce semblait se resserrer sur moi, avec l'immense baie vitrée comme une bouche pleine de dents pointues prête à tous nous avaler. Des mains ont enserré mes bras, me poussant sur le canapé, j'ai baissé la tête entre mes genoux.

« Tout va bien. » La voix ferme de Nina m'a rappelé qu'elle était médecin, une professionnelle de la santé et pas seulement une amie avec qui je sortais boire un verre de temps en temps. « Tout va bien. Qu'on m'apporte un sac en papier.

— Comédienne, a sifflé Flo avec colère avant de quitter le salon.

— Je vais bien », ai-je dit. J'ai essayé de m'asseoir, repoussant les mains de Nina. « Pas besoin de sac en papier, merci. Ça va.

— Tu es sûre ? » Nina a plongé son regard dans le mien, j'ai acquiescé, essayant de paraître convaincante.

« Je vais très bien. Désolée, je ne sais pas ce qui m'a pris. Trop de vin. Mais ça va, promis.

— Trop d'émotions, a commenté Tom à demi-mot, et je savais qu'il ne pensait pas à moi.

— Je crois que je vais aller prendre l'air. Il fait trop chaud, ici. »

C'était vrai. Il faisait chaud, le poêle tournait à plein régime. Nina a hoché la tête.

« Je viens avec toi.

— Non ! » ai-je répondu, plus violemment que je ne le voulais. Puis, plus calme, j'ai ajouté : « J'ai envie d'être un peu seule. J'ai juste besoin d'une pause, d'accord ? »

Dehors, je me suis adossée contre la porte vitrée coulissante de la cuisine. Le ciel était un velours bleu foncé et la lune d'une blancheur étonnante, cerclée d'un halo pâle de givre. L'air frais de la nuit m'a enveloppée, la brise apaisant le feu de mon visage et séchant mes paumes moites. Je suis restée à écouter les battements violents de mon cœur, essayant de les faire ralentir, de me calmer.

Cette panique ridicule était absurde ! Pourtant, qu'avait dit Flo à la fin ?

Je sais des choses sur vous...

Que sous-entendait-elle ? Auquel d'entre nous s'adressait-elle ?

Si c'était à moi, il n'y avait qu'une seule chose à laquelle elle pouvait faire allusion. Et Clare était la seule personne au courant de ce qui s'était passé. En avait-elle parlé à Flo ?

Je n'en savais rien. Je voulais croire que non. J'ai tenté de me remémorer tous les secrets que j'avais confiés à Clare au fil des années, des secrets qu'elle avait gardés fidèlement.

Cependant, je me rappelais être retournée au lycée pour passer mon examen de français. Une des filles dans la file avait posé la main sur mon bras en me murmurant « *Je suis vraiment désolée. Tu es si courageuse* » avec une expression sincère de pitié sur le visage mais également une sorte de jubilation, comme celle qu'on peut voir parfois chez les ados qui sont interviewés sur le décès tragique d'un camarade. La tristesse est présente, et elle est réelle, mais un petit frisson de plaisir transparaît face au drame, à sa réalité.

Je n'étais pas certaine de comprendre ce qu'elle voulait dire – elle pouvait parler de ma rupture avec James. Mais sa réaction paraissait extrême et ses paroles de réconfort exagérées, et j'avais commencé à me demander si Clare avait raconté à quelqu'un ce qui s'était passé. Pendant tout l'examen, cette question m'avait tourmentée. À la fin des deux heures, je savais ce que je devais faire. Parce que je savais que le doute me rendrait folle.

Je n'étais jamais revenue.

À présent, les yeux fermés, je sentais l'air froid sur mon visage et la neige imbiber mes chaussettes fines ; j'écoutais les bruits doux de la nuit, le craquement des branches lourdes de neige cédant sous son poids, le hululement d'une chouette, le glapissement étrangement lancinant d'un renard.

Je n'ai jamais vécu à la campagne. J'ai grandi dans la banlieue de Reading puis j'ai déménagé à Londres à mes dix-huit ans. J'y ai toujours habité depuis.

Toutefois, je pourrais m'imaginer vivre ici, dans le silence et la solitude, et ne voir que les gens que j'ai envie de voir. Je n'habiterais pas dans une énorme cloche de verre, en revanche. Je m'installerais dans un endroit plus petit, discret, fondu dans le paysage.

J'ai songé à l'ancienne ferme, celle qui se dressait autrefois sur cette terre, avant qu'elle ne soit réduite en cendres. J'imaginais un bâtiment bas, tout en longueur, son contour comme un animal cherchant à se terrer, un lièvre s'aplatissant dans l'herbe. J'aurais pu vivre ici, ai-je pensé.

Lorsque j'ai rouvert les yeux, les lumières de la maison qui se réfléchissaient sur la neige m'ont aveuglée. C'était si agressif, si vain – tel un phare, signalant sa présence dans l'obscurité. Contrairement au phare qui prévient les navires de se tenir à distance, cet endroit ressemblait plus à un piège, une lampe tue-mouche prête à exterminer les insectes attirant les papillons de nuit.

Un frisson m'a parcourue. Il fallait que j'arrête ces

superstitions. Cette demeure était magnifique. Nous avions de la chance d'y loger, même juste pour deux nuits. Malgré tout, je ne l'aimais pas, je n'avais pas confiance en Flo et j'avais hâte d'en partir demain matin. Je me demandais à quelle heure au plus tôt je pourrais m'en aller en toute décence. Notre train, à Nina et à moi, était à 17 heures, mais ma réservation était modifiable.

« Tu vas bien ? » La voix est venue de derrière, suivie par une longue expiration de fumée de cigarette. J'ai pivoté et vu Nina, une clope à la main, l'autre bras contre ses côtes pour se protéger du froid. « Pardon. Je sais que tu veux être seule, mais il fallait que j'en grille une. J'avais besoin de m'éloigner un peu. Grr, cette Flo ! Elle me fiche les chocottes. C'était quoi ce truc à propos de savoir des secrets sur nous ?

— Aucune idée, ai-je répondu, mal à l'aise.

— Des conneries, sûrement. » Nina a tiré sur sa cigarette. « Mais je dois avouer que je me suis retrouvée à lister tous les trucs que j'avais confiés à Clare au fil des ans et ce n'était pas un moment très agréable, d'imaginer ce qu'elle aurait pu répéter à Flo. Tom aussi avait l'air plutôt secoué, non ? Je me demande quel squelette il planque dans son placard.

— Aucune idée », ai-je répété. Le froid commençait à me geler les os et j'ai frissonné une nouvelle fois.

« Je crois que Melanie avait raison, a repris Nina. Flo n'est pas normale. Et sa bizarrerie avec Clare… Dire qu'elle n'est pas saine est en dessous de la vérité. S'habiller comme elle de la tête aux pieds, ça fait un peu *JF partagerait appartement*, non ? Si tu veux mon vis, elle est à deux Xanax près de nous rejouer la scène de la douche dans *Psychose*.

— Oh bon sang ! » ai-je aboyé songeant que oui, Flo était bizarre mais ce n'était pas une raison pour en rajouter. « Elle n'est pas psychopathe, elle manque juste de confiance en elle. Je sais ce que c'est, de toujours se sentir bonne seconde. Clare n'est pas l'amie la plus facile à avoir.

— Non. N'essaie pas de lui trouver des excuses, Nora. Les fringues et tout ça, c'est bizarre, mais si Clare le supporte, c'est son problème. En revanche, cette petite démonstration ce soir nous était directement destinée et je ne le tolérerai pas. Écoute, je sais que notre train est à 17 heures demain, mais j'ai pensé que…

— On pourrait partir plus tôt ? Je me suis dit exactement la même chose.

— J'en ai jusque-là, pour être franche. Si je n'avais pas bu, je partirais ce soir. Mais là, je ne suis pas en état de conduire. Qu'est-ce que tu en dis, on part tout de suite après le petit-déj ?

— Flo va péter un câble », ai-je répondu avec sérieux. D'autres activités étaient prévues au programme du lendemain, je ne savais pas très bien lesquelles mais les instructions étaient claires : le week-end ne s'achevait qu'à 14 heures.

« Je sais. Je me disais justement… a commencé Nina avant de tirer une longue bouffée sur sa cigarette. Je me disais qu'on pourrait filer en douce. C'est lâche, hein ?

— Oui. Complètement.

— Bon, d'accord. » Elle a poussé un soupir, soufflé un nuage de fumée d'une blancheur fantomatique sous le clair de lune. « Je pourrais prétexter une urgence à l'hôpital ? Je vais y réfléchir cette nuit.

— Comment ils te préviendraient ? ai-je demandé. Vu qu'il n'y a pas de réseau et que le fixe est hors service ?

— Ça aussi c'est un problème, non ? Imagine que les autochtones fous remontent la colline en jouant du banjo, avec leurs torches et leurs fourches, qu'est-ce qu'on fera ? On leur jettera des boules de neige ?

— Arrête ton cirque ! Il n'y a pas d'autochtones fous. La tante de Flo a sûrement mis elle-même le feu pour toucher l'assurance et a accusé les fermiers.

— J'espère que tu as raison. J'ai vu *Délivrance*, tu sais.

— Tant mieux pour toi, mais revenons à notre histoire…

— Oh, je dirai que j'ai reçu un texto dans la nuit. Même si Flo ne me croit pas, que pourra-t-elle dire ? »

Des tas de choses, à mon avis, mais à moins qu'elle ne barricade la porte, je doutais que ça arrêterait Nina.

Un long silence a suivi. Nina soufflait des ronds de fumée dans l'air paisible, moi des nuages de vapeur blancs.

« Qu'est-ce qu'il s'est passé tout à l'heure ? a fini par demander Nina. Cette petite crise d'angoisse ? C'était à cause du message ?

— En quelque sorte.

— Tu crois que c'était à propos de toi, pas vrai ? » Elle m'a jeté un regard de côté avec curiosité, et a soufflé un nouveau rond de fumée. « Qu'est-ce qui aurait bien pu te pousser à tuer quelqu'un ?

— Non, je ne crois pas, ai-je fait avec un haussement d'épaules. En plus, ç'aurait pu être *meurtre*.

Il y avait tellement de lettres qu'on ne peut pas être sûr du mot.

— Comme un avertissement, tu veux dire ? On en revient aux fous du coin. »

J'ai de nouveau haussé les épaules.

« Je ne vais pas te mentir, a-t-elle repris, j'ai cru que ça m'était adressé. Bon, je n'ai jamais tué personne intentionnellement, mais des gens sont morts à cause d'erreurs que j'ai commises.

— Quoi ? Tu crois que c'était un vrai message ?

— Non. » Elle a tiré sur sa cigarette. « Je ne crois pas à ce genre de truc. Je me suis dit que quelqu'un tentait le coup à l'aveugle, essayait de m'attaquer. C'était Flo, aucun doute là-dessus. Je crois qu'elle l'avait mauvaise parce qu'on a fait n'importe quoi au début et qu'elle avait décidé de nous punir. Le message de la tequila, c'était moi. Elle le sait probablement.

— Tu crois ? » J'ai levé le regard vers le ciel dégagé. Il n'était pas noir mais d'un bleu très foncé, marine, si pur que j'en ai eu mal aux yeux. Loin au-dessus, un satellite voyageait vers la lune. J'essayais de me souvenir, le visage de Flo lorsqu'elle lisait le mot, ses paupières closes, son expression extasiée. « Je n'en sais rien. J'y ai réfléchi, mais je n'en suis pas sûre. Elle avait l'air vraiment sous le choc. Et elle est la seule à croire à tout ça. Je ne pense pas qu'elle aurait voulu plaisanter avec les esprits.

— Donc maintenant tu dis que c'est vrai ? » a répliqué Nina, sceptique ; j'ai secoué la tête.

« Non. Je crois que quelqu'un poussait la planchette. Je ne suis pas sûre que c'était elle.

— Qui alors ? Il reste Tom et Clare. » Nina a jeté

son mégot qui s'est éteint avec un sifflement dans la neige. « Sérieux ?

— Je sais. C'est en partie ce qui m'a bouleversée. Je crois que c'était... » Je me suis tue, essayant de démêler ma gêne de tout ça. « Ce n'était pas tant le message, c'était la méchanceté. Quoi qu'on en pense, celui ou celle qui a fait ça, humain ou pas, est affreux. C'était une chose horrible à dire. Quelqu'un dans ce salon voulait nous perturber.

— C'est réussi. »

Ensemble, nous avons pivoté vers la maison. À travers la vitre, j'apercevais Clare qui se déplaçait dans le salon, ramassant les verres et les noix sur la moquette. Je ne voyais Tom nulle part – il était sans doute monté. Dans la cuisine, Flo remplissait le lave-vaisselle avec une énergie féroce, posant les verres avec une telle force qu'il était surprenant qu'ils ne se cassent pas.

Je n'avais pas envie d'y retourner. Pendant une seconde, en dépit de la neige, des températures négatives qui me faisaient déjà trembler de froid, j'ai sérieusement envisagé de piquer à Nina les clés de la voiture et de dormir dedans.

« Allez, a fini par lancer Nina, on ne peut pas rester dehors toute la nuit. Rentrons, souhaitons bonne nuit et montons. À la première heure demain matin, on se tire. D'accord ?

— D'accord. »

Je l'ai suivie dans la cuisine et j'ai refermé la porte derrière nous.

« Ferme à clé, s'il te plaît », a demandé Flo d'un ton sec. Elle a levé la tête du lave-vaisselle. Son visage était bouffi, son mascara avait coulé sur ses joues, ses cheveux tombaient en bataille sur son front.

« Flo, laisse ça, a dit Nina. S'il te plaît. Promis, on s'en occupera demain matin.

— C'est bon, a répliqué celle-ci fermement. Je n'ai pas besoin d'aide.

— Très bien ! a capitulé Nina en levant les mains. Si tu le dis. On se voit au petit-déj. » Elle s'est tournée et a marmonné entre ses dents : « Foutue martyre. » Puis elle a quitté la pièce.

20

Nina s'est endormie presque immédiatement, bras et jambes écartés comme un faucheux bronzé, et s'est mise à ronfler.

Pour ma part, je cherchais en vain le sommeil, réfléchissant aux événements de la soirée et à l'étrange petit groupe que Clare avait rassemblé autour d'elle pour ce week-end. Mon envie de quitter cet endroit était si forte qu'elle me tordait l'estomac ; je voulais rentrer chez moi, me coucher dans mon lit, retrouver mes affaires, mon cocon de tranquillité et de calme. Voilà que je comptais les heures jusqu'au départ, l'oreille tendue sur les ronflements légers de Nina et le silence qui régnait dans la maison et la forêt.

Un silence qui n'était pas complet, toutefois. Alors que je m'assoupissais, un craquement discret suivi d'un faible claquement, comme une porte qui battrait au vent, m'est parvenu.

Je somnolais, sur le point de m'endormir, lorsque j'ai entendu une nouvelle fois un long grincement puis un bang.

Le plus étrange était que le bruit semblait provenir de l'intérieur de la maison.

Je me suis assise dans le lit, retenant mon souffle, essayant d'isoler le son derrière les ronflements de Nina.

Cette fois, pas de doute. Le bruit ne venait pas de dehors mais remontait par l'escalier. En silence, je me suis levée, j'ai enfilé ma robe de chambre et me suis avancée jusqu'à la porte sur la pointe des pieds.

En l'ouvrant, j'ai manqué pousser un hurlement. Une forme fantomatique se tenait sur le palier, penchée au-dessus de la balustrade.

J'ai étouffé mon cri. Mais la silhouette a dû tout de même percevoir ma présence car elle s'est retournée, un doigt sur la bouche. C'était Flo, en robe de chambre blanche à fleurs roses, le visage pâle à la lueur de la lune.

« Tu as entendu, toi aussi ? » ai-je murmuré.

Elle a hoché la tête. « Oui. J'ai cru que c'était le portail dans le jardin, mais non, ça vient de l'intérieur. »

Un craquement derrière nous nous a fait sursauter : Clare sortait de sa chambre en se frottant les yeux.

« Que se passe-t-il ?

— Chut ! a intimé Flo. Il y a quelqu'un en bas. Écoute. »

Retenant notre souffle, nous avons toutes les trois tendu l'oreille.

Nouveau grincement.

« Ce n'est qu'une porte qui bat au vent, a expliqué Clare en étouffant un bâillement, mais Flo a secoué la tête avec véhémence.

— Ça vient de l'intérieur de la maison. Il n'y a pas de vent à l'intérieur. Sauf si quelqu'un a laissé une porte ouverte.

— Impossible. Je les ai toutes vérifiées avant de me coucher. »

Flo a porté les mains à sa gorge, son visage s'est transformé en un masque de frayeur. « Il faut descendre voir.

— Allons réveiller Tom, a proposé Clare. Il est grand et impressionnant. »

À pas de velours, elle a gagné sa chambre et je l'ai entendue murmurer dans le noir : « Tom ! Tom ! Il y a du bruit dans la maison. »

Il est sorti, les yeux bouffis et à moitié fermés. Ensemble, nous avons lentement descendu l'escalier.

Sitôt arrivés au rez-de-chaussée, il nous est apparu évident qu'une porte était ouverte quelque part. Un froid glacial régnait et le vent soufflait dans le couloir, en provenance de la cuisine. Flo est devenue blanche comme un linge.

« Je vais chercher le fusil, a-t-elle chuchoté si bas qu'on l'a à peine entendue.

— Je croyais qu'il était chargé à blanc, a articulé Clare tout aussi bas.

— C'est vrai, mais l'intrus l'ignore, non ? » D'un geste de la tête, elle a indiqué la porte du salon. « Toi d'abord, Tom.

— Moi ? » a répondu celui-ci avec horreur. Après avoir roulé des yeux, il a passé tout doucement la tête par la porte. Puis, sans un bruit, il nous a fait signe et nous l'avons suivi dans une précipitation soulagée. La pièce était déserte, illuminée par le clair de lune. Flo a décroché le fusil au-dessus du manteau de cheminée. Son teint était livide mais son expression résolue.

« Tu es certaine que ce sont des balles à blanc ? a insisté Clare.

— Absolument. Mais pour faire peur à quelqu'un, ça suffit.

— Si c'est toi qui tiens le fusil, je reste derrière, a sifflé Tom. Balles à blanc ou pas.

— Très bien. »

Quoi qu'on pense de Flo, il fallait reconnaître qu'elle avait du cran. Elle s'est tenue un moment sans bouger dans le couloir, les mains tremblantes. Puis, après avoir pris une profonde inspiration hachée, elle a ouvert la porte de la cuisine à la volée, la faisant claquer contre le mur carrelé.

Personne. En revanche, la porte vitrée était grande ouverte et quelques flocons de neige voltigeaient sur le carrelage.

Clare s'est précipitée au centre de la pièce, ses pieds nus effleurant délicatement le sol gelé. « Il y a des traces de pas, regardez ! » Du doigt, elle a indiqué la pelouse : de grandes empreintes informes comme celles laissées par des bottes de pluie ou de neige.

« Merde ! a lâché Tom, le visage décomposé. C'est quoi, cette histoire ? » Puis, il s'est tourné vers moi : « Tu es sortie par là, hier soir. Tu n'as pas refermé en rentrant ?

— S-si. Je suis sûre d'avoir fermé à clé. » Je sondais ma mémoire, rappelant mes souvenirs. Nina offrait son aide à une Flo agacée. Je me revoyais parfaitement tirer le verrou. « J'en suis certaine.

— Eh bien, tu n'as pas dû fermer correctement ! » m'a attaquée Flo. Sous l'éclat de la lune, elle ressemblait à une statue de pierre, son visage aussi dur que du marbre.

« J'ai bien fermé ! ai-je rétorqué, sentant la colère

monter en moi. De toute façon, Clare a dit qu'elle avait vérifié.

— J'ai juste regardé vite fait. » Clare avait les yeux écarquillés et sombres. « Je n'ai pas vérifié si c'était fermé à clé. Si la porte ne s'ouvrait pas, j'estimais qu'elle était bien verrouillée.

— Je l'ai fermée », ai-je répété avec obstination. Flo a émis un claquement de langue furieux, comme un grognement. Puis, le fusil coincé sous le bras, elle a remonté l'escalier d'un pas raide.

« Je l'ai fermée ! » ai-je répété en regardant Clare et Tom tour à tour. « Vous ne me croyez pas ?

— Écoute, a commencé Clare d'une voix calme. Ce n'est la faute de personne. » Elle s'est avancée vers la porte et l'a refermée d'un coup sec, puis elle a tourné la clé dans la serrure. « Maintenant, c'est bien fermé, en tout cas. Retournons nous coucher. »

Au pas de charge, nous avons gravi l'escalier. La poussée d'adrénaline s'est muée en simple nervosité. En haut des marches, Nina nous attendait en se frottant les yeux.

« Que s'est-il passé ? a-t-elle demandé quand je suis arrivée à sa hauteur. Pourquoi est-ce que je viens de croiser Flo avec ce foutu fusil sous le bras ?

— On s'est fait une petite frayeur, a expliqué Tom d'un ton sec. Quelqu'un, a-t-il poursuivi en me lançant un regard appuyé, n'avait pas bien fermé la porte de la cuisine.

— Ce n'était pas moi ! me suis-je obstinée.

— Oui, enfin bref. Elle était ouverte. On l'a entendue claquer. Il y avait des traces de pas dehors.

— Oh bon sang ! » À présent, Nina était tout aussi

réveillée que nous. « Des cambrioleurs ? Ils sont partis ? Est-ce qu'il manque quelque chose ?

— Je n'ai pas remarqué, a répondu Tom avant de se tourner vers Clare et moi. Et vous ? La télé était toujours là, la chaîne hi-fi aussi. Personne n'avait laissé traîner son portefeuille ? Le mien est dans ma chambre.

— Le mien aussi, a assuré Clare avant de regarder par la fenêtre dans l'allée. Et toutes les voitures sont encore garées devant.

— J'ai laissé mon sac dans la chambre, je crois. » J'ai passé la tête par la porte avant de confirmer : « Oui, il y est.

— Bon… Visiblement, il ne s'agissait pas d'un cambriolage, a déclaré Tom, mal à l'aise. Sans les traces de pas, on pourrait croire que c'est le vent qui a ouvert la porte. »

Mais il y avait bel et bien des empreintes. C'était indéniable.

« Vous pensez qu'on devrait appeler la police ? a repris Tom.

— On ne peut pas, si ? a répliqué Nina, caustique. Pas de fixe et pas de réseau.

— Tu captais un peu hier, lui ai-je rappelé, mais elle a secoué la tête.

— Un coup de chance. Je n'ai plus une barre maintenant. Le côté positif, c'est que ça ne sent pas l'essence, donc les timbrés du coin ne sont pas venus avec leurs jerricanes allumer un autre feu de joie. »

Le silence est tombé. Personne n'a ri.

« Retournons nous coucher, essayons de dormir un peu », a fini par proposer Clare. Nous avons tous acquiescé.

« Tu veux mettre ton matelas dans notre chambre ? a offert sans prévenir Nina à Tom. Moi, je ne voudrais pas rester seule.

— Merci, c'est… très gentil. Mais ça va aller. Je vais fermer ma porte à clé, des fois qu'on voudrait s'en prendre à ma vertu. Même s'il ne m'en reste pas beaucoup. »

***

« C'était sympa de ta part, ce que tu as proposé à Tom, ai-je dit à Nina après avoir souhaité bonne nuit à Tom et à Clare, une fois pelotonnée dans nos lits.

— Tu parles… Il m'a fait pitié, en plus je ne suis pas sûre qu'il aurait un bon crochet du droit face à un cambrioleur. » Elle a poussé un soupir, puis a roulé sur le côté. « Tu veux que je laisse la lumière ?

— Non, c'est bon. La porte est bien fermée maintenant, c'est le principal.

— D'accord. » Elle a éteint sa lampe de chevet ; dans l'obscurité de la chambre, seul brillait l'écran de son portable. « 2 heures passées. Bon sang ! Et toujours pas de réseau. Et toi ? Tu captes ? »

J'ai tendu la main pour attraper mon téléphone. Il n'était pas là.

« Attends, il faut que rallume. Je ne le trouve pas. »

La lumière rallumée, j'ai regardé partout, sous le lit, derrière la table de nuit, dans mon sac. Pas de portable. Nulle part. Seul le chargeur débranché traînait par terre. J'ai essayé de me rappeler la dernière fois où je l'avais vu. Dans la voiture, peut-être ? Je m'en étais servie au déjeuner. Mais après ça, je n'étais plus sûre de rien. Ici, j'avais perdu l'habitude de le consulter régulièrement – sans réseau, c'était futile. Il me semblait me rappeler l'avoir monté pour le charger avant le dîner mais c'était peut-être vendredi. Il avait probablement glissé de ma poche dans la voiture.

« Il n'est pas là, ai-je dit. Je crois que je l'ai laissé dans la voiture.

— Pas grave, a répondu Nina en bâillant. Pense juste à le récupérer demain avant qu'on parte.

— OK. Bonne nuit.

— Bonne nuit. »

J'ai entendu le froissement des draps lorsqu'elle s'est blottie dans son lit et j'ai fermé les paupières. J'ai tenté de dormir.

***

Et ensuite ? Que s'est-il passé ?

Oh Seigneur ! Ce qu'il s'est passé… Je ne sais pas si je peux…

Je suis toujours assise dans le lit d'hôpital, à tenter de mettre de l'ordre dans le méli-mélo confus de mes pensées lorsque la porte s'ouvre en grand ; l'infirmière entre en poussant un chariot.

« Le médecin souhaite examiner vos radios, mais selon lui vous pourrez sûrement prendre un bain. Et je vous apporte le petit-déjeuner.

— S'il vous plaît, dis-je en essayant de me redresser contre l'oreiller qui n'arrête pas de glisser. Dites-moi, la police devant la porte… Elle est là pour moi ? »

Elle paraît gênée et son regard glisse vers la vitre tandis qu'elle pose le plateau contenant les céréales, la brique de lait et une unique clémentine sur la table.

« Ils enquêtent sur l'accident, finit-elle par répondre. Ils vont vouloir vous parler, c'est sûr, mais le médecin doit d'abord donner son accord. Je leur ai dit qu'on ne fait pas irruption comme ça dans un hôpital à cette heure-là. Ils vont devoir attendre.

— J'ai entendu… » Avec difficulté je déglutis, ma gorge est douloureuse comme si quelque chose cherchait à s'en échapper – un sanglot ou un cri. « Je les ai entendus parler d'un décès…

— Oh ! » Elle prend un air ennuyé, refermant le tiroir du chevet avec une force inutile. « Ne vous inquiétez pas pour ça.

— Mais c'est vrai ? Quelqu'un est mort ?

— Je ne peux rien vous dire. Je n'ai pas le droit de discuter des autres patients.

— Dites-moi seulement si c'est la vérité.

— Je dois vous demander de vous calmer », réplique-t-elle en écartant les mains dans une posture d'apaisement professionnelle qui me donne envie de hurler. « Ce n'est pas bon pour vous de vous agiter comme ça.

— M'agiter ? Une de mes amies est sans doute morte et vous me demandez de ne pas m'énerver ? Qui ? Pour l'amour de Dieu, qui ? Et pourquoi ai-je des trous de mémoire ? Pourquoi est-ce que je n'arrive pas à me rappeler ce qu'il s'est passé avant l'accident ?

— C'est très courant, répond-elle de sa voix toujours aussi apaisante, comme si elle s'adressait à une enfant ou à une personne à la compréhension limitée. Ça arrive après un choc à la tête. Cela concerne la façon dont le cerveau transforme la mémoire à court terme en mémoire à long terme.

Si le processus est interrompu, un laps de temps peut disparaître. »

Oh Seigneur ! Je dois me rappeler. Je dois me souvenir de ce qu'il s'est passé car une personne est morte et la police est là, elle va venir m'interroger et qui sait ce que je révélerai si j'ignore ce qu'il s'est passé.

Je me revois en train de courir, dans les bois, du sang sur les mains, sur le visage, les habits…

« S'il vous plaît… » Ma voix est au bord de la fêlure, suppliante, et je me hais de me montrer si faible et dépendante. « Je vous en prie, aidez-moi. Que s'est-il passé ? Qu'est-il arrivé à mes amis ? Pourquoi étais-je couverte de sang ? Ma blessure à la tête n'est pas si grave. D'où provenait tout ce sang ?

— Je ne sais pas, répond-elle d'une voix douce emplie de compassion. Aucune idée, ma petite. Je vais chercher le médecin, il pourra peut-être vous en apprendre davantage. En attendant, il faut que vous mangiez ; vous devez reprendre des forces et le médecin souhaite s'assurer que vous avez de l'appétit. »

Elle ressort à reculons en tirant le chariot et la porte se referme derrière elle. Je me retrouve seule avec mon bol de céréales qui craquettent au contact du lait et se transforment en une bouillie sucrée.

Je devrais me lever. Je devrais contraindre mes membres affaiblis et sans force à travailler, je devrais basculer les jambes hors du lit et marcher dans le couloir, exiger des réponses de la part de ces agents de police dehors. Mais je n'en fais rien. Je reste assise dans le lit, et les larmes roulent sur mes joues, coulent sur mon menton et gouttent dans le bol de céréales ; l'odeur de la clémentine trop mûre me monte à la tête, ravivant des souvenirs que je refuse de rappeler, et que je suis incapable d'oublier.

Allez, reprends-toi, pauvre idiote, je m'intime. *Lève-toi. Cherche ce qu'il s'est passé. Découvre qui est mort.*

Pourtant, je ne bouge pas d'un cil. Pas seulement parce que ma tête me fait souffrir, que mes jambes me font mal et que chaque muscle de mon corps est comme du coton.

Je ne bouge pas parce que j'ai peur. Je ne veux pas entendre le nom que la police va m'apprendre.

Mais aussi, je crains qu'elle ne soit là pour moi.

21

Le cerveau ne se rappelle pas avec précision. Il raconte des histoires. Il remplit les blancs et transforme ces fantasmes en souvenirs.

Je dois tenter de rassembler les faits.

Cependant, j'ignore si je me rappelle ce qu'il s'est passé, ou ce que je veux qu'il se soit passé. Je suis écrivain. Je suis une menteuse professionnelle. Difficile de savoir quand s'arrêter. On voit un blanc dans un récit, on le comble avec une raison, un mobile, une explication plausible.

Et plus je cherche, plus les faits se dissolvent sous mes doigts…

Je sais que je me suis réveillée en sursaut. J'ignore l'heure qu'il était mais il faisait encore nuit. À côté de moi, Nina était assise dans son lit, les yeux grands ouverts et brillants.

« Tu as entendu ? » a-t-elle murmuré.

J'ai hoché la tête. Des pas sur le palier. Une porte s'ouvrait très doucement.

Le cœur tambourinant dans la poitrine, j'ai repoussé la couette et attrapé ma robe de chambre. Me sont revenues en mémoire la porte battante de la cuisine et les empreintes dans la neige.

Nous aurions dû vérifier le reste de la maison.

J'ai collé l'oreille contre la porte de la chambre, écouté un instant avant de l'ouvrir avec une infinie précaution. Clare et Flo se tenaient de l'autre côté, les yeux écarquillés, le teint livide sous le coup de la peur. Flo serrait le fusil entre ses mains.

« Vous avez entendu un bruit ? » leur ai-je demandé aussi bas que possible. Clare a hoché brièvement la tête et a pointé le doigt vers le bas de l'escalier. J'ai tendu l'oreille, m'efforçant de calmer ma respiration hachée et mon cœur affolé. Une sorte de grattement puis un bruit sourd, comme une porte qu'on referme avec soin, nous sont parvenus. Il y avait quelqu'un au rez-de-chaussée.

« Tom ? » ai-je articulé en silence ; mais au moment où je prononçais son prénom, la porte de sa chambre s'est ouverte et il a sorti la tête.

« Vous avez… ce bruit ? » a-t-il chuchoté. Clare a acquiescé d'un air grave.

Cette fois, il n'y avait pas de porte ouverte. Pas de vent. Cette fois, nous avons tous entendu avec une clarté effrayante des pas sur le carrelage de la cuisine puis sur le parquet du couloir et ensuite sur la première marche de l'escalier.

Nous nous sommes tous serrés les uns contre les autres. J'ai senti une main s'agripper à la mienne. Flo se trouvait au milieu, le fusil levé, le canon tremblant méchamment. De ma main libre, je l'ai stabilisé.

Nouveau craquement dans l'escalier. Nous avons retenu notre souffle. Alors une silhouette est apparue au tournant à mi-palier, se détachant sur la vitre qui surplombait la forêt.

Un homme. Un homme de grande taille. Il portait un sweat à capuche de couleur sombre et son visage était dissimulé. Il avait les yeux baissés sur son téléphone, l'écran projetant une lueur spectrale dans l'obscurité environnante.

« Dégagez et laissez-nous tranquilles ! » a hurlé Flo, et le coup est parti.

Un son assourdissant et épouvantable suivi d'un bruit de verre brisé, et le fusil a rué comme un cheval. Je me souviens de ça – et je me rappelle que nous sommes tombés à terre.

J'ai levé les yeux pour voir ce qu'il se passait – ça n'avait aucun sens, cette baie vitrée qui avait explosé en mille morceaux, ces tessons de verre éparpillés dehors dans la neige, et sur les marches de l'escalier.

L'inconnu a laissé échapper un hoquet de stupeur plus que de douleur et s'est effondré, tombant lourdement dans l'escalier tel un cascadeur dans un film.

Quelqu'un a allumé la lumière qui a inondé le couloir avec une telle intensité que j'ai dû me couvrir les yeux un instant. Alors j'ai vu.

J'ai vu les marches en verre dépoli clair éclaboussées de sang et la vitre brisée, ainsi que la longue traînée rouge là où l'homme avait dévalé les marches en glissant.

« Oh mon Dieu ! a gémi Flo. Le fusil était chargé ! »

Au retour de l'infirmière, je suis en larmes, et entre deux sanglots je parviens à demander :

« Que s'est-il passé ? Quelqu'un est mort. Je vous en prie, dites-moi qui c'est !

— Je ne peux pas, ma jolie, répond-elle, l'air sincèrement désolé. J'aimerais, mais c'est impossible. Voici le docteur Miller, il va vous examiner.

— Bonjour, Leonora », commence celui-ci en s'approchant du lit. Sa voix est douce, compatissante. J'ai envie de les frapper, lui et sa fichue compassion. « Nous sommes un peu à fleur de peau aujourd'hui, semble-t-il.

— Quelqu'un est mort », dis-je en détachant chaque syllabe, essayant de respirer normalement, de ne pas étouffer sous les sanglots. « Une personne est morte et on refuse de me dire qui. Et la police attend à l'extérieur. Pourquoi ?

— Ne nous inquiétons pas de cela pour le moment…

— Évidemment que je m'inquiète ! » Je hurle. Dans le couloir, les têtes se tournent vers nous. Le médecin pose une main rassurante sur ma jambe, me tapote à travers le drap dans un geste qui me donne envie de frissonner. Je suis blessée, je souffre. Je porte une chemise d'hôpital qui s'ouvre dans le dos et j'ai perdu ma dignité en même temps que tout le reste. Ne me touche pas, espèce de connard condescendant. Je veux rentrer chez moi.

« Je comprends que vous soyez bouleversée, reprend-il. Et la police aura, avec un peu de chance, des réponses à vous fournir. Avant tout, j'aimerais vous examiner, m'assurer que vous êtes en état de leur parler, et je ne peux le faire que si vous gardez votre calme. Vous comprenez, Leonora ? »

Je hoche la tête sans mot dire, puis je tourne le visage vers le mur pendant qu'il inspecte le bandage sur mon crâne, consulte mon pouls et ma tension sur les relevés. Je ferme les yeux, laisse ces offenses s'estomper. Je réponds à ses questions.

Je m'appelle Leonora Shaw.

J'ai vingt-six ans.

Aujourd'hui, nous sommes le… Pour celle-ci, j'ai besoin d'aide, et l'infirmière me donne des indices. On est dimanche. Je suis ici depuis moins de douze heures. Dans ce cas, nous sommes le 16 novembre. Selon moi, mon hésitation relève davantage de la désorientation que de la perte de mémoire.

Non, je n'ai pas de nausées. Ma vue n'est pas trouble.

Oui, j'ai du mal à retrouver certains souvenirs. Il y a des choses qu'on ne devrait pas avoir à se rappeler.

« Bien, vous me paraissez être remarquablement en forme », conclut le docteur Miller. Il suspend son stéthoscope autour de son cou et range son stylo-lampe dans sa poche. « Les résultats de la surveillance de cette nuit sont bons et votre scan est rassurant. Le trouble de la mémoire m'inquiète un peu cependant – oublier les minutes précédant l'impact est fréquent, mais on dirait que votre perte de mémoire concerne un laps de temps plus important, c'est exact ? »

J'acquiesce à contrecœur, songeant aux images incomplètes et saccadées qui ont envahi mon esprit au cours de la nuit : les arbres, le sang, les phares oscillants.

« Bien. Les souvenirs devraient vous revenir peu à peu. Les troubles de la mémoire ne sont pas tous dus à un traumatisme physique. Certains sont liés au stress », explique-t-il en évitant soigneusement d'utiliser le terme « amnésie ».

Je relève enfin la tête, croise son regard. « Que voulez-vous dire ?

— Ce n'est pas ma spécialité – je suis expert dans les traumatismes crâniens –, mais parfois… le cerveau efface des événements que nous ne sommes pas prêts à gérer. C'est un mécanisme de défense.

— Quel genre d'événements ? » Ma voix est dure. Il sourit, me tapote à nouveau la jambe. Je me retiens de tressaillir.

« Vous avez vécu un moment difficile, Leonora. Y a-t-il quelqu'un que nous pourrions appeler ? Une personne que vous aimeriez avoir auprès de vous ? Votre mère a été prévenue, il me semble, mais elle se trouve en Australie, n'est-ce pas ?

— C'est exact.

— D'autres proches ? Un petit ami ? Un conjoint ?

— Non. S'il vous plaît… » J'hésite, mais il n'y a aucune raison de repousser plus longtemps. L'agonie de ne pas savoir est trop cuisante. « S'il vous plaît, j'aimerais parler à la police maintenant. »

Il consulte son dossier. « Je ne suis pas convaincu que vous soyez prête, Leonora. Nous les avons déjà prévenus que vous n'étiez pas en état de répondre à leurs questions.

— Je souhaiterais voir la police. »

Seuls les policiers seront en mesure de me fournir des réponses. Je dois les voir. Je fixe le médecin du regard pendant que, feignant d'examiner mon dossier, il pèse le pour et le contre.

Au bout d'un moment, il pousse un soupir long et frustré, puis replace le dossier dans son support, au pied du lit.

« Très bien. Mais une demi-heure, maximum.

Infirmière, je ne veux pas de stress pour mademoiselle Shaw. Si la discussion devient difficile pour elle…

— Entendu », réplique sèchement l'infirmière.

Le docteur Miller me tend la main que je serre, tentant d'ignorer les égratignures et le sang séché sur mon bras.

Il tourne les talons, prêt à partir.

« Oh, attendez ! je lance alors qu'il est à la porte. Est-ce que je peux prendre une douche d'abord ? Je veux parler aux policiers, mais pas dans cet état.

— Un bain, répond le médecin avec un petit hochement de tête. Vous avez un bandage au front qu'il ne vaut mieux pas mouiller. Si vous gardez la tête hors de l'eau, oui, vous pouvez prendre un bain. »

Cette fois, il s'en va.

Me débrancher entièrement des machines prend du temps, entre les moniteurs, les perfusions et la couche entre mes jambes qui me donne des suées de honte lorsque je pose les pieds par terre, gênée par son épaisseur. Me suis-je uriné dessus au cours de la nuit ? Il n'y a pas d'odeur, mais je n'en ai pas la certitude.

L'infirmière m'offre son bras pour me lever et, bien que l'envie de la repousser me titille, je lui suis lamentablement reconnaissante et je m'appuie sur elle plus que je ne le voudrais en avançant clopin-clopant jusqu'à la salle de bains.

À l'intérieur, la lumière s'allume automatiquement ; l'infirmière ouvre le robinet pour remplir la baignoire avant de m'aider à défaire les liens de ma chemise.

« Je vais m'occuper du reste toute seule, dis-je, embarrassée à l'idée de me déshabiller devant une inconnue même dans un contexte médical, mais elle secoue la tête.

— Je ne peux pas vous laisser entrer seule dans la baignoire, désolée. Si vous glissez… » Elle ne termine pas sa phrase, mais je sais ce qu'elle entend par là : un autre coup sur la tête n'est pas souhaitable dans mon état.

J'acquiesce, retire l'affreuse couche pour adulte (l'infirmière s'en débarrasse rapidement avant que je ne me soucie qu'elle soit souillée ou pas) puis je laisse la chemise de nuit tomber par terre, frémissant sous ma nudité malgré la moiteur de la pièce.

Avec horreur je me rends compte que je sens mauvais. J'empeste la peur, la sueur et le sang.

L'infirmière me tient la main tandis que j'entre d'un pas mal assuré dans la baignoire, m'agrippant à la barre pour m'asseoir dans l'eau brûlante.

« Trop chaud ? » demande-t-elle tout de suite après mon petit cri de surprise. Je secoue la tête. Ce n'est pas trop chaud. Rien ne pourrait être trop chaud. Si je pouvais me stériliser à l'eau bouillante, je le ferais.

Enfin, je suis allongée dans le bain, tremblante après l'effort fourni.

« Est-ce que… J'aimerais rester seule, s'il vous plaît », dis-je, gênée. L'infirmière retient son souffle, sur le point de refuser, et soudain, je n'en peux plus ; je ne supporte plus son regard scrutateur, sa gentillesse, sa surveillance constante. « S'il vous plaît, dis-je avec plus de force que je ne le voudrais. Bon sang, je ne vais pas me noyer dans quinze centimètres d'eau !

— D'accord, accepte-t-elle malgré son ton réticent. Mais n'envisagez même pas d'essayer de sortir toute seule. Vous appuyez sur le bouton et j'arrive pour vous aider.

— Entendu. » Je ne veux pas admettre la défaite mais au fond de moi je sais qu'il ne serait pas prudent de tenter de m'extirper de cette baignoire toute seule.

L'infirmière s'en va, laissant la porte entrebâillée. Les paupières closes, je m'enfonce dans l'eau fumante, refoulant sa présence scrutatrice derrière la porte, les odeurs et les sons de l'hôpital, le bourdonnement du néon au-dessus de moi.

Étendue dans le bain, je fais courir mes mains sur les coupures, les égratignures et les bleus qui parsèment mon corps. Les petites croûtes se ramollissent et se dissolvent sous ma paume. J'essaie de me rappeler pour quelle raison j'ai couru dans les bois, avec du sang sur les mains. Je tente de me souvenir. Pourtant, j'ignore si je pourrai supporter la vérité.

Une fois que l'infirmière m'a aidée à sortir, je me sèche délicatement avec une serviette, observant mon corps marqué de ces étranges coupures et points de suture. J'ai des entailles sur les tibias, de profondes égratignures sur le devant, comme si j'avais traversé des ronces ou du fil barbelé. J'ai des coupures sur les pieds et les mains d'avoir couru pieds nus sur du verre, d'avoir protégé mon visage des tessons.

Enfin, je m'approche du miroir et efface la buée, alors je me découvre pour la première fois depuis l'accident.

Je n'ai jamais été du genre à faire se retourner les gens sur moi dans la rue – pas comme Clare dont la beauté passe difficilement inaperçue, ni comme Nina, spectaculaire avec son allure de grande Amazone –

mais je n'ai jamais été un monstre. À présent, à me scruter dans la glace embuée, je sais que si je me croisais dans la rue, je me détournerais, partagée entre la pitié et l'horreur.

Le pansement à la naissance des cheveux n'aide pas – on dirait qu'il maintient tant bien que mal mes cellules grises à leur place –, pas plus que les petites coupures et les éraflures sur mes pommettes et mon front, mais ce n'est pas le pire. Le pire, ce sont mes yeux : deux poches sombres et enflées s'étalent depuis l'arête de mon nez en cercles, noircissent sous mes paupières inférieures avant de passer au jaune au niveau des pommettes.

L'œil gauche est impressionnant, le droit un peu moins. On dirait que j'ai été frappée au visage à de multiples reprises. Mais je suis en vie, et quelqu'un d'autre est mort.

C'est cette pensée qui me fait renfiler la chemise de nuit d'hôpital, nouer les liens et regagner d'un pas traînant la chambre pour affronter le monde.

« Vous admiriez vos coquards ? lance l'infirmière avec un rire amical. Ne vous inquiétez pas, ils ont fait les radios nécessaires : pas de fracture basilaire. Vous avez juste pris un coup au visage, ou deux.

— B-basilaire ?

— Un type de fracture du crâne. Ça peut être très mauvais. Mais pas de ça pour vous. Les yeux au beurre noir sont courants après un accident de voiture ; ça va s'estomper dans quelques jours.

— Je suis prête, dis-je. Pour la police.

— Vous êtes certaine d'être en état ? Il n'y a pas d'obligation.

— Je suis prête », dis-je une nouvelle fois avec fermeté.

De nouveau installée dans le lit, je sirote une tasse de ce que l'infirmière m'a assuré être du café et qui, à moins que le traumatisme crânien n'ait altéré mes papilles gustatives, n'en est certainement pas lorsqu'on frappe à la porte.

Je relève la tête, le cœur battant à tout rompre. Dehors, souriant à travers la vitre grillagée de la porte, se trouve une policière. La quarantaine peut-être, et d'une beauté remarquable, de celles qu'on voit défiler sur les podiums. C'est d'une incongruité choquante, mais j'ignore pourquoi. Pourquoi les agents de police féminins n'auraient-ils pas la tête de l'épouse de David Bowie ?

« En-entrez », dis-je. *Arrête de bégayer, merde !*

Elle ouvre la porte et entre dans la chambre, le sourire toujours aux lèvres. Elle possède l'allure élancée des coureurs de fond. « Bonjour. Je suis l'inspecteur Lamarr. » Sa voix est chaude et son accent coloré. « Comment vous sentez-vous aujourd'hui ?

— Mieux, merci. » Mieux ? Mieux que quoi ? Je suis à l'hôpital, affublée d'une blouse ouverte dans le dos et de deux énormes coquards. Je ne vois pas très bien comment ça pourrait être pire.

Puis je me reprends : on m'a débranchée de la machine et je ne porte plus de couche. Apparemment, je suis en mesure de faire pipi toute seule. Ça, c'est du mieux.

« J'ai discuté avec votre médecin, il m'a assuré que vous acceptiez de répondre à quelques questions.

Mais si c'est trop éprouvant, dites-le-moi et on s'arrêtera. D'accord ? »

J'approuve d'un hochement de tête.

« Hier soir, reprend-elle. Pouvez-vous me dire ce dont vous vous souvenez ?

— Rien. Je ne me rappelle rien. » Ma réponse est plus dure et laconique que je n'en avais l'intention. Avec horreur, je sens une boule se former dans ma gorge que je ravale avec détermination. Je ne pleurerai pas ! Je suis une adulte, bon sang, pas une enfant qui s'est égratigné le genou dans la cour de récré et qui appelle son papa en chouinant.

« Eh bien, ce n'est pas l'entière vérité », dit-elle sans aucune accusation dans le ton. Elle s'exprime d'une voix douce et encourageante, telle une maîtresse d'école, une grande sœur. « Le docteur Miller m'a informée que vous aviez un souvenir très précis des événements qui ont mené à l'accident. Et si vous commenciez par le commencement ?

— Le commencement ? Vous ne voulez pas que je vous raconte mon enfance, quand même ?

— Peut-être. » Elle s'assied au pied du lit, au mépris du règlement de l'hôpital. « Si elle a un lien avec ce qui s'est passé. Je vais vous dire, commençons par des questions faciles, histoire de s'échauffer. Comment vous appelez-vous ? »

Je réussis à laisser échapper un rire, mais pas pour les raisons qu'elle pense. Comment je m'appelle ? Je croyais savoir qui j'étais, qui j'étais devenue. Après ce week-end, je ne suis plus sûre de rien.

« Leonora Shaw. Mais appelez-moi Nora.

— Très bien, Nora. Et quel âge avez-vous ? »

Elle sait déjà tout cela. Il s'agit peut-être d'une sorte de test, pour vérifier l'état de ma mémoire.

« Vingt-six ans.

— Bien. Maintenant, racontez-moi comment vous avez atterri ici.

— Où ? À l'hôpital ?

— À l'hôpital. Dans le Northumberland, en général.

— Vous n'avez pas l'accent du Nord, fais-je remarquer tout à fait mal à propos.

— Je suis née dans le Surrey », explique-t-elle en m'offrant un petit sourire complice pour me faire savoir que ce n'est pas la procédure standard ; elle devrait poser les questions, pas y répondre. Mais c'est le signe de quelque chose, je ne sais pas très bien quoi. Un troc : une part d'elle-même en échange d'une part de moi.

Sauf que ça me donne le sentiment d'être brisée.

« Donc, reprend-elle. Comment êtes-vous arrivée ici ?

— C'était… » Je porte la main au front. J'ai envie de le frotter, mais le bandage me gêne et j'ai peur de le défaire. Dessous, ma peau est chaude et me démange. « Nous participions à un enterrement de vie de jeune fille, et elle est allée à la fac dans la région. Clare, je veux dire. La future mariée. Je peux vous demander quelque chose ? Est-ce que vous me soupçonnez ?

— Vous soupçonner ? » Sa voix riche et chaleureuse chante le mot, transforme le terme froid et piquant en une musique agréable. Elle secoue la tête. « À ce stade de l'enquête, non. Nous sommes encore en train de rassembler des éléments mais nous n'écartons aucune possibilité. »

Traduction : je ne suis pas un suspect. Pas encore.

« Alors, racontez-moi ce dont vous vous souvenez à propos d'hier soir. » Elle remet le sujet sur le tapis comme un bon gros chat jouant avec une souris. Je veux rentrer chez moi.

La plaie sous le bandage me démange et me tire. Je n'arrive pas à me concentrer. Brusquement, du coin de l'œil, j'aperçois la clémentine à laquelle je n'ai pas touché, et je dois fermer les yeux.

« Je me rappelle… » Je cligne des paupières et, avec horreur, je sens les larmes monter. « Je me rappelle… » J'avale ma salive avec difficulté et j'enfonce mes ongles dans mes paumes égratignées et meurtries, laissant la douleur chasser le souvenir de son corps sur le parquet couleur miel, se vidant de son sang entre mes bras. « Je vous en prie, dites-moi… qui… » Je m'arrête. Je ne peux pas. Je ne peux pas.

Je fais une nouvelle tentative : « Est-ce que… » Les mots se coincent dans ma gorge. Je ferme les paupières, compte jusqu'à dix, serre plus fort les poings jusqu'à ce que mes bras tremblent de douleur.

L'inspecteur Lamarr pousse un soupir et, lorsque je rouvre les yeux, son visage exprime pour la première fois de l'inquiétude.

« Nous aimerions connaître votre version de l'histoire avant tout », finit-elle par déclarer. Elle paraît troublée et je sais ce qu'elle n'est pas autorisée à révéler.

« C'est bon. » Quelque chose est en train de se détacher à l'intérieur de moi. « Vous n'avez pas besoin de me le dire. Oh mon D-Dieu… »

Et je suis incapable de parler davantage. Les larmes

montent et coulent sur mes joues, en un flot incessant. Je le craignais. Je le savais.

« Nora… » Je secoue la tête. Les yeux résolument fermés, je sens les larmes couler le long de mon nez, irriter mes coupures au visage. Avec un petit soupir compatissant elle se lève.

« Je vais vous laisser vous reprendre un instant. » La porte s'ouvre puis se referme doucement. Je me retrouve seule. Et je pleure. Je pleure jusqu'à ce que mes larmes se tarissent.

22

J'ai couru au bas de l'escalier aussi vite que j'ai pu en essayant d'éviter les morceaux de verre qui jonchaient les marches, cramponnée à la rampe pour ne pas déraper sur le sang de l'homme. Et je l'ai vu, roulé en boule, recroquevillé sur lui-même au pied de l'escalier.

Il était vivant. J'entendais les faibles gémissements qu'il poussait en luttant pour respirer.

« Nina ! ai-je hurlé. Nina, descends ! Il est vivant ! Que quelqu'un appelle les secours !

— Il n'y a pas de réseau ! » a répondu Nina en dévalant les marches.

« Leo. » Le murmure de l'homme a arrêté mon cœur. Il a tourné le visage vers moi avec douleur et j'ai su. J'ai su.

Je me rappelle cet instant avec une clarté absolue, terrifiante.

« James ? » Nina a parlé la première. Elle a franchi les dernières marches en glissant, et atteri à côté de nous par terre. Sa voix s'est fêlée tandis qu'elle prenait délicatement son pouls. « James ? Qu'est-ce que tu fous là, bordel ? Oh mon Dieu ! » Elle était au bord des larmes mais procédait comme en pilotage automatique, tâtonnant des mains pour trouver l'origine de tout ce sang, pour prendre son pouls.

« James, parle-moi, a-t-elle dit. Nora, fais-le parler. Garde-le éveillé !

— James… » Mais les mots me manquaient. Nous ne nous étions pas vus depuis dix ans et voilà que… maintenant… « James, oh mon Dieu ! James… Pourquoi ? Comment ?

— Te… », a-t-il marmonné avant d'être secoué d'une quinte de toux, le sang mouchetant ses lèvres. « Leo ? »

Ça ressemblait à une question mais je n'en comprenais pas le sens. J'ai secoué la tête. Il y avait tellement de sang.

Nina a baissé la fermeture de son sweat à capuche et avec une paire de ciseaux qu'elle avait dégotée je ne sais où, elle a découpé son T-shirt. J'ai presque eu envie de fermer les yeux à la vue de son corps, de cette peau, dont j'avais embrassé et caressé chaque centimètre carré, éclaboussée de sang et de plaies de balles.

« Oh merde, a lâché Nina. Il nous faut une ambulance.

— Est-ce que… » James essayait de parler, malgré les bulles de sang à sa bouche. « Est-ce qu'elle t'a dit ? »

À propos du mariage ?

« Il a un poumon perforé. Il y a probablement hémorragie interne. Appuie ici. » Nina a guidé ma main sur un bout de T-shirt déchiré roulé en boule pressé sur la cuisse de James d'où le sang s'écoulait abondamment.

« Qu'est-ce qu'on peut faire ? » Je m'efforçais de ne pas pleurer.

« Pour l'instant, veille à ce qu'il ne se vide pas de son sang. Si cette artère continue de s'écouler, il est mort quoi qu'on fasse. Appuie plus fort, ça saigne encore. Je ferais bien un garrot, mais…

— Oh Seigneur ! » s'est exclamée Flo. Elle ressemblait à un spectre, debout là, les mains devant sa bouche. « Oh mon Dieu ! Je… Je suis désolée… Je ne… Je ne supporte pas la vue du sang. » Avec un petit gémissement, elle s'est évanouie. Nina a lâché un juron entre ses dents.

« Tom ! a-t-elle appelé. Occupe-toi de Flo ! Elle s'est évanouie. Emmène-la dans sa chambre ! » Elle a repoussé les cheveux de son visage, étalant du sang sur ses pommettes et sur son front.

« Clare… » a murmuré James. Il a passé la langue sur ses lèvres, son regard était rivé au mien, comme s'il voulait me dire quelque chose. J'ai pressé sa main, cherchant à le rassurer.

« Elle arrive. » Où était-elle, bon sang ? J'ai crié son nom. Aucune réponse.

« Non… » a-t-il réussi à poursuivre. « Clare… le texto… Elle t'a dit ? »

Sa voix était si faible qu'il était difficile de le comprendre.

« Quoi ? »

Il a fermé les paupières. Sa main dans la mienne s'est relâchée.

« Il est en train de mourir ! ai-je hurlé à Nina, percevant l'hystérie qui montait dans ma voix. Nina, fais quelque chose !

— Qu'est-ce que je fais d'après toi ? J'enfile des

perles ? Va me chercher une serviette. Non, attends, continue d'appuyer sur sa cuisse. J'y vais. Où est Clare, bordel ! »

Elle s'est relevée et a couru dans la cuisine. Les portes de placards ont claqué.

James était immobile.

« James ? ai-je appelé, prise d'une panique soudaine. James, reste avec moi ! »

Il a soulevé les paupières, douloureusement, et m'a contemplée, les yeux brillants et sombres dans la lumière tamisée du couloir. Son T-shirt était ouvert en deux comme la peau d'un fruit et son torse et son ventre ensanglantés. Je voulais le toucher, l'embrasser, lui dire que tout irait bien. Mais je ne pouvais pas. Car ce n'était pas vrai.

Les dents serrées, j'ai appuyé plus fort sur le tampon sur sa cuisse, priant pour que le sang cesse de couler à flots.

« Je… suis désolé, a-t-il dit d'une voix si basse, si faible que j'ai cru avoir mal compris.

— Quoi ? » Je me suis penchée plus près de son visage, pour mieux entendre.

« Je suis désolé… » Sa main a pressé la mienne puis, à mon grand étonnement, il a tendu le bras, tremblant sous l'effort, et m'a caressé la joue. Son souffle a gargouillé dans sa gorge et un mince filet de sang a coulé au coin de sa bouche.

J'ai fermé les yeux pour me retenir de pleurer. « Ne dis pas de bêtises. C'était il y a longtemps. C'est du passé.

— Clare… »

Bordel, où était-elle ?

Une larme a goutté de la pointe de mon nez sur son

torse et il a de nouveau tendu la main pour essayer d'essuyer ma joue, mais il était trop faible et son bras est retombé lourdement.

« Ne… pleure pas.

— Oh James… » Voilà tout ce que j'ai réussi à prononcer, une exhortation la gorge serrée pour tenter de lui dire tout ce que je ne pouvais pas. James, ne meurs pas, je t'en prie. Ne meurs pas.

« Leo… » a-t-il murmuré avec douceur avant de fermer les yeux. James était le seul à m'appeler comme ça. Il n'y avait jamais eu que lui.

Mes larmes coulent encore lorsqu'on frappe à la porte. Je bataille un peu avec les oreillers avant de me rappeler l'existence du bouton qui redresse le lit automatiquement.

Une fois assise, je prends une profonde inspiration et essuie mon visage. « Entrez. »

La porte s'ouvre sur Lamarr. J'ai les yeux rouges et bouffis, la voix rauque, mais je m'en fiche.

Avant qu'elle ne puisse prononcer un mot – avant même qu'elle ne s'assoie –, je demande : « Dites-moi la vérité, je vous en prie. Je vous raconterai tout ce dont je me souviens mais je dois savoir. Est-ce qu'il est mort ?

— Je suis navrée. » Alors je sais. Je tente une réponse mais sans succès. Je secoue la tête pour forcer les mots à sortir, en vain.

Lamarr s'installe en silence pendant que j'essaie de me calmer. Enfin, lorsque ma respiration s'apaise un peu, elle tend vers moi le plateau en carton qu'elle a apporté.

« Café ? » propose-t-elle avec douceur.

Quel intérêt ? James est mort.

J'acquiesce cependant, légèrement réticente, et je bois une longue gorgée au gobelet qu'elle m'a offert. Il est chaud et fort. Rien à voir avec le jus de chaussette de l'hôpital et je le sens réveiller chaque cellule de mon corps. Impossible de concevoir que je sois en vie et que James soit mort.

Lorsque je repose la tasse, mon visage est tendu et ma tête bat d'une douleur lancinante. D'une voix cassée, je réussis à remercier Lamarr ; elle se penche en avant et me presse la main.

« C'est le moins que je puisse faire. Je suis désolée. Je ne voulais pas que vous le découvriez ainsi, mais on m'a demandé… » Elle s'interrompt pour reformuler : « Il a été recommandé de ne pas vous en révéler plus que vous ne saviez déjà. Nous voulons votre version inaltérée. »

Je ne réponds pas. Je me contente de baisser la tête. J'ai écrit sur ce genre de situation, ce type d'interrogatoire, toute ma vie d'adulte, et pas une seconde je n'ai imaginé me retrouver à cette place.

« Je sais que ce doit être douloureux, reprend-elle au bout d'un moment pour rompre le silence qui s'étire. Mais pourriez-vous repenser à hier soir ? Que vous rappelez-vous ?

— Je me souviens de tout jusqu'au coup de feu. Je me revois en train de dévaler l'escalier et il était là, étendu… » Je serre les dents et marque une pause, la respiration sifflante. Je ne me remettrai pas à pleurer. À la place, j'avale le café, me fichant qu'il me brûle la gorge au passage. « Vous êtes au courant pour le coup de fusil ? finis-je par dire. Les autres vous l'ont raconté ? Nina, Clare et tout le monde ?

— Nous avons rassemblé plusieurs témoignages, déclare-t-elle d'un air évasif. Mais il nous faut toutes les perspectives.

— Nous avions peur. » Il me semble que cela remonte à une éternité, quand, drapés dans un nuage d'adrénaline, nous tournions dans la maison, à moitié hystériques sous le coup de l'excitation alcoolisée et de la terreur réelle. « Il y a eu un message sur la planche de ouija – au sujet d'un meurtrier. » L'ironie, en prononçant ces paroles, est presque insoutenable. « Nous n'y avons pas cru – la plupart d'entre nous en tout cas – mais je suppose que ça nous a mis les nerfs en pelote. Et il y avait des empreintes dans la neige, dehors. Et lorsque nous nous sommes réveillés, la première fois, la porte de la cuisine était ouverte.

— Qui l'avait ouverte ?

— Je ne sais pas. On l'avait fermée, ou on a dit l'avoir fermée. Flo je crois. Ou Clare ? Quelqu'un avait vérifié en tout cas. Mais elle s'est rouverte et on a tous pété les plombs et eu la trouille. Ensuite on a entendu des pas…

— Qui a décidé de prendre le fusil ?

— Je ne sais pas. Flo l'avait récupéré plus tôt. Après l'histoire de la porte ouverte. Mais il était censé être chargé à blanc.

— Et c'est vous qui le teniez, n'est-ce pas ?

— Moi ? ai-je répété avec stupeur. Non ! C'était Flo, je crois. J'en suis quasiment sûre.

— Vos empreintes se trouvent sur le canon. »

Ils ont déjà examiné les empreintes sur le fusil ? Je la dévisage. Puis je me rends compte qu'elle attend une réponse.

« Sur le c-canon, oui. » *Oh merde, ne bégaie pas !*

« Mais pas sur… l'autre partie. La poignée. Le fût, je veux dire. Écoutez, elle l'agitait dans tous les sens comme une folle. J'essayais de l'éloigner de nous.

— Pourquoi ? Si vous pensiez qu'il n'était pas chargé ? »

La question me prend au dépourvu. Soudain, malgré le soleil qui entre, je sens le froid dans la chambre. Je veux lui redemander si je suis soupçonnée, mais je crains que reposer la question ne fasse de moi une suspecte.

« P-parce que je n'aime pas qu'on pointe une arme sur moi, chargée ou pas. D'accord ?

— D'accord », répond-elle avec douceur en prenant des notes sur son calepin ; elle tourne une page puis revient en arrière. « Changeons de sujet. James… Comment le connaissiez-vous ? »

Je ferme les yeux. Me mords l'intérieur de la joue pour m'empêcher de pleurer. Plusieurs possibilités s'offrent à moi : nous étions au lycée ensemble. Nous étions amis. C'est le fiancé de Clare. *C'était.* Je n'arrive pas à croire qu'il soit parti. Et soudain, je prends conscience de l'égoïsme de mon chagrin. Je n'arrête pas de penser à James. Mais Clare… Clare a tout perdu. Hier, elle était une future mariée, aujourd'hui elle est… quoi ? Il n'existe même pas de terme pour ce qu'elle est. Pas une veuve. Juste abandonnée.

« Nous… Nous sortions ensemble », finis-je par déclarer. Mieux vaut se montrer honnête, non ? Ou en tout cas, le plus franche possible.

« Quand avez-vous rompu ?

— Il y a très longtemps. Nous avions heu… seize ou dix-sept ans. »

Le « heu » était légèrement malhonnête. Comme si je faisais une estimation. En réalité, je sais exactement quand nous avons rompu. J'avais seize ans et deux mois. James allait bientôt fêter son dix-septième anniversaire.

« Vous vous êtes séparés à l'amiable ?

— Sur le coup, pas vraiment, non.

— Mais vous vous êtes réconciliés depuis ? Puisque vous participiez à l'enterrement de vie de jeune fille de Clare… » Elle laisse sa phrase en suspens, m'invitant à débiter des platitudes sur le temps qui guérit tout, les trahisons à seize ans dont on rigole à vingt-six.

Sauf que non. Que pourrais-je dire ? La vérité ?

Un courant froid s'infiltre autour de mon cœur, en dépit de la chaleur de l'hôpital et de celle du soleil couchant.

Je n'aime pas ces questions.

La mort de James est un accident : le fusil n'aurait jamais dû être chargé ; le coup est parti tout seul. Pourquoi alors cette inspectrice m'interroge-t-elle sur une rupture vieille de dix ans ?

« Quel rapport avec la mort de James ? » je demande d'un ton brusque. Trop brusque. Elle relève la tête de son calepin, sa bouche couleur prune s'arrondit de surprise. Merde. Merde. Merde.

« Nous essayons simplement d'obtenir une vue d'ensemble. »

Un frisson glacé remonte le long de ma colonne vertébrale.

James a été tué avec un fusil censé être chargé à blanc. Qui l'a chargé avec de vraies balles, alors ?

Je sens le sang déserter mon visage. J'ai vraiment

très envie de reposer la question cette fois : suis-je suspecte ?

Impossible, pourtant. Je ne peux pas demander, parce que justement, ce serait suspect. Et soudain, je ne veux pas du tout, mais alors pas du tout, qu'on me soupçonne.

« C'était il y a longtemps, dis-je en tentant de reprendre contenance. C'est douloureux un moment, mais on s'en remet, pas vrai ? »

Non, on ne s'en remet pas. Pas de ce genre de chose. En tout cas, pas moi.

Cependant, elle ne perçoit pas le mensonge dans ma voix. À la place, elle change délicatement d'angle d'attaque : « Que s'est-il passé après le coup de feu ? Vous souvenez-vous des agissements de chacun ? »

Je ferme les yeux.

« Essayez de vous rappeler… » Sa voix est douce, encourageante, presque hypnotique. « Vous étiez avec lui dans l'entrée… »

J'étais avec lui dans l'entrée. Il y avait du sang sur mes mains, mes habits. Son sang. Partout.

Ses paupières s'étaient baissées et, au bout de quelques minutes, j'ai posé mon visage contre le sien, cherchant à écouter sa respiration. J'ai senti son souffle haché contre ma joue.

Comme il avait changé depuis l'époque où nous étions ensemble ! Ses yeux s'ornaient de petites rides, une barbe naissante marquait sa mâchoire, et son visage s'était affiné, aiguisé. Pourtant, il restait toujours James. Je connaissais la courbure de son front, l'arête de son nez, le creux sous sa lèvre où une perle de sueur s'attardait les nuits d'été.

Il était toujours mon James. Sauf qu'il ne l'était plus. Où diable était Clare, bon sang !

Des pas derrière moi ; Nina revenait avec un long tissu blanc qui ressemblait à un drap. Elle s'est agenouillée et a entrepris de bander la jambe de James très serré.

« Selon moi, notre meilleure chance consiste à te stabiliser jusqu'à ce que tu parviennes à l'hôpital, a-t-elle déclaré d'une voix forte et claire à James en s'adressant également à moi. James, tu m'entends ? »

Il n'a pas répondu. Son visage avait pris une teinte cireuse. Nina a secoué la tête puis m'a dit : « Clare va conduire. Tu indiqueras la route. J'irai à l'arrière avec James pour m'occuper de lui jusqu'à l'hôpital. Tom va rester avec Flo. Je crois qu'elle est en état de choc.

— Où est Clare ?

— Elle essayait de capter du réseau tout au bout du jardin. Apparemment, parfois, ça passe là-bas.

— Mais pas là », a annoncé une voix par-dessus mon épaule.

C'était Clare. Elle avait un teint de craie mais s'était habillée. « Est-ce qu'il peut parler ?

— Il a prononcé quelques mots. » J'avais la voix rauque et cassée à cause des larmes. « Mais je crois qu'il a perdu connaissance.

— Oh merde. » Elle est devenue encore plus livide, les lèvres exsangues et les yeux emplis de larmes. « J'aurais dû descendre plus tôt. Je pensais…

— Ne dis pas de bêtises, l'a interrompue Nina. Tu as fait ce qu'il fallait – appeler une ambulance était le plus important. Foutu réseau ! Bon, je ne ferai pas mieux avec ce garrot, je ne vais rien tenter d'autre pour l'instant. Sortons-le d'ici.

— Je prends le volant », a annoncé Clare immédiatement.

Nina a acquiescé. « Je monterai à l'arrière avec James, a-t-elle expliqué avant de regarder par la fenêtre et d'ajouter : Clare, va chercher la voiture et approche-la le plus possible de l'entrée. » Celle-ci a hoché la tête et est partie récupérer les clés de voiture. Nina a poursuivi, à mon intention cette fois : « Il nous faut quelque chose pour le transporter. Il va souffrir le martyre si on le soulève à bout de bras.

— Quoi, par exemple ?

— Une planche. Pour servir de brancard. »

Nous avons regardé autour de nous sans qu'aucune idée ne nous vienne.

« On pourrait démonter une porte. » La voix de Tom nous est parvenue de derrière et nous a fait sursauter. Il a baissé les yeux sur James, à présent totalement inconscient par terre, baignant dans une mare de son propre sang. L'horreur se lisait sur son visage. « Flo est dans les vapes dans sa chambre. Il va s'en sortir ?

— Franchement ? » Nina a observé James ; j'ai vu l'inquiétude dans son expression et pour la première fois depuis qu'elle avait pris les choses en main, j'y ai également décelé la peur. « Franchement, je n'en sais rien. Il est possible qu'il s'en sorte. La porte est une bonne idée. Tu peux aller chercher un tournevis. Je crois qu'il y a une caisse à outils sous l'escalier. »

Tom a disparu en un éclair.

Nina s'est pris le visage entre les mains. « Merde, merde, merde, a-t-elle marmonné derrière ses paumes.

— Est-ce que ça va ?

— Non. Oui, a-t-elle répondu en relevant la tête. Je vais bien. C'est juste que… Merde ! Quelle façon débile de mourir ! Qui tire avec un fusil quand il ne sait pas avec quoi il est chargé ? »

J'ai repensé à Tom qui s'amusait à l'agiter la veille et j'ai eu envie de vomir.

« Pauvre Flo, ai-je dit.

— C'est elle qui a tiré ? a demandé Nina.

— Je suppose. Je n'en sais rien. C'est elle qui le tenait.

— Je croyais que c'était toi.

— Moi ? » ai-je répété, la mâchoire béante d'étonnement et d'horreur. « Non ! Mais n'importe qui aurait pu la pousser. Nous étions tous collés les uns aux autres. »

Un grondement a retenti au-dehors et des pneus ont crissé sur le gravier recouvert de neige de l'allée. Au même moment, nous avons entendu un bruit sourd en provenance du salon et Tom est apparu, tirant derrière lui une lourde porte en chêne, les poignées encore fixées.

« Ça pèse une tonne, a-t-il prévenu. Mais pour aller jusqu'à la voiture ça ira.

— OK », a fait Nina en reprenant la direction des opérations avec une autorité naturelle. « Tom, tu attrapes les épaules. Je prends les pieds. Nora, tu soutiens ses hanches pendant que nous le soulevons et le posons sur la porte. Essaie de ne pas toucher au bandage sur sa cuisse et attention de ne pas s'accrocher aux poignées de porte. Prêts ? Un, deux, trois. »

Ensemble, nous avons levé James qui a laissé

échapper un râle involontaire et un nouveau filet de sang a coulé sur ses lèvres ; mais en un seul geste, il était allongé sur le brancard de fortune. J'ai couru ouvrir l'énorme porte d'entrée en acier – reconnaissante pour la première fois des dimensions impressionnantes de cette maison qui nous permettraient de passer aisément avec la porte intérieure – puis je suis revenue tout aussi vite aider Nina. La civière improvisée pesait très lourd mais nous avons réussi à traverser l'entrée tant bien que mal et à sortir dans la nuit glaciale où Clare nous attendait, le moteur au ralenti, les gaz d'échappement s'élevant en volutes blanches dans l'air froid.

« Est-ce qu'il va bien ? a-t-elle demandé par-dessus son épaule en tendant le bras pour ouvrir la portière arrière. Il respire toujours ?

— Il respire toujours, a confirmé Nina. Mais son état est critique. Bien, mettons-le dans la voiture. »

Dans une horrible précipitation tremblante, ponctuée d'éclaboussures de sang, nous avons réussi à l'installer sur la banquette arrière où il s'est affalé mollement. Sa respiration faible et agonisante me terrifiait. Une de ses jambes pendait de façon grotesque à l'extérieur de la voiture et le sang qui suintait produisait des volutes de vapeur qui s'élevaient dans l'air froid. Cette vision m'a arrêtée dans mon élan et je me suis pétrifiée sous le choc tandis que Tom repliait délicatement la jambe et fermait la portière.

« Il n'y a pas assez de place pour nous deux, en fait », a déclaré Nina. Il m'a fallu une seconde pour comprendre ce qu'elle voulait dire : James occupait tout l'espace de la banquette arrière. Impossible pour Nina de s'y glisser avec lui.

« Je vais rester, ai-je dit. Tu dois les accompagner. »
Nina n'a pas protesté.

« Nora ? » La voix de Lamarr est douce mais insistante. « Nora ? Vous êtes réveillée ? Dites-moi ce dont vous vous souvenez. »

J'ouvre les yeux.

« Nous avons mis James dans la voiture. Pour l'y transporter, Tom a démonté une porte. Clare conduisait – Nina était censée monter à l'arrière avec lui et je devais indiquer le chemin.

— Censée ?

— Il… Il y a eu un malentendu. Je ne sais pas très bien ce qui s'est passé. Nous avons installé James dans la voiture et compris aussitôt qu'il n'y avait plus assez de place pour nous deux. J'ai dit à Nina de les accompagner – elle est médecin. J'allais rester. Elle a approuvé et nous avons couru dans la maison pour prendre son téléphone et des couvertures. Mais il s'est passé quelque chose…

— Je vous écoute. »

J'ai fermé les paupières, cherchant à me rappeler. Les événements commençaient à se mélanger. Je revoyais Clare faire ronfler le moteur et Tom crier quelque chose par-dessus son épaule, Clare répondre « Pourquoi pas ? » puis, avec agacement : « Peu importe, j'appellerai quand j'y serai. »

Puis les pneus ont crissé sur le gravier et j'ai vu les feux arrière s'éloigner tandis qu'elle descendait l'allée cahoteuse jusqu'à la grande route.

« C'est quoi ce bordel ? » a hurlé Nina du haut de l'escalier. Elle a volé au bas des marches et s'est époumonée en appelant Clare.

Mais Clare était partie.

« Il y a eu un malentendu, ai-je répété à Lamarr. Tom a dit à Clare que nous arrivions mais elle a dû comprendre que nous ne venions pas et elle est partie sans Nina.

— Et ensuite ? »

Ensuite ? Je n'en suis plus certaine…

Je me rappelle que le manteau de Clare était posé sur la balustrade de la véranda. Sans doute avait-elle eu l'intention de le prendre puis l'avait-elle oublié. Je me rappelle l'avoir ramassé.

Je me rappelle…

Je me rappelle Nina qui pleurait.

Je me revois debout devant l'évier de la cuisine, les mains sous le jet d'eau du robinet, à contempler le sang de James s'écouler dans le siphon.

Et puis… j'ignore si c'est le choc ou ce qui s'est passé ensuite, mais mes souvenirs se fragmentent. Et plus je cherche à les rassembler, moins je suis convaincue de me rappeler les événements, plutôt l'idée que je m'en fais.

Je me revois ramasser la veste de Clare. Appartenait-elle bien à Clare ? Tout à coup, l'image de Flo au stand de tir portant une veste en cuir noir similaire m'a traversé l'esprit. Était-ce la veste de Clare ou celle de Flo ?

Je me revois ramasser la veste.

Je me rappelle la veste.

Qu'y a-t-il au sujet de cette veste qui m'échappe encore ?

Et puis je cours, je cours à travers les bois, voulant les arrêter à tout prix.

Quelque chose m'a poussée à courir. À chausser

mes baskets froides, avec angoisse et désespoir, pour foncer tête la première sur l'étroit sentier forestier, la lampe torche se balançant follement dans ma main.

Mais quoi ?

J'ai rouvert les yeux sur mes mains en coupe comme si je cherchais à retenir quelque chose de petit et fuyant. La vérité, peut-être.

« Je ne me souviens pas, dis-je à Lamarr. C'est là que tout s'embrouille. Je sais que je courais dans les bois… »

Je me tais, essayant de rassembler les pièces. Je lève la tête vers le néon puis la rabaisse sur mes mains, comme pour y puiser l'inspiration. Cependant, mes paumes sont vides.

« Nous avons la déposition de Tom, a fini par déclarer Lamarr. D'après lui, vous teniez quelque chose dans vos mains ; vous le regardiez et vous êtes partie sans même enfiler votre manteau. Pourquoi êtes-vous partie ?

— Aucune idée, dis-je, une trace de désespoir dans la voix. J'aimerais le savoir, mais je ne m'en souviens pas.

— Essayez, c'est très important.

— Je sais que c'est important ! »

Mon cri retentit avec une force surprenante dans la petite chambre. Mes doigts sont crispés sur la mince couverture d'hôpital. « Vous croyez que je ne le sais pas ? C'est mon ami, mon… mon… »

Je ne peux pas. Je n'arrive pas à trouver le terme pour définir ce que James représente pour moi – représentait. Je remonte les genoux contre ma poitrine, haletante. J'ai envie de me taper la tête contre eux jusqu'à ce que les souvenirs me reviennent... Je ne peux pas me rappeler...

« Nora... » Je n'arrive pas à déterminer si le ton de Lamarr se veut rassurant ou menaçant. Les deux, peut-être.

« Je veux me rappeler, dis-je, les dents serrées. Pl- plus que vous ne l'imaginez.

— Je vous crois. » Sa voix est teintée de tristesse. Elle pose la main sur mon épaule. Puis on cogne à la porte et l'infirmière entre en poussant un chariot.

« Tout va bien, ici ? » Son regard passe de moi à Lamarr. Elle remarque mon visage barbouillé de larmes et mon désespoir, et la désapprobation vient plisser son expression joviale. « Ma petite dame, je ne vous laisserai pas perturber mes patients comme ça ! clame-t-elle en pointant un doigt sur Lamarr. Elle a failli se tuer dans un accident de voiture il n'y a même pas vingt-quatre heures ! Dehors !

— Elle ne... dis-je pour tenter d'intervenir. Ce n'était pas... »

Mais la vérité, c'est que Lamarr m'a bel et bien perturbée et, malgré mes protestations, je suis contente de la voir partir, de pouvoir me recroqueviller sous le drap pendant que l'infirmière sert hachis Parmentier et haricots verts mous, pestant entre ses dents sur le despotisme de la police, leur suffisance à faire irruption ici sans demander la permission, à bouleverser ses patients, à leur faire perdre des jours voire des semaines de convalescence... Une odeur de repas de cantine emplit la chambre dès qu'elle pose le plateau à côté de moi.

« Mangez maintenant, ma petite, ordonne-t-elle avec tendresse. Vous n'avez que la peau sur les os.

Les céréales, c'est bien, mais ce n'est pas de la nourriture pour reprendre des forces. Il vous faut de la viande et des légumes pour ça. »

Je n'ai pas faim mais j'acquiesce tout de même.

Une fois seule, je ne touche pas à mon repas. Couchée sur le côté, les bras serrés autour de mes côtes douloureuses, j'essaie de donner un sens à tout ça.

J'aurais dû demander comment Clare allait, où elle se trouvait.

Et Nina, où est Nina ? Est-ce qu'elle va bien ? Pourquoi n'est-elle pas venue me voir ? J'aurais dû poser toutes ces questions, mais j'ai raté l'occasion.

Le regard fixé sur le bord du chevet, je pense à James et à tout ce que nous représentions l'un pour l'autre, à tout ce que j'ai fait et perdu. Car ce que j'ai compris, pendant que je tenais sa main et qu'il se vidait de son sang sur le parquet, c'est que ma colère, que je croyais tenace, insurmontable et éternelle, s'envolait déjà, s'échappant dans les rainures du plancher en même temps que la vie de James.

Elle me définissait depuis si longtemps, cette amertume. À présent, elle a disparu – l'aigreur est partie. Mais James aussi, la seule personne qui savait.

À ce constat, une certaine légèreté m'envahit en même temps qu'un poids terrible s'abat sur moi.

Couchée dans ce lit d'hôpital, je repense à la première fois – pas la première fois où je l'ai rencontré, nous devions avoir douze ou treize ans, moins peut-être. Mais la première fois où je l'ai remarqué. C'était le dernier trimestre de seconde et James jouait Bugsy Malone dans la pièce de l'école. Clare – évidemment – tenait le rôle de Blousey Brown. La partie était serrée entre elle et Tallulah, mais c'est Blousey qui remportait le cœur du garçon à la fin et Clare n'avait jamais aimé jouer les perdantes.

J'avais déjà vu James en cours, faire l'imbécile, lancer des avions en papier et dessiner sur son bras. Mais sur scène… Sur une scène, il illuminait toute la salle. Je venais juste d'avoir quinze ans, James allait sur ses seize ans – il était l'un des plus âgés de notre classe – et cette année-là, il s'était rasé à la sauvage le bas du crâne et rassemblait le reste de ses boucles brunes en un petit chignon sur la nuque. Ça lui donnait une allure de punk et de rebelle, mais pour le rôle de Bugsy il lissait ses cheveux avec de l'huile capillaire et, étonnamment, même lors des répétitions dans son uniforme scolaire, ce seul détail le faisait ressembler à un gangster des années trente. Il en avait la démarche et la posture, un cigare invisible accroché au coin de la bouche avec tant de conviction que je pouvais presque en humer l'odeur. Il s'exprimait avec un accent laconique. J'avais envie de lui sauter dessus et je savais que toutes les autres filles dans la salle, et certains des garçons aussi, ressentaient la même chose.

Je connaissais les intentions de Clare car elle me les avait confiées. Elle s'était penchée à mon oreille depuis la rangée de fauteuils de derrière pour y murmurer, son rouge à lèvres rose de Blousey accrochant mes cheveux : « James Cooper est à moi. C'est décidé. »

Je n'avais pas répondu. Clare obtenait généralement ce qu'elle désirait.

Il ne s'est rien passé pendant les vacances d'été et j'ai commencé à envisager que Clare avait oublié ce qu'elle s'était juré. Toutefois, à la rentrée, j'ai compris, par des milliers de petits détails – la façon dont elle repoussait ses cheveux, le nombre de boutons défaits à son chemisier d'uniforme – que Clare n'avait rien oublié. Elle attendait juste le bon moment.

La pièce de l'automne était *La Chatte sur un toit brûlant*. Lorsque James a obtenu le rôle de Brick, Clare a eu celui de Maggie. Elle se vantait auprès de moi des longues heures supplémentaires de répétition qui seraient nécessaires, eux deux seuls dans la salle de théâtre après les cours, mais même le charme de Clare n'a pas eu raison de la mononucléose. Elle a été mise en quarantaine jusqu'à la fin du trimestre et son rôle a été confié à sa doublure. Moi.

Ainsi, plutôt que Clare, c'est moi qui ai joué Maggie, la sulfureuse et sexy Maggie. J'ai embrassé James tous les soirs pendant une semaine, me suis battue avec lui, lovée contre lui avec une sensualité que j'ignorais posséder avant qu'il ne la réveille. Je n'ai pas bégayé. Je n'étais même plus Lee. Jamais auparavant je n'avais joué ainsi. Ni depuis. Mais James était Brick, le Brick ivre, en colère et confus. Alors j'étais devenue Maggie.

Le dernier soir, il y a eu une fête pour les acteurs, Coca et sandwiches dans ce que nous appelions la salle verte mais qui en réalité n'était guère plus qu'une salle de classe vide au fond du couloir. Et plus tard, nous avons bu des whiskies-Coca sur le parking et dans la cuisine de Lois Finch.

Alors James a pris ma main, et ensemble nous avons gravi l'escalier jusqu'à la chambre du frère de Lois et nous nous sommes couchés sur le lit simple de Toby Finch qui grinçait pour y faire des choses qui me font frissonner quand j'y repense, même maintenant, dans une chambre d'hôpital, dix ans plus tard.

C'est *là* que James Cooper a perdu sa virginité. À seize ans, une nuit d'hiver, sur une couette à l'effigie de Spiderman, avec des modèles réduits d'avion qui tournoyaient au-dessus de nos têtes tandis que nous nous embrassions, nous mordions, le souffle court.

Et après cette nuit-là, on sortait ensemble – aussi simple que ça, pas besoin de longs discours.

Mon Dieu, comme je l'aimais.

Maintenant, il est mort. Ça paraît impossible.

Je repense aux paroles de Lamarr, à sa voix douce : « James… Comment le connaissiez-vous ? »

Qu'aurais-je dû répondre pour dire la vérité ?

Je le connaissais si bien qu'en touchant son visage dans le noir, je l'aurais reconnu.

Je le connaissais si bien que je pouvais énumérer toutes les cicatrices qui marquaient son corps, celle de son appendicectomie à droite de son ventre, les points qu'il avait eus après sa chute de vélo, les trois épis de ses cheveux qui s'enroulaient les uns dans les autres.

Je le connaissais par cœur.

Et il n'est plus.

Je ne lui ai pas parlé depuis dix ans, mais je pensais à lui tous les jours.

Il est parti – et juste quand j'en ai le plus besoin, s'est aussi envolée la rage que j'ai nourrie pendant toutes ces années, même lorsque je me racontais à moi-même que je m'en fichais, que c'était du passé.

Il est parti.

Peut-être que si je me le répète encore et encore, je finirai par y croire.

23

La nuit, je dors d'un sommeil de plomb, et ce malgré le bruit des machines dans le couloir et la lumière intempestive. Les infirmières ont cessé leurs visites de contrôle toutes les deux heures et je dors… Je dors.

À mon réveil, je suis désorientée – où suis-je ? Quel jour sommes-nous ? Par automatisme, je consulte mon téléphone.

Il n'est pas là. À sa place, je trouve une cruche en plastique.

Le poids du présent vient alors s'abattre sur l'arrière de mon crâne.

On est lundi.

Je suis à l'hôpital.

James est décédé.

« On se réveille », chantonne une nouvelle infirmière en entrant d'un bon pas avant de parcourir d'un œil aguerri mon dossier. « On va vous servir le petit-déjeuner dans quelques minutes. »

Je porte toujours la chemise d'hôpital et je l'interpelle au moment où elle s'apprête à repartir. « Attendez ! »

Elle se tourne vers moi, le sourcil arqué, interrompue en pleine ronde des visites et pas d'humeur à être ralentie dans son programme.

« J-je suis désolée, je bégaie. Je me demandais juste si j-je pourrais avoir des vêtements ? J'aimerais récupérer mes habits. Et mon téléphone, si possible.

— Les proches se chargent de les apporter, répond-elle du tac au tac. Nous ne sommes pas un service de coursier. » Sur ce, elle part en claquant la porte derrière elle.

Elle ne sait pas, alors. Pour moi. Ce qu'il s'est passé. Tout à coup, l'idée me vient que la maison est probablement considérée comme une scène de crime désormais. Impossible que Nina, Clare et les autres y logent encore, à contourner sur la pointe des pieds le sang séché de James. Ils ont dû rentrer chez eux – ou s'installer dans un B & B du coin. Je poserai la question à Lamarr lorsqu'elle viendra. Si elle vient.

Pour la première fois, je mesure à quel point je suis dépendante de la police. Elle est mon seul lien avec l'extérieur.

Il est environ 11 heures lorsqu'on frappe à la porte. Étendue sur le flanc, j'écoute Radio 4. Ils diffusent le programme *Woman's Hour* et, si je ferme les yeux assez fort et que j'enfonce les écouteurs que l'hôpital a mis à ma disposition dans les oreilles, je peux presque m'imaginer chez moi, une tasse de café – de vrai café – à côté de moi, la rumeur de la circulation ronronnant par ma fenêtre.

Il me faut un instant pour distinguer correctement le visage de Lamarr par la vitre grillagée. Je retire les écouteurs et me remonte sur les oreillers.

« Entrez. »

Elle apporte un gobelet en carton.

« Café ?

— Oh, merci ! » J'essaie de ne pas paraître trop impatiente, de ne pas lui arracher le gobelet des mains, mais ces petites attentions sont primordiales dans le monde en vase-clos de l'hôpital. Sous mes doigts, le carton est chaud – le café doit être brûlant, trop pour y goûter tout de suite – et je le garde entre mes deux mains tout en cherchant comment formuler ma pensée tandis que Lamarr bavasse sur la beauté du temps hivernal, incongru à cette époque de l'année, et sur les routes dégagées après les chutes de neige du week-end. Enfin, elle marque une pause et je saisis ma chance.

« Sergent…

— Inspecteur.

— Pardon. » Je m'en veux de mon erreur et m'efforce de ne pas m'énerver. « J'aimerais savoir, comment va Clare ?

— Clare ? répète-t-elle en se penchant en avant. Vous êtes-vous souvenue de quelque chose ?

— Quoi ?

— Les souvenirs d'après votre départ de la maison vous sont-ils revenus ?

— Quoi ? »

Nous nous dévisageons un moment puis elle secoue tristement la tête.

« Désolée, j'ai cru que…

— Est-il arrivé quelque chose à Clare ?

— Racontez-moi ce dont vous vous souvenez », reprend-elle.

Pendant un temps, je ne réponds rien, essayant de

déchiffrer son beau visage fermé. Son regard croise le mien mais je n'y lis rien. Elle me cache quelque chose.

« Je me rappelle… (je commence lentement.) Je me rappelle que je courais dans les bois… et je me souviens des phares d'une voiture et du verre… Et puis, après l'accident, je me rappelle avoir trébuché, j'avais perdu une chaussure et il y avait des bris de verre sur la route. Ça me revient en même temps que je parle : les branches dénudées et basses qui formaient un tunnel pâle sous la lumière des phares, et moi qui courais en boitant pour arrêter quelqu'un – n'importe qui – sur la chaussée pour qu'il nous aide. Une camionnette remontait la route en lacet, ses phares perçaient la nuit. J'ai agité les bras, en larmes, et j'ai cru qu'il ne s'arrêterait pas, j'ai cru un instant qu'il allait me renverser. Mais non. Il a stoppé son véhicule, il a descendu sa vitre, le visage livide. "Bordel, est-ce que vous…" Il n'a pas terminé sa phrase.

« Mais c'est tout. Entre les deux, tout est confus. Comme si les images s'agitaient de plus en plus et qu'il ne restait plus que du vide. Dites-moi, est-il arrivé quelque chose à Clare ? Elle n'est pas… »

Oh mon Dieu.

Non. C'est impossible.

Mes doigts se resserrent sur le drap, mes ongles rongés appuyés si fort qu'ils me font mal.

Est-elle morte ?

« Elle va bien, répond Lamarr doucement, prudemment. Mais elle était dans l'accident, le même que vous.

— Pourrais-je la voir ?

— Non, désolée. Nous n'avons pas encore été en

mesure de l'interroger. Nous devons prendre sa déposition d'abord… »

Je comprends. Il lui faut ma version puis celle de Clare, séparément, pour pouvoir ensuite comparer nos histoires.

Une fois de plus, j'éprouve cette sensation froide et tortueuse au creux de l'estomac. Suis-je suspecte ? Comment le savoir sans le paraître ?

« Elle n'est pas vraiment en état d'être interrogée, finit par déclarer Lamarr.

— Sait-elle pour James ?

— Je ne crois pas, non, répond Lamarr avec une expression compatissante. Elle est trop faible encore pour qu'on le lui dise. »

Sans que je sache pourquoi, c'est ce qui me chagrine plus que tout jusque-là. Je ne supporte pas de savoir Clare allongée quelque part dans ce même hôpital, ignorant tout de la mort de James.

« Est-ce qu'elle va s'en sortir ? » Ma voix se fêle sur la dernière syllabe et j'essaie de dissimuler mon désarroi en prenant une longue gorgée douloureuse de café.

« D'après les médecins, oui, mais nous attendons l'arrivée de sa famille pour qu'ils nous confirment qu'elle est suffisamment stable pour apprendre la nouvelle. Je suis navrée, j'aimerais vous en dire davantage, mais ce n'est pas à moi de discuter de son état de santé.

— Oui, je comprends », dis-je d'un ton morne. Des sanglots sont coincés dans ma gorge, me donnant mal à la tête et inondant mes yeux de larmes. Je cille furieusement pour les chasser. « Et Nina ? réussis-je à demander enfin. Puis-je la voir ?

— Nous prenons encore les dépositions de tous ceux qui étaient présents dans la maison. Mais dès que nous en aurons terminé, j'imagine qu'elle pourra vous rendre visite.

— Aujourd'hui ?

— Avec de la chance, oui. Mais cela nous aiderait beaucoup si vous pouviez vous rappeler ce qu'il s'est passé après que vous avez quitté la maison. Nous voulons votre version, pas celle des autres, et nous craignons que vous entretenir avec eux rende les choses… confuses. »

J'ignore ce qu'elle entend par là. Redoute-t-elle que je simule ma perte de mémoire pour gagner du temps et ajuster mon récit par rapport à ceux des autres ? Ou s'inquiète-t-elle que je remplisse les blancs de mes souvenirs avec leurs versions, inconsciemment ?

Je sais combien c'est facile : pendant des années, je me suis rappelé des vacances de mon enfance où j'étais montée sur un âne. Il y avait une photo de moi au-dessus de la cheminée, je devais avoir trois ou quatre ans, et ma silhouette à contre-jour se découpait sur le soleil couchant, figure floue et sombre avec un halo de cheveux illuminés. Mais je me rappelais le vent salé sur mon visage, et le miroitement du soleil dans les vagues, et la sensation de la couverture râpeuse entre mes cuisses. J'avais quinze ans lorsque ma mère a mentionné par hasard qu'il ne s'agissait pas de moi mais de ma cousine Rachel. Je n'étais même jamais allée là-bas.

C'est ça, le deal ? Je recouvre la mémoire et ils me laisseront parler à mon amie ?

« J'essaie de me rappeler, dis-je avec amertume.

Croyez-moi, je veux me souvenir de ce qu'il s'est passé plus que vous. Vous n'avez pas à vous servir de Nina comme récompense.

— Il ne s'agit pas de ça. Nous voulons seulement votre déposition. Promis, ce n'est pas une punition.

— Si je ne peux pas voir Nina, puis-je au moins récupérer mes habits ? Et mon téléphone ? » Je dois aller mieux si je commence à me soucier de mon portable. La pensée de tous ces messages et e-mails laissés sans réponse. On est lundi, premier jour d'une semaine de travail. Mon éditrice va me contacter à propos du premier jet. Et ma mère – a-t-elle tenté de me joindre ? « J'ai vraiment besoin de mon téléphone. Je peux vous promettre de ne contacter personne de la maison, si c'est là votre inquiétude.

— Justement, rebondit-elle avec une expression étrangement réservée. C'est une des choses que nous aimerions vous demander. Nous souhaiterions examiner votre téléphone, si vous n'y voyez pas d'inconvénient.

— Aucun. Mais pourrai-je le récupérer ensuite ?

— Oui. Cependant, nous ne l'avons pas retrouvé. »

Bizarre. S'il n'est pas en leur possession, où est-il ?

« L'avez-vous emporté en quittant la maison ? » interroge Lamarr.

Je me concentre pour réfléchir. Je suis sûre que non. En fait, je ne me rappelle pas l'avoir eu de toute la journée quasiment.

« Il me semble qu'il était dans la voiture de Clare, finis-je par dire. Je crois que je l'y ai laissé après le stand de tir. »

Lamarr secoue la tête. « La voiture a été entièrement

démontée. On ne l'y a pas trouvé. En outre, nous avons fouillé la maison de fond en comble.

— Je l'aurais oublié au stand de tir ?

— Nous chercherons là-bas, réplique-t-elle en prenant des notes sur son calepin. Toutefois, nous avons appelé et personne n'a décroché. J'imagine que, s'il s'y trouvait, quelqu'un l'aurait entendu sonner et aurait répondu.

— Il sonne ? » Je m'étonne qu'il ait encore assez de batterie. Impossible de me rappeler la dernière fois où je l'ai chargé. « Mais, donc vous avez appelé sur mon portable ? Comment connaissez-vous mon numéro ?

— Le docteur da Souza nous l'a fourni », répond-elle à la hâte. Il me faut une seconde pour comprendre qu'elle parle de Nina.

« Et il sonne ? je répète. Il ne bascule pas directement sur la messagerie ?

— Je… » Elle marque une pause, en pleine réflexion. « Je vérifierai, mais oui, je suis presque certaine qu'il sonne.

— Dans ce cas, il ne se trouve pas à la maison. Il n'y a pas de réseau. »

Une petite ride vient creuser l'espace entre les deux sourcils fins et parfaitement dessinés de Lamarr lorsqu'elle les fronce. Puis elle secoue la tête. « Les techniciens sont sur le coup, ils vont sûrement pouvoir déterminer sa position. Nous vous tiendrons informée. »

Je la remercie mais ne pose pas la question qui tourne dans ma tête : pour quelle raison veulent-ils mon portable ?

Je me porte mieux, la preuve en est que j'ai une faim de loup. Il y a deux heures, j'ai examiné le déjeuner qu'on m'apportait en songeant *C'est tout ?* comme devant les repas miniatures servis dans les avions ; franchement, qui mange une seule cuillerée de purée et une saucisse de la taille d'un petit doigt ? Ce n'est pas un repas. C'est un amuse-bouche dans un bar prétentieux et haut de gamme.

Je m'ennuie. Seigneur, comme je m'ennuie. Maintenant que je dors moins, je n'ai rien à faire. Pas de téléphone. Pas d'ordinateur portable. Je pourrais écrire, mais sans mon ordi et mon manuscrit en cours, je suis démunie. J'en ai même assez de la radio. Chez moi, où elle n'est qu'un bruit de fond à ma routine, j'apprécie la répétition constante, le cycle rassurant de la journée, le fait que *Start the Week* suive *Today* et que *Woman's Hour* soit diffusé après *Start the Week*, et ce avec la même assurance que mardi suit lundi. Ici, cette constance commence à me rendre folle. Combien de fois puis-je entendre les gros titres tourner en boucle avant de péter complètement les plombs ?

Mais par-dessus tout, j'ai peur.

Lorsqu'on est très souffrant, il se produit une sorte d'effet de concentration. Je l'ai vu avec mon grand-père, quand sa santé a décliné.

On cesse de s'intéresser aux choses importantes. Le monde se réduit aux petits soucis quotidiens : la façon dont la ceinture de la robe de chambre appuie sur les côtes, la douleur dans le dos, la sensation d'une main dans la sienne.

C'est cette étroitesse qui permet de gérer, je suppose. Le monde plus vaste cesse de compter.

Et à mesure qu'on s'enfonce davantage dans la maladie, notre horizon se rétrécit, jusqu'à ce que la seule chose qui compte soit de continuer à respirer.

Toutefois, moi, je vais à contresens. À mon arrivée ici, tout ce qui m'importait, c'était de ne pas mourir. Puis hier, je voulais seulement qu'on me laisse tranquille, dormir et panser mes plaies.

Aujourd'hui, l'inquiétude me gagne.

Je ne suis pas un suspect officiel ; j'en ai appris suffisamment grâce à mes romans pour savoir que Lamarr aurait dû m'informer de mes droits si c'était le cas, me proposer la présence d'un avocat.

Mais ils tâtonnent, ils cherchent quelque chose. Ils ne considèrent pas la mort de James comme un accident.

Me reviennent en mémoire les mots entendus à travers la vitre le premier soir : « Alors maintenant, c'est un meurtre ? » Sur le coup, ils paraissaient choquants mais surréalistes – une part du rêve médicamenteux dans lequel je flottais. Désormais, ils semblent par trop réels.

24

Lorsqu'on frappe à nouveau à la porte, je manque ne pas répondre. Couchée les paupières closes avec Radio 4 dans les écouteurs de l'hôpital, je cherche à bloquer le bruit et l'agitation du service voisin, m'imaginant de retour chez moi.

Les infirmières ne toquent pas – enfin si, mais pour la forme et elles entrent aussitôt de toute façon. Seule Lamarr frappe et attend d'être invitée à entrer. Et là, tout de suite, je n'ai pas la force d'affronter Lamarr et ses questions délicates, calmes et curieusement obstinées. Je ne me rappelle pas. Je ne me rappelle pas, OK ? Je ne dissimule rien. Je. Ne. Me. Rappelle. Pas. Putain !

Je garde les yeux fermés, essayant d'entendre pardessus *The Archers* si elle s'éloigne, mais à la place, c'est la porte que j'écoute s'ouvrir dans un souffle.

« Lee ? dit-on tout bas. Pardon, Nora ? »

Je me redresse d'un coup. C'est Nina.

J'arrache les écouteurs et tente de basculer les jambes hors du lit, mais à cause de ma tête ou juste d'une baisse de tension, la pièce se met soudain à tourner et je suis prise de vertiges.

« Salut ! » Sa voix est lointaine à travers le sifflement dans mes oreilles. « Hé, vas-y doucement. Ils viennent juste de te recoudre le cerveau à l'intérieur, à ce qu'il paraît.

— Je vais bien, dis-je sans savoir si c'est elle ou moi que je veux rassurer. Ça va, ça va. »

Et c'est vrai. La sensation de vertige est passée et je peux prendre Nina dans mes bras, respirer son odeur particulière : Jean Paul Gaultier et cigarettes.

« Oh, bon sang ! Je suis tellement contente de te voir !

— Moi aussi. » Elle s'écarte, me détaille d'un œil critique et inquiet. « Pour être franche, quand ils nous ont dit que tu avais eu un accident de voiture, je… Eh bien, voir un camarade de classe se vider de son sang, ça me suffit. »

Je tressaille et elle s'affaisse.

« Merde, désolée. Ce n'est pas…

— Je sais. » Nina n'est pas sans cœur, loin de là. Elle gère différemment des autres. Le sarcasme est sa défense face à la vie.

« Je suis juste contente que tu sois là. » Elle s'empare de ma main et dépose un baiser sur le dos ; je suis à la fois étonnée et un peu touchée de voir son visage soucieux et adouci. « Même si tu n'es pas au top de ta forme, je dois dire, reprend-elle avec un rire. Pff, j'ai besoin d'une clope. Tu crois qu'ils le remarqueront si je fume à la fenêtre ?

— Nina, que s'est-il passé, bon sang ? je demande en lui tenant toujours la main. La police est… Ils me posent toutes sortes de questions. James est mort. Tu le savais ?

— Oui, je le sais, répond Nina avec douceur.

Ils ont venus à la maison tôt dimanche matin. Ils ne nous l'ont pas annoncé tout de suite, mais… Disons juste qu'on n'envoie pas un tel bataillon d'hommes pour une simple blessure. C'est devenu relativement évident quand ils ont pris nos empreintes et vérifié les résidus de poudre sur nos mains.

— Que s'est-il passé ? Comment ce fusil s'est-il retrouvé chargé ?

— Selon moi, déclare-t-elle d'une voix grave, il n'y a que deux possibilités. Un, la tante de Flo ne met pas des balles à blanc dans cette arme ; mais à leurs questions, je doute que ce soit l'hypothèse qu'ils privilégient.

— Et la deuxième possibilité ?

— Quelqu'un a remplacé les balles à blanc par des balles réelles. »

Cette éventualité m'a effleurée aussi. Mais l'entendre dire à voix haute dans cette petite chambre solitaire d'hôpital me laisse pantoise. Nous gardons le silence, méditant cette idée un long moment, songeant à Tom qui faisait l'imbécile avec le fusil le soir précédent, retournant mille questions dans nos têtes.

« Comment Jess prend-elle toute cette histoire ? » finis-je par demander, pour changer de sujet. Nina esquisse une grimace.

« Comme tu peux t'en douter, elle se montre égale à elle-même. Seulement trois quarts d'heure d'hystérie au téléphone. D'abord, elle était furieuse qu'ils me gardent ici pour prendre ma déposition. Ensuite, elle voulait me rejoindre. Mais je lui ai dit de ne pas venir.

— Pourquoi ? »

Nina me décoche un regard à la fois compatissant et incrédule. « Tu te moques de moi ? Parce qu'ils croient que James a été assassiné, tiens ! Tu voudrais que ta chère moitié se retrouve mêlée à tout ça ? Non. Jess n'est pas impliquée, heureusement, et que cela reste ainsi. Je la veux aussi loin que possible de tout ça.

— Entendu. » Je me réinstalle sur le lit, les genoux relevés entre mes bras. Nina s'assied et consulte mon dossier, feuilletant les pages avec une curiosité non dissimulée.

« Ne te gêne pas ! Je ne suis pas sûre de vouloir partager avec toi les détails de mes dernières selles.

— Pardon, déformation professionnelle. Comment va ta tête, maintenant ? On dirait que tu as pris un sacré coup.

— Oui, c'est l'impression que j'ai. Ça va. C'est juste que… J'ai des problèmes de mémoire. » Je frotte le pansement à mon front comme si je pouvais remettre le flot d'images mélangées dans l'ordre. « C'est la partie après mon départ de la maison qui me manque.

— Hum. Amnésie post-traumatique. Mais en général, ça ne concerne que quelques instants. Là, on dirait plutôt… Je ne sais pas. Combien de temps, selon toi ?

— Difficile à déterminer vu que… Oh, est-ce que je t'ai dit ? Je ne me rappelle pas ! » Je perçois la hargne dans ma voix et cela m'embarrasse, mais Nina l'ignore.

« Mais ça ne doit pas être très long, si ?

— Je sais que tu ne penses pas à mal, dis-je en me massant les tempes, mais est-ce qu'on pourrait ne pas parler de ça ? J'ai passé toute la matinée avec une inspectrice de police à essayer de me souvenir, et franchement, j'en ai assez. Ça ne me revient pas.

J'ai peur qu'à force d'essayer, je finisse par inventer quelque chose et me convaincre que c'est la vérité.

— D'accord. » Elle se tait un instant avant de reprendre : « Je leur ai parlé de James et toi. Je leur ai dit que vous sortiez ensemble. Je me suis dit que tu devais le savoir. J'ignorais ce que tu avais raconté mais…

— C'est bon. Je ne veux pas qu'on mente. J'ai expliqué à Lamarr que nous étions sortis ensemble. C'est l'officier de police assignée…

— Je la connais, m'a coupée Nina. Elle nous a interrogés aussi. Est-ce qu'elle connaît la raison pour laquelle vous avez rompu ?

— Comment ça ?

— Tu sais, le grand secret. La MST, ou comme tu préfères l'appeler.

— Pour la dernière fois, il ne m'a pas refilé de MST.

— Que tu dis. Tu lui en as parlé ?

— Non. Et toi ?

— Non. Je n'avais rien à raconter. J'ai juste dit que vous étiez ensemble. Puis que vous aviez rompu.

— C'est ça. Il n'y a rien à raconter. » J'ai serré les lèvres.

« Vraiment ? Hum, voyons voir, a-t-elle fait en comptant sur ses doigts. Tu romps, tu quittes le lycée, tu laisses tomber la moitié de tes amis, tu ne lui parles pas pendant dix ans. Rien à raconter, hein ?

— Non, rien ! » je répète obstinément en fixant mes doigts croisés sur mes genoux. Les coupures commencent à s'assombrir et à sécher pour former une croûte. Bientôt, elles seront refermées.

« Parce que le fait est, poursuit Nina, que James est mort et qu'ils cherchent un mobile. »

À ces mots, je relève la tête. Je la fixe droit dans les yeux. Elle me rend mon regard sans ciller.

« Qu'es-tu en train d'insinuer ?

— Seulement que je m'inquiète pour toi.

— Tu sous-entends que j'ai tué James !

— Va te faire voir ! » Sur ce, elle se lève et se met à faire les cent pas dans la chambre. « Pas du tout. Je n'implique pas... Je dis juste... J'essaie...

— T-tu ne sais r-rien du tout ! » dis-je. *Merde ! Arrête de bégayer !* C'est pourtant la vérité, Nina ne sait rien. Personne ne connaît cet épisode de ma vie – pas même ma mère. La seule au courant, c'est Clare, et même elle ne possède pas tous les détails de l'histoire. Et Clare...

Clare se trouve à l'hôpital.

Clare est... quoi ? Trop faible pour être interrogée. Dans le coma, peut-être. Mais elle se réveillera.

« Est-ce que tu as vu Clare ? » je demande d'une voix très basse. Nina secoue la tête.

« Non. Je crois qu'elle ne va pas bien. Quoi qu'il se soit passé dans cet accident... » De nouveau, elle secoue la tête, de frustration cette fois plutôt que de déni. « Tu sais le pire ? James aurait sûrement survécu. Il était grièvement blessé mais je pense qu'il avait au moins cinquante pour cent de chance de s'en sortir.

— Qu'est-ce que tu veux dire ?

— Il est mort dans l'accident, en fait. Ou en tout cas, à cause du délai dû à l'accident – ce qui revient au même. »

Tout à coup, l'insistance de Lamarr à retrouver ces minutes disparues prend tout son sens.

Les événements survenus dans la maison ne forment que la première moitié de l'histoire.

Le véritable meurtre s'est produit plus tard, sur la route.

Il faut que je me rappelle ce qu'il s'est passé.

Je n'aurais jamais dû venir. Je le savais. Je le savais au moment où cet e-mail est apparu dans ma boîte de réception.

Il ne faut jamais revenir.

Et pourtant. Je songe à James, étendu par terre, ses yeux sombres plongés dans les miens tandis que son sang coule et forme une mare autour de nous deux. Je pense à sa main, gluante de sang, agrippée à la mienne comme s'il se noyait et que j'étais la seule à pouvoir le sauver. Je pense à sa voix murmurant *Leo*…

Si j'avais su au moment de le recevoir ce que je sais maintenant, aurais-je effacé l'e-mail ?

La main de Nina s'enroule autour de la mienne et je sens la chaleur et la fermeté de son étreinte, ses doigts forts qui suivent le tracé des griffures et des coupures. « Ça va aller », dit-elle. Mais sa voix est rauque et nous savons toutes les deux qu'elle ment – elle ment parce que quoi qu'il m'arrive avec Lamarr et la suite de l'enquête, tout cela a dépassé le stade où les choses pourraient aller bien. Que Clare se remette ou pas, qu'ils me soupçonnent ou pas, James est mort.

Au bout d'un moment, je finis par demander : « C-comment va Flo ? »

Nina se mordille la lèvre comme pour mesurer ses paroles puis, avec un soupir, elle se lance : « Pas très bien. En toute franchise, je crois qu'elle fait une dépression.

— Elle sait pour Clare ?

— Oui. Elle voulait la voir, mais elle ne reçoit pas de visites.

— Quelqu'un l'a vue ? Clare, je veux dire.

— Ses parents, j'imagine.

— Et… » Je déglutis. Je ne bégaierai pas. Non. « Et les parents de James ? Ils sont venus ?

— Je crois que oui. Hier il me semble et… » Elle baisse les yeux sur mes mains, caresse du bout du doigt la longue égratignure. « Et ils ont vu son corps. Ils sont rentrés chez eux d'après ce que je sais. Nous ne les avons pas rencontrés. »

Un souvenir aussi vif que soudain de la mère de James il y a dix ans me revient en mémoire. Ses longs cheveux bouclés retenus par une barrette, ses bracelets qui tintaient quand elle s'agitait et riait au téléphone, ses foulards flottant sous la brise qui soufflait par la fenêtre ouverte. Je la revois coincer le combiné sur son épaule tandis que James me présentait. *Voici Leo. Elle va venir souvent ici. Habitue-toi*. Et la mère de James de répondre dans un éclat de rire : *Je sais ce que ça signifie. Je vais te montrer où se trouve le frigo, Leo. On ne cuisine pas dans cette maison, si tu veux manger quelque chose, tu fouilles.*

Un mode de vie à l'opposé de chez moi. Personne ne restait jamais en place. La porte était toujours ouverte, et des amis leur rendaient tout le temps visite, ou bien des étudiants séjournaient chez eux, et tout ce petit monde discutait, riait, s'embrassait, buvait. Il n'y avait pas de repas à heure fixe, pas de couvre-feu. James et moi nous couchions sur son lit inondé de soleil et personne ne venait frapper à la porte pour nous dire d'arrêter de faire ce que nous faisions.

Je me rappelle le père de James, avec sa grosse

barbe et son accordéon. Il donnait des cours sur la théorie marxiste à l'université du coin et était tout le temps sur le point de démissionner ou d'être viré. Il me reconduisait chez moi à la nuit tombée dans sa voiture déglinguée, pestant contre le starter capricieux et me régalant de ses affreux jeux de mots.

James était leur unique enfant.

Les imaginer tous les deux accablés par le chagrin est insupportable.

« Bon, reprend Nina en me pressant la main, je ferais mieux d'y aller. Je n'ai payé que pour une heure de parking et mon temps est bientôt écoulé.

— Merci d'être venue, dis-je en la serrant maladroitement dans mes bras. Au fait, par hasard, tu n'aurais pas récupéré mes affaires en quittant la maison ?

— Non, désolée, répond-elle en secouant la tête. Ils se sont montrés très stricts sur ce que nous pouvions emporter. Je n'ai pris qu'une tenue de rechange pour moi. Je peux t'acheter un survêt, si tu veux.

— Ce serait génial. Je te rembourserai. »

Nina émet un petit grognement en agitant la main. « T'inquiète ! Une taille S, c'est bon ? Des préférences ?

— Non, évite le fluo, juste. Tu me connais.

— Ça marche. Tiens, en attendant, je te laisse ça. » Elle retire son gilet, un tricot en laine bleu marine avec des petits boutons en forme de fleurs. Je refuse d'un mouvement de tête mais elle le drape sur mes épaules malgré mes protestations. « Voilà. Au moins, tu pourras ouvrir la fenêtre sans geler sur place.

— Merci. » Je serre le gilet autour de moi. Le sentiment de bien-être que me procure le fait de porter autre chose qu'une blouse d'hôpital est incroyable.

J'ai l'impression de retrouver ma personnalité. Nina hausse les épaules, m'embrasse et se dirige vers la porte.

« Ne perds pas la boule, Shaw. On ne peut pas se permettre d'avoir deux personnes qui déraillent en plus du reste.

— Flo ? Elle va vraiment mal, alors ? »

Nina répond d'un haussement d'épaules mais son visage est empreint de tristesse. Alors elle tourne les talons pour s'en aller. Je la suis des yeux dans le couloir et brusquement, un détail me frappe. L'agent de police devant ma porte est parti.

25

Une demi-heure plus tard environ, un autre coup sec est frappé à la porte et une infirmière entre d'un pas pressé. Pensant tout d'abord qu'elle apporte le dîner, j'ai l'estomac qui se met à gargouiller, mais je me rends compte qu'aucune odeur de repas industriel ne flotte dans l'air.

« Un jeune homme souhaiterait vous voir, déclare-t-elle sans préambule. Il s'appelle Matt Ridout. Il aimerait vous rendre visite si vous êtes d'accord. »

Je cligne des yeux. Jamais entendu ce nom.

« Il est policier ?

— Je ne sais pas, ma petite. Il ne porte pas d'uniforme. »

Un instant j'envisage de la renvoyer glaner plus d'informations mais elle tape du pied, agacée et débordée. Autant accepter de le rencontrer pour en finir.

« Faites-le entrer.

— Il ne devra rester qu'une demi-heure. Les visites se terminent à 16 heures, prévient-elle.

— D'accord. » Tant mieux. Cela me fournira une bonne excuse pour me débarrasser de lui s'il se révèle trop bizarre.

Je me redresse en position assise, le gilet de Nina autour des épaules, et j'arrange un peu mes cheveux. J'ai une tête de boxeur en fin de match de toute façon alors je ne vois pas pourquoi je prends cette peine. Je crois que, afin de préserver mon estime personnelle, il est important que je fasse au moins un effort pour la forme.

J'entends des pas dans le couloir, puis un coup timide, hésitant, frappé à la porte.

« Entrez ! »

L'homme qui pénètre dans la chambre doit avoir à peu près mon âge – peut-être quelques années de plus ; il est vêtu d'un jean et d'un T-shirt délavé, sa veste est posée sur son bras. Il paraît mal à l'aise dans la chaleur tropicale de l'hôpital. Il porte une barbe fournie à la mode et les cheveux courts, pas rasés mais plutôt à la manière d'un soldat romain : des boucles courtes, aplaties sur le crâne.

Ce que je remarque avant tout, c'est qu'il a pleuré.

Un instant, les mots me manquent, et lui non plus ne prononce pas une parole. Il se plante dans l'embrasure de la porte, les mains enfoncées dans les poches, posant sur moi un regard choqué.

« Vous n'êtes pas de la police », dis-je au bout d'un moment, bêtement. Il passe une main dans ses cheveux.

« Je… Je m'appelle Matt. Je suis… enfin… » Il se tait et ses lèvres s'étirent en une grimace crispée, il cherche à refouler une trop forte émotion. Il inspire un grand coup et reprend. « J'étais le témoin de James. »

Je ne réponds rien. Nous nous dévisageons, moi serrant le gilet de Nina autour de mes épaules comme s'il s'agissait d'une armure, lui raide et tendu sur le pas de la porte. Et soudain, sans prévenir, sur le côté de son nez roule une larme solitaire qu'il essuie rageusement de sa manche.

« Entre. Assieds-toi. Tu veux boire quelque chose ?

— Tu as du whisky ? » réplique-t-il avec un petit rire hésitant. J'essaie de pouffer aussi mais on dirait plutôt que je m'étouffe.

« J'aimerais bien. Mais je ne peux te proposer que du thé et du café en direct du distributeur de l'hôpital, ou de l'eau, dis-je en montrant du doigt la carafe en plastique. Et je te conseille vivement l'eau.

— C'est bon, merci. » Il entre et s'assied sur la chaise en plastique près de mon lit pour s'en relever presque aussitôt. « Mince, je suis désolé. Je n'aurais pas dû venir.

— Si ! » Je saisis son poignet, puis baisse les yeux sur ma main autour de son bras, étonnée de mon geste. Qu'est-ce que je fais ? Je le relâche subitement, comme si sa peau me brûlait. « Je… Pardon. Je voulais juste… » Je ne termine pas ma phrase. Qu'est-ce que je voulais ? Aucune idée. Seulement qu'il ne parte pas. Il est un lien avec James.

« Reste, s'il te plaît », réussis-je enfin à dire. Il me contemple un moment puis, après un bref hochement de tête, il se rassied.

« Je suis désolé, répète-t-il. Je ne m'attendais pas… Tu es… »

Je sais ce qu'il pense. On dirait que j'ai été passée à tabac et mal raccommodée.

« Ce n'est pas aussi terrible que ça en a l'air, dis-je, et je me surprends à me fendre d'un sourire. Ce sont surtout des bleus et des égratignures.

— Ton visage, tes yeux. Avec mon travail, j'ai

l'habitude de voir des marques de violences conjugales, mais là…

— Je sais. Plutôt impressionnant, hein ? Mais ça ne me fait pas mal. »

Quelques instants, nous gardons le silence, puis : « Tu sais quoi, après réflexion, je crois que je vais prendre un café. Tu en veux un ?

— Non merci. » Le café que Lamarr m'a apporté fait encore effet et je ne suis pas en manque au point de céder à celui du distributeur.

Matt se lève avec raideur et quitte la chambre ; je remarque la tension dans ses épaules tandis qu'il s'éloigne dans le couloir. Je me demande s'il va revenir. Oui.

« On reprend depuis le début ? fait-il en s'asseyant. Pardon, mais j'ai l'impression d'avoir foiré la première fois. Leo, c'est ça ? »

Un léger tressaillement me secoue. Entendre ce nom – celui que James utilisait – franchir les lèvres d'un autre est un choc.

« Oui, c'est exact. Alors James… Il t'a parlé de moi ?

— Un peu, oui. Je sais que tu étais… Comment dit-on ? Un amour de jeunesse ? »

Sans que je sache pourquoi, ces mots font monter une boule de sanglots dans ma gorge et je sens ma lèvre trembler lorsque j'essaie de répondre. Je n'y arrive pas. À la place, je hoche la tête en silence.

« Oh bon sang. » Il se prend le visage entre les mains. « Je suis désolé – c'est juste… Je n'arrive pas à y croire. Je lui ai parlé il n'y a même pas deux jours. Je savais que ça n'allait pas… mais ce… »

Qu'est-ce qui n'allait pas ?

Je veux en savoir plus, poser des questions, mais je suis incapable de faire sortir les mots de ma bouche. Matt, lui, continue de parler.

« Pardon de débarquer comme ça. Si j'avais su dans quel état tu te trouvais, je n'aurais pas… L'infirmière ne m'a pas prévenu. J'ai seulement demandé si je pouvais te voir et elle a dit qu'elle allait se renseigner. Comme j'ai appris de la mère de James que tu étais avec lui quand… » Il s'interrompt, déglutit avec difficulté et se force à poursuivre. « Quand il est mort. Je sais ce que tu représentais pour lui, et je voulais… »

À nouveau, il s'arrête et, cette fois, il ne reprend pas. Il se penche sur son gobelet de café. Il pleure, je le sais, et il essaie de le cacher.

« Pardon », répète-t-il encore au bout d'un moment, la voix cassée. Il s'éclaircit la gorge. « Je ne l'ai appris qu'hier soir. C'est… Je ne m'y fais pas. Je n'arrête pas de me répéter qu'il doit s'agir d'une erreur mais en te voyant comme ça… Ça rend la chose réelle.

— Comment… Comment connaissais-tu James ?

— Nous avons étudié à Cambridge ensemble. Nous suivions tous les deux le cursus de théâtre – le jeu d'acteur, les pièces, tout ça. » Il s'essuie le visage du revers de sa manche, puis relève la tête, un sourire décidé fermement accroché aux lèvres. « Ça va sans dire, j'étais archinul, mais heureusement je m'en suis rendu compte à temps. Il est vrai que ça n'aidait pas de jouer à côté de James. Rien de tel que le talent à l'état brut pour révéler les imposteurs.

— Et vous êtes restés en contact ?

— Oui. J'allais le voir jouer de temps en temps. Tous les autres étudiants de notre promo sont devenus banquiers ou fonctionnaires. Il était le seul à avoir réussi, je suis fier de lui pour ça. Il n'a jamais abandonné. »

J'acquiesce. Oui, ça, c'est le James de mon souvenir. L'homme que Matt me décrit m'est familier. C'est mon James. Totalement à l'opposé du personnage superficiel et matérialiste dont j'ai entendu parler tout le week-end. Je croyais que James avait changé. Peut-être que non. Ou pas complètement.

« Alors, que s'est-il passé ? finit par s'enquérir Matt. Dans la… maison ? D'après la police, il y aurait eu un coup de fusil, mais ça paraît tellement… Qu'est-ce qu'il fichait là-bas, pour commencer ?

— Je n'en ai aucune idée. » Je ferme les paupières et ma main vient toucher le pansement chaud et humide sur mon front. « Je n'ai jamais demandé. Quand nous l'avons entendu en bas, nous avons cru qu'il s'agissait d'un cambrioleur. » Je laisse de côté le reste, la porte ouverte en grand, notre hystérie collective : c'est tout droit sorti d'un film d'horreur, cliché et grotesque. « C'était sans doute une blague, le marié qui se pointe pour surprendre sa future femme au lit.

— Ça m'étonnerait, rétorque Matt en secouant la tête. Je ne pense vraiment pas. Il ne serait pas allé là-bas sans y être invité.

— Pourquoi ?

— Eh bien, d'abord, parce que ça ne se fait pas. On ne s'incruste pas à l'enterrement de vie de jeune fille de sa copine. C'est un peu… grossier. C'est sa dernière soirée de célibataire, il faut être un sacré branleur pour lui gâcher ce moment. »

J'imagine que oui. Mais je ne réponds pas, j'attends

la deuxième raison. Matt inspire un grand coup avant de se lancer.

« Et ensuite… eh bien, parce que ça n'allait pas super entre eux.

— Quoi ? » Sitôt le mot prononcé, je sais que mon intonation est trop forte, trop appuyée, trop choquée. Matt me dévisage, perplexe.

« Je ne veux pas exagérer, mais… c'est vrai. Clare n'a rien dit ?

— Non, en tout cas, pas que je sache. » Je repense à nos conversations, aux sujets évoqués. Mais telle que je connais Clare, jamais elle n'admettrait le moindre problème. L'image présentée aux autres se doit d'être toujours parfaite, le masque en place. « Quel genre de problème avaient-ils ?

— Je ne sais pas trop, répond-il, mal à l'aise. Nous n'en avons jamais vraiment discuté. Je suppose que c'était le stress habituel d'avant mariage. J'ai vu suffisamment de potes se marier pour savoir comment ça tourne – la copine tout à fait normale qui se transforme en furie, tout le monde qui stresse, les familles qui s'en mêlent, les amis aussi, le moindre petit truc qui enfle en dispute et tout le monde qui prend parti.

— Pour quelle raison serait-il venu, alors ?

— Aucune idée. Ma seule hypothèse, c'est que quelqu'un le lui aurait demandé.

— Quelqu'un ? Mais qui ? »

Clare ? Non. Impossible. Plus que n'importe qui au monde, elle savait ce que ça impliquerait si James débarquait à la maison de verre ; il était inimaginable qu'elle ait voulu que nous nous retrouvions, lui et moi, sous le même toit pendant deux heures, encore moins deux jours. Tout ce qu'elle y aurait gagné, c'est que je serais partie en claquant la porte ou que nous nous serions lancés dans une engueulade mémorable, et elle le savait. Je n'étais pas invitée au mariage pour cette même raison. Une autre personne devait avoir invité James, par ignorance ou par malice. Car il était inconcevable que Clare ait sciemment gâché son propre enterrement de vie de jeune fille. Dans quel but l'aurait-elle fait ?

Flo, alors ? Aurait-elle pu demander à James de venir pour plaisanter ? Elle ne savait rien de mon passé avec lui. Dans son esprit, c'était peut-être la cerise sur le gâteau de son week-end parfait. En outre, Melanie était partie ; il y avait une chambre double de libre. Cela expliquerait également sa brusque dépression : en plus de la culpabilité d'avoir braqué un fusil chargé, elle serait également rongée par celle d'avoir organisé la blague qui a mal tourné. Mais si c'était elle, elle aurait dû se douter que c'était James qui montait l'escalier. Pourquoi aurait-elle tiré – même avec un fusil censé être chargé à blanc ? J'avais vu l'expression de son visage lorsque la silhouette sombre avait tourné sur le palier. Sa frayeur était sincère. Soit elle était folle, soit elle jouait la comédie comme personne.

Tom pouvait-il être responsable ? Sa dispute avec Bruce l'aurait-elle poussé à piéger James ? Ou Nina, avec son sens de l'humour étrange et tordu, qui aurait voulu s'amuser un peu ? Mais pourquoi ? À quelle fin l'un d'entre eux aurait-il agi ainsi ?

Je secoue la tête. Cette histoire me rend dingue. Personne dans cette maison n'a invité James. Personne. Ce coup de fusil n'aurait jamais été tiré si c'était le cas.

« Tu te trompes, dis-je en rompant le silence.

Forcément. Il a dû décider de venir de lui-même. Si Clare et lui s'étaient disputés, peut-être voulait-il arranger les choses. Tu ne crois pas ? Il était toujours…

— Un peu con ? lance Matt avec un petit rire. Tu as peut-être raison. Il n'est pas réputé pour sa perspicacité. Je veux dire… » Sur son genou, son poing se serre. « Je veux dire, il n'était pas. » Il se tait. Dans le silence qui s'ensuit, nous songeons tous les deux au James qui vit dans nos têtes, dans nos pensées. « Je me rappelle, reprend-il au bout d'un moment. Une fois, à la fac, il a grimpé sur le mur du bâtiment et mis des bonnets de père Noël sur la tête des gargouilles. L'imbécile. Il aurait pu se tuer. »

Comme le dernier mot franchit ses lèvres, il mesure la portée de ses paroles et tressaille. Sans réfléchir, je pose une main sur lui pour le réconforter.

« Je ferais mieux de partir, dit-il. J'espère que tu vas vite guérir.

— Ça va aller. » Puis, parce que je sais que sinon je vais le regretter, je me force à demander : « Est-ce que… tu reviendras me voir ?

— Je rentre à Londres demain matin. Mais on pourrait rester en contact. »

Un stylo est accroché avec mon dossier au pied du lit, il s'en empare et griffonne son numéro de téléphone sur le seul bout de papier à disposition : le gobelet en carton de son café.

« Tu avais raison, fait-il en reposant avec précaution le gobelet sur le chevet. De l'eau aurait été préférable. Au revoir, Leo.

— Au revoir. »

La porte se referme doucement derrière lui et,

à travers la vitre, je vois sa silhouette s'éloigner dans le couloir. Bizarrement, pour quelqu'un comme moi qui vis en célibataire, qui recherche la solitude depuis son arrivée ici, je me sens tout à coup extrêmement seule… et c'est un sentiment tout aussi nouveau que curieux.

26

Bien que l'heure des visites autorisées soit passée depuis un moment, Nina me surprend en plein dîner en se glissant dans la chambre chargée d'un sac plastique. Elle pose un doigt sur ses lèvres.

« Chut ! Je n'ai pu entrer que grâce au bon vieux : "Vous savez qui je suis ?!"

— Leur as-tu encore raconté que tu étais la cousine de Salma Hayek ?

— Oh je t'en prie ! Elle n'est même pas brésilienne.

— Ni médecin.

— Exact. Bref, j'ai promis de faire vite, alors voilà. » Elle lance le sac sur le lit. « Je crains que ce ne soit pas vraiment de la haute couture. En fait, estime-toi heureuse de ne pas te retrouver avec celui en velours pastel. J'ai fait au mieux.

— C'est parfait, merci, dis-je en examinant le survêtement gris tout simple. Tout ce qui compte, c'est qu'il ne soit pas ouvert dans le dos et flanqué du logo "Propriété de l'hôpital". Merci infiniment, Nina. Sincèrement.

— Je t'ai même dégoté des chaussures – des tongs,

en fait, mais je sais combien les douches de l'hôpital peuvent être sinistres et je me suis dit qu'au moins, s'ils te mettent à la porte sans prévenir, tu auras quelque chose à te mettre aux pieds. Tu fais du 39, c'est ça ?

— 38, mais ça ira. Tiens, reprends-le. » Je retire le gilet que je lui tends.

« Non, c'est bon, garde-le jusqu'à ce que tu récupères tes affaires. Tu as besoin d'argent ? »

Je refuse, mais elle sort tout de même deux billets de dix qu'elle jette sur le chevet.

« Ça peut toujours servir. Si tu en as marre de la bouffe de l'hôpital, tu pourras t'acheter un panini. Bon, il faut que je file. »

Pourtant, elle reste là, les yeux baissés sur ses ongles courts, coupés au carré. Je devine qu'elle veut me dire quelque chose et qu'avec une nervosité qui ne lui ressemble pas, elle se retient.

« Au revoir, alors », dis-je dans l'espoir de l'inciter à parler. Raté. Elle se contente d'un « au revoir » et se dirige vers la porte. La main sur la poignée, elle s'immobilise avant de faire volte-face.

« Écoute, ce que j'ai dit tout à l'heure… Je ne pensais pas…

— Qu'est-ce que tu as dit ?

— À propos de James. Du mobile. Je ne pensais pas vraiment que tu… Merde. » Elle cogne son poing dans le mur. « Je n'arrive pas à m'exprimer correctement. Je pense toujours que c'était un accident et c'est ce que j'ai dit à Lamarr. Je n'ai jamais cru que tu étais responsable. J'étais juste inquiète, OK ? Pour toi. Pas à cause de toi. »

Je relâche mon souffle – je ne m'étais même pas

rendu compte que je le retenais – et bascule les jambes hors du lit. D'un pas mal assuré, je marche jusqu'à elle et la prends dans mes bras.

« C'est bon. Je sais ce que tu voulais dire. Je m'inquiète aussi, pour nous tous. »

Elle me caresse les cheveux, puis je m'écarte et elle me dévisage.

« Ils ne croient pas à l'accident, cependant, n'est-ce pas ? Pourquoi ?

— Quelqu'un a mis de vraies balles dans ce fusil, voilà le problème.

— Mais même… Ça pourrait être n'importe qui. La tante de Flo aurait pu se tromper en le chargeant et avoir trop peur pour l'avouer à la police. Ils n'arrêtent pas de poser des questions sur le tir aux pigeons – est-ce que le stock de munitions était correctement sécurisé, quelqu'un aurait-il pu y avoir accès sans qu'on le remarque ? À l'évidence, ils pensent que la cartouche provient de là-bas, ou ils cherchent à le prouver. Mais si l'un d'entre nous souhaitait la mort de James, pourquoi le faire venir jusqu'au fin fond du monde pour le tuer ?

— Je l'ignore. » Mes jambes flageolent sous l'effort fourni pour me tenir debout. Je lâche le bras de Nina et regagne le lit en tremblant. Toute cette discussion – sur les armes et les balles – me met mal à l'aise. « Je ne sais vraiment pas.

— Je pense juste que… commence Nina avant de s'interrompre.

— Quoi ?

— Je pense juste que… Oh, et puis zut. Écoute, quoi qu'il se soit passé entre James et toi, aussi affreux que ça ait été, je crois que tu devrais leur raconter.

Je sais… fait-elle en levant une main. Je sais que ce ne sont pas mes affaires et que je peux aller me faire voir avec mon conseil, que tu ne m'as rien demandé, mais selon moi, ça ne peut pas être aussi horrible que ce que tu crois et il serait bon que tu leur en parles maintenant. »

Je ferme les yeux, fatiguée, et frotte ce fichu pansement au front qui me démange. Puis je lâche un soupir et rouvre les paupières. Nina se tient devant moi, les mains sur les hanches, me considérant avec un étrange mélange d'autorité et d'inquiétude.

« Je vais y réfléchir. D'accord ? C'est promis.

— OK », répond-elle. Sa lèvre inférieure est retroussée comme celle d'une enfant et je sais que, si elle le portait encore, elle ferait tinter son piercing contre ses dents. Je me rappelle le bruit que ce geste produisait pendant les examens. Dieu merci, elle a retiré l'anneau lorsqu'elle a commencé à travailler. Apparemment, les patients n'apprécient pas qu'un chirurgien ait le visage percé. « J'y vais, dit-elle. Prends soin de toi, Shaw. Et s'ils te virent du jour au lendemain, préviens-moi, d'accord ?

— Ça marche. »

Après son départ, je médite sur ses paroles en songeant qu'elle a probablement raison. Ma tête est chaude et me démange, et des mots comme *balle*, *éclaboussure* et *cartouche* s'entrechoquent dedans ; au bout d'un moment, je n'en peux plus. Tout doucement, je gagne la salle de bains de ma démarche de petite vieille. Lorsque j'allume la lumière, le reflet qui m'accueille est, si c'est possible, pire que celui d'hier. Mon visage me tire moins mais les ecchymoses s'épanouissent du violet au jaune, au marron et au vert – toutes les nuances qu'un artiste utiliserait pour peindre le paysage du Northumberland.

Pourtant, plus que les hématomes, c'est le pansement qui accroche mon regard.

Je commence à gratter le coin du sparadrap puis, avec un soulagement inattendu, je l'arrache d'un coup ; une sorte de douleur délicieuse m'étreint lorsque le pansement part en arrachant les petits cheveux à mes tempes et en haut du front, et en tirant sur la blessure.

Je m'attendais à des points, mais il n'y en a pas. Rien qu'une longue coupure assez laide resserrée par des petites bandes de sparadrap et par ce qui ressemble à de la colle.

Ils ont rasé un peu de cheveux sur le haut de mon crâne, là où l'entaille serpentait dans ma chevelure, et ils commencent déjà à repousser. Du bout des doigts, je touche les petits poils, doux et piquants comme ceux d'un bébé.

Le soulagement. Le soulagement de l'air frais sur mon front, de la disparition de la démangeaison et des tiraillements provoqués par le pansement. Je jette la compresse de sang séché à la poubelle et retourne d'un pas lent jusqu'au lit, pensant encore à Nina, à Lamarr. Et à James.

Ma rupture avec James n'a aucun rapport avec tout ça. Toutefois, Nina n'a peut-être pas tort ; je devrais sans doute raconter mon histoire. Après toutes ces années de silence, si ça se trouve, ça me soulagerait.

Personne n'a su. Personne ne connaissait la vérité sur notre rupture en dehors de James et moi.

J'ai passé tellement de temps à couver ma rancœur envers lui. Aujourd'hui, elle a disparu. Il a disparu.

J'en parlerai peut-être à Lamarr lors de sa visite demain matin. Je lui avouerai la vérité – tout entière, car jusqu'à présent, je n'ai pas menti, ou alors par omission.

Et la vérité, la voici :

James m'a plaquée. Oui, il m'a larguée par texto.

En revanche, ce que j'ai tu toutes ces années, c'est la raison pour laquelle il a rompu.

Parce que j'étais enceinte.

Je ne sais pas quand c'est arrivé exactement, laquelle de ces dizaines, peut-être de ces centaines de fois où nous avons fait l'amour a eu pour conséquence la conception d'un bébé. Nous étions prudents – en tout cas, nous pensions l'être.

Je sais seulement qu'un jour, je me suis rendu compte que je n'avais pas eu mes règles depuis longtemps, trop longtemps. Alors j'ai fait un test.

Nous nous trouvions dans la chambre de James, sous les toits, assis sur son lit, lorsque je le lui ai appris. Il est devenu blanc comme un linge, il m'a dévisagée avec de grands yeux écarquillés, emplis d'angoisse.

« Est-ce que… a-t-il commencé. Tu crois que tu peux…

— Me tromper ? » ai-je terminé pour lui. J'ai secoué la tête. J'ai même réussi à lâcher un petit rire. « Crois-moi, non. J'ai fait au moins huit tests.

— Et la pilule du lendemain ? »

J'ai voulu prendre sa main mais il s'est levé et s'est mis à faire les cent pas dans la petite chambre.

« C'est trop tard pour ça. Mais oui, nous devons… » J'avais une boule dans la gorge. J'essayais de ne pas pleurer. « Nous devons décider…

— Nous ? C'est toi qui décides.

— Je voulais t'en parler. Je sais ce que je veux faire, mais c'est ton b... »

Ton bébé aussi, voilà ce que je voulais dire, mais je n'ai jamais terminé ma phrase. Il a poussé un cri, comme s'il venait de recevoir un coup, et s'est détourné.

À mon tour, je me suis levée du lit, et j'ai marché vers la porte.

« Leo, m'a-t-il appelée d'une voix étranglée. Attends. »

J'avais déjà un pied sur la première marche, mon sac à l'épaule. « Je sais, je t'annonce ça sans prévenir. Quand tu seras décidé à en discuter, appelle-moi, OK ? »

Il ne l'a jamais fait.

Une fois rentrée chez moi, j'ai reçu un appel de Clare, elle était furieuse. « Où étais-tu, bon sang ? Tu m'as posé un lapin ! J'ai attendu une demi-heure au foyer Odeon et tu n'as pas répondu au téléphone !

— Désolée, je... J'avais un truc...

— Quoi ? Qu'est-ce qui s'est passé ? a-t-elle demandé, mais j'étais incapable de répondre. Je viens te voir. »

Il n'a jamais appelé. À la place, il a envoyé un texto plus tard dans la soirée. J'avais passé l'après-midi avec Clare, à agoniser sur la marche à suivre, à décider si j'en parlais à ma mère, à me demander si James serait accusé de détournement de mineure – j'avais quinze ans la première fois, même si j'en avais seize depuis deux mois maintenant.

Le message est arrivé peu après 20 heures.

Lee, désolé mais c'est ton problème, pas le mien. Débrouille-toi. Et ne m'appelle plus. J.

Alors je me suis débrouillée. Je n'en ai pas parlé à ma mère. Clare… En fait, Clare s'est montrée assez incroyable. Oui, elle pouvait être hargneuse et sournoise, voire manipulatrice, mais en cas de crise, elle était telle une lionne protégeant son petit. En repensant à cette époque, je me rappelle pourquoi nous étions amies toutes ces années. Et je comprends combien je me suis montrée égoïste après.

Elle m'a accompagnée en bus à la clinique. Il était encore temps de prendre un médicament et l'affaire a été vite conclue.

Le plus douloureux n'a pas été l'avortement. Je n'en veux pas à James – c'était mon choix aussi, je n'avais aucune envie d'être mère à seize ans, et dans tous les cas, c'était ma faute autant que la sienne. Quoi qu'en pensent les gens, ce n'est pas cette expérience qui m'a bousillée. Je n'éprouve pas une culpabilité cuisante à la perte de quelques cellules. Je refuse de porter le blâme.

Non, ce n'était pas ça.

C'était… Je ne sais pas. Je ne sais pas comment l'exprimer. Je crois que j'ai été blessée dans mon orgueil. J'ai été submergée par une sorte d'incrédulité face à ma propre stupidité. Que je l'aie tant aimé et me sois si profondément fourvoyée… Comment était-ce possible ? Comment avais-je pu me tromper à ce point ?

En retournant au lycée, j'allais devoir vivre avec le souvenir de nous deux dans le regard de tous les autres. Les explications à une centaine de personnes. *Non, nous ne sommes plus ensemble. Oui, il m'a plaquée. Oui, ça va.*

Mais je n'allais pas bien. J'étais une imbécile – une pauvre idiote. Je m'étais toujours targuée de savoir cerner les gens et je pensais que James était courageux et aimant, qu'il m'aimait. Rien de tout cela n'était vrai. Il était faible et lâche, et il n'était même pas fichu de me regarder dans les yeux pour m'annoncer que c'était terminé.

Jamais plus je n'aurais confiance en mon propre jugement.

Nous étions en semaine blanche de révisions lorsque c'est arrivé. Je suis retournée au lycée pour passer les examens et je n'y ai plus jamais remis les pieds par la suite. Ni pour récupérer mes résultats, ni pour la réunion d'automne, ni pour voir aucun de mes professeurs qui m'avaient aidée et soutenue pour les examens. Je me suis inscrite dans un autre lycée pour lequel il me fallait prendre deux trains mais où j'étais certaine que personne ne me connaissait. Mes journées étaient horriblement longues – je partais de chez moi à 5 h 30 et rentrais à 18 heures tous les soirs.

Puis ma mère a déménagé pour s'installer avec Phil. J'aurais dû être furieuse qu'elle vende la maison de mon grand-père, celle où j'avais grandi, où nous avions vécu ensemble si longtemps, où j'avais tous ces souvenirs. Et une part de moi l'était. Mais une autre éprouvait un grand soulagement – mon dernier lien avec Reading et James était rompu. Je n'aurais plus jamais à le revoir.

Personne ne savait ce qu'il s'était passé en dehors de Clare et même elle n'était pas au courant du texto. Je lui ai dit le lendemain que j'avais décidé de ne pas garder le bébé, et que je rompais avec James. Elle m'a serrée dans ses bras en pleurant. « Tu es si courageuse. »

Mais c'était faux. J'étais lâche, moi aussi. Je n'ai jamais affronté James, je ne lui ai jamais demandé pourquoi. Comment avait-il pu me faire ça ? Par peur ? Par couardise ?

Par la suite, j'ai appris qu'il couchait à droite et à gauche dans tout Reading, avec des filles comme avec des garçons. Cela confirmait ce que je savais déjà. Le James Cooper que je pensais connaître n'avait jamais existé. Il n'était qu'un produit de mon imagination. Un faux souvenir, fabriqué par mes propres espoirs.

Mais maintenant… Maintenant que je regarde en arrière, je ne sais plus. Je n'absous pas James de sa cruauté inconsidérée avec ce texto mais je me vois telle que j'étais : furieuse, vertueuse et si intransigeante envers nous deux. Peut-être que je me pardonne mon erreur, celle d'avoir aimé James. Je comprends combien nous étions jeunes – encore des enfants, en réalité, dotés d'une méchanceté enfantine et d'une moralité en noir et blanc. Les nuances de gris n'existent pas quand on est ado. Il n'y a que les bons et les méchants, ce qui est bien et ce qui est mal. Les règles sont très claires – un sens moral de cour de récré avec des lignes éthiques dessinées comme celles d'un terrain de basket, avec des fautes et des pénalités bien définies.

James était mauvais.

Je lui avais fait confiance.

Donc, j'étais mauvaise aussi.

Mais aujourd'hui… Aujourd'hui, je vois un enfant apeuré confronté à une décision morale primordiale qu'il n'est pas armé pour prendre. J'entends mes paroles telles qu'il a dû les percevoir – une tentative de lui mettre ce choix irrévocable sur les épaules, une responsabilité pour laquelle il n'était pas préparé et qu'il ne voulait pas.

Et je me vois, tout aussi effrayée et mal préparée.

Je suis tellement, tellement navrée pour nous deux.

Lorsque Lamarr viendra demain matin, je lui raconterai. Je lui dirai toute la vérité. À la lumière tombante du soir, elle ne paraît pas aussi terrible que je le craignais. Ce n'est pas un mobile de meurtre, simplement une vieille rancœur usée. Nina avait raison.

Alors, enfin, je retrouve le sommeil.

Cependant, lorsque Lamarr vient me rendre visite le lendemain, son visage est étrangement sombre. Un collègue l'accompagne, un mastodonte au visage joufflu, plissé en permanence. Lamarr tient quelque chose à la main.

« Nora, demande-t-elle sans autre préambule, savez-vous ce que c'est ?

— Oui, dis-je avec surprise. C'est mon téléphone. Où l'avez-vous trouvé ? »

Elle ne répond pas. À la place, elle s'assied, appuie sur une touche de son magnétophone et prononce d'une voix grave, officielle, les mots que je redoutais.

« Leonora Shaw, nous souhaiterions vous interroger en tant que suspect dans le décès de James Cooper.

Vous avez le droit de garder le silence mais cela pourrait nuire à votre défense devant un tribunal. Tout ce que vous direz pourra être retenu contre vous. Vous avez le droit de faire appel à un avocat. Est-ce que vous comprenez ? »

27

Les innocents n'ont rien à craindre, pas vrai ?

Pourquoi suis-je si effrayée, alors ?

Mes déclarations précédentes n'ont pas été enregistrées et je n'avais pas été avertie de mes droits. Puisqu'elles ne seront pas présentées comme preuve devant un tribunal, je passe les premières minutes à répéter à Lamarr ce que je lui ai déjà raconté, à établir de nouveau les faits pour l'enregistrement. Je ne veux pas d'avocat. Une erreur, sûrement, mais je ne peux me défaire du sentiment que Lamarr est de mon côté – je lui fais confiance. Si je peux la convaincre, rien qu'elle, de mon innocence, tout ira bien. Que m'apporterait un avocat ?

Lamarr pose une dernière question sur ce que nous avons déjà évoqué puis se lance sur un nouveau terrain.

« Pourriez-vous examiner ce téléphone, je vous prie, demande-t-elle en me tendant le portable emballé dans un sac en plastique scellé. Et me dire si vous le reconnaissez.

— Oui, c'est le mien. » Je résiste à une furieuse envie de me ronger les ongles. Ces derniers jours, mes bouts de doigts ne sont plus que des moignons ravagés.

« Vous en êtes certaine ?

— Oui, je reconnais l'éraflure sur la coque.

— Et votre numéro de téléphone est bien le… » Elle tourne une page de son carnet, lit les chiffres à voix haute. J'acquiesce.

« C'est ex-exact.

— Je m'intéresse aux derniers appels et textos que vous avez passés et envoyés. Pouvez-vous me dresser la liste de ceux dont vous vous souvenez ? »

Je ne m'attendais pas à ça. Quel intérêt et quel rapport avec la mort de James ? Cherchent-ils à corroborer nos faits et gestes ? Je sais qu'il est possible d'établir une localisation à partir des signaux émis par les portables.

Je fouille ma mémoire. « Il n'y en a pas beaucoup. Ça ne captait pas bien à la maison. J'ai écouté ma messagerie au stand de tir et j'ai consulté Twitter. J'ai aussi rappelé la boutique à Londres où mon vélo est en réparation. Je crois que c'est tout.

— Pas de SMS ?

— Je… Non, je ne crois pas. » J'essaie de me souvenir. « Non, j'en suis presque sûre. Il me semble que le dernier que j'ai envoyé était adressé à Nina, pour l'informer que je l'attendais dans le train. C'était vendredi. »

Elle change en douceur d'angle d'attaque.

« J'aimerais vous poser quelques questions sur votre relation avec James Cooper. »

Je hoche la tête, m'efforçant de conserver une expression impassible. Mais je m'y attendais. Clare s'est peut-être réveillée. Mon estomac se contracte douloureusement.

« Vous vous êtes rencontrés à l'école, c'est exact ?

— Oui. Nous avions quinze, seize ans. Nous sommes sortis ensemble, brièvement, puis nous avons rompu.

— Brièvement, c'est-à-dire ?

— Quatre ou cinq mois, peut-être. »

Une vérité arrangée. Nous avons été ensemble pendant six mois. Mais le « brièvement » que j'ai déjà prononcé les couvre difficilement. Il ne faudrait pas que j'aie l'air de me contredire. Par chance, Lamarr ne m'interroge pas sur les dates.

« Avez-vous été en contact après ça ? reprend-elle.

— Non. »

Elle attend que je développe. Je reste muette. Lamarr croise les mains sur ses genoux et me dévisage. J'ignore où elle veut en venir, mais s'il y a bien une chose pour laquelle je suis douée, c'est garder le silence. La pause s'étire, pesant entre nous. J'entends le tic-tac de sa montre hors de prix et je me demande vaguement d'où elle sort tout cet argent : sa jupe n'a pas été achetée avec un salaire de flic, pas plus que ses grosses boucles d'oreilles en or. Elles ne semblent pas de pacotille.

Enfin, ça ne me regarde pas. Mais au moins, ça m'occupe l'esprit pendant que le temps s'écoule.

Cependant, Lamarr aussi maîtrise cet art. Sa patience est presque féline, avec la posture figée du chat attendant que la souris panique et tente une échappée. Au final, son collègue craque le premier, l'inspecteur Roberts. « Vous nous dites que vous n'avez eu aucun contact avec lui pendant dix ans, déclare-t-il brusquement. Et pourtant, il vous invite à son mariage ? »

Merde. Mentir à ce sujet ne servira à rien. Deux minutes leur suffiront pour vérifier auprès de la mère de Clare ou de quiconque est en charge de la liste des invités.

« Non. Clare m'a invitée à son enterrement de vie de jeune fille mais pas au mariage.

— C'est un peu étrange, non ? » intervient Lamarr. Elle sourit, comme s'il s'agissait d'une discussion entre deux copines autour d'un cappuccino. Elle a les joues rondes et rosies, avec de hautes pommettes qui lui donnent une allure de Néfertiti, et son sourire est large, chaleureux et généreux.

« Pas vraiment, mens-je. Je suis l'ex de James. Je suppose que Clare a pensé que ce serait gênant – autant pour elle que pour moi.

— Donc elle vous convie à l'enterrement de vie de jeune fille pour célébrer son mariage ? N'est-ce pas gênant, ça aussi ?

— Je ne sais pas. Demandez à Clare.

— Ainsi, vous n'avez eu aucun contact avec James Cooper depuis votre rupture ?

— Non.

— Pas d'échange de textos ? D'e-mails ?

— Non. Rien. »

Je ne saisis pas très bien où cela mène, tout à coup. Essaient-ils d'établir que je détestais James ? Que je ne pouvais supporter l'idée d'être près de lui ? Mon ventre recommence à se tortiller et une petite voix dans ma tête me souffle : *Il n'est pas trop tard pour exiger un avocat.*

« Écoutez, finis-je par déclarer, ma voix montant

dans les aigus sous le coup du stress, ça n'a rien d'inhabituel de ne pas rester en contact avec un ex. »

Lamarr ne répond pas. De nouveau, elle change son fusil d'épaule, déconcertante. « Pourriez-vous me détailler vos allées et venues à la maison de verre ? Avez-vous quitté la propriété à un moment ou à un autre ?

— Eh bien, nous sommes allés au stand de tir, dis-je avec hésitation. Mais vous le savez déjà.

— Je pensais à vous seulement, rien que vous. Vous êtes allée courir, n'est-ce pas ? »

Courir ? Soudain, je me sens complètement dépassée. Je déteste ne pas savoir où ils veulent en venir. « Oui. » J'attrape un oreiller que je colle contre ma poitrine. Puis, sentant que je dois me montrer coopérative, j'ajoute : « Deux fois. La première à notre arrivée, le vendredi, la seconde le samedi matin.

— Pouvez-vous m'indiquer les heures approximatives ? »

Je réfléchis un moment. « Le vendredi, vers 16 h 30, peut-être plus tard. Il commençait à faire sombre. J'ai rencontré Clare dans l'allée sur le retour, vers 18 heures. Et le samedi… Il était tôt. Avant 8 heures, je crois. Je ne peux pas être plus précise. Pas avant 6 heures, c'est sûr, il faisait jour. Melanie était réveillée, elle doit se rappeler.

— OK. » Lamarr note les heures sur son calepin, comme si l'enregistrement ne suffisait pas. « Et vous ne vous êtes pas servie de votre téléphone au cours de vos joggings ?

— Non. » Qu'est-ce que c'est que cette histoire ? Mes doigts s'enfoncent dans l'oreiller.

« Et samedi soir, êtes-vous sortie ?

— Non, dis-je avant de me rappeler quelque chose : vous ont-ils parlé des empreintes que j'ai vues le samedi matin ?

— D'autres empreintes ? répète-t-elle en levant un visage perplexe. Quelles empreintes ?

— Il y avait des traces de pas dans la neige. Lorsque je suis revenue de courir le matin. Elles allaient du garage à la porte de derrière.

— Bien, je vérifierai. Merci. » Elle griffonne quelque chose sur son calepin puis revient à la charge. « Des souvenirs vous sont-ils revenus sur les événements après que vous avez quitté la maison samedi soir ? Lorsque vous avez couru après la voiture ?

— Je suis désolée, dis-je en secouant la tête. Je me rappelle courir à travers bois… J'ai des images de voiture et de verre brisé dans la tête. Mais sinon, rien de concret.

— Je vois. » Elle referme son carnet et se lève. « Merci, Nora. D'autres questions, Roberts ? »

Son collègue secoue la tête, puis Lamarr énonce à voix haute l'heure et le lieu pour les besoins de l'enregistrement, elle éteint le magnétophone et s'en va.

Je suis suspecte.

Après leur départ, je reste assise à digérer cette nouvelle.

Tout ça parce qu'ils ont trouvé mon téléphone ? Mais quel rapport entre mon portable et le meurtre de James ?

Soudain, une pensée me frappe, un élément dont j'aurais dû me douter dès le début.

Ils m'ont toujours soupçonnée.

La seule raison pour laquelle ils m'interrogeaient

officieusement, c'est parce que rien de ce que je pouvais dire ne servirait de preuve. Avec mes troubles de la mémoire, n'importe quel avocat aurait réduit en miettes ma déposition. Ils cherchaient des infos – celles que je pouvais fournir, et ils les voulaient vite, au point de prendre le risque de me parler alors que mon état ne permettait pas de se fier à moi.

Mais maintenant, les médecins ayant confirmé que je suis lucide et suffisamment rétablie pour être interrogée, ils montent leur dossier.

Je n'ai pas été arrêtée. Voilà une chose à laquelle me raccrocher.

On ne m'a pas accusée. Pas encore.

Si seulement je parvenais à me rappeler ces minutes dans les bois qui me manquent. Que s'est-il passé ? Qu'ai-je fait ?

Le besoin désespéré de me rappeler monte en moi, s'accroche dans ma gorge comme un sanglot. Je serre les poings et plonge le visage contre la blancheur immaculée de l'oreiller et j'essaie de me souvenir à en avoir mal. Sans ces minutes qui m'échappent, comment espérer convaincre Lamarr que je dis la vérité ?

Les paupières closes, je tente de revenir là-bas, dans cette clairière paisible au cœur de la forêt, dans ces énormes cubes de verre brillant dans le noir, entourés par les arbres. Je sens à nouveau l'odeur des aiguilles de pin tombées, je sens la morsure froide de la neige sur mes doigts et dans mes narines. Je me rappelle les sons de la forêt, le doux crépitement de la neige glissant des branches surchargées, le hululement d'une chouette, le bruit du moteur s'enfonçant dans la nuit.

Et je me revois dévaler ce long sentier tout droit entre les arbres, je ressens le moelleux des aiguilles sous mes pieds.

Mais impossible de me rappeler ce qui vient ensuite. Lorsque j'essaie, j'ai l'impression de chercher à attraper un reflet dans un étang. Des images me reviennent mais, lorsque je tente de les retenir, elles se fragmentent en mille morceaux et je me retrouve avec seulement de l'eau entre les doigts.

Il est arrivé quelque chose dans cette obscurité, à Clare, à moi et à James. Ou quelqu'un est arrivé. Mais qui ? Quoi ?

« Bien, Leonora, je suis très content de vous, affirme le docteur Miller en reposant son stylo. Votre léger trou de mémoire m'inquiète toujours un peu mais à vous entendre, vos souvenirs commencent à revenir et je ne vois aucune raison de vous garder ici plus longtemps. Vous devrez subir des examens de contrôle mais votre généraliste habituel pourra s'en charger. »

Avant que je n'intègre ses paroles, il poursuit : « Y a-t-il quelqu'un chez vous pour vous aider ?

— Quoi ? N-non. Je vis seule.

— Quelqu'un pourrait-il venir vous tenir compagnie quelques jours ? Ou pourriez-vous séjourner chez une amie ? Vous vous remettez étonnamment bien, mais j'ai quelques réticences à vous laisser regagner une maison vide.

— J'habite à Londres », dis-je sans rapport. Que lui répondre ? Que je n'ai personne auprès de qui je pourrais m'imposer pendant une semaine et que je me vois mal voyager jusqu'en Australie pour tomber dans les bras de ma mère ?

« Je vois. Une personne peut-elle vous reconduire à Londres ? »

Je réfléchis. Nina, sans doute. Je pourrais lui demander de me raccompagner chez moi. Mais... ils ne vont quand même pas me laisser sortir si vite ? Tout à coup, je doute d'être prête à partir.

« Je ne comprends pas, dis-je à l'infirmière une fois que le médecin a remballé ses notes et s'en est allé. On ne m'en a jamais parlé.

— Ne vous inquiétez pas, réplique-t-elle d'une voix réconfortante. Nous n'allons pas vous mettre à la rue sans nulle part où aller. Cependant, nous avons besoin du lit et votre état de santé ne nécessite plus une surveillance constante, alors... »

Alors, on ne veut plus de moi ici.

Bizarrement, cette nouvelle me fait l'effet d'un coup à l'estomac. En quelques jours à peine, je me suis habituée à la vie réglementée de l'hôpital. Cet endroit a beau être pareil à une cage, maintenant que la porte est ouverte, je n'ai plus envie d'en partir. Je me suis reposée sur les médecins et les infirmières ainsi que sur la routine hospitalière, y puisant réconfort et protection – vis-à-vis de la police comme de la réalité des événements.

Que vais-je faire en sortant d'ici ? Lamarr me laissera-t-elle rentrer chez moi ?

« Vous devriez parler à la police, finis-je par dire avec un détachement étrange. Je ne sais pas s'ils voudront que je quitte le Northumberland.

— Ah oui, j'avais oublié que vous étiez la pauvre

petite qui avait eu l'accident. Ne vous en faites pas, je veillerai à ce qu'ils soient au courant.

— L'inspecteur Lamarr, c'est elle qui est venue me rendre visite. » Je n'ai pas envie de parler à Roberts avec son cou de taureau et ses sourcils froncés.

« Je l'informerai. Et pas d'inquiétude, vous ne sortirez pas aujourd'hui, de toute façon. »

Après son départ, j'essaie désespérément de mettre de l'ordre dans mes pensées.

Je vais quitter l'hôpital. Peut-être dès demain.

Et ensuite quoi ?

Soit on m'autorise à rentrer à Londres soit… non. Dans ce cas, cela signifie arrestation. Je tente de dresser la liste de ce que je sais de mes droits. Si l'on m'arrête, je pourrais être interrogée pendant… quoi ? Trente-six heures ? Il me semble qu'un mandat peut étendre cette durée, mais je n'en suis plus tout à fait sûre.

Merde. J'écris des romans policiers, quand même ! Comment se fait-il que j'ignore ce genre de choses ?

Je dois appeler Nina. Sauf que je n'ai plus mon téléphone. Je dispose du fixe de l'hôpital, mais il faut une carte bancaire pour acheter du crédit et mon portefeuille tout comme le reste de mes affaires se trouve en possession de la police. Je pourrais sans doute appeler depuis le bureau des infirmières – je suis sûre qu'elles me prêteraient volontiers un téléphone en cas de besoin, par exemple pour contacter une personne pour qu'elle vienne me chercher – mais je ne connais pas son numéro. Tous mes contacts sont dans mon portable.

Quels sont les numéros que je connais par cœur ? Il y avait celui des parents de Nina, mais ils ont déménagé. Je connais mon numéro de fixe, mais à quoi bon ? il n'y a personne. Je connais aussi celui de la vieille maison où j'ai grandi. J'ignore celui de ma mère en Australie. J'aimerais avoir quelqu'un comme Jess – un proche vers qui me tourner dans n'importe quelle situation et à qui je pourrais dire sans aucune honte que je suis dans le besoin. Mais je n'ai personne. J'ai toujours cru qu'être autonome était une force ; je me rends compte aujourd'hui que c'est également une faiblesse. Que vais-je faire, bon sang ? Je pourrais sans doute demander aux infirmières de chercher le numéro de mon éditrice sur Internet – mais l'idée qu'elle me voie dans cet état me remplit de honte.

Le seul numéro qui me revient sans problème est celui des parents de James. J'ai dû le composer une centaine de fois. Il perdait sans cesse son portable. Ils habitent toujours là-bas, je le sais. Mais je ne peux pas les contacter. Pas comme ça.

Je leur téléphonerai une fois de retour à Londres. Je leur demanderai les dispositions pour les funérailles… Je…

Je ferme les paupières. Je ne me remettrai pas à pleurer, ça non. Je pourrai m'épancher tout mon soûl quand je serai sortie d'ici, mais pour l'heure, soyons pragmatiques ! Je ne peux pas me permettre de songer à James ou à ses parents.

Je rouvre les yeux et mon regard se pose sur le gobelet à côté de ma tête de lit. Le numéro de Matt. Je déchire le carton et fourre le numéro griffonné dans ma poche. Je ne vais pas l'appeler. Il doit être sur le chemin du retour à Londres. Toutefois, songer que j'ai au moins une personne à contacter en cas d'urgence me procure un étrange réconfort.

Deux jours plus tôt, j'ignorais son existence. Aujourd'hui, il est mon unique lien avec l'extérieur.

Mais tout va bien se passer. Nina va revenir, ou Lamarr. Je pourrai leur faire passer un message.

Il faut juste que je sois patiente.

Je suis toujours assise, le regard dans le vide, à me ronger le peu d'ongles qu'il me reste lorsqu'une infirmière passe la tête par la porte.

« Un appel pour vous, ma petite. Je l'ai transféré sur le téléphone de la chambre. » D'un geste de la main, elle indique le combiné en plastique blanc fixé à la tête de lit puis se retire.

Qui cela peut-il bien être ? Qui sait que je suis ici ? Serait-ce ma mère ?

Je consulte l'heure. Non, c'est le milieu de la nuit en Australie.

Puis, telle une main glacée à la base de ma nuque, une pensée me vient. Les parents de James. Ils doivent savoir que je suis ici.

Le téléphone se met à sonner. L'espace d'un instant, tout courage m'abandonne, et je manque ne pas répondre. Puis, les dents serrées, je me force à décrocher.

« Allô ? »

Une pause puis : « Nora ? C'est toi ? »

Nina ! Le soulagement me submerge et, pendant une fraction de seconde, je m'interroge sur les pouvoirs télépathiques. « Nina ! » Je suis si contente de l'entendre, de savoir que je ne suis pas coupée du monde. « Heureusement que tu appelles. Ils risquent de me laisser sortir et je me suis aperçue que je n'avais pas ton numéro ni rien. C'est pour cela que tu téléphones ?

— Non, répond-elle sèchement. Je ne vais pas tourner autour du pot. Flo a fait une tentative de suicide. »

28

Je reste sans voix.

« Nora ? tente Nina au bout d'un moment. Nora ? Tu es toujours là ? Mince, ça a coupé ou quoi ?

— Je suis là, dis-je, hébétée. Je suis juste… Oh Seigneur !

— Pardon de te l'annoncer si brutalement, mais je n'avais pas envie que tu l'apprennes par les infirmières ou la police. Elle est dans le même hôpital que toi.

— Oh mon Dieu ! Est-ce que… elle va s'en sortir ?

— Je pense que oui. Je l'ai trouvée dans la salle de bains du B & B où nous logeons. Elle était un peu dingue, mais je ne croyais pas… » Elle paraît sous le choc et je mesure pour la première fois la pression qu'elle subit. Pendant que Clare et moi sommes hospitalisées et évitons le plus gros des interrogatoires, Nina, Flo et Tom sont sans doute questionnés sans relâche. « Je suis revenue plus tôt que prévu par pur hasard. J'aurai dû m'en douter. C'était très dur, mais je n'aurais jamais cru…

— Ce n'est pas ta faute.

— Bon sang, je suis médecin, Nora ! s'écrie-t-elle

d'une voix angoissée. D'accord, ça fait un bail que je n'ai pas pratiqué en psychiatrie, mais on est censé se rappeler les bases. Merde. J'aurais dû le voir venir.

— Mais ça va aller pour elle ?

— Je ne sais pas. Elle a avalé des somnifères avec du Valium et une tonne de paracétamol, le tout arrosé au whisky. C'est le paracétamol qui m'inquiète – c'est très mauvais. Tu peux te réveiller comme une fleur à l'hôpital et ensuite ton foie te lâche juste quand tu as décidé qu'en fin de compte, le suicide n'était pas à l'ordre du jour.

— Oh là là, pauvre Flo. Est-ce qu'elle a expliqué… son geste ?

— Elle a laissé un mot disant qu'elle ne pouvait plus gérer.

— Tu crois que… » Je me tais, j'ignore comment poser la question.

« Quoi ? Qu'elle a mauvaise conscience ? s'enquiert-elle, et je l'imagine tout à fait en train de hausser les épaules à l'autre bout du téléphone. Je ne sais pas. Mais on peut dire ce qu'on veut, c'est elle qui tenait le fusil et je ne crois pas que Lamarr et Roberts se soient montrés très tendres avec elle.

— Comment s'est-elle procuré les médicaments ?

— Elle s'est fait prescrire le diazépam et les somnifères. Elle… Nous avons tous subi un gros stress, Nora. Elle a vu un homme se faire tirer dessus. Il s'agit d'un cas de stress post-traumatique. »

Je ferme les paupières. J'étais en sécurité ici, dans mon cocon d'ignorance tandis que Flo se désagrégeait.

« Elle était tellement obnubilée, murmuré-je. Tu te rappelles comme elle n'arrêtait pas de répéter qu'elle voulait offrir à Clare le *parfait* enterrement de vie de jeune fille.

— Je sais. Crois-moi, on en a entendu parler ces derniers jours. Elle n'a fait que pleurer et se flageller pour ce qu'il s'est passé.

— Mais qu'est-il arrivé, Nina, en fait ? » Je m'aperçois tout à coup que je serre le combiné en plastique avec une telle force que mes doigts me font mal. « Lamarr pense qu'il s'agit d'un meurtre. Elle pose de drôles de questions au sujet de mon portable. J'ai été officiellement informée de mes droits. Ils me considèrent comme un suspect.

— Nous le sommes tous, rétorque Nina avec lassitude. Nous étions présents dans la maison où un homme a été abattu et est décédé. Tu n'es pas seule en cause. Oh, comme j'aimerais que tout ça soit terminé ! Jess me manque tellement que je n'arrive plus à réfléchir. Merde, pourquoi a-t-on accepté de venir, Nora ? »

Elle paraît épuisée. Pas seulement par cette histoire, mais par tout. Et je les imagine, Tom et elle, dans leurs chambres d'hôtel, attendant d'être interrogés, espérant des réponses, des nouvelles de Flo, de Clare, de tout le reste.

On lui a demandé de ne pas quitter la ville. Elle est autant prise au piège que moi. Prisonnière des événements survenus dans cette maison de verre.

« Bon, je dois te laisser, finit par dire Nina. Je t'appelle depuis un pauvre portable prépayé et je ne crois pas qu'il reste beaucoup de crédit. Je rappellerai et laisserai mon numéro à l'accueil, OK ? Dis-leur de me contacter s'ils te laissent sortir.

— D'accord. » J'ai une boule dans la gorge et je

tousse un peu pour dissimuler mon émotion. « Prends soin de toi, OK ? Et ne t'en veux pas pour Flo. Elle va s'en sortir.

— Je ne sais pas, réplique Nina d'une voix sombre. J'ai vu des cas d'overdose au paracétamol quand j'étais étudiante et je sais comment ça se passe. Mais merci de me réconforter. Et… Nora ?

— Oui ?

— Je… Oh, et puis non. Ça ne sert à rien que je le dise. Oublie.

— Quoi ?

— Juste… Essaie de te rappeler ce qui s'est passé quand tu es partie de la maison, d'accord ? Il y a gros en jeu. Mais aucune pression, hein ? fait-elle avec un petit rire nerveux.

— Je sais. Au revoir, Nina.

— Au revoir. »

Elle raccroche et je me frotte le visage. « Aucune pression. » Je suppose que c'est son idée d'une plaisanterie. Elle mesure aussi bien que moi la pression que nous subissons. Tous autant que nous sommes.

Je dois me souvenir. Il le faut.

Je ferme les yeux et fouille ma mémoire.

« Nora. » Une main sur mon épaule me secoue pour me réveiller. « Nora. »

Je cligne des paupières et tente de m'asseoir, de retrouver mes repères.

Lamarr est ici. Je dormais.

« Quelle heure est-il ? je demande, l'esprit vaseux.

— Presque midi. » Sa voix est brusque. Pas l'ombre d'un sourire pour illuminer son visage. D'ailleurs, elle affiche une expression très sombre.

L'inspecteur Roberts se tient derrière elle, le regard noir, fixe et immobile. On dirait qu'il est né avec un stylo et une mine renfrognée. Difficile de l'imaginer en train de bercer un bébé ou de donner des baisers fougueux.

« Nous souhaiterions vous poser d'autres questions, explique Lamarr. Vous avez besoin d'une minute ?

— Non, ça va, dis-je en secouant la tête pour tenter de me réveiller. Je vous écoute. »

Après un bref hochement de tête, Lamarr enclenche le magnétophone et renouvelle les précautions d'usage. Puis elle sort une feuille de papier. « Nora, j'aimerais que vous lisiez ceci. Il s'agit de la retranscription d'e-mails et de SMS issus de votre téléphone, que nous avons retrouvé dans les bois, non loin de la maison de verre, et de celui de James ces derniers jours. »

Elle me tend la feuille. Je me redresse un peu et tente de me concentrer sur les petits caractères dactylographiés. Il s'agit d'une liste de messages, chacun annoté du numéro émetteur, de la date et de l'heure de leur émission ainsi que d'une autre information que je ne sais pas interpréter – une position GPS, peut-être.

Le premier indique mon numéro et « vendredi, 16 h 52 ».

LEONORA SHAW : James, c'est moi. Leo. Leo Shaw.

JAMES COOPER : Leo??? C'est bien toi?

LEONORA SHAW : Oui. Il faut qu'on se voie. Je participe au week-end de Clare. Viens, STP. C'est urgent.

JAMES COOPER : Vraiment?

JAMES COOPER : Est-ce que C t'a dit?

LEONORA SHAW : Oui. Viens, STP. Je dois vraiment te parler.

JAMES COOPER : Tu es sérieuse? Ça ne peut pas attendre que tu rentres à Londres?

LEONORA SHAW : Non. C'est très urgent. S'il te plaît. Demain? Dimanche c'est trop tard.

La réponse de James est marquée « 23 h 44 ».

JAMES COOPER : Je joue en matinée et en soirée demain. Ne sortirai du théâtre que vers 22/23h. En voiture, je vais mettre + de 5 heures. J'arriverai au milieu de la nuit. Tu veux vraiment que je fasse ça?

Samedi, 7 h 21

LEONORA SHAW : Oui.

Samedi, 14 h 32

JAMES COOPER : OK.

LEONORA SHAW : MERCI ! Laisse ta voiture dans l'allée. Arrivé à la maison, fais le tour par-derrière. Je laisserai la porte de la cuisine ouverte. Ma chambre est en haut de l'escalier, deuxième porte à droite. Je t'expliquerai tout à ce moment-là.

Nouvelle longue pause. La réponse de James est marquée « 17 h 54 » et elle me brise le cœur.

JAMES COOPER : OK. Je suis tellement désolé, Leo. Pour tout. J.

Puis, à 23 h 18 :

JAMES COOPER : Suis en route.

Et c'est tout.

Je lève les yeux débordants de larmes sur Lamarr, ma voix est cassée et faible.

« La prévenue a terminé la lecture de la retranscription », annonce-t-elle doucement pour les besoins de l'enregistrement, puis : « Alors, Nora ? Une explication ? Pensiez-vous que nous ne retrouverions pas ces messages ? Les effacer ne servait à rien, vous savez ; nous les avons récupérés sur le serveur.

— J-je… Je… » J'inspire un grand coup pour me forcer à parler. « Je n'ai pas envoyé ces textos.

— Vraiment. » Ce n'est pas une question, juste une observation plate et légèrement lasse.

« Je vous assure, vous devez me croire. » Je sais au moment où je commence à bafouiller que c'est sans espoir. « Quelqu'un d'autre a pu les envoyer. On aurait pu copier ma carte Sim.

— Croyez-moi, on a l'habitude, Nora. Ils ont été envoyés de votre téléphone, et les dates et heures correspondent à vos joggings dans les bois et à la sortie au stand de tir.

— Mais je n'ai pas pris mon portable avec moi pour aller courir !

— La géolocalisation est assez précise. Les données recueillies indiquent que vous avez grimpé en haut de la colline pour avoir du réseau.

— Ce n'est pas moi qui ai envoyé ces messages », je répète avec désespoir. J'ai envie de me terrer dans mon lit, de me cacher sous les couvertures. Lamarr me considère de toute sa hauteur, elle ne s'est pas assise à mon chevet ce coup-ci. Son visage est figé, comme celui d'une figurine d'ébène. Son expression est compatissante, mais également empreinte d'une rigueur que je n'avais pas remarquée jusque-là. Elle arbore une sorte de détachement impitoyable que possèdent dans mon imaginaire les anges – pas un ange de la miséricorde, mais un ange du jugement.

« Nous avons aussi reçu le rapport d'analyse de la voiture, Nora. Nous savons ce qui s'est passé.

— Que s'est-il passé ? » Je fais mon possible pour contenir la panique qui monte en moi, mais ma voix, tremblante et perçante, me trahit. Ils savent. Ils savent une chose que j'ignore. « Que s'est-il passé ?

— Clare vous a récupérée sur la route et alors qu'elle conduisait, vous vous êtes emparée du volant – vous en souvenez-vous ? Vous avez attrapé le volant et fait sortir la voiture de route.

— Non.

— Vos empreintes sont sur le volant. Les égratignures sur vos mains, les ongles cassés – vous vous êtes battue avec Clare. Elle présente des blessures défensives sur les mains et les bras. On a retrouvé des échantillons de votre peau sous ses ongles.

— Non ! »

Mais en prononçant le mot, j'ai un flash, comme un cauchemar devenu réalité : le visage horrifié de Clare, baigné par la lueur verte du tableau de bord, mes mains luttant avec les siennes.

« Non ! » dis-je une nouvelle fois, mais un sanglot couvre ma voix. Qu'ai-je fait ?

« Que vous a dit Clare, Nora ? Vous êtes-vous disputées au sujet de son mariage avec James ? »

Je suis incapable de parler. Je me contente de secouer la tête, mais pas par déni. Je suis tout simplement incapable de gérer ça, ces questions.

« La prévenue secoue la tête, intervient Roberts d'un ton bourru.

— Flo nous a raconté ce qu'il s'était passé, déclare Lamarr, implacable. Clare lui avait demandé de garder le secret. Elle avait prévu de vous l'annoncer à votre arrivée, n'est-ce pas ? »

Oh mon Dieu.

« Vous n'avez eu aucune autre relation depuis que vous avez rompu avec lui, c'est exact ? »

Non, non, non.

« Vous étiez obsédée par lui. Clare attendait pour vous le dire car elle craignait votre réaction. Elle avait raison de s'inquiéter, pas vrai ? »

Je vous en prie, faites que je me réveille de ce cauchemar.

« Et donc vous l'avez piégé pour qu'il vienne à la maison et vous lui avez tiré dessus. »

Non. Oh, Seigneur. Il faut que je parle. Je dois dire quelque chose pour faire taire Lamarr, pour faire disparaître ces accusations vicieuses.

« C'est la vérité, n'est-ce pas, Nora ? » Sa voix est douce et amicale. Enfin, au bout d'un moment, elle s'assied au bord de mon lit et tend la main. « N'est-ce pas ? »

Je relève la tête. Mes yeux débordent de larmes mais, à travers leur voile, je distingue le visage de Lamarr, son regard compatissant, ses lourdes boucles d'oreilles, trop lourdes pour un cou si frêle. J'entends le ronronnement du magnétophone.

Enfin, je retrouve la parole.

« Je veux voir un avocat. »

29

J'essaie de me rappeler ce que je faisais à l'heure indiquée pour le premier texto, celui que je suis censée avoir envoyé à James, celui envoyé de mon portable à 16 h 52. J'étais sortie courir. Mon téléphone est resté sans surveillance, dans ma chambre. Qui y aurait eu accès ?

Clare n'était pas encore arrivée – je le sais puisque je l'ai rencontrée dans l'allée de la maison – mais n'importe quel autre hôte aurait pu le prendre.

Mais pourquoi ? Pour quelle raison chercherait-on à me nuire ainsi ? À faire du mal à James, à *Clare* ?

J'envisage les différentes possibilités.

Melanie paraît la plus improbable. Oui, elle se trouvait dans la maison quand je suis partie courir ; d'ailleurs, elle était la seule levée le samedi matin lorsque je suis sortie pour mon second jogging. J'ai toutefois du mal à croire qu'elle se soucie suffisamment de James ou de moi pour perpétrer un tel acte. Pourquoi tout risquer afin d'incriminer quelqu'un qu'elle n'a jamais rencontré ? En outre, elle avait quitté la maison à l'arrivée de James, quand… quand… Je ferme les yeux, repoussant de toutes mes forces les images de James baignant dans son sang sur le parquet. *Elle avait tout de même l'opportunité d'échanger les cartouches*, me murmure une petite voix dans ma tête. *Elle aurait pu le faire à n'importe quel moment. Et voilà qui expliquerait qu'elle soit partie si précipitamment.* C'est la vérité. Elle aurait pu procéder à l'échange. Mais à n'en pas douter, elle ne pouvait prévoir le reste… la porte ouverte, le fusil, la bagarre…

Tom, alors ? Il disposait de l'occasion – il se trouvait dans la maison quand mon téléphone y était, il était présent lors du coup de fusil. De plus – cette pensée me frappe brutalement –, c'est lui qui a envoyé Clare seule en voiture à travers la forêt. Pour quelle raison est-elle partie si vite ? Nous ne disposons que de sa version à lui sur ce qu'il lui aurait dit et, à présent, à la lumière des événements, le fait qu'elle l'ait si mal compris semble bien pratique. Serait-elle réellement capable de partir en trombe ainsi, au milieu de la nuit, sans vérifier ? Nina était le médecin, celle avec l'expérience médicale, après tout. Elle représentait la meilleure chance de survie de James.

Et si Tom lui avait dit de partir ? Il aurait pu prétexter n'importe quoi : que Nina ne venait pas, qu'elle avait suggéré de partir devant, qu'elle les rejoindrait à l'hôpital. Quant au mobile… Je repense à la conversation alcoolisée que nous avons partagée à propos de son mari et de James. Si seulement j'y avais prêté attention ! Si j'avais écouté ! Mais je m'ennuyais, la litanie de noms inconnus pour moi et les intrigues politico-théâtrales m'avaient agacée.

Existait-il une rancœur entre Bruce et James ? Ou peut-être le contraire ?

Un scénario peu probable, cependant. Car à quelle fin aurait-il conseillé à Clare de partir seule ? Il ne pouvait pas prévoir la suite des événements.

Mais plus important encore, il ignorait mon passé avec James. À moins que… quelqu'un lui en ait parlé.

Clare aurait pu lui raconter. Je ne peux me défaire de cette idée. Mais le problème subsiste : ce meurtre a été orchestré de telle sorte qu'il n'a pas seulement ôté la vie à James, il a aussi détruit celle de Clare et la mienne. Il ne s'agit pas que de dommages collatéraux ; la façon dont j'ai été mêlée sciemment à cette histoire présente un aspect malicieux et personnel, ravivant de vieilles blessures oubliées. Qui ferait une telle chose ? Pourquoi voudrait-on faire ça ?

Je tente d'envisager le problème comme l'intrigue de l'un de mes romans. Si j'écrivais cette histoire, j'imaginerais une raison pour Tom de vouloir faire du mal à James. Et je parviendrais certainement à lui fabriquer un mobile qui expliquerait qu'il veuille blesser Clare par la même occasion. Mais moi ? Pourquoi prendre de telles mesures pour impliquer une inconnue ? Non, la personne qui pourrait vouloir nous détruire tous les trois nous connaîtrait. Cette personne aurait été présente lorsque tout a basculé. Comme par exemple…

Nina.

Mon esprit répugne à considérer cette éventualité. Nina peut se montrer bizarre ; tranchante et sarcastique, sans grande considération. Mais qu'elle fomente un tel plan ? Je repense à son visage, ses traits graves marqués par le chagrin en se remémorant les blessures par balles qu'elle avait soignées en Colombie. Elle consacre sa vie à aider les autres. Impossible qu'elle agisse de la sorte !

Pourtant, la petite voix à mon oreille me rappelle combien Nina peut être insensible. Je me souviens d'une fois où, ivre, elle avait déclaré : « Les chirurgiens se fichent des gens en tant que personnes. Ils sont comme des mécaniciens : tout ce qui les intéresse, c'est ouvrir pour étudier comment ça tourne à l'intérieur. Un chirurgien lambda est comme un petit garçon qui démonte la montre de son papa pour voir comment elle fonctionne et qui ensuite n'arrive pas à la remonter. Plus on est doué, meilleur on devient à rassembler les morceaux. Mais on laisse toujours une cicatrice. »

Je repense également à ses soudains accès de mépris envers Clare. Sa férocité lorsqu'elle a évoqué la façon dont Clare cherchait à provoquer des réactions chez les autres, son amertume quant à la façon dont Clare avait révélé son homosexualité, il y a des années. Serait-ce un acte qu'elle n'aurait pas pardonné à Clare ?

Enfin, je songe à ses agissements le soir de notre arrivée. Le jeu du « Je n'ai jamais ». La malice délibérée dans sa voix traînante : « Je n'ai jamais couché avec James Cooper. »

Soudain, dans la petite chambre surchauffée, un frisson me traverse. Parce que c'est le genre de méchanceté cruelle et personnelle qui imprègne toute cette situation de folie. Il ne s'agissait pas uniquement de curiosité quant à mon histoire avec James. C'était un manque de considération flagrant. De la cruauté délibérée – envers Clare et envers moi. Qui cherchait à provoquer des réactions dans ce cas ?

Pourtant, je repousse cette idée. Je ne penserai pas à Nina de cette manière. Non. Ça me rendrait folle.

Flo. C'est à elle que je reviens sans cesse. Flo était là depuis le début. Flo a lancé les invitations. Flo tenait le fusil. Flo prétendait qu'il était chargé à blanc.

Flo, avec son étrange obsession pour Clare. Son intensité et son instabilité. Elle aurait pu découvrir l'histoire entre James et moi n'importe quand ; elle est la meilleure amie de Clare depuis l'université, après tout. Il est fort probable que Clare se soit confiée à elle à ce sujet.

Est-ce la raison de son overdose ? A-t-elle pris conscience de ses actes ?

Alors que je passe en revue toutes ces possibilités, je repère brusquement du coin de l'œil un mouvement près de la porte.

Le garde est de retour. La police me surveille. Sauf que, cette fois, il ne fait aucun doute qu'il n'est pas là pour assurer ma protection. Il est là pour veiller à ce que je ne m'enfuie pas. Lorsque l'hôpital signera mon bon de sortie, je ne rentrerai pas chez moi. J'irai droit au poste de police. Je serai arrêtée et interrogée, et très certainement inculpée s'ils pensent pouvoir prouver ma culpabilité.

Avec froideur et objectivité, j'essaie d'examiner le dernier suspect de l'enterrement de vie de jeune fille : moi-même.

J'étais présente. J'aurais pu envoyer ces messages à James. J'aurais pu échanger les vraies cartouches contre les balles à blanc. J'avais la main sur le canon lorsque Flo a tiré. Rien de plus facile que de diriger le tir sur James lorsqu'il remontait les escaliers.

Et surtout, j'étais présente lors du second acte du

meurtre de James. Je me trouvais dans la voiture lorsqu'elle a quitté la route.

Que s'est-il passé dans cette voiture, bon sang ? Pourquoi ces souvenirs m'échappent-ils ?

Je repense aux paroles du docteur Miller : « Parfois le cerveau efface des événements que nous ne sommes pas prêts à gérer. C'est un mécanisme de défense. »

Quelle vérité atroce mon cerveau n'arrive-t-il pas à gérer ?

Je frissonne comme si j'avais froid, alors même que la chaleur de l'hôpital est plus étouffante que jamais. J'attrape le gilet de Nina au pied du lit et le drape autour de mes épaules, humant son odeur de cigarette et de parfum. Je tente de me ressaisir.

Ce n'est pas l'idée d'être arrêtée et inculpée qui m'inquiète le plus. Je n'arrive toujours pas à y croire, de toute façon. Et je suis sûre que, si je réussis à m'expliquer, ils me croiront, non ?

Ce qui me perturbe le plus, c'est de penser que quelqu'un me hait suffisamment pour faire ça. Mais qui, bon sang ?

Je m'interdis de songer à la dernière possibilité. Elle est trop affreuse pour que je la laisse pénétrer mon esprit, en dehors des petits chuchotements insidieux qui me parviennent.

Néanmoins, tandis que je me pelotonne sous la mince couverture d'hôpital, l'un de ces murmures s'élève : *Et si c'était vrai ?*

***

Le reste de la journée s'écoule lentement, comme si j'évoluais dans de la mélasse, visions cauchemardesques qui hantent parfois mes nuits et dans lesquelles mes jambes sont trop lourdes pour bouger. On me pourchasse et je dois fuir mais je suis embourbée, les membres engourdis, faibles, et tout ce que je parviens à faire, c'est avancer douloureusement alors qu'un monstre, derrière moi, se rapproche.

Ma petite chambre d'hôpital ressemble de plus en plus à une cellule de prison, avec la vitre en verre renforcé et le garde devant la porte. Les messages sont une preuve suffisante pour m'arrêter, en plus du fait que j'ai nié les avoir envoyés.

Il y a longtemps, pour la rédaction de mon premier roman, j'ai discuté avec un policier des techniques d'interrogatoire. *On écoute*, a-t-il dit. *On écoute le mensonge.*

Lamarr et Roberts ont trouvé leur mensonge : je leur ai dit que je n'avais pas envoyé ces textos. Et pourtant, ils existent.

J'essaie de manger un peu, mais la nourriture est insipide et je laisse le plateau quasiment intact. Je me mets aux mots croisés mais ils m'échappent, petits caractères sur la page alors que mon esprit est envahi d'autres images.

Moi, sur le banc des accusés au tribunal, en prison.

Flo, branchée à un respirateur artificiel dans ce même hôpital.

Clare, allongée dans un lit, les yeux bougeant doucement sous ses paupières closes.

James, dans une mare de son propre sang.

Soudain, mes narines s'emplissent de son odeur – une odeur de boucherie avec son sang sur mes mains, sur mon pyjama, s'infiltrant entre les lattes du plancher…

Je rejette les couvertures et me lève. Dans la salle de bains, je m'asperge le visage d'eau, cherchant à nettoyer la puanteur du sang et les réminiscences envahissantes. Mais les souvenirs que je désire ne viennent pas. Est-il possible… Serait-il possible que j'aie envoyé ces messages et que j'en aie enfoui le souvenir avec ce qui s'est passé dans la voiture ?

Qui croire si je ne peux même pas avoir confiance en moi-même ?

Je me redresse, la tête entre les mains. Sous la lumière crue et sans concession du néon, je m'observe dans le miroir. Les ecchymoses à mes paupières sont toujours là, mais elles s'estompent. Mes yeux sont jaunes et caves. Des taches sombres s'épanouissent de chaque côté de mon nez et sous mes paupières inférieures, mais je ne ressemble plus à un monstre. Si j'avais du fond de teint, je pourrais dissimuler les cernes, mais je n'ai pas pensé à en demander à Nina.

Je parais maigre et vieille. Ma figure est plissée, portant les marques des draps.

Je songe à celle que je suis au fond de moi. Dans ma tête, j'ai seize ans depuis plus de dix ans. Mes cheveux sont encore longs. Dans les moments de stress, j'essaie de les remettre derrière mon oreille mais mes doigts n'accrochent que de l'air.

Dans ma tête, James est vivant. Je ne peux pas croire qu'il ne le soit plus.

Me laissera-t-on voir sa dépouille ?

Je frissonne, passe une main mouillée dans mes cheveux ébouriffés et m'essuie les paumes sur le bas de survêtement gris.

En revenant dans la chambre, je remarque que

quelque chose a changé mais je n'arrive pas à déterminer quoi. Mon livre est toujours posé sur le lit. Les tongs glissées dessous. La carafe d'eau à moitié pleine sur le chevet et le dossier toujours suspendu au pied du lit.

Puis je vois : le garde a disparu.

Je vais jusqu'à la porte pour observer à travers la lucarne vitrée. La chaise est là. Une tasse de thé laisse échapper de légères volutes de fumée. Mais pas de garde en vue.

Un frisson d'adrénaline me parcourt, hérissant les petits cheveux de ma nuque. Mon corps sait ce que je m'apprête à faire avant même que mon esprit ne l'ait analysé. Mes doigts se tendent vers les tongs, les enfilent à mes pieds. Mes mains boutonnent le gilet de Nina. Puis elles s'emparent des deux billets de dix, encore pliés, posés au bord du chevet.

Mon cœur bat la chamade tandis que j'appuie doucement sur la poignée de la porte, m'attendant à tout instant à entendre hurler « stop ! », ou une infirmière demander : « Tout va bien, mademoiselle ? »

Mais rien.

Il ne se passe rien.

Je sors de la chambre et longe le couloir, passe devant d'autres chambres, les tongs claquant sur le lino.

Devant le bureau des infirmières, personne ne m'arrête. L'une d'elles est assise à l'accueil mais elle me tourne le dos, occupée à remplir des formulaires.

Clac, clac, clac. Je franchis la double porte et sors dans le couloir principal, où l'air empeste moins le détergent et davantage la nourriture industrielle des cuisines situées tout au bout. Je presse un peu le pas.

Un panneau annonce « Sortie » avec une flèche à l'angle.

En tournant, mon cœur manque s'arrêter. Un policier est planté devant la porte des toilettes pour hommes, en train de marmonner dans sa radio. Un instant, je flanche. Je fais presque demi-tour pour regagner ma chambre en courant, la queue entre les jambes, avant qu'on ne découvre que j'en suis sortie.

Mais je me retiens. Je me reprends et poursuis ma marche, passant devant lui au son de mes tongs qui claquent et de mon cœur qui tambourine en rythme ; il ne me jette même pas un coup d'œil.

« Entendu, dit-il. Bien reçu. »

Je tourne à l'angle et il a disparu.

Je continue d'avancer, pas trop vite, pas trop lentement. Quelqu'un va bien finir par me stopper ? On ne sort pas si facilement d'un hôpital quand même, si ?

Le panneau marqué « Sortie » indique le bout du couloir, entre des box de lits. J'y suis presque.

Et puis, alors que j'arrive à la dernière porte avant l'ascenseur, j'aperçois quelqu'un à travers la vitre.

Lamarr.

J'en reste le souffle coupé et, sans réfléchir, je me glisse derrière le rideau d'un box, priant pour que l'occupant soit endormi.

J'immobilise les rideaux autour de moi, le cœur battant à tout rompre, et j'attends, l'oreille aux aguets. Alors j'entends les talons claquer sur le sol du couloir. Au bureau des infirmières, presque à l'opposé de l'endroit où je me cache, les pas s'arrêtent. Je reste immobile, les mains tremblantes, attendant que le rideau soit tiré brusquement, attendant d'être découverte.

Mais alors elle gratifie de quelques paroles de politesse l'infirmière en chef du service et les talons repartent de plus belle vers les toilettes et ma chambre.

Oh merci, merci, merci.

Mes jambes flageolent de soulagement et l'espace d'une minute je crois que je vais m'effondrer. Mais il ne faut pas. Je dois sortir d'ici avant qu'elle n'atteigne ma chambre et ne comprenne que je suis partie. Je regrette tout à coup de ne pas avoir glissé les oreillers sous les draps ou tiré un peu le rideau à la fenêtre.

Je prends deux ou trois grandes inspirations pour tenter de calmer mes nerfs et je pivote, sur le point de présenter mes excuses à l'occupant du lit.

À sa vue, mon cœur manque s'arrêter de battre.

Clare.

Clare, étendue, paupières closes, sa chevelure dorée étalée sur l'oreiller.

Elle est d'une blancheur effrayante et son visage présente encore plus de coupures que le mien. Un moniteur est clippé à son index et de longs fils disparaissent sous les couvertures.

Oh mon Dieu. Clare.

C'est de la folie, je le sais, mais je ne peux empêcher ma main d'approcher son visage et d'écarter une mèche de cheveux de sa bouche. Ses yeux s'agitent sous ses paupières et je retiens mon souffle. Alors elle se détend et replonge dans l'état qui est le sien. Sommeil ? Coma ? Je pousse un soupir.

« Clare », je murmure tout bas afin que personne ne m'entende mais en espérant que mon appel résonnera dans ses rêves. « Clare, c'est moi, Nora. Je te jure que je vais découvrir la vérité. Je saurai ce qui s'est passé. Promis. »

Elle ne répond pas. Ses yeux bougent encore sous ses paupières et je repense à Flo lors de la séance de spiritisme, cherchant aveuglément quelque chose qu'aucun d'entre nous ne pouvait voir.

J'ai l'impression que mon cœur va exploser.

Je ne dois pas rester là. Ils sont peut-être en train de me chercher en ce moment même.

Avec précaution et discrétion, je jette un œil derrière le rideau. Le couloir est désert, le bureau des infirmières abandonné ; elles s'occupent de patients et la responsable a disparu.

Je me glisse à l'extérieur, tirant le rideau de Clare derrière moi, puis je me mets à courir vers les portes au bout du couloir et débouche devant les ascenseurs.

J'appuie sur le bouton, cinq fois, dix fois, quinze fois, encore et encore comme si ça allait le faire venir plus vite.

Un grincement et un cliquetis, puis les portes de la cabine la plus éloignée s'ouvrent. Je me précipite à l'intérieur, le cœur battant. Un brancardier s'y trouve déjà avec une femme en fauteuil roulant sifflant un tube de Lady Gaga entre ses dents. *Je vous en prie, faites que j'y arrive.*

L'ascenseur s'arrête dans un sursaut ; je me pousse pour laisser sortir le brancardier et sa patiente puis je suis les panneaux qui indiquent l'entrée principale. Une femme à la mine ennuyée est assise à l'accueil et feuillette un exemplaire de *Hello*.

Alors que j'arrive à sa hauteur, son téléphone se

met à sonner et je ne peux m'empêcher de hâter le pas. *Ne décroche pas, ne décroche pas.*

Elle décroche.

Je marche trop vite, je le sais, mais c'est plus fort que moi. Je ressemble à un patient, c'est sûr. Comment pourrait-elle ne pas remarquer la paire de tongs ? Les gens normaux, les visiteurs, ne portent pas de tongs au mois de novembre. Pas avec un bas de jogging gris et un gilet en laine.

Elle va m'arrêter, je le sais. Elle va dire quelque chose, me demander si tout va bien. Les deux billets de dix livres dans mon poing sont trempés de sueur.

« Vraiment ? » déclare la réceptionniste d'un ton sec lorsque je passe devant elle. Elle enroule le cordon du téléphone autour de son doigt. « Oui, oui, bien sûr. Je vais garder l'œil ouvert. »

J'ai le cœur au bord des lèvres. Elle sait. Je ne vais pas y arriver.

Pourtant, elle ne lève pas les yeux. Elle hoche la tête. Ils ne parlent peut-être pas de moi.

Je suis presque à la porte. Une affiche conseille aux gens d'utiliser le savon antiseptique en entrant et en sortant. Dois-je m'arrêter ? Me remarquera-t-on davantage si je m'arrête ou si je poursuis mon chemin ?

Je continue.

Au bureau, la femme est toujours en train de parler et de secouer la tête.

Je suis dans les portes à tambour. J'imagine brièvement qu'elles vont se coincer et me garder prisonnière, piégée dans un triangle d'air avec tout juste l'espace pour passer un bras mais pas assez pour m'échapper.

Ça n'arrive pas. Les portes continuent de tourner lentement.

L'air frais me frappe avec soulagement.

Je suis libre.

Je suis sortie de l'hôpital.

Je me suis échappée.

30

L'air est frais sur mon visage et je me sens complètement perdue. Cet endroit m'est inconnu – et je me rends soudain compte avec horreur que j'ai été transportée ici inconsciente et que je n'ai aucune idée de comment j'y suis arrivée et de comment en partir.

Après la chaleur de l'hôpital, je frissonne dehors sous les quelques flocons de neige qui voltigent. Je lève les yeux en quête d'un miracle et il m'apparaît sous la forme d'un panneau marqué « Taxi », accompagné d'une flèche.

J'avance d'un pas lent, tremblant, jusqu'à l'angle du bâtiment et découvre un unique taxi, lumière allumée. Un homme se trouve à l'intérieur, en tout cas il me semble, difficile à dire avec la buée sur les vitres.

Je m'approche en boitillant – les tongs frottent et irritent mes pieds – et je toque à la vitre. Elle descend dans un craquement ; un visage jovial et tanné m'accueille d'un sourire.

« Qu'est-ce que je peux faire pour vous, ma jolie ? » demande-t-il. C'est un sikh, surmonté d'un turban noir élégant pourvu d'une épingle plantée au milieu avec le logo de sa compagnie de taxis. Son accent est un mélange déconcertant de panjabi et d'intonations de Newcastle et il me donne brièvement envie de rire.

« Je dois… Je dois aller… » Je ne sais pas du tout où aller. Londres ?

Non.

« Je dois me rendre à la maison de verre, dis-je. C'est une demeure à la sortie de Stanebridge. Vous connaissez ce village ? »

Il acquiesce et pose son journal. « Ouais, je connais. Montez, ma jolie. »

Je ne bouge pas. Malgré le froid et le fait que je tremble de tous mes membres à présent, j'hésite, une main sur la poignée.

« Combien ça va coûter ? Je n'ai que vingt livres.

— Vingt-cinq, normalement, répond-il en prenant note de mes bleus. Mais je vous le fais à vingt. »

Merci mon Dieu. Je parviens à esquisser un sourire malgré mon visage gelé qui menace de se craqueler sous l'effort.

« M-merci. » Le froid me fait bégayer.

« Montez, ma belle, répète-t-il en ouvrant la portière derrière lui. Sinon vous allez geler sur place. »

La voiture est comme un cocon de chaleur qui m'enveloppe. Une odeur de plastique usé, de sapin désodorisant et de tabac froid flotte à l'intérieur, comme dans les taxis du monde entier, et j'ai envie de me recroqueviller dans la douceur réconfortante de ses sièges, de dormir et de ne jamais me réveiller.

De mes doigts tremblants je peine à attacher la ceinture et je comprends combien je suis épuisée, combien mes muscles sont fatigués après mon séjour à l'hôpital.

« Désolée, dis-je tandis qu'il se retourne pour

s'assurer que j'ai bien bouclé ma ceinture. Je vais y arriver.

— Pas de souci. On a tout notre temps. »

Enfin, le cliquetis retentit et je m'adosse au siège, sentant mon corps tiraillé par la fatigue.

Le chauffeur démarre. Je ferme les yeux. Je m'en vais.

***

« Hé ! On se réveille, ma petite dame ! »

J'ouvre les yeux, les idées confuses et vaseuses. Où suis-je ? Pas chez moi. Pas à l'hôpital.

Il me faut plusieurs secondes pour comprendre que je me trouve à l'arrière d'un taxi, dans ma tenue d'hôpital, et que la voiture s'est arrêtée.

« On y est, dit-il. Mais je ne peux pas monter jusqu'à la maison. La route est bloquée. »

Je cligne des yeux et essuie la buée sur la vitre. Il dit vrai. Il y a un barrage routier au milieu de l'allée, deux barrières en alu attachées ensemble par un ruban en plastique de la police.

« C'est bon. » Je me frotte les yeux pour finir de me réveiller et prends les billets dans ma poche. « Voilà, vingt livres. C'est bien ça ?

— Vous êtes sûre que ça va aller ? demande-t-il en s'emparant de l'argent. On dirait que la maison est fermée.

— Ça va aller. »

Vraiment ? Il le faudra bien. Il doit y avoir un moyen d'entrer. Je suppose que la police a délimité un périmètre de sécurité autour de la maison mais je ne peux pas croire qu'ils l'aient transformée en Fort

Knox, pas dans un coin si reculé. Personne ne va venir perturber la scène de crime.

Le chauffeur de taxi n'a pas l'air d'approuver ma décision, et lorsque je descends de véhicule, il me suit du regard, le moteur tournant au ralenti, tandis que je contourne les barrières. Je préférerais qu'il s'en aille. Je n'ai pas envie qu'il me voie trébucher sur l'allée pleine d'ornières, mes pauvres tongs aux pieds. Du coup, je me tiens des deux mains à la barrière, en essayant de ne pas trembler, et je le salue d'un geste de la main.

Il baisse sa vitre, son souffle forme un nuage blanc dans l'air glacial.

« Vous êtes certaine que ça va ? Je peux rester si vous voulez, vous ramener à Stanebridge s'il n'y a personne. Ça ne vous coûtera rien. C'est sur mon chemin, de toute façon.

— Non, merci. » Je serre les dents pour les empêcher de claquer. « Je vais bien. Merci. Au revoir. »

Il hoche la tête, toujours mécontent, puis fait ronfler le moteur et je le regarde disparaître dans le crépuscule, ses feux arrière illuminant la neige en train de tomber.

Bon sang, cette allée n'en finit pas. J'avais oublié combien elle était longue. Je me rappelle mon jogging, lorsque je suis tombée sur Clare à son arrivée, mes jambes épuisées et douloureuses, ma peau frigorifiée. Ce n'était rien comparé à ce que j'expérimente maintenant. Qu'est-il arrivé à mes muscles pendant mon séjour à l'hôpital ? Je ne suis même pas à la moitié du chemin et mes jambes tremblotent, tétanisées comme après un trop gros effort, trop brusque.

Mes pieds sur le plastique dur des tongs sont en sang mais si engourdis que je ne ressens aucune douleur. Je sais qu'ils sont blessés aux traces rouges qui parsèment la neige.

Au moins, la boue a gelé, si bien que je ne lutte pas contre les morceaux collants qui pourraient s'accrocher à mes chevilles. Mais soudain, je trébuche dans une fondrière particulièrement profonde et, avec un petit craquement, la fine couche de glace rompt ; mon pied s'enfonce dans la flaque glacée en dessous.

Avec un hoquet de stupeur et de douleur, je retire mon pied de l'eau gelée. Un bruit pathétique, comme un cri de souris attrapée par un hibou.

J'ai tellement froid. Je suis frigorifiée.

Ai-je perdu la tête ?

Il faut que je continue malgré tout. Ça ne sert à rien de rebrousser chemin – même si je pouvais arrêter un automobiliste sur la route, où irais-je ? Je retournerais à l'hôpital pour me faire passer les menottes par Lamarr ? Je me suis enfuie. Je dois aller au bout. Il n'y a pas de retour possible.

Je force mes pieds à avancer, l'un après l'autre, les bras serrés contre moi pour tenter de me réchauffer, remerciant Dieu et Nina pour son gilet bleu, ma seule protection contre l'hypothermie. Le vent se remet à souffler, un mugissement bas à travers les arbres, et j'entends le clapotement de la neige qui tombe des branches.

Encore un pas.

Un autre.

J'ignore si je suis encore loin. La maison est déserte, aucune lumière ne peut me guider jusqu'à elle. Je n'ai pas la moindre idée du nombre de mètres parcourus dans ce froid glacial. Je sais seulement que je dois continuer, sinon je mourrai.

Encore un pas.

Des images envahissent ma tête à mesure que j'approche. Flo, le visage tordu par la peur, l'arme en travers de la poitrine. L'expression d'horreur de Nina, ses mains maculées de sang tandis qu'elle essaie d'endiguer le flot.

James. James étendu dans une mare de son propre sang, en train de mourir.

Je sais à présent ce qu'il essayait de me dire de son dernier souffle : *Te... Leo ?*

Texto... Leo. Il me demandait pourquoi je l'avais fait venir ici. Et pourquoi je le laissais mourir ainsi.

Il était venu pour moi. Il était venu parce que je le lui avais demandé.

Lui avais-je demandé ?

Je ne suis plus sûre de rien. Oh, Seigneur, comme j'ai froid.

Difficile de garder les idées claires.

Je repense aux messages que m'a montrés Lamarr sur cette feuille, et je ne sais plus si je me les rappelle de cet instant ou d'avant.

Ai-je demandé à James de venir ?

J'ignorais que Clare épousait James jusqu'à ce qu'elle me l'apprenne dans la voiture. Je ne savais pas. Pourquoi l'aurais-je contacté ?

Je dois me raccrocher à ça – me raccrocher à mes certitudes.

C'est forcément Flo. Elle était la seule à pouvoir contrôler tout ça : le choix des invités, celui de la maison, le fusil.

Elle se trouvait dans la maison lorsque les messages ont été envoyés.

Elle savait que j'étais sortie courir.

Je repense à son étrange ferveur, à son amour inconditionnel, explosif, terrifiant pour Clare. Est-il possible qu'elle ait pensé perdre Clare au profit de James ? Qu'elle n'ait pas supporté l'idée qu'il se mette entre elles deux ? Qui mieux que moi alors pour porter le blâme, l'ex-petite amie de James, la meilleure amie de Clare ?

Et ensuite… Ensuite, elle a pris conscience de ce qu'elle avait fait. Détruit la vie de son amie en même temps que celle de son rival. Elle avait gâché la vie de Clare.

Et c'était trop pour elle.

Oh, j'ai tellement froid. Et je suis si fatiguée. Un arbre est tombé sur le bord de l'allée. Je pourrais m'y asseoir un instant, le temps de reposer mes jambes tremblantes.

Un pas difficile après l'autre, je marche jusqu'au tronc et me laisse tomber sur son écorce couverte de mousse. Je me plie en deux, respirant entre mes jambes, cherchant désespérément un peu de chaleur.

Je ferme les yeux.

Je voudrais dormir.

Non.

La voix semble venir de l'extérieur. Je sais qu'elle n'est pas réelle et pourtant je l'entends.

Non.

Je veux dormir.

Non.

Si je dors, je mourrai. Je le sais. Mais je m'en fiche. Je suis si lasse.

Non.

Je veux dormir.

Mais quelque chose m'en empêche. Quelque chose en moi refuse que je me repose.

Ce n'est pas le désir de vivre. Peu m'importe désormais. James est mort. Clare est blessée. Flo est mourante. Il ne reste plus qu'une seule chose. La vérité.

Je ne mourrai pas. Je ne mourrai pas car quelqu'un doit se charger de découvrir la vérité.

Je me relève. Mes genoux tremblent tellement que je tiens à peine debout, je m'appuie sur l'arbre mort.

Je fais un pas.

Puis un autre.

Je dois continuer.

Je vais continuer.

31

J'ignore combien de temps cela me prend. La nuit est tombée. Les heures semblent dériver ensemble, se couler dans la neige qui mouchette la boue gelée. Je suis si fatiguée – si lasse que je ne peux plus réfléchir, je pleure sous le vent qui s'est levé.

Mon visage est gourd et mes yeux sont mouillés et brouillés lorsque, enfin, elle se dresse devant moi : la maison de verre.

Elle n'a plus rien du phare dans la nuit que j'ai vu le premier soir – à présent, elle est sombre et silencieuse, se fondant dans les arbres, presque invisible. Le croissant de lune accroché dans le ciel se reflète dans la fenêtre de la chambre à l'étage, celle où dormait Tom. Un halo gelé l'entoure ; la nuit va être encore plus froide.

L'obscurité n'est pas la seule différence. Un ruban en plastique de la police barre la porte et la fenêtre brisée en haut de l'escalier a été bouchée avec une sorte de grille métallique, de celles qu'on voit sur les maisons abandonnées des quartiers sensibles.

Je parcours péniblement les derniers mètres sur

le gravier et me plante, secouée de frissons, devant l'immense baie vitrée qui me fait face.

Maintenant que je suis ici, je ne suis plus sûre d'avoir la force d'entrer, de revenir sur le lieu où James est mort. Pourtant, je n'ai pas le choix. Pas seulement à cause de James, pas seulement parce que c'est le seul moyen de découvrir la vérité. Mais si je n'entre pas, je vais mourir de froid.

La porte d'entrée est fermée à clé et il n'y a aucune fenêtre à forcer. Je m'empare d'une pierre et examine la grande paroi vitrée du salon. À l'intérieur je distingue le poêle à bois, éteint et froid, l'écran noir de la télé. J'hésite à lancer la pierre. Je ne crains pas le bruit et la destruction, je doute en revanche que le verre se brise – c'est du double vitrage, peut-être même du triple. Il a fallu un coup de fusil pour faire voler en éclats la vitre du palier, je suis persuadée que mon pauvre caillou ne viendra pas à bout de celle-ci.

Après avoir laissé tomber la pierre, je contourne d'un pas lent et douloureux la maison. J'ai les pieds complètement engourdis et plus d'une fois je perds l'équilibre, remarquant le sang entre mes orteils quand je trébuche. J'évite de songer à la façon dont je vais repartir d'ici – pas en marchant, ça, c'est sûr – mais j'ai l'horrible pressentiment que ce sera dans une voiture de police. Ou pire.

L'arrière de la maison n'est guère plus prometteur. La grande baie coulissante au fond du salon refuse de bouger lorsque je tente de la faire glisser, dans l'espoir insensé que le verrou ne sera pas tiré. Elle reste immobile et tout ce que je parviens à faire, c'est arracher mes ongles déjà rongés. Je considère la façade de la maison. Puis-je escalader jusqu'au balcon où Nina fumait ?

Une seconde, j'envisage la chose – il y a une gouttière en zinc. Cependant, la réalité me rattrape, je me fourvoie. Impossible que je puisse grimper sur ce mur de verre glissant, même avec des chaussures adaptées et un harnais ; alors en tongs, avec des doigts gourds… À l'école, en cours de gym, j'étais toujours la première à tomber de la corde, m'accrochant lamentablement, mes bras maigrichons tendus au-dessus de ma tête, avant de chuter comme une pierre sur le tapis pendant que les autres filles grimpaient avec agilité au sommet et tapaient du plat de la main la poutre en bois tout en haut.

Pas de tapis en mousse ici. Et la gouttière est autrement plus glissante et dangereuse que la corde à nœuds du gymnase. Si je tombe, ce sera terminé. J'aurais de la chance de m'en sortir avec une cheville foulée.

Non. Le balcon n'est pas une option.

Finalement, la mort dans l'âme, je tente la porte de la cuisine.

Elle s'ouvre.

Un frisson me remonte l'arrière de la nuque : la stupeur, l'incrédulité, une sorte d'allégresse féroce. Je n'arrive pas à y croire. Je ne peux pas croire que la police ne l'ait pas verrouillée. La chance me sourirait-elle après toutes ces épreuves ?

Un ruban de balisage barre l'ouverture mais je me glisse dessous et pénètre à l'intérieur, m'attendant à moitié à entendre mugir des sirènes, à voir un policier surgir à l'angle. Mais la maison est paisible et sombre, seulement perturbée par les quelques flocons qui voltigent sur le carrelage.

Je repousse la porte qui refuse de se fermer correctement. Elle cogne contre l'encadrement et se rouvre. Après une nouvelle tentative, je remarque un morceau de scotch sur le pêne qui l'empêche de s'enclencher.

Soudain, l'illumination : je comprends pourquoi la porte ne cessait de s'ouvrir cette nuit-là ; pourquoi, après l'avoir verrouillée, elle n'était pourtant pas fermée. Son verrou est de ceux qui bloquent seulement la poignée, l'empêchent de tourner le loquet. Mais si le loquet est rentré, la poignée ne sert à rien. Elle est bloquée quand on tente de la baisser mais la porte elle-même est ouverte, elle ne semble fermée que parce qu'elle pèse et reste ainsi à sa place.

Une seconde, j'envisage de retirer le morceau de ruban adhésif avant de songer combien ce serait idiot. C'est une preuve. Enfin. Devant moi, dissimulée en toute innocence dans l'encadrement de la porte, se trouve la preuve irréfutable du piège qui s'est refermé sur James, la preuve que sa mort était préméditée. Avec précaution, sans toucher au bout de scotch incriminant, je pousse la porte et tire une chaise devant pour la maintenir fermée.

Alors, enfin, je regarde autour de moi.

La cuisine paraît étrangement paisible. J'ignore à quoi je m'attendais : à voir de la poudre à empreintes sur toutes les surfaces, peut-être. Mais tout en y pensant, je me rends compte que ce serait inutile. Aucun d'entre nous n'a jamais nié s'être trouvé dans la maison. Nos empreintes sont partout, évidemment. Elles ne prouvent rien.

Plus que tout, j'ai envie de monter à l'étage pour m'effondrer sur l'un des lits et dormir. Impossible, cependant. Je ne dispose sans doute pas de beaucoup de temps. À l'heure qu'il est, ma disparition a dû être remarquée et signalée. On se doutera que je n'ai pas pu aller bien loin par mes propres moyens, sans argent, ni chaussures, ni manteau. Le chauffeur de taxi qui m'a conduite ici sera vite retrouvé. Et alors…

Je traverse la cuisine, mes pas résonnent bruyamment dans le silence. Après une profonde inspiration, j'ouvre la porte qui mène dans l'entrée.

Ils ont nettoyé, dans une certaine mesure en tout cas. Le plus gros du sang a disparu, ainsi que le verre brisé, bien que je sente quelques morceaux s'enfoncer dans mes semelles en plastique. Les traces de sang ont été remplacées par des marques au sol et sur les murs, des bouts de ruban adhésif annotés que je ne peux déchiffrer dans le noir. Je n'ose pas allumer la lumière. Il n'y a pas de rideaux à tirer et ma présence se remarquerait de l'autre côté de la vallée.

Toutefois, il reste ici et là des éclaboussures, des taches rouge sombre qui rappellent ce que James n'est plus.

C'est le plus étrange : il est parti et son sang imprègne encore les lieux. À genoux sur le parquet piqué de tessons de verre enfoncés par nos semelles et taché de sang séché, j'effleure les rainures du bout des doigts en songeant *c'était James*. Deux jours plus tôt, ce sang coulait dans ses veines, le maintenait en vie, colorait sa peau, faisait battre son cœur. Et voilà qu'il n'y est plus. Il est là, véritable gâchis, et c'est tout ce qu'il reste de lui. Dans un local quelconque, son corps est autopsié. Puis il sera enterré, ou incinéré. Mais une part de lui subsistera pour toujours dans cette maison.

Je me relève, obligeant mes jambes raides et fatiguées à fonctionner. Dans le salon, je récupère l'un des jetés de canapé pour m'envelopper dedans. Des verres à vin sales reposent toujours sur la table, rappel de notre dernière soirée. Des mégots de cigarettes baignent dans les fonds de verre, les roulées de Nina gonflées comme des asticots blancs ramollis. En revanche, la planchette a été emportée et la feuille a disparu. Je ne peux réprimer un frisson en imaginant la police lire ces gribouillages de fou. Que signifiait ce long et ondulé *MMMMEEEEUUURRTTTRRIIIEEERR* ? Quelqu'un l'a-t-il écrit sciemment ? Ou a-t-il juste flotté hors de notre inconscient collectif issu de nos peurs les plus intimes, tel un monstre marin remontant à la surface ?

Le jeté de canapé empeste le tabac froid mais je le garde malgré tout autour de mes épaules, puis levant les yeux sur les patères vides au-dessus de la cheminée, je songe à ce que je m'apprête à accomplir. C'est ma seule chance de découvrir ce qu'il s'est passé.

Je commence en haut de l'escalier, me tenant à l'endroit où nous étions tous serrés les uns contre les autres cette nuit-là. Flo se trouvait à ma droite et je me rappelle avoir posé la main sur le fusil. Clare et Nina étaient de l'autre côté, Tom derrière.

Dans l'obscurité et le silence de la maison troublé uniquement par les battements affolés de mon cœur, la scène me paraît si réelle que je manque m'évanouir ; je dois me ressaisir en songeant que c'est fait, James ne va pas remonter cet escalier. Nous l'avons déjà tué – tous, avec notre hystérie éthylique. Nous tenions tous ce fusil.

Je me force à retracer la suite des événements, le corps de James dégringolant au bas des marches. Nina et moi dévalant derrière. Cette fois, je descends l'escalier d'un pas lent en me tenant à la rampe. Il reste des bouts de verre sur les marches et je crains de glisser dessus avec mes tongs, dans le noir.

Ici, Nina a tenté de ressusciter James.

Ici, je me suis agenouillée dans son sang et il a essayé de parler.

Je sens les larmes mouiller mon visage et je les essuie d'un geste rapide. L'heure n'est pas au chagrin. Le temps presse.

Que s'est-il passé ensuite ?

La porte du salon est toujours sortie de ses gonds, retirée par Tom pour servir de civière et transporter James jusqu'à Clare qui attendait dans la voiture.

De l'intérieur, la porte d'entrée s'ouvre sans problème. Le vent s'engouffre avec force et la neige se précipite comme un être vivant, cherchant à entrer, à conquérir le peu de chaleur qui reste encore dans la maison.

Je serre fermement les yeux en tenant de mes doigts crispés la couverture autour de mes épaules et je sors dans le blizzard. Sur la véranda, à l'endroit où je me tenais cette nuit-là en attendant Nina. Je revois Tom crier quelque chose à Clare, et celle-ci démarrer en trombe.

Alors je me souviens d'avoir remarqué son manteau sur la balustrade.

Je tends la main, comme pour m'en emparer.

Malgré les frissons qui me parcourent, je force le souvenir de cette nuit à revenir, la forme arrondie dans la poche.

Je tends la main, les yeux pleins de larmes sous les flocons cinglants.

Et brusquement, je me rappelle. Je sais ce que je tenais au creux de la main.

Et je sais pourquoi je suis partie en courant.

C'était une cartouche. Une cartouche de fusil. C'était la balle à blanc qui manquait.

Debout à l'endroit même où je me tenais, je laisse les pensées affluer dans mon cerveau avec la même précipitation que l'autre nuit, et ces réminiscences me donnent l'impression de voir la neige fondre et le paysage familier réapparaître.

Elle aurait pu provenir du tir au pigeon. Mais j'en connais assez long désormais, grâce à notre séance de tirs, pour différencier des vraies balles et des balles à blanc. Les vraies sont pesantes dans la main, remplies de petites billes qui les rendent plus lourdes que ne le suggère leur forme compacte. Ce que j'ai tenu dans ma paume cette nuit-là était aussi léger que du plastique, sans aucun plomb dedans. C'était une balle à blanc. *La* balle à blanc. Celle censée se trouver à l'intérieur du fusil.

Clare avait échangé les balles.

Et à présent, elle s'en allait dans la nuit, James agonisant sur la banquette arrière.

Pourquoi ? *Pourquoi ?*

Cela n'avait absolument aucun sens, ça n'en a toujours pas d'ailleurs, mais sur le moment, l'examen des hypothèses n'était pas la priorité : une seule réaction s'imposait à moi, les rattraper et affronter Clare.

Maintenant, j'ai le temps. Je pivote et retourne dans la maison, ferme et verrouille la porte derrière moi. Au salon, je m'assieds, la tête entre les mains, cherchant à comprendre.

Je ne peux pas partir d'ici avant le lever du jour – à moins que… Je me relève, les membres raidis par le froid, et décroche le téléphone.

Non, la ligne est toujours coupée, je n'entends qu'un sifflement et de légers crépitements. Je suis coincée ici donc, au moins jusqu'à l'aube ; sauf si je décide de redescendre l'allée gelée et trouée dans le noir une fois de plus. Je ne sais même pas si j'y parviendrais.

Je reviens au canapé et me pelotonne davantage sous la couverture, en quête d'un peu de chaleur. Je suis tellement fatiguée, mais je ne dois pas dormir. Il faut que je comprenne.

Clare a échangé les balles.

Dans ce cas, Clare a tué James.

Mais ce n'est pas logique. Clare n'a aucun mobile – et elle est la seule personne qui ne pouvait pas envoyer ces messages.

Il faut que je réfléchisse.

La question qui me revient sans cesse est pourquoi ? Pourquoi Clare tuerait-elle James la veille de leur mariage ?

Et brusquement, avec un frisson glacé qui n'a aucun rapport avec le froid ambiant, je me remémore les paroles de Matt à l'hôpital : James et Clare avaient des problèmes.

Je repousse l'idée aussitôt. C'est ridicule. Oui, la vie de Clare se doit d'être parfaite ; oui, elle a de très hautes exigences, mais pour l'amour de Dieu, elle s'est déjà fait plaquer ! Sa rancune était sans commune mesure – je le sais, j'étais à côté d'elle lorsqu'elle a enregistré l'adresse e-mail de Rick sur tous les sites pornos et toutes les listes d'envoi d'infos sur le Viagra qu'elle pouvait trouver. Mais elle n'est certainement pas allée jusqu'à assassiner le type.

En revanche, il existe une différence de taille.

Lorsque Rick a largué Clare, Flo n'était pas de la partie.

Je repense aux paroles de Flo, tandis qu'elle sanglotait devant la porte de la salle de bains le premier soir : *Elle est mon roc, et je ferais n'importe quoi pour elle. N'importe quoi.*

Vraiment ?

Sa réaction quand je suis allée me coucher – la façon dont elle a explosé, m'accusant de saborder le week-end – me revient en mémoire. *Je te tuerai si tu gâches la fête*, avait-elle promis. Je ne l'avais pas prise au sérieux, mais peut-être aurait-il mieux valu.

Il ne s'agissait que d'un enterrement de vie de jeune fille, en plus. Que ferait-elle à l'homme qui prévoyait de quitter sa meilleure amie devant l'autel ?

Et qui mieux que la méchante ex-petite copine qui avait spolié Clare de son dû avant de disparaître pendant dix ans pour porter le chapeau ?

Puis tout avait dérapé.

Alors je me rappelle la tenue identique à celle de Clare que Flo revêtait le dernier soir – et tout à coup, je comprends : et si ce n'était pas le manteau de Clare sur la balustrade, mais celui de Flo, et que Clare s'en était emparée par erreur ?

Flo. C'est Flo qui avait attrapé le fusil.

C'est Flo qui nous avait dit qu'il n'était pas chargé.

Flo qui avait organisé le week-end entier, m'avait convaincue de venir, avait tout arrangé.

Et Flo aurait pu envoyer les messages.

J'ai l'impression qu'une toile se referme sur moi. Plus je me débats, plus je m'enchevêtre dedans.

James est mort.

Clare est mourante.

Flo est mourante.

Et quelque part, dans son B & B, Nina est sur le point de craquer ; Tom et elle doivent subir un flot de questions auxquelles ils ne peuvent répondre, faire face à des soupçons qu'ils ne peuvent écarter.

Je voudrais tant me réveiller de ce cauchemar.

Je me recroqueville sur le canapé, couchée sur le flanc, et ramène mes genoux à la poitrine, la couverture jetée sur moi. Il faut que je réfléchisse, je dois décider de la marche à suivre, mais la fatigue et la confusion me font tourner en rond.

Un choix s'offre à moi : attendre ici la police, essayer d'expliquer ma présence, l'histoire de la balle à blanc, la veste de Flo, et espérer qu'on me croie.

Ou je peux partir à l'aube et croiser les doigts pour qu'on ne comprenne pas que je suis venue ici.

Mais où aller ? À Londres ? Rejoindre Nina ? Comment partir ?

La police me retrouvera de toute façon, mais cela vaudra toujours mieux que d'être découverte ici.

Presque malgré moi, je sens mes yeux se fermer et mes jambes, tremblantes de fatigue, se relâcher lentement, les muscles tressautant d'épuisement toutes les deux minutes. Je ne peux plus réfléchir. Je penserai demain.

Un bâillement comme un gémissement monte en moi et je m'aperçois que j'ai cessé de trembler. Je laisse les tongs glisser de mes pieds et une larme couler sur ma joue, trop épuisée pour l'essuyer.

J'ai besoin de dormir.

Je repenserai à tout ça… demain.

C'est la nuit. La nuit du coup de fusil. Je suis accroupie dans l'entrée fouettée par le vent, baignée de la lumière dorée et du sang de James.

J'ai du sang dans les narines, sur les mains, sous les ongles.

Il lève les yeux sur moi, ses yeux écarquillés et sombres, luisants et humides.

« Le texto… dit-il d'une voix rauque. Leo… »

Je tends la main pour toucher son visage et soudain il disparaît, le sang disparaît, la lumière aussi.

Je me réveille dans le noir, le cœur tambourinant. J'essaie de déterminer ce qui m'a tirée du sommeil, aucun bruit ne trouble le silence.

Mais alors que je balaie la pièce du regard, je remarque deux choses.

D'abord, dehors devant la maison, je distingue

une forme sombre qui ne s'y trouvait pas avant. Ma main à couper qu'il s'agit d'une voiture.

Ensuite, j'entends un bruit en provenance de la cuisine. Un grattement lent et saccadé.

Comme le raclement d'une chaise qu'on pousse sur le carrelage.

32

Il y a quelqu'un dans la maison.

Je me redresse d'un bond, le jeté de canapé glissant de mes épaules. Mon cœur bat à tout rompre, me remonte au bord des lèvres, j'ai envie de vomir.

L'espace d'une seconde j'envisage d'appeler, de défier l'intrus. Mais ce serait pure folie.

Quelles que soient les intentions du visiteur, elles ne sont pas bonnes. Il ne s'agit pas des forces de l'ordre. Des policiers ne débarqueraient pas ainsi en pleine nuit, par la porte de derrière. Il n'existe que deux possibilités : un cambrioleur quelconque et très chanceux qui a trouvé la porte ouverte. Ou le meurtrier.

J'adorerais que ce soit un cambrioleur. Voilà qui en dit long sur le chaos qu'est devenue ma vie : un intrus entrant par effraction dans la maison au milieu de la nuit serait la meilleure explication possible. Je sais pourtant tout au fond de mon cœur que ce n'est pas le cas. L'assassin est là. Pour moi.

Avec une précaution extrême, je me lève, serrant la couverture autour de moi comme pour me protéger, comme si la délicate laine rouge pouvait me servir de bouclier.

Mon seul réconfort est de songer que l'intrus ne voudra pas plus que moi allumer les lumières. Peut-être l'obscurité m'aidera-t-elle à lui échapper, à me dissimuler.

Mince. Où aller ?

Les fenêtres du salon donnent sur le jardin mais je sais qu'elles sont verrouillées – j'ai tenté de les ouvrir de l'extérieur et je revois Flo les fermer avec une clé le dernier soir. Je n'ai aucune idée de l'endroit où elle est rangée.

J'entends bouger dans la cuisine. On marche doucement sur le carrelage.

Deux pulsions très fortes s'affrontent en moi. Courir – vers la porte, dans l'escalier, m'enfermer dans la salle de bains –, faire le nécessaire pour m'enfuir.

Ou me battre.

Je suis une coureuse. C'est ce que je fais – je cours. Mais parfois, il arrive qu'on ne puisse plus.

Je me lève, les poings sur les hanches, le sang battant à mes oreilles, le souffle court dans ma gorge sèche. Fuir ou se battre. Fuir ou se battre. Fuir ou se b…

Du verre est écrasé sous des chaussures dans l'entrée. Les pas s'arrêtent.

Je sais que le meurtrier est là, l'oreille tendue, aux aguets. Je retiens mon souffle.

La porte du salon s'ouvre à la volée.

Une silhouette se tient dans l'encadrement mais je ne vois pas qui c'est. Dans l'obscurité, je ne distingue qu'une forme sombre sur l'acier réfléchissant de la porte d'entrée.

Ce pourrait être n'importe qui : l'individu est emmitouflé dans un manteau, le visage dissimulé par les ombres. La silhouette se déplace et j'aperçois un éclair de cheveux blonds.

« Bonjour, Flo », dis-je, la gorge serrée.

Elle s'esclaffe.

Elle rit et rit de plus belle et pendant de longues minutes j'ignore pourquoi.

Elle avance un peu, sous un rai de clair de lune, écrasant des bris de verre sous ses pieds.

Alors je comprends.

Ce n'est pas Flo.

C'est Clare.

Comme elle s'appuie contre le mur je devine qu'elle est aussi faible que moi. Son état n'était peut-être pas aussi grave qu'elle le prétendait à l'hôpital lorsque je l'ai vue mais elle souffre bel et bien. Elle se tient courbée comme une vieille femme battue à mort et à peine remise.

« Pourquoi es-tu revenue ? finit-elle par demander. Pourquoi n'as-tu pas laissé courir ?

— Clare ? » croassé-je. Ça n'a aucun sens. Rien n'a de sens.

À tâtons, elle se dirige lentement vers le canapé où elle se laisse tomber avec un grognement. Sous le faible éclat de lune voilé de nuages, elle a une mine effroyable, pire que moi. Son visage est parsemé de coupures et un énorme bleu tout enflé s'étale sur le côté de son front, noir dans la pénombre.

« Clare… Pourquoi ? »

Je ne trouve aucune logique à tout ça.

Elle ne répond pas. Le tabac à rouler de Nina est posé sur la table basse, avec le paquet de feuilles. Au prix d'un gros effort elle les attrape puis se rencogne dans les coussins en laissant échapper un petit soupir de soulagement. Alors, d'un geste lent et minutieux, elle se met à rouler une cigarette. Malgré ses gants, ses mains tremblent et elle fait tomber des brins de tabac par deux fois avant d'allumer sa cigarette.

« Je n'ai pas fumé depuis des années. » Elle porte le bout à ses lèvres et tire une longue bouffée. « Bon sang, ça m'a manqué.

— Pourquoi ? je répète. Que fais-tu ici ? »

Mon cerveau refuse toujours d'accepter ce qu'il se passe. Clare est ici – donc elle doit être la tueuse. Mais pourquoi ? Comment ? Il est impossible qu'elle ait envoyé le premier texto, elle est la seule de la maisonnée qui n'était pas là.

Je devrais courir. Je devrais me recroqueviller derrière le canapé, armée d'un couteau à pain. Mais je n'arrive pas à comprendre. C'est Clare, ne cesse de répéter mon cerveau. C'est ton amie. Lorsqu'elle me tend la cigarette, je la prends, à moitié dans un rêve, et j'aspire la fumée, la retiens longtemps dans mes poumons jusqu'à ce que le tremblement de mes jambes cesse et que ma tête se mette à tourner.

Je tends la cigarette mais Clare hausse les épaules.

« Garde-la. Je peux en rouler une autre. Punaise, il fait froid. Tu veux un thé ?

— Merci », dis-je, toujours dans cet état irréel.

Clare est la meurtrière.

Impossible. J'ignore comment réagir, alors je me réfugie dans ces étranges automatismes de savoir-vivre.

Elle se met péniblement debout et se rend en clopinant dans la cuisine ; très vite me parviennent le cliquetis de la bouilloire et son sifflement lorsqu'elle chauffe.

Que faire ?

La cigarette roulée s'est consumée et je la pose sur la table basse. Il n'y a pas de cendrier mais je ne m'en soucie plus.

Les yeux fermés, je passe les mains sur mon visage et alors une vision me frappe, comme une projection derrière mes paupières : James, son sang luisant tel un vernis sous la lumière.

L'odeur de mon rêve emplit encore mes narines, sa voix rauque résonne dans ma tête.

Un léger bruit à la porte m'indique que Clare revient : d'un pas traînant, elle s'approche avec deux tasses qu'elle pose sur la table ; j'en prends une. Elle s'assied ensuite dans le canapé et sort une boîte de médicaments de sa poche, l'ouvre et déverse deux gélules dans sa tasse fumante, les doigts légèrement gauches dans ses gants en laine.

« Antidouleurs ? » je demande, histoire de dire quelque chose. Elle acquiesce.

« Oui. On est censé avaler la gélule en entier mais je n'y arrive pas. » Elle prend une gorgée et frissonne. « Beurk, c'est dégoûtant. Je ne sais pas si c'est les cachets ou le lait qui a tourné. »

Je bois une gorgée de mon thé. Il a un goût infect – comme toujours, selon moi, mais là, c'est pire que d'habitude. Il est aigre et amer malgré le sucre que Clare a ajouté. Au moins, il est chaud.

Nous sirotons nos boissons en silence mais arrive le moment où je ne peux plus me taire.

« Que fais-tu ici, Clare ? Comment es-tu venue ?

— J'ai pris la voiture de Flo. Elle l'avait prêtée

à mes parents. Ils ont laissé la clé dans le chevet de ma chambre pour qu'elle la récupère, mais… »

Mais elle ne l'a jamais récupérée. Parce que…

Clare lève le regard. Ses pupilles au-dessus de sa tasse sont dilatées et luisent d'un éclat particulier dans la pénombre. Elle est tellement belle – même ainsi, emmitouflée dans un vieux pardessus, le visage lacéré et meurtri, sans maquillage.

« Quant à la raison de ma présence, je pourrais te retourner la question. Qu'est-ce que toi, tu fais ici ?

— Je suis venue pour tenter de retrouver la mémoire.

— Et tu as réussi ? » Son ton est léger, comme si nous discutions d'un vieil épisode de *Friends*.

« Oui. » Dans l'obscurité, je croise son regard. La tasse est chaude entre mes mains engourdies. « Je me suis rappelé la cartouche.

— Quelle cartouche ? » L'expression de son visage est ébahie mais une lueur brille dans ses yeux…

« La cartouche, dans ta veste. Je l'ai trouvée, dans la poche de ton manteau. »

Elle secoue la tête et brusquement, je suis en colère, furieuse.

« Ne me prends pas pour une conne, Clare ! C'était ton manteau. Je le sais. Pourquoi serais-tu revenue ici, sinon ?

— Peut-être… fait-elle en baissant la tête vers son mug avant de la relever vers moi. Peut-être pour te protéger de toi-même ?

— Qu'est-ce que c'est censé vouloir dire ?

— Tu ne te souviens pas de ce qu'il s'est passé ensuite, n'est-ce pas ?

— Comment le sais-tu ?

— Les infirmières. Elles parlent. Surtout quand elles nous croient endormis.

— Oui, et alors ?

— Tu ne te rappelles pas ce qu'il s'est passé dans la forêt ? Dans la voiture ?

— Où veux-tu en venir, bon sang ?

— Tu as attrapé le volant, explique-t-elle d'une voix douce. Tu m'as dit que tu ne pouvais pas vivre sans James, que depuis dix ans tu souffrais à cause de lui. Tu as dit que tu rêvais de lui – que tu ne t'étais jamais remise de ce qui s'était passé entre vous, de son message. Tu nous as fait quitter la route, Lee. »

Ce flot d'informations me submerge comme une déferlante. Des picotements de stupeur parcourent mes joues comme si elle m'avait giflée, puis ils s'éloignent et je reste le souffle court.

Parce que c'est la vérité. Tandis qu'elle parle, une vision atroce me revient : les mains sur le volant, Clare se débat contre moi comme un beau diable, mes ongles s'enfoncent dans sa peau.

« Tu es sûre de bien te rappeler, Lee ? poursuit-elle, toujours avec douceur. Je t'ai vue, tu avais la main sur le canon. C'est toi qui l'as dirigé sur James. »

L'espace d'une seconde, je reste sans voix. Immobile, le souffle court, les mains serrées autour de la tasse comme si c'était une arme. Enfin, je secoue la tête.

« Non. Non, non, non ! Pourquoi serais-tu ici dans ce cas ? Pourquoi ne pas me dénoncer à la police ?

— Qui te dit que je ne l'ai pas déjà fait ? »

Oh Seigneur ! Je me sens faiblir sous le coup de l'horreur. Je prends une longue gorgée de thé, les dents claquant sur le bord de la tasse et j'essaie d'organiser mes pensées, de réfléchir objectivement à tout ça.

C'est faux. Clare me raconte des mensonges. Aucune personne saine d'esprit ne boirait un thé avec la femme qui a assassiné son fiancé et tenté de la tuer dans un accident de voiture.

« La cartouche, dis-je avec obstination. La cartouche était dans ton manteau.

— Je ne sais pas du tout de quoi tu parles, réplique-t-elle d'une voix émue. Je t'en prie, Lee, je t'aime. J'ai peur pour toi. Quoi que tu aies fait… »

Je n'arrive plus à réfléchir. Ma tête m'élance douloureusement et un mauvais goût emplit ma bouche. Je prends une nouvelle gorgée de thé pour le faire passer mais il s'intensifie encore.

Je ferme les yeux et l'image de James en train de mourir dans mes bras vient danser derrière mes paupières closes. Vais-je la voir chaque fois que je fermerai les yeux, le reste de ma vie ?

« Texto, halète-t-il. Texto, Leo… » Puis le sang dans ses poumons le fait tousser.

Brusquement, parmi le brouillard de souvenirs et de soupçons mêlés, le déclic se fait.

Je sais ce que James était en train de dire. Ce qu'il essayait de dire.

Je repose la tasse.

Je sais ce qu'il s'est passé. Et pourquoi James devait mourir.

33

Oh mon Dieu ! Quelle imbécile j'ai été ! Je n'arrive pas à croire à quel point j'ai été stupide ; pendant dix ans, je n'ai pas percuté. Sous le choc, je reste pétrifiée, à passer en revue tout ce qui aurait pu être différent si seulement j'avais compris ce qui se trouvait juste sous mon nez, il y a des années.

« Lee ? » Clare me considère d'un drôle d'œil, inquiète. « Lee, est-ce que ça va ? Tu n'as pas l'air… bien.

— Nora. Je m'appelle Nora », dis-je d'une voix rauque.

Pendant dix ans. Dix ans que ce foutu texto est gravé dans mon cœur et je n'ai même pas remarqué.

« Lee », dis-je à Clare. Elle prend une gorgée de thé et me dévisage par-dessus sa tasse, ses magnifiques sourcils fins arqués dans un froncement interrogateur.

« "Lee, je répète. Je suis désolé mais c'est ton problème, pas le mien. Débrouille-toi. Et ne m'appelle plus. J."

— Quoi ?

— Lee.

— De quoi tu parles, bon sang ?

— *Lee*. Il ne m'appelait jamais Lee. James ne m'a jamais appelée Lee. »

Un instant, elle pose sur moi un regard de totale incompréhension, et je me rappelle, une fois encore, quelle actrice d'exception elle était. Elle est. Elle aurait dû monter sur scène à la place de James. Elle est incroyable.

Elle pose sa tasse sur la table avant de me décocher un sourire attristé.

« Mince, c'était il y a un bail, Lee. »

Ce n'est pas un aveu, pas vraiment. Mais je la connais assez bien pour savoir que c'est tout comme. Elle n'émet plus de protestations.

« Dix ans. Je suis un peu longue à la détente », dis-je avec amertume. Pas seulement parce que mon erreur a gâché ma vie, mais aussi parce que si j'avais compris plus vite, James serait peut-être toujours vivant. « Pourquoi as-tu fait ça, Clare ? »

Elle tend une main vers moi, je m'écarte en tressaillant.

« Écoute, je ne cherche pas à excuser mon geste – j'étais jeune et stupide. Mais Lee, je l'ai fait pour te rendre service. Vous étiez tous les deux en train de foutre vos vies en l'air. Je suis allée le voir cet après-midi-là – il était en panique totale ; il n'était pas prêt à être père. Tu n'étais pas prête à être mère. Je savais qu'aucun des deux n'aurait le courage de prendre la décision.

— Non, dis-je d'une voix tremblante.

— C'est ce que vous vouliez tous les deux.

— Non ! » Ma réponse fuse comme un sanglot.

« Tu peux le nier tant que tu veux, mais c'est toi

qui es partie, et il t'a laissée faire. Tout ce qu'il aurait fallu, c'est un message, un coup de téléphone – la vérité aurait explosé au grand jour. Mais vous ne pouviez même pas faire ça. Le fait est qu'il voulait en finir – il était juste trop lâche pour rompre lui-même. Je l'ai fait pour vous.

— Tu mens. » La stupeur rend ma voix rauque. « Tu t'en fiches. Tu t'en es toujours moquée. Tu voulais juste James – et je me trouvais sur ton chemin. »

Je me souviens cette fois dans la salle de théâtre à l'école, le soleil chaud filtrant à travers les hautes fenêtres, Clare disant d'un ton laconique : « James Cooper est à moi. »

Mais c'est moi qui l'avais eu.

« Il l'a découvert, n'est-ce pas ? » J'observe son visage pâle, sa chevelure argentée sous le clair de lune. « Il a appris pour le texto. Comment ? »

Elle pousse un soupir.

Puis enfin, la vérité semble franchir ses lèvres.

« Je le lui ai dit.

— Quoi ?

— Je lui ai avoué. Nous discutions mariage et honnêteté. Il a dit qu'avant de se marier, il voulait soulager sa conscience. Il espérait que je lui pardonnerais s'il m'avouait quelque chose. Je lui ai assuré que oui, bien sûr, n'importe quoi. Il m'a raconté qu'à la soirée où nous nous étions retrouvés, son ami avait des vues sur moi ; on n'avait pas arrêté de flirter, je m'en souviens. J'avais donné mon numéro à ce type mais il ne m'a jamais appelée. James m'a avoué qu'il avait récupéré mon numéro et dit à son ami que je n'étais pas intéressée. À la place, c'est James qui m'avait envoyé un texto et invitée à sortir. »

Elle entrecoupe son récit d'un soupir et tourne le regard vers la fenêtre.

« Cette histoire le rongeait depuis des années, reprend-elle. De savoir que notre relation avait débuté sur un mensonge, que c'est son ami qui aurait dû finir avec moi. Puis il a ajouté que Julian, son pote, était un coureur de jupons, et qu'il l'avait fait pour me préserver autant que dans son propre intérêt. Il ne supportait pas l'idée que Julian me séduise, me saute et me jette. Il croyait que je serais furieuse ; mais tout ce que je me disais, c'est qu'il avait menti et triché pour m'avoir, qu'il avait renié ses propres valeurs pour moi. Tu sais comment est James. Comment il était. »

J'acquiesce. Le mouvement me fait tourner la tête. Je sais ce qu'elle veut dire. James était un paradoxe – un anarchiste doté de son propre code moral.

« C'était étrange, poursuit Clare d'une voix plus lente, comme si elle avait oublié ma présence. Il croyait que sa confession me ferait l'aimer moins. Mais au contraire, je ne l'en ai aimé que davantage. J'ai compris qu'il avait agi pour moi, par amour pour moi. Et je me suis rendu compte que l'inverse était vrai aussi. J'avais menti par amour pour lui. J'ai pensé que… si je pouvais lui pardonner… »

Je saisis sa logique tordue. Et son attitude supérieure et sa tendance à la surenchère : tu as fait ça pour moi, j'ai fait pire. Je t'aime encore plus.

Cependant, elle avait mal jugé James et son erreur avait été fatale.

Je tente d'imaginer la réaction de James à l'aveu de Clare. A-t-elle cherché à se justifier auprès de lui, comme elle l'a fait avec moi ? Il n'était pas prêt à devenir père ; elle avait raison sur ce point. Mais cette réalité n'a probablement pas influencé les sentiments de James. Il n'a sans doute considéré que la cruauté du mensonge.

« Que lui as-tu dit ? » finis-je par demander. J'ai la tête qui tourne à cause de la fatigue et mon corps est comme déconnecté de mon esprit, mes muscles sont en coton. Clare paraît tout aussi mal en point ; ses poignets fins semblent près de se briser.

« Comment ça ?

— Tu lui as certainement dit autre chose. Sinon, il m'aurait téléphoné. Alors ?

— Oh. » Elle se frotte la tempe, remet derrière son oreille une mèche de cheveux tombée sur son visage. « Je ne sais plus trop. J'ai dû raconter que tu m'avais demandé de lui dire que tu avais besoin d'être seule, qu'il avait gâché ta vie et que tu ne voulais plus le voir. Qu'il ne devait pas t'appeler, que tu le contacterais quand tu serais prête. »

Et bien sûr, je ne l'avais jamais été. Je n'étais revenue au lycée que pour passer mes examens et je l'avais ignoré royalement. Ensuite, j'avais déménagé.

Une part de moi a envie de le gifler d'avoir fait preuve d'une telle bêtise, d'avoir accepté cette explication avec autant de facilité. Pourquoi n'a-t-il pas surmonté ses scrupules et ne m'a-t-il pas appelée ? Mais je connais la réponse. Pour la même raison que moi, je n'ai pas téléphoné. La fierté. La honte. La lâcheté. Mais également le traumatisme, qui exige pour le surmonter de continuer à avancer sans un regard en arrière. Un événement capital s'était produit dans nos vies, pour lequel nous n'étions pas du tout armés. Et les retombées nous ont laissés l'un comme l'autre abasourdis. Nous appesantir dessus, laisser libre court à nos émotions, cela ne nous était pas permis. Il était plus facile de fermer les yeux.

« Qu'a-t-il répondu ? » Ma gorge est irritée et douloureuse, j'avale une autre gorgée de thé. Froid, le goût en est encore plus effroyable mais la caféine et le sucre me maintiendront peut-être éveillée jusqu'au matin, jusqu'à l'arrivée de la police. Je suis si fatiguée. Tellement fatiguée. « Après, je veux dire. Quand il a su la vérité. »

Clare pousse un soupir. « Il voulait annuler le mariage. Et j'ai dû le supplier… J'ai dit qu'il se la jouait Angel dans *Tess d'Urberville*, tu sais, quand Angel avoue son adultère mais ne peut supporter l'idée que Tess ait eu le bébé d'Alec. »

Nous avions étudié ce livre pour nos examens. Je revois encore la condamnation véhémente de James envers Angel. *C'est un putain d'hypocrite !* avait-il hurlé dans la classe. Il s'était fait expulser pour avoir prononcé un gros mot devant un enseignant.

« Il avait besoin de temps pour réfléchir et selon lui le seul moyen pour qu'il puisse essayer de me pardonner, c'était que je te révèle la vérité. Alors j'ai prétendu que je t'invitais à mon enterrement de vie de jeune fille pour te l'avouer. » Elle se met à rire de façon incontrôlable, comme quelqu'un comprenant soudain la chute d'une blague. « Je viens juste de m'apercevoir de l'ironie de la chose : j'ai toujours trouvé ces fêtes complètement nulles et James a passé un temps fou à essayer de me convaincre d'en organiser une ; au final, il m'a persuadée, mais pas pour la raison qu'il croyait. Sans son insistance, je n'aurais sans doute jamais envisagé tout ça. »

Je comprends maintenant. Je comprends tout.

Clare ne peut jamais se tromper. C'est toujours la faute de quelqu'un d'autre. Elle n'est jamais coupable.

James la connaissait-il, au fond ? Ou n'aimait-il qu'une image, une illusion de Clare, le rôle qu'elle jouait pour lui ? Car je sais, pour connaître Clare depuis vingt ans, que le plan de James n'aurait jamais fonctionné. Il gèlerait en Enfer avant qu'elle ne reconnaisse une telle faute. Pas seulement parce qu'elle serait dans son tort vis-à-vis de moi, mais aussi aux yeux de tous, pour toujours. Je ne me serais pas tue, la vérité aurait explosé au grand jour : dix ans de mensonge et de duperie et, humiliation suprême, le fait que Clare Cavendish ait dû recourir à un tel stratagème pour avoir son homme.

Elle devait se douter également que la décision de James ne tenait qu'à un fil. J'ignore ce qu'il a confié à Matt mais, à l'évidence, s'il était disposé à discuter de son désarroi avec d'autres personnes, c'est qu'il était sacrément profond. En outre, il n'avait rien promis à Clare ; il lui avait juste dit qu'il pourrait peut-être lui pardonner si elle avouait.

Connaissant James, je ne pense pas qu'il y serait parvenu.

Non. Clare avait tout à perdre et rien à gagner à jouer la carte de l'honnêteté.

Deux options s'offraient à elle : révéler la vérité et son vrai visage, ou refuser de suivre le plan de James et perdre son fiancé – et la vérité serait de toute façon connue. Dans un cas comme dans l'autre, elle serait détruite et l'image qu'elle s'était construite si soigneusement au fil des ans – celle de la bonne copine, de la petite amie aimante et affectueuse, de la personne honnête – serait réduite en miettes.

Je sais combien il est difficile de se détourner de son passé et de recommencer à zéro – et Clare mène une vie heureuse, brillante et accomplie. Elle a dû considérer tout ce qu'elle avait atteint, bâti et gagné, et elle avait mis cela dans la balance face au mensonge.

Elle pouvait sortir anéantie de cette histoire ou elle pouvait tuer James et devenir une veuve tragique et courageuse, prête à recommencer.

James devait mourir – son exécution, bien que regrettable, était nécessaire.

Mon cas était différent. Pour moi, c'était un châtiment. Que James décède ne suffisait pas. Quelqu'un devait porter le chapeau. Cela ne pouvait être la faute de Clare, même s'il s'agissait d'un accident.

Non, il fallait quelqu'un d'autre à blâmer, et cette fois-ci, c'était moi.

Pourquoi moi ? ai-je presque envie de demander, mais je connais déjà la réponse.

Je lui ai volé celui sur lequel elle avait jeté son dévolu. Dix ans auparavant, je me suis interposée entre Clare Cavendish et son dû, je le lui ai chipé juste sous son nez alors qu'elle était trop malade pour se battre et voilà que je recommençais aujourd'hui, resurgissant du passé, sortant d'outre-tombe pour me mettre une dernière fois entre elle et James.

Je sais maintenant que je ne quitterai pas cette maison.

Clare ne peut pas se permettre de me laisser partir.

Mon cœur bat à tout rompre dans ma poitrine, si fort que j'en ai la tête qui tourne comme si j'allais m'évanouir. Je me lève, chancelante sur mes jambes, la tasse à la main, puis je vacille et elle m'échappe. Clare tend le bras pour la rattraper mais son gant glisse sur la porcelaine. La tasse file entre ses doigts et s'écrase sur la table basse.

Tandis que le reste de thé coule sur le plateau, je remarque les résidus blancs au fond de la tasse. Il ne s'agit pas de sucre – il s'est dissous –, mais d'autre chose. Une chose qui a rendu le goût du thé encore plus abject que d'habitude.

Je comprends maintenant. Je comprends mes vertiges. Je comprends pourquoi Clare a tout déballé, m'a permis d'arriver jusqu'ici. Et je comprends pourquoi elle porte des gants.

Elle baisse les yeux sur la tasse. Puis remonte le regard sur moi.

« Oups ! » dit-elle. Puis elle sourit.

34

Un instant, je reste sans réaction, à contempler la tasse d'un air bête, sentant la léthargie de mes bras et de mes jambes, et la confusion tourbillonnant dans ma tête qui m'empêchait de remarquer les effets des pilules plus tôt. De quoi s'agit-il ? D'antidouleurs ? De somnifères ?

Vacillant sur mes pieds, je tente de me ressaisir. De retrouver l'équilibre.

Puis j'esquisse un pas chancelant vers la porte.

Je suis d'une lenteur incroyable, cauchemardesque.

Alors que Clare bondit dans ma direction, ses jambes meurtries peinent à lui obéir. Son pied se prend dans le tapis et elle s'écroule, cognant de la hanche le bord acéré de la table basse. Elle pousse un cri qui se répercute en écho dans l'entrée et me fait encore plus tourner la tête. Je titube dans le vestibule.

Je m'agace sur le verrou de la porte principale – ce verrou qui paraissait si basique et simple quelques heures auparavant. Mes doigts glissent, le loquet refuse de tourner, puis enfin j'y parviens et je sors, arrachant au passage le léger ruban de police, dans la délicieuse fraîcheur de l'extérieur.

Mes membres sont comme du caoutchouc et j'ai la tête qui tourne.

Mais je cours. Je peux y arriver.

Je fais un pas. Puis un autre. Un autre et encore un autre. Et la forêt m'avale tout entière.

L'obscurité qui y règne est d'une profondeur incommensurable. Impossible de s'arrêter, toutefois.

L'air est froid sur mon visage et la forme des arbres ne se détache même pas. Ils se dressent dans le noir glacé et pour les éviter je dois me faufiler entre eux, plonger sous les branches, les mains tendues devant moi afin de protéger mon visage.

Les fougères et les ronces me fouettent les tibias, égratignent ma peau ; mais mes jambes sont engourdies et gelées, et je sens à peine les griffures, seulement les balafres plus profondes des épines qui me retiennent.

Je suis en train de vivre mon cauchemar. Sauf que, cette fois, ce n'est pas James que je tente de sauver, c'est moi-même.

Derrière moi, j'entends une portière de voiture qui claque et un moteur qui démarre. Les phares balaient de leur faisceau puissant les arbres, dessinant une grande boucle lorsque le véhicule opère un lent demi-tour avant de commencer à descendre l'allée en cahotant.

Le chemin carrossable dessine de longs lacets en pente douce. Le sentier forestier trace une ligne droite entre les arbres. En courant vite, je peux y arriver. Je peux atteindre la route avant Clare. Mais ensuite, quoi ?

Je ne dois pas y penser maintenant. Mon souffle

est haché entre mes dents serrées et je contrains mes muscles tremblants à donner plus, plus vite.

Je veux juste vivre.

Je prends de la vitesse. Le chemin dévale la colline plus abruptement ici et mes muscles ne me propulsent pas mais tentent de suivre ma précipitation. Je saute une branche tombée en travers du sentier et, avec une soudaineté qui me coupe le souffle, je me cogne contre un arbre.

Je tombe à quatre pattes dans la neige, sonnée. Je saigne du nez, je vois le sang goutter sur la poudre blanche et, en posant la main sur le gilet de Nina, je sens le devant imbibé de sang. Je secoue la tête pour tenter de faire disparaître les étoiles devant mes yeux, envoyant des éclaboussures de sang par terre.

Je ne peux pas m'arrêter. Ma seule chance est d'atteindre la route avant que Clare ne m'intercepte. Je me relève, une main sur l'arbre, luttant contre les vertiges, et me remets à courir.

Des images se mettent alors à défiler dans ma tête, des visions soudaines comme un paysage illuminé par des éclairs.

Clare en bottes de pluie, se glissant hors de la maison au petit matin pour envoyer les textos avec mon portable, du seul endroit de la forêt où le réseau passe, laissant ses empreintes dans la neige.

Clare, attendant que Nina se soit éloignée pour partir seule dans le noir dans le but de… Quel but ? Se garer plus loin sur le bas-côté et attendre que James se vide de son sang ?

Clare, le visage livide sous le clair de lune, pétrifiée par le choc de me voir jaillir des bois devant la voiture et lui hurler de s'arrêter, de me laisser monter.

D'instinct elle a enfoncé la pédale de frein, j'ai grimpé sur le siège passager. Alors que je claquais la portière, elle nous a regardés, James et moi, tous deux sans ceinture et, sans chercher à s'expliquer, elle a poussé le moteur et appuyé sur l'accélérateur.

Pendant une seconde, je n'ai pas saisi. Elle fonçait droit sur un arbre.

Alors j'ai compris.

J'ai attrapé le volant, mes ongles s'enfonçant dans sa peau, j'ai lutté pour prendre le contrôle de la voiture – puis le trou noir.

Il faut à tout prix que je rejoigne la route avant elle. Si elle se gare au bout du sentier et m'intercepte je suis fichue.

J'ai mal partout. J'ai tellement mal. En revanche, l'aspect positif des cachets que m'a donnés Clare, c'est qu'ils me soulagent assez pour me permettre de continuer, aiguillonnée par la peur et l'adrénaline.

Je veux vivre. Jusqu'à présent, j'ignorais à quel point.

Tout à coup, presque sans m'en rendre compte, je débouche sur la route. Le sentier forestier cède le pas au bitume, si vite que j'en trébuche, et j'essaie de ralentir pour ne pas foncer droit sur une voiture. Je m'arrête, les mains sur les genoux, soufflant comme un bœuf, réfléchissant au chemin à prendre.

Où est Clare ?

J'entends un bruit ; le grognement d'un moteur. Tout près. Elle arrive bientôt à l'intersection. Mais je n'en peux plus, je ne peux plus courir. J'ai repoussé les limites de mon corps.

Il le faut pourtant, ou je mourrai.

J'en suis incapable. Je tiens à peine debout, alors mettre un pied devant l'autre…

Cours, je m'intime en silence. *Cours, bonne à rien ! Tu veux crever ?*

Le véhicule de Clare a rejoint la route. Je distingue le faisceau de ses phares juste derrière le virage, illuminant la nuit.

Soudain, retentissent un effroyable crissement de pneus et un impact comme jamais je n'en ai entendu ; l'éclat métallique de deux voitures entrant en collision. Le son semble vouloir se répercuter pour toujours dans la forêt, me perce les oreilles. Les yeux écarquillés d'horreur, je reste immobile, la tête tournée vers le bruit.

Alors le silence retombe – seul le souffle du ventilateur du radiateur trouble l'air nocturne.

Je ne peux plus courir. Mais je parviens à marcher, les jambes tremblantes. J'ai perdu les tongs et bien que l'asphalte doive être plus froid que la glace, je ne sens rien.

Dans le calme environnant, je perçois des sanglots hachés et le grésillement d'une radio. Puis, avec une soudaineté qui me fait sursauter, les arbres s'illuminent d'une lueur bleue vacillant comme des flammes.

Encore un pas. Un autre. Au prix d'un ultime effort, je sors du virage.

Alors une voix me parvient, une voix féminine qui parle dans un téléphone. En m'approchant, je comprends qu'il s'agit d'une radio.

C'est Lamarr. Elle se tient devant la portière ouverte de son véhicule de police. Du sang coule sur son visage, noir sous la lumière bleue de son gyrophare. Elle lance un appel radio.

« Contrôle au sol, message urgent. » Sa voix tremble, secouée de sanglots. « Demande assistance immédiate et une ambulance sur la B4146 à la sortie de Stanebridge. Terminé. » Elle écoute la réponse qui grésille. « Bien reçu, dit-elle. Non, je ne suis pas blessée. Mais l'autre conducteur… Envoyez l'ambulance. Et les pompiers, avec le matériel de désincarcération. Terminé. »

Elle repose doucement la radio et s'avance vers l'autre voiture.

« Lamarr », je croasse, mais elle ne m'entend pas. J'ai les membres si lourds que je suis incapable de faire un pas de plus. Je m'appuie contre un arbre sur le bas-côté. « Lamarr », dis-je une seconde fois. Ma voix n'est qu'un mince filet tremblant sous le bruit du moteur et le grésillement de la radio. « Lamarr ! »

Elle fait volte-face et me voit, enfin, tandis que mes genoux se dérobent sous moi et que je tombe sur le sol froid et humide de neige. Je n'ai plus besoin de courir.

« Nora ! entends-je comme à travers un épais brouillard. Nora ! Êtes-vous blessée ? Êtes-vous blessée, Nora ? »

Impossible de trouver les mots pour répondre. Lamarr se précipite vers moi, et je sens ses mains fortes sous mes aisselles tandis que je m'effondre sur la route, me retenant, me soulevant lentement du sol.

C'est terminé. Tout est fini.

35

« Nora. » La voix est douce mais pressante, accrochée à mon sommeil agité et confus comme un hameçon me ramenant à la réalité. Je connais cette voix. Qui est-ce ? Pas Nina. C'est trop bas pour être Nina. « Nora », répète la voix.

J'ouvre les yeux.

Lamarr est assise sur une chaise à côté de mon lit, les yeux écarquillés et brillants, sa chevelure luisante dégagée de son front volontaire.

« Comment vous sentez-vous ? »

Je me débats pour sortir des couvertures tout en remarquant qu'elle porte une minerve, accessoire incongru avec sa tunique en soie.

« Je suis venue hier, dit-elle, mais ils m'ont virée.

— Vous êtes hospitalisée aussi ? » articulé-je d'une voix rauque. Elle me tend un verre d'eau que je bois avec reconnaissance. Elle secoue la tête, faisant danser ses lourdes boucles en or.

« Non. Je n'ai que des égratignures. Je suis sortie des urgences hier matin. Tant mieux, car mes enfants détestent que je découche. Le petit dernier n'a que quatre ans. »

Elle a des enfants ? Cette information m'apparaît comme un calumet de la paix. Quelque chose dans notre relation a changé.

« Suis-je… » Les mots se coincent dans ma gorge, je me reprends. « Est-ce que c'est fini ?

— Vous allez bien, affirme Lamarr. Si c'est ce que vous vouliez savoir. Quant à l'affaire, au regard des événements, nous n'avons pas d'autres suspects que Clare dans le meurtre de James.

— Comment va Flo ? »

Peut-être mon imagination me joue-t-elle des tours mais il me semble apercevoir une ombre sur le visage de Lamarr. Un changement infime dans son expression toujours aussi lisse et posée.

« Elle… tient le coup, déclare-t-elle finalement.

— Pourrais-je la voir ? »

D'un mouvement de tête, Lamarr répond par la négative. « Elle est… en compagnie de sa famille. Les médecins n'autorisent aucune autre visite pour l'instant.

— Vous ne l'avez pas vue ?

— Si, hier.

— Donc son état a empiré depuis hier ?

— Ce n'est pas ce que j'ai dit. » Son regard est voilé. Je sais ce qu'elle n'exprime pas. Je sais pourquoi elle tourne autour du pot. Les paroles de Nina à propos des overdoses de paracétamol me reviennent en mémoire et je sais que les agissements de Clare n'ont pas fini de faire des victimes.

De tous les méfaits de Clare, je trouve que celui-ci est le plus cruel. Le piège tendu à James, ses manigances envers moi, tout cela s'expliquait au moins, il y avait une raison. Mais Flo… son seul crime était d'aimer Clare.

J'ignore à quel moment Flo a commencé à discerner la vérité – quand elle a additionné deux et deux au sujet du texto que Clare lui a demandé d'envoyer de mon téléphone à mon arrivée à la maison. Un geste innocent : *James, c'est moi, Leo. Leo Shaw*. J'ignore ce que Clare lui a raconté ; un truc idiot, j'imagine. Une blague pour l'enterrement de vie de jeune fille.

Elle a dû commencer à avoir des soupçons lorsque Nina a vendu la mèche au sujet de mon histoire avec James ; elle s'est peut-être interrogée sur les raisons qui auraient poussé Clare, plus que quiconque, à vouloir remuer le passé.

Puis lorsque Lamarr a posé toutes ces questions sur les portables, les messages envoyés, elle a dû comprendre que quelque chose clochait.

Je doute qu'elle ait deviné la vérité, en tout cas pas au début. Elle a cherché à voir Clare à l'hôpital mais on ne l'y a pas autorisée. L'état de Clare était trop préoccupant et de toute façon la police ne souhaitait pas que les témoins rendent visite aux patients à l'hôpital ; Nina a dû faire des pieds et des mains pour me voir ; et cela n'a été possible qu'après que la police a revu sa déposition une centaine de fois. Clare à ce moment-là feignait la confusion et l'inconscience, attendant de savoir ce qu'il ressortait de mes entretiens avec Lamarr, j'imagine, avant de se « réveiller » miraculeusement.

Non. Flo est restée au B & B, à s'inquiéter et à s'interroger, dans l'incapacité de demander à Clare ce qu'il fallait dire. Elle a menti. Elle s'est emmêlée dans ses propres mensonges, s'est questionnée sur ses actes, sur ce qu'elle avait déclenché. Elle a commencé à douter des intentions de Clare. Elle est devenue désespérée.

« Est-ce que Clare vous a parlé ? » je demande, la gorge serrée, en tentant de chasser de mon esprit l'image de Flo allongée quelque part dans une chambre de ce couloir, luttant pour sa vie.

« L'état de santé de Clare ne lui permet pas de répondre à nos questions, répond Lamarr, la mine sombre. C'est en tout cas ce que prétend son avocat. Mais nous avons suffisamment d'éléments pour nous faire une bonne idée de l'affaire. Entre ce que vous nous avez déclaré, votre rapport toxicologique confirmant la prise de médicaments et surtout la déposition de Flo, nous avons de quoi faire. Elle n'a jamais tenté d'appeler les secours, vous savez.

— Comment ça ?

— De la maison. À la mort de James. Il n'y a aucune trace d'appel aux urgences. Elle n'a même pas essayé ! Cela aurait dû nous mettre la puce à l'oreille, mais nous étions trop occupés à regarder ailleurs, fait-elle avec un soupir. Il nous faudra une déposition officielle, bien sûr, quand vous serez en état. Mais nous verrons ça un autre jour.

— J'ai cru que c'était Flo, dis-je enfin. Lorsque j'ai trouvé la veste de Clare, avec la cartouche dedans. J'ai cru que c'était celle de Flo. Que c'était elle qui avait échangé les balles. Je n'arrivais tout simplement pas à imaginer pourquoi Clare ferait une chose pareille : elle avait enfin tout ce qu'elle souhaitait, la vie parfaite, le fiancé parfait. Pourquoi tout fiche en l'air ? Ce n'est que lorsque j'ai repensé au texto que j'ai compris. James ne m'a jamais appelée

Lee. Elle n'a pas fait deux fois la même erreur. Mais j'aurais dû m'en rendre compte.

— Elle n'en était pas à son coup d'essai, vous savez », poursuit Lamarr. Sa voix chaude est comme une douce couverture autour de la froideur de ses paroles. « Quand elle a compris ce que Clare avait fait, Flo nous a avoué avoir déjà eu des soupçons il y a quelques années, quand elles étaient à la fac. Il s'avère qu'un prof s'est fait licencier pour avoir envoyé à des étudiantes des e-mails inappropriés dans lesquels il laissait entendre qu'elles obtiendraient de meilleures notes si elles couchaient avec lui et qu'il y aurait des conséquences si elles en parlaient à qui que ce soit. Il a nié tout du long mais il ne faisait aucun doute que les étudiantes avaient reçu les e-mails et l'examen de son ordinateur a montré qu'ils avaient été effacés mais se trouvaient encore dans le disque dur.

« L'implication de Clare apparaît aujourd'hui évidente bien qu'à l'époque personne ne l'ait suspectée. Elle ne faisait pas partie des étudiantes ayant reçu des e-mails. Mais quelques semaines plus tôt, le prof l'avait convoquée au sujet d'un de ses devoirs qu'elle aurait plagié et il menaçait de porter l'affaire devant l'administration. Naturellement, avec le scandale qui a suivi, l'accusation est passée aux oubliettes. Toutefois, l'une de ses collègues nous a confié qu'elle s'était toujours posé la question… »

Je ferme les paupières, sentant une larme solitaire rouler le long de mon nez. J'ignore pourquoi je pleure. Ce n'est pas de soulagement. Je ne pense pas non plus que ce soit de chagrin pour James. Il ne s'agit peut-être que de fureur ou de frustration face à tout ce gâchis, de colère envers moi-même pour ne pas avoir compris plus tôt, pour avoir fait preuve d'une telle stupidité.

Pourtant, que se serait-il passé si j'avais saisi plus tôt ? Aurais-je été celle qui baignait dans son sang répandu sur le parquet blond et le verre dépoli ?

« Je vais vous laisser », reprend Lamarr doucement ; elle se lève en faisant couiner le skaï de sa chaise. « Je reviendrai demain avec un collègue. Nous prendrons officiellement votre déposition, si vous êtes d'accord. »

Je ne réponds pas. Je me contente d'un hochement de tête, les paupières toujours closes.

Après son départ, le silence tombe, percé d'une mélodie mielleuse filtrant à travers le mur. Je reste sans bouger à l'écouter, concentrée sur mes respirations.

Tout à coup, on frappe à la porte.

J'ouvre les yeux, m'attendant à découvrir Lamarr de retour mais un homme se tient à l'extérieur. Une seconde, mon cœur bondit.

« Toc toc, lance Tom en passant la tête par la porte.

— Entre », dis-je d'une voix cassée.

Il se glisse à l'intérieur avec timidité et hésitation. Il a le teint pâle et ne présente plus rien du citadin propre sur lui que j'ai rencontré quelques jours auparavant seulement. Sa chemise à carreaux est froissée et tachée ; mais je sais à l'expression de son visage que je ne suis guère plus présentable. Les coquards sont devenus jaunes et marron mais restent impressionnants à première vue.

« Salut, Tom. » Je tire la chemise de nuit de l'hôpital pour recouvrir mes épaules ; il sourit, du sourire tendu et froid de celui que les bonnes manières ont temporairement déserté.

« Bon, il faut que je te l'avoue, déclare-t-il de but en blanc. Je croyais que c'était toi. Il y avait toute cette histoire passée entre James et toi, et puis quand les flics ont commencé à poser des questions sur les téléphones et les messages, j'ai pensé que… Je suis vraiment désolé.

— Pas grave, dis-je en l'invitant à s'asseoir près du lit. Ne t'en fais pas pour ça. La police aussi a cru que c'était moi et ils n'étaient même pas présents.

— Je suis désolé, répète-t-il, la voix serrée en s'asseyant maladroitement, les bras autour des genoux. Je n'aurais jamais cru… » Il se tait, lâche un soupir puis reprend : « Tu sais, Bruce ne l'a jamais aimée. Il adorait James. Il l'aimait sincèrement même s'ils avaient des hauts et des bas. Mais il n'a jamais apprécié Clare. Lorsque je l'ai appelé hier soir pour tout lui raconter, il a juste répondu : "Je suis sous le choc, mais pas surpris. Cette fille ne cessait jamais de jouer." »

Dans le silence qui s'ensuit, nous méditons ces paroles, celles d'un homme que je n'ai jamais rencontré concernant l'une de mes plus vieilles amies. Et je mesure leur justesse. Clare n'a jamais cessé de jouer. Même petite fille, elle tenait un rôle, celui de la bonne copine, celui de l'élève modèle puis de la fille idéale, de la petite amie sexy. Et tout à coup je comprends que c'est sans doute ce qui explique les difficultés que j'ai éprouvées à faire coller la Clare que je connaissais avec ces gens-là. Car elle était une personne différente pour chacun d'entre nous. Que va-t-il lui arriver ? Un jury condamnera-t-il une fille aussi charmante, attentionnée et tellement belle ?

« Je me demande…

— Quoi ? fait Tom.

— Je n'arrête pas de me demander ce qu'il se serait passé si je n'avais pas accepté. Pour l'enterrement de vie de jeune fille. J'ai vraiment failli ne pas venir.

— Aucune idée, répond Tom. Nina et moi en parlions justement hier soir. Tel que je vois les choses, tu n'étais pas au cœur de ce plan machiavélique. Le point principal, c'était James. Toi, tu étais la cerise sur le gâteau.

— Tu veux dire que… » Je me tais, incapable de poursuivre. Il hoche la tête.

« Je pense que, si tu n'avais pas été là, un autre parmi nous aurait porté le chapeau.

— Flo, sûrement, dis-je avec tristesse. C'est elle qui a envoyé le texto, après tout. »

Tom approuve.

« Cela aurait été un jeu d'enfant pour Clare de déformer un peu la vérité, de prétendre qu'elle avait peur de Flo, que Flo était jalouse de James, qu'elle se comportait de façon irrationnelle. Le pire, c'est que nous lui aurions certainement donné raison.

— Est-ce que tu l'as vue, Flo ?

— J'ai essayé. Ils ne laissent personne l'approcher. Je crois… Je ne sais pas… »

Il laisse sa phrase en suspens. Nous savons tous les deux ce qu'il ne dit pas.

« Je rentre à Londres ce soir, reprend-il. Ce serait chouette qu'on se revoie. »

Il fouille dans son portefeuille et en sort une épaisse

carte en papier brillant estampée de son nom et de son numéro de téléphone.

« Je n'ai pas de carte, dis-je. Mais si tu as un stylo... »

Il sort son téléphone et j'y tape mon adresse e-mail puis je le regarde y envoyer un message vide.

« Voilà, fait-il en se levant. Je ferais mieux d'y aller. Prends soin de toi, Shaw.

— Je n'y manquerai pas.

— Comment vas-tu rentrer à Londres ?

— Aucune idée.

— Moi, je sais ! » lance une voix depuis la porte. Nina est appuyée avec nonchalance contre le chambranle, une cigarette éteinte au coin des lèvres. Elle parle tout en la gardant à la bouche, comme un détective privé de pacotille. « Elle rentre avec moi. »

36

La maison. Un mot tout simple et pourtant, en refermant la porte de mon minuscule appartement et en tournant le verrou, la vague de soulagement que je sens déferler sur moi semble trop extraordinaire pour être contenue dans ces quelques lettres.

Je suis chez moi. Enfin.

Jess nous a reconduites. Elle est montée depuis Londres pour venir nous chercher, Nina et moi, et nous a ramenées. Arrivées dans ma rue, elles ont proposé de m'accompagner, de m'aider à monter ma valise sur les trois étages mais j'ai refusé.

« Il me tarde d'être seule », ai-je répondu en toute franchise.

Et je savais qu'elles aussi avaient hâte de se retrouver entre elles, rien que toutes les deux. J'ai remarqué leurs gestes de tendresse complice sur le trajet. La main de Nina reposant sur le genou de Jess, Jess caressant la cuisse de Nina au moment de changer les vitesses. Je ne me suis pourtant pas sentie exclue, il ne s'agissait pas de ça.

Simplement, je ne m'étais pas rendu compte

jusqu'à maintenant à quel point j'appréciais mon propre espace.

Flo est décédée quelques heures après que j'ai vu Tom – trois jours après son overdose. Nina avait raison sur les effets du paracétamol. Et raison également sur le fait qu'à la fin, elle ne voulait plus mourir. Je ne l'ai pas vue mais Nina lui a rendu visite, elle l'a écoutée pleurer, et discuter, et planifier son avenir à sa sortie de l'hôpital. Ses parents étaient auprès d'elle lorsqu'elle s'est éteinte. J'ignore si c'était paisible ; Nina a refusé de me le dire, ce qui me fait penser que non.

Avec un soupir, je pose ma valise au sol. Je suis épuisée et desséchée, les membres raidis par le long trajet.

Dans la cafetière, je verse l'eau et installe le filtre. Puis j'ouvre la boîte dans laquelle je conserve mon café et je hume son odeur. Même vieux de plusieurs jours, il fait frétiller mes narines.

Le bruit du percolateur est le bruit de chez moi, l'odeur des grains moulus le parfum de ma maison. Lorsque enfin je me recroqueville, le corps meurtri, sur mon lit, ma valise encore fermée sur le tapis, je prends une longue et lente gorgée.

Le soleil hivernal filtre à travers les stores en rotin et la rumeur de la circulation en contrebas est basse, lointaine, pareille au bruit de l'océan sur le rivage.

Je repense à cette maison de verre, là-bas, dans l'immobilité de la forêt, avec les oiseaux qui volent au-dessus et les animaux qui avancent à pattes de velours dans son jardin. Je revois ses parois vitrées réfléchissant les formes sombres des arbres, et le clair de lune passant au travers.

Apparemment, la tante de Flo a mis la maison en vente. Ce sont les parents de Flo qui l'ont appris à Nina. Trop de sang versé, trop de souvenirs. Elle a ajouté qu'elle allait brûler la planchette lorsque la police la lui rendrait.

C'est la partie que je ne comprends pas. La séance de spiritisme.

Tout le reste était nécessaire. Tout le reste faisait partie du plan. Mais la planche de ouija et ce message effrayant ?

Je le vois encore, en boucles gribouillées à travers la page.

MMMMEEEEUUURRTTTRRIIIEEERR

D'après Lamarr, c'était un acte délibéré visant à mettre tout le monde à fleur de peau, au bord de la crise de nerfs pour que, lorsque la porte s'ouvrirait, nous soyons disposés à paniquer, et que s'emparer du fusil paraisse une réaction appropriée.

Je ne suis pas convaincue. Je repense aux paroles de Tom, au sujet des messages qui flottent de notre inconscient… Clare aurait-elle malgré elle annoncé le geste terrible qu'elle s'apprêtait à accomplir ?

Je ferme les yeux, cherchant à refouler le souvenir de cette nuit-là. Mais impossible de le bloquer totalement. Flo est décédée, mais nous autres, Tom, Nina et moi, allons devoir vivre avec ce qu'il s'est passé, avec ce que Clare a fait, ce que tous nous avons fait, jusqu'à la fin de nos jours.

J'ouvre ma valise par terre et en sors mon ordinateur. La police a conservé mon portable mais je peux tout de même consulter mes e-mails. J'ai quitté Londres il y a plus d'une semaine et, lorsque j'ouvre la boîte de réception, une fenêtre apparaît : « Téléchargement de 1 sur 187 messages. »

Je patiente tout en les regardant tomber un à un dans la boîte de réception.

Il y a un e-mail de mon éditrice, puis un deuxième. Deux de mon agent. Un de ma mère, intitulé « Ça va ? ». Puis en dernier viennent les messages envoyés sur mon site Internet : « Belles poules thaïes »… « Astuce pour perdre gros ventre ! »… « Trois commentaires attendent votre approbation ».

Et parmi le courrier indésirable : « De : Matt Ridout. Objet : Café ».

Je cherche dans ma poche le bout de carton roulé, déchiré d'un gobelet à café. Son numéro est presque illisible désormais. L'encre a coulé et un pli sépare deux chiffres mais il me semble qu'il s'agit de deux 7, ou peut-être des 1.

Je voulais laisser le sort décider. Si je récupérais mon portable avant que les chiffres ne s'effacent…

Et voilà.

Je me rappelle la façon dont il a enfoui son visage entre ses mains en pleurant la mort de James.

Je me rappelle son sourire.

Je me souviens de l'expression de ses yeux quand il m'a dit au revoir.

Je ne sais pas si je peux faire ça. J'ignore si je peux tirer un trait sur tout ce qu'il s'est passé et recommencer. Une minute entière, mon doigt plane follement au-dessus de la touche suppression.

Et finalement, je clique.

Remerciements

Tout d'abord, il me faut remercier mes chers amis de Vintage pour m'avoir encouragée à chaque étape (pour leur tact de ne m'avoir pas trop souvent demandé comment ça avançait). La liste des gens qui méritent ma gratitude remplirait un annuaire mais un merci particulier à tous ceux de Harvill, y compris Alison Hennessey, ma brillante éditrice (et bien sûr Reine du Crime), qui la première a prononcé les mots « enterrement de vie de jeune fille » et lancé ainsi la machine, à Liz, Michal et Rowena du service éditorial, Bethan et Fiona à la publicité, Jane, Monique, Sam et Penny aux droits, tout le monde aux ventes (trop nombreux pour vous nommer un par un, mais je vous aime tous !), Simon à la fabrication, la fantastique équipe de graphistes en particulier Rachael, Vicki et le reste de la géniale équipe marketing.

À tous les autres – Clara, Poppy, Susannah, Parisa, Becky, Christian, Dan, Lisa, Ceri, Alex, Fran, Rachel, Clara (encore) et tous ceux dont la place me manque pour les nommer – j'aimerais pouvoir vous citer un par un mais sachez en tout cas que je vous aime et que vous me manquez. En particulier les gens du talentueux, modeste, charmant à tous points de vue et d'une patience à toute épreuve, service publicité.

Merci à mes premiers lecteurs, Meg, Eleanor, Kate et Alice, qui ont su faire preuve de brutalité comme de soutien dans les proportions adéquates, et poser les bonnes questions.

Et mille mercis aux auteurs et amis qui ont pris le temps pour moi et délaissé leurs propres problèmes afin de réfléchir aux miens ; en direct et en différé : sachez que vous rendez ma vie meilleure et plus drôle chaque jour. Eva, Emma, Leila, Eve, Jenn, Geri, Jess, et tout le monde à BF et YAT.

Concernant l'aspect technique, je suis extrêmement redevable à Sam, Jon, Richard et Lorna qui m'ont aidée avec les spécificités des forces de l'ordre, des protocoles médicaux et des armes à feu. Inutile de préciser que les erreurs qui subsistent sont de mon fait (et je vous présente mes excuses pour la liberté dramatique que j'ai prise avec certains de vos conseils).

Un énorme merci à Eve et Jack de l'agence littéraire Eve White pour leur attention et leur soutien.

Enfin, à ma famille, notamment Ian et les enfants, merci de m'avoir laissée taper tranquille dans la chambre d'amis quand vous auriez bien souvent préféré faire autre chose. Je vous aime.

Composition : FACOMPO
14100 Lisieux

Imprimé en France par Laballery

N° d'impression : 104833
Dépôt légal : février 2017
Suite du premier tirage : mai 2021
S27528/06
Pocket, 92 avenue de France, 75013 Paris